Knaur.

Von Andreas Franz sind im Knaur TB bereits erschienen:

Über die Autoren:

Andreas Franz' große Leidenschaft war von jeher das Schreiben. Bereits mit seinem ersten Erfolgsroman »Jung, blond, tot« gelang es ihm, unzählige Krimileser in seinen Bann zu ziehen. Seitdem folgt Bestseller auf Bestseller, die ihn zu Deutschlands erfolgreichstem Krimiautor machten. Seinen ausgezeichneten Kontakten zu Polizei und anderen Dienststellen ist die große Authentizität seiner Kriminalromane zu verdanken. Andreas Franz starb im März 2011. Er war verheiratet und hatte fünf Kinder.

Daniel Holbe, Jahrgang 1976, lebt mit seiner Familie in der Wetterau unweit von Frankfurt. Insbesondere Krimis rund um Frankfurt und Hessen faszinieren den lesebegeisterten Daniel Holbe schon seit geraumer Zeit. So wurde er Andreas-Franz-Fan – und schließlich selbst Autor. Als er einen Krimi bei Droemer-Knaur anbot, war Daniel Holbe überrascht von der Reaktion des Verlags: Ob er sich auch vorstellen könne, ein bereits bestehendes Projekt in dieser Region zu übernehmen? »Als leidenschaftlicher Krimi-Leser, auch und vor allem von Andreas Franz, ist das Vollenden der *Todesmelodie* natürlich ein besonderes Privileg für mich.«

Todesmelodie

Ein neuer Fall für Julia Durant

Roman

Knaur Taschenbuch Verlag

Besuchen Sie uns im Internet:
www.knaur.de

Originalausgabe Mai 2012
Knaur Taschenbuch
© 2012 Knaur Taschenbuch
Ein Unternehmen der Droemerschen Verlagsanstalt
Th. Knaur Nachf. GmbH & Co. KG, München
Redaktion: Regine Weisbrod
Umschlaggestaltung: ZERO Werbeagentur, München
Umschlagabbildung: Gettyimages / © 2007 Dave G Kelly
Satz: Adobe InDesign im Verlag
Druck und Bindung: CPI – Clausen & Bosse, Leck
Printed in Germany
ISBN 978-3-426-63944-3

2   4   5   3   1

Es gibt zwei Wege, denen du folgen kannst.
Noch ist Zeit, die Richtung zu wechseln.

(frei nach Led Zeppelin)

Jennifer Mason lag nackt auf ihrem Bett. Es war ein gewöhnlicher Futon, eins vierzig breit, weißes Laken. Die hell bezogene Sommerdecke war zerwühlt und hing zu zwei Dritteln auf das nussfarbene Parkett hinunter. Links vom Bett stand eine kleine Kommode, daneben ein Kleiderschrank aus einfach verarbeitetem Birkenholz. Rechts befand sich ein Holzregal, darin eine Stereoanlage und einige CDs, ansonsten glich der schmucklose Raum eher einem Büro als einem Wohnbereich. Weiße IKEA-Regale voll mit Büchern und ein verhältnismäßig großer Schreibtisch, darauf ein halbwegs moderner Laptop und Schreibutensilien. Die vier Halogen-Spots an der Decke vermochten jeden Winkel der zwanzig Quadratmeter grell mit Licht zu durchfluten.

Keinerlei Romantik im Raum, wie ihre Mitbewohnerin stets zu bemängeln wusste. Adriana Riva, eine hochgewachsene und ausgesprochen attraktive Italienerin, teilte sich die kleine Studenten-WG mit Jennifer und einer weiteren Studentin. Was sie nicht teilten, war die Auffassung vom Studieren. Adriana entstammte einer einfachen Arbeiterfamilie, die schon allein damit zu beeindrucken war, dass ihre Tochter überhaupt eine Hochschule besuchte. Sie finanzierte das Studium mit einem lukrativen Nebenjob bei einer Eventagentur und kannte die Rhein-Main-Partyszene in- und auswendig. Für Jennifer hingegen, die einen älteren Bruder mit steiler

Laufbahn in der Armee und einen hochgebildeten Vater hatte, war es keine Selbstverständlichkeit, ein Auslandsjahr in Frankfurt verbringen zu dürfen. Ihre Noten hatten perfekt zu sein, sie musste jeden Leistungsnachweis nach Hause schicken. Die einundzwanzigjährige Kanadierin ließ sich daher nur selten zu Discobesuchen oder ausschweifenden Semesterpartys überreden, sondern konzentrierte sich voll und ganz auf das Studium. Umso mühsamer war es für Adriana gewesen, sie davon zu überzeugen, wenigstens zu Semesterbeginn eine kleine Feier zu veranstalten.

»Aber wirklich nur ein paar Leute!«, waren Jennifers warnende Worte gewesen.

»Versprochen«, hatte Adriana gesagt.

»Keine Kiffer!«

»Nein, keine Kiffer.«

»Und nicht diese Komasäufer und deren Kumpane!«

Die dumpfen Bassschläge der Stereoanlage waren längst verklungen, umso intensiver nahm Jennifer nun die grellen, psychedelischen Farben wahr, die sich wie schnell drehende Spiralen in ihre weit aufgerissenen Augen bohrten. Sie fühlte das weiche, schweißnasse Bettlaken im Rücken, doch sie war nicht in der Lage, Arme und Beine zu bewegen. Sie vermochte nicht einmal die Position ihrer Extremitäten mit Gewissheit zu bestimmen und spürte diese erst wieder, als sich zwei Fäuste fest um ihre Handgelenke schlossen. Irgendwann – sie hätte nicht zu sagen vermocht, wie viel Zeit dazwischen vergangen war – bemerkte sie den dumpfen Rhythmus ihres Unterleibs, der ohne ihr Zutun wild zu beben begonnen hatte. Es waren harte, gnadenlose Stöße, deren Inbrunst sie allerdings nicht wahrnahm. Sicher war nur, dass sie es nicht wollte: Sie wollte die stechenden Farben nicht mehr sehen und auch nicht die Fratzen, die sich immer wieder aus ihnen lösten, unangenehm dicht vor ihren Augen. Lüstern bleckten sie die Zähne oder drohten sie mit aufgerissenen Mäulern zu verschlingen. Und dann der brennend heiße Atem und das weit entfernte hysterische Lachen.

Jennifer war sich sicher, dass sie fliehen musste, doch sie wusste weder vor wem noch wohin. Ein weiterer Stoß durchfuhr ihren wehrlosen Körper, und ein Krampf schien ihren Bauch zu durchziehen. Plötzlich sehnte sie sich danach, ihrem Körper zu entschweben, einfach diese nutzlose Hülle zu verlassen, die sie quälte und nicht entkommen ließ. Wie gerne hätte sie sich den bunten Farben hingegeben, wäre ein Teil des Regenbogens geworden, fern von allem irdischen Leid. Doch das gepeinigte Gefängnis aus Fleisch und Knochen hielt ihre Seele fest umklammert und zwang ihr Stunde um Stunde weiterer schmerzhafter Demütigung auf.

Endlich aber, als die Farben längst verblasst waren und sich die Sehnsucht nach Wärme in ein Wimmern der Verzweiflung gewandelt hatte, ließ der Peiniger von ihr ab. Ein letztes Mal beugte er sich über sie. Der kalte Stahl am Hals erschreckte sie nicht, und Sekunden später spürte sie eine wohlige Wärme, die sie allen Schmerz vergessen ließ. Das Letzte, was Jennifer Mason wahrnahm, war der Geschmack von Eisen und eine angenehme Schwere.

Dankbar spürte sie, wie der geschundene Leib ihre Seele freiließ.

SAMSTAG

SAMSTAG, 6. SEPTEMBER 2008, 6.25 UHR

Müde stapfte Julia Durant die hölzernen Treppenstufen hinauf. Ihr freies Wochenende hatte sie sich weiß Gott anders vorgestellt, als morgens um halb sieben einen Tatort aufzusuchen. Andererseits hatte sie zu dieser Tageszeit keine Viertelstunde gebraucht, um Frankfurt von ihrer neuen Wohnung am Holzhausenpark in Richtung Fechenheim zu durchqueren. Die WG, zu der man sie gerufen hatte, lag in einem Altbau, der sich außen kaum von den anderen Häusern des Viertels unterschied: ein weiß getünchtes Backsteinhaus, zwei Etagen, mit einer klobigen Gaube, die aus dem schwarzen Ziegeldach hervorragte. Die Hausbesitzer gehörten zur oberen Mittelschicht und vermieteten, seit ihre Kinder ausgezogen waren, die obere Etage an Studenten. Am Ende der Treppe angekommen, verschnaufte Durant. »Jaja, die Raucherlunge«, hörte sie einen ihr unbekannten Kollegen sagen, der an ihr vorbeihuschte und nach unten verschwand. Idiot, dachte sie, ihr habt ja keine Ahnung.

Nach ihrer Entführung im vergangenen Juni hatte Julia Durant einen Zusammenbruch erlitten und vier Tage in den Main-Taunus-Kliniken Bad Soden verbracht. Auf Anraten der Ärzte sowie das Drängen ihres Vaters und ihrer besten

Freundin Susanne hatte sie nach der Entlassung umgehend ihre lange geplante Reise nach Südfrankreich angetreten. Schon nach wenigen Tagen war jedoch klar gewesen, dass es mit einem einfachen Urlaub nicht getan war. Julia Durant war ausgebrannt.

»Ich würde sie gerne für ein paar Monate bei mir behalten«, hatte sie Susanne mit sorgenvoller Stimme zu ihrem Vater sagen hören.

»Ja, das wäre gut«, hatte dieser zugestimmt. »Sie braucht dringend eine Auszeit, sonst geht sie daran kaputt.«

Es kostete nur zwei Anrufe, einen bei der Krankenkasse und einen bei ihrem Vorgesetzten Berger, und alles war genehmigt: ein Jahr unbezahlte Freistellung, beginnend nach ihrem regulären Urlaub zuzüglich Überstunden und Resttagen, also alles in allem gut dreihundertneunzig Tage. Doch damit alleine war Durant noch nicht geholfen gewesen. Es hatte Wochen gebraucht, bis sie bereit war, sich auf eine Therapie einzulassen, und Monate, um dort das Geschehene zu verarbeiten. Ohne ihre Freundin Susanne hätte sie das alles niemals durchgestanden. Doch nun war Julia wieder zurück, seit vier Wochen im Dienst, und musste langsam wieder alleine klarkommen.

Raucherlunge, dachte sie verächtlich, wenn es doch nur das wäre. Sie war von einem Arzt zum nächsten gerannt, hatte EKG, UKG und EEG über sich ergehen lassen und so viele Blutproben gegeben, dass sie sich wie eine Kuh beim Melken vorgekommen war. Nichts. Keine organische Disposition.

»*Tout est bien, Madame Durant*«, hatte man ihr stets versichert, »Sie sind kerngesund.«

Warum fühle ich mich dann manchmal wie eine Achtzigjährige, verdammt? Es war zum Verzweifeln.

»Hallo, Julia«, erklang plötzlich die vertraute Stimme von Frank Hellmer und holte sie zurück aus ihren trüben Gedanken. »Ich wusste gar nicht, dass du schon wieder Bereitschaftsdienst machst.«

»Hallo, Frank.« Sie rang sich ein Lächeln ab. »Ist mein erster heute.«

»Und dann gleich in die Vollen, wie? Stehst du schon lange hier?«

»Gerade angekommen«, flunkerte sie. »Was liegt denn an?«

»Willst du das wirklich wissen?«, seufzte Hellmer. Durant begriff auf Anhieb, welche Frage ihr Kollege damit eigentlich hatte stellen wollen.

»Ach komm schon, Frank«, forderte sie, »ich bin dafür bereit, glaub mir. Irgendwann muss ich ja wieder anfangen, oder? Also los!«

Stirnrunzelnd nickte Hellmer und ließ den Blick über seine Notizen fliegen, bevor er mit dem Bericht begann.

»Jennifer Mason, einundzwanzig, Kanadierin. Wohnt hier mit zwei anderen Studentinnen und ist schon das zweite Semester in Frankfurt. Also etwa seit Januar, Februar, so genau wissen wir das noch nicht. Die Vermieter sind im Ausland, gestern Abend gab es hier eine Gartenparty. Fing wohl alles ganz harmlos an, es gab auch keine Klagen der Nachbarn, und es waren maximal sechs bis acht Personen. Dafür haben sie eine Menge konsumiert, es liegt Ecstasy herum, wir fanden einige Joints und Spuren von Kokain. Es gibt reichlich leere Flaschen, hauptsächlich Wodka und andere harte Sachen. Irgendwann muss die Party einen katastrophalen Verlauf genommen haben, denn wir fanden die Mason nackt auf ihrem Bett, übel zugerichtet und allem Anschein nach vergewaltigt. Laut der Spurensicherung leuchtet das Laken im UV-Licht wie ein Christbaum. Zu guter Letzt wurde ihr die Kehle aufgeschlitzt, so was hab ich lange nicht mehr gesehen. Die Meldung ging von einer der Mitbewohnerinnen ein, Ariana, nein Adriana, eine Italienerin.« Hellmer blätterte in seinen Aufzeichnungen. »Genau, Adriana heißt sie«, fuhr er fort, »und mit Nachnamen Riva. Sie ist kurz nach dem Eintreffen der ersten Beamten zusammengebrochen, deshalb sind unsere Infos auch noch recht vage. Ob ihr Kollaps dem Schock oder der Nachwirkung irgendwelcher Drogen geschuldet ist, das ist noch unklar. Sie wurde offenbar nicht vergewaltigt. Man hat sie jetzt erst mal in die BGU gebracht.«

»Wieso ausgerechnet die Unfallklinik?«

»Keine Ahnung.« Hellmer zuckte mit den Schultern. »Lag wohl einfach am nächsten, nehme ich an.«

»Was ist mit der anderen?«

»Stimmt«, sagte Hellmer hastig, »da gibt's ja noch die Dritte. Helena Johnson, Amerikanerin. Von ihr fehlt seit der Party jede Spur.«

»Hmmm.«

Durant hob das Kinn in Richtung Flur und sah ihren Kollegen fragend an. »Die Leiche ist noch da, nehme ich an?«

Hellmer nickte und wies mit seiner Rechten quer über den kleinen Flur. »Leiche, Spurensicherung und Kollegin Sievers«, lächelte er matt. »Hier entlang.«

Julia Durant schätzte die Wohnung auf etwa hundert Quadratmeter. Neben der Eingangstür lag das Badezimmer. Linker Hand befand sich ein Raum, dessen Tür halb angelehnt war. Auf einem selbstgemalten Türschild stand der Name Helena. An der Wand gegenüber befanden sich zwei weitere Türen, beide weit geöffnet, die ebenfalls in private Zimmer führten. Rechts um die Ecke folgte eine schmale Tür mit einem jener billigen, messingfarbenen Beschläge, die es in jedem Baumarkt gab: *Gäste-WC*. Daneben führte ein offener Durchgang in die Gemeinschaftsküche. Die Einrichtung war eine bunte Mischung aus klobigem Siebzigerjahre-Inventar und günstigen IKEA-Möbeln. Im langgezogenen Flur beispielsweise ergänzte ein schlichter weißer Schuhschrank eine klobige, dunkelbraun lasierte Holzgarderobe und einen auf Kolonialstil gezimmerten Telefontisch. Ein schmaler, rahmenloser Spiegel täuschte dem von der Treppe her eintretenden Besucher einen geräumigeren Flur vor. Die Wände waren hell, und entlang der Decke zog sich eine aufgesetzte Stuckleiste. Alles in allem eine typische Studentenwohnung: günstig, funktional und doch mit einem Hauch von Individualität. Durant ließ Hellmer den Vortritt. Als dieser gerade durch den Türrahmen des linken Zimmers treten wollte, eilte von innen eine kleine Gestalt in Richtung Flur und lief ihm direkt in die Arme. Ein dumpfes Stolpern ertönte, er fing die Person reflexartig mit seinen kräftigen Armen auf, dann vernahm Julia Durant ein spitzes, bekannt klingendes Kichern.

»Na, na, nicht so hastig«, ulkte Hellmer und löste die junge Frau sanft aus seiner Umarmung.

»Guten Morgen, Julia«, begrüßte die Beamtin sie und drehte sich noch einmal kurz zu Hellmer um, der bereits von einem Kollegen der Spurensicherung beiseitegewinkt worden war. Sie hatte die Stimme richtig zugeordnet. Sabine Kaufmann war eine quirlige, meist gutgelaunte Person von achtundzwanzig Jahren. Obwohl sie noch einige Zentimeter kleiner war als Julia Durant, stach sie überall durch ihren blonden Bubikopf hervor. Die Frisur passte hervorragend zu der hellen, mit Sommersprossen übersäten Haut und den wachsamen grünen Augen, denen sich, so sagte man, kaum ein Detail zu entziehen vermochte. Durant fragte sich, warum Hellmer sie in seiner Leiche-Spusi-Sievers-Aufzählung nicht erwähnt hatte.

»Hallo, Sabine«, erwiderte sie, und ihre Stimme klang dabei kühl. Sofort bedauerte sie ihren Ton und musste daran denken, dass sie die junge Kollegin damals immerhin selbst als ihre Urlaubsvertretung ausgewählt hatte. Und es war niemand anderes als Sabine Kaufmann gewesen, die Julia Durant in ihrem Verlies gefunden hatte.

»Schön, dich zu sehen«, fügte Durant deshalb mit einem ehrlichen Lächeln hinzu. »Alle wieder komplett heute, nicht wahr?«

»Kann man so sagen, ja. Wobei ich schon wieder auf dem Sprung bin.«

»War ja nicht zu übersehen eben. Wohin geht's?«

Kaufmann klopfte mit der linken Hand an die Tasche ihrer Jeansweste, die sie über der engen, rosafarbenen Bluse trug. Ein Stück ihres Notizblocks ragte heraus.

»Hausbesuch bei einem US-Amerikaner, John Simmons. Ist wohl der Freund von Helena Johnson, der verschwundenen Mitbewohnerin, zumindest gibt es hier Fotos von den beiden.« Schulterzuckend fügte sie hinzu: »Ist einen Versuch wert, solange wir nichts anderes haben.«

»Na dann viel Erfolg. Ich sehe mir jetzt erst einmal die Tote an.«

»Mach dich auf was gefasst«, seufzte Kaufmann. »Ich glaube, da werde ich mich wohl nie dran gewöhnen.«

»Musst du auch nicht. Wir dürfen unsere menschliche Seite nicht verlieren.«

»Da hast du natürlich recht. Allerdings frage ich mich, wo der oder die Täter diese Seite gestern Nacht hatten.«

Ohne eine Antwort auf diese Frage zu suchen, die Julia Durant sich schon an so vielen Tatorten hatte stellen müssen, zwinkerten die beiden sich zu, und Sabine Kaufmann verschwand im Treppenabgang. Durant blickte ihr noch einen Augenblick hinterher, atmete tief durch und betrat Jennifer Masons Zimmer. Auf einem Futon, ähnlich dem, den sie selbst einmal besessen hatte, lag eine zierliche Gestalt. Das lange Haar war verklebt von Schweiß und Blut, die Arme und Beine hatte sie von sich gestreckt. Dies verwunderte Julia Durant ein wenig. Nach Hellmers Informationen über die Misshandlungen und die gewaltsame Penetration hätte sie Jennifer Mason in Fötalstellung erwartet, die Arme um den Unterleib geschlungen. Eine typische Körperhaltung von Frauen, die gerade Opfer sexueller Gewalt geworden waren. Stattdessen wirkte die junge Frau auf dem blutgetränkten Laken sonderbar entspannt, beinahe so, als hätte sie den Moment des Todes als Erlösung empfunden.

Andrea Sievers von der rechtsmedizinischen Abteilung bemerkte Julia Durant erst, als diese direkt neben ihr stand.

»Mensch, das ist ja ein seltener Anblick«, platzte sie heraus. Seit Julias Rückkehr hatten die beiden sich noch nicht gesehen. Tausend Fragen standen der emsigen Mittdreißigerin ins Gesicht geschrieben, doch Julia konnte förmlich sehen, wie ihre Kollegin sich zur Professionalität zwang. Ihr Gesichtsausdruck wurde wieder geschäftig, es war weder die richtige Zeit noch der richtige Ort für Wiedersehensfreude oder Smalltalk.

»Bin seit August wieder im Dienst«, sagte Durant deshalb nur, »und heute zum ersten Mal draußen unterwegs.«

Sievers nickte, und Durant musterte sie argwöhnisch. Obwohl sie keine verräterischen Signale zu erkennen vermochte, unterstellte sie der Rechtsmedizinerin ähnliche Zweifel wie Hellmer. Vielleicht bilde ich mir das ja auch nur ein, dachte sie. Aber es nervte sie ohne Ende, dass man ihr unterstellte, noch nicht bereit zu sein. Wenn überhaupt, durfte sie das nur selbst. Dann unterbrach sie die unangenehm werdende Stille und fragte schnell: »Hast du schon irgendwelche Erkenntnisse?«

»Das meiste wird sich erst sagen lassen, wenn wir sie im Institut untersucht haben. Bei der Menge an Verletzungen und Körperflüssigkeiten wird das eine ganz schöne Sisyphusarbeit werden.«

»Habe ich befürchtet, Hellmer hat schon so etwas anklingen lassen. Was ist mit Todesursache und Zeitpunkt?«

»Na ja, verblutet ist sie durch den vertikalen Einschnitt am Hals. Die Tatwaffe ist allem Anschein nach ein Küchenmesser, zumindest hat die Spurensicherung eines neben dem Bett sichergestellt. Trachea und Arteria carotis wurden durchtrennt, also Luftröhre und Halsschlagader, dadurch kam es zu einem schnellen Ausbluten, außerdem ist Blut in die Lungenflügel eingedrungen. Wie viel sie davon gespürt hat, ist schwer zu sagen, da von einem starken bis exzessiven Konsum von Betäubungsmitteln auszugehen ist. Hierzu mehr nach unseren Laboranalysen. Selbst ohne Drogen würde man bei einer solchen Verletzung relativ schnell das Bewusstsein verlieren und keinen Schmerz mehr empfinden.«

Mit gepressten Lippen beugte sich Julia Durant über den Futon und betrachtete Jennifer Mason.

»Vermutlich das Einzige, was ihr in dieser Nacht keine Schmerzen bereitet hat, wie?«

»Das ist zu befürchten«, seufzte Andrea Sievers. »Der ganze Körper weist unzählige Hämatome auf, besonders an den Innenseiten der Oberschenkel und an den Unterarmen.«

»An den Armen fixiert und die Beine auseinandergedrückt«, folgerte Durant angewidert. Sie war zeit ihres Lebens eine starke Persönlichkeit gewesen, eine jener Frauen, die sich ihrer weiblichen Reize zwar durchaus bewusst waren, sich aber niemals als Sexobjekte hätten deklassieren lassen. Mochte es auch wenig damenhaft sein, eine Zigarette nach der anderen zu rauchen, Salamibrot und Dosenbier zu verzehren und eine harte Schale zu mimen, so hatte Julia Durant sich genau auf diese Weise Respekt verschafft. Trotz ihrer unübersehbaren und äußerst reizvollen weiblichen Attribute gab sie auch einen guten Kerl ab. Jahrelang hatte sie diese Fassade gepflegt, die sie unnahbar machte und damit auch scheinbar unbesiegbar. Doch dann waren all diese Dinge geschehen, erst der Reinfall mit ihrem letzten Freund, Georg, anschließend der Zwist mit Hellmer und dann natürlich die Sache mit Thomas Holzer. Mit nur einem Handstreich hatte dieser Psychopath sie in seine Gewalt gebracht und anschließend in ein unterirdisches Verlies verfrachtet, wo er sie nackt, schutzlos und völlig isoliert einsperrte. Sie hatte geschrien und gewimmert, gezittert und gebetet, doch es hatte Tage gedauert, bis ihre Kollegen sie schließlich aus der Gewalt des Perversen befreiten. Für Durant, an der Holzer sich nicht nur körperlich vergangen hatte, war es eine Ewigkeit gewesen, die sie am Ende nur noch in katatonischer Regungslosigkeit verbracht hatte.

Julia Durant hatte die Nase gestrichen voll von dem sogenannten starken Geschlecht. Von Männern, die sich nicht anders profilieren konnten, als Macht über Schwächere zu demonstrieren, und gleichzeitig über nicht genügend Chuzpe verfügten, dies unter ihresgleichen zu tun. Holzer, das wusste Durant, würde sein Leben lang büßen, doch das war nur ein schwacher Trost.

»Der Tod muss zwischen drei und halb vier eingetreten sein«, setzte Dr. Sievers erneut an. »Ob die Betäubungsmittel auch ohne Kehlenschnitt zum Tode geführt hätten, wird sich im Labor zeigen.«

Frank Hellmer eilte mit schweren Schritten herbei. Julia befürchtete, ihm nun alles noch einmal erklären zu müssen.

»Habt ihr es?«, fragte er stattdessen zu ihrer Verwunderung.

»Ja. Das Opfer ist verblutet, der Todeszeitpunkt war spätestens gegen halb vier. Details gibt es dann von Professor Bock.«

Dr. Sievers verstaute das Thermometer, diverse Röhrchen und eine altmodische Lupe in ihrem Koffer. Anschließend streifte sie sich die Einweghandschuhe aus gelblichem Latex von den Händen und steckte sie in eine Tüte. Nach einem sich vergewissernden Blick in Richtung der Kollegen von der Spurensicherung entledigte sie sich außerdem ihrer hellblauen Gamaschen. Mitsamt den Handschuhen verschwanden diese eingetütet in dem geräumigen Koffer. Ein Haarnetz zu tragen hatte die selbstbewusste Brünette stets abgelehnt, wie Julia Durant wusste. Ein ordentlich zusammengebundener Pferdeschwanz tat es auch, war Andreas Überzeugung.

»Ich verschwinde dann, wenn's recht ist«, sagte sie. »Unten warten bestimmt schon die Gnadenlosen.«

Damit waren die Männer des Bestattungsinstituts gemeint, die die Leiche in die Rechtsmedizin transportieren sollten. Julia Durant nickte und deutete hinter sich. »Die standen schon Gewehr bei Fuß, als ich hier ankam.« Dann wandte sie sich an Hellmer: »Und du hast dich über den Stand der Spurensicherung informiert?«

»Ja, die wollten nur grünes Licht von mir, das gesamte Haus zu versiegeln. Werden wohl geraume Zeit hier zu tun haben.«

»Denk ich mir.«

»Das Messer und die hölzernen Bettkanten werden als Erstes auf Spuren untersucht, und es gibt ja auch die ganzen aufgerauchten Joints, Zigarettenstummel, Flaschen und Becher. Da werden sich Fingerabdrücke und Speichelreste en masse befinden. Und dann kann die KTU sich noch an dem Laken austoben«, schloss Hellmer.

»Ja, Andrea hat mir das bestätigt. Es gibt tatsächlich jede Menge Spermaspuren, alle frisch, das lässt sich ja unter UV nicht immer auf Anhieb unterscheiden. Die Anzahl lässt darauf schließen, dass es sich um mehr als einen Täter handelt.«

Jeder andere Kollege hätte nun wahrscheinlich einen süffisanten Kommentar über Manneskraft vom Stapel gelassen, und Julia Durant war in diesem Moment einfach nur dankbar, dass Hellmer die Klappe hielt. Genau betrachtet hatte er es ja auch nicht mehr nötig, ihr etwas vorzumachen. Doch diese gemeinsame Erinnerung war schon beinahe vergessen. Das war mit einer anderen Julia Durant gewesen.

»Was ich mich frage«, grübelte sie laut, »ist, warum es bei einer Vergewaltigung und anschließender Tötung so dermaßen viele Spuren gibt. Ich meine, jeder noch so abgedrehte Gewaltverbrecher ist sich doch der Tatsache bewusst, dass Blut, Sperma und Fingerabdrücke unfehlbare Beweise sind.«

»Worauf willst du hinaus?«, fragte Hellmer.

»Na überleg doch mal. Wir haben eine Studentenparty, eine Menge Alkohol und Drogen. Irgendwann artet es in eine Orgie aus. Mal angenommen, du würdest nicht mehr so genau wissen, wo die Grenzen verlaufen: Würdest du nicht wenigstens ein Gummi benutzen? Sei es nun, um nicht im Saft deines Vorgängers zu stochern, oder eben, wenn der Sex nicht einvernehmlich war, um nicht sofort deine DNA überall zu verteilen. Da haben sich gleich mehrere Personen völlig unlogisch verhalten, und so naiv ist doch heutzutage niemand mehr, oder?«

»Weiß nicht.« Hellmer zuckte die Schultern. »Im Drogenrausch wird ihnen das wohl gar nicht mehr bewusst oder einfach nur scheißegal gewesen sein. Vielleicht waren der Mörder und der oder die Sexualpartner auch verschiedene Personen? Es war im Protokoll von sechs bis acht Gästen die Rede. Wer sagt uns denn, dass die Mason in ihrem Vollrausch nicht ein, zwei ihrer Kommilitonen rangelassen hat und ihr danach jemand ganz anderes an die Gurgel gegangen ist? Könnte ein eifersüchtiger Freund sein oder ein verschmähter Liebhaber. Das ist doch alles noch viel zu spekulativ. Könnte ja sogar die Riva gewesen sein. Hast du deren Figur gesehen? Gegen die hätte sie doch selbst nüchtern keine faire Chance gehabt.«

»Jennifer Mason hatte heute Nacht überhaupt keine Chance«, antwortete Julia Durant mit einem Kopfschütteln. »Dann soll sie also, bevor es zur Gewalt kam, Geschlechtsverkehr mit mehreren Männern gehabt haben?«

»Kann doch sein, oder?«, entgegnete Hellmer mit unschuldigem Gesichtsausdruck.

»Natürlich«, entgegnete Durant spitz und warf ihrem Kollegen einen vernichtenden Blick zu. Hatte er den vergangenen Sommer einfach vergessen? Hatte er das Bild verdrängt, wie sie kaum die Treppe aus dem Verlies hinaufgehen konnte, weil ihr Unterleib an jeder nur denkbaren Stelle schmerzte? Oder hatte er geplappert, ohne zu denken? Diese Seite an Hellmer, die er nicht oft, aber eben immer wieder mal zeigte, brachte Durant auch nach all den gemeinsamen Jahren noch auf die Palme. Verstärkt wurde dies durch die allgemein sehr naiven Vorstellungen von Männern darüber, wie Frauen Sexualität empfanden und welche Bedürfnisse und Vorlieben dabei für sie vorherrschten. Lustgewinn durch schmerzhaftes Eindringen und damit einhergehende Verletzungen im inneren Schambereich jedenfalls wünschte sich keine normale Frau. Und Jennifer Mason machte bislang nicht den Eindruck, als habe sie auffällige sexuelle Orientierungen gehabt.

Hellmer stand noch immer mit ausdruckslosem Gesicht neben ihr, und Durant entschied sich, ihren Kommentar noch einmal zu unterstreichen.

»Das Einvernehmen endet für mich mit den Würgemalen und Blutergüssen an Hals, Oberarmen und Handgelenken, den Hautabschürfungen an den Oberschenkeln und den Hautrissen im Intim- und Analbereich.«

»Vielleicht hast du recht. Aber wir drehen uns im Kreis, merkst du das?« Tonfall und Worte klangen verdächtig nach einem von Hellmers typischen Friedensangeboten. »Lass uns irgendwo frühstücken gehen und die Kollegen von der KTU und Forensik ihren Job machen. Vielleicht können wir später zu Adriana Riva fahren und herausfinden, wer alles auf der Party war.«

»Und was ist mit Jennifer Masons Familie?«

Hellmer schüttelte energisch den Kopf.

»In Kanada ist es jetzt Mitternacht oder so. Außerdem haben wir die Eltern noch gar nicht ermittelt. Der Nachnahme Mason bedeutet im Deutschen nicht nur Maurer, er ist auch von der Häufigkeit vergleichbar. Füllt also ganze Spalten im Telefonbuch, da kann sich unser Dreamteam dran verausgaben.«

Julia Durant musste unwillkürlich grinsen. Hellmer meinte damit ihre Kollegen Kullmer und Seidel, die sich vor ein paar Jahren dazu entschlossen hatten, Berufliches und Privates nicht mehr voneinander zu trennen. Die Arbeit im Präsidium lag also in guten Händen. Mehr gab es zu dieser frühen Stunde einfach nicht zu tun.

»Na gut, Frank«, sagte sie. »Lass uns von hier verschwinden.«

SAMSTAG, 7.50 UHR

Mann, noch nicht mal acht Uhr«, kommentierte Frank Hellmer die in riesigen Lettern aufflammende Digitalanzeige seines Bordcomputers. Julia Durant musterte das protzige Interieur des Porsche interessiert, verkniff sich aber einen Kommentar. Bereits im vergangenen Sommer hatte sie dieses Thema mit ihrem Kollegen durchgekaut und verspürte nicht die geringste Lust auf eine Neuauflage. Letzten Endes ging es sie auch nichts an. Hellmer hatte wieder zu seiner Ex-Frau zurückgefunden, diese war nun einmal wohlhabend, und warum sollte sie ihr Geld nicht auch ausgeben. Lebe jetzt, sonst tun's deine Erben, hatte Nadine irgendwann in grauer Vorzeit einmal gesagt. Von dieser Unbeschwertheit, das wusste Julia nur zu gut, war heute nicht mehr allzu viel übrig. Der Porsche allerdings war geblieben, und Hellmer lenkte ihn gerade auf die Borsigallee.

»Wo wollen wir denn frühstücken?«, fragte er und warf Durant einen Blick zu. »Im Hessencenter ein Café suchen oder lieber gleich die Kantine in der BGU?«

»Ach, ich weiß nicht«, seufzte sie. »Aber bitte bloß nirgendwohin, wo ich Café au Lait und Croissants vorgesetzt bekomme!« Zweifelsohne hatte Julia die Lebensart und das Verwöhnprogramm von Susanne Tomlin an der französischen Riviera zu schätzen gewusst. Doch seit ihrer Rückkehr genoss sie wieder die tägliche Wurst- oder Nutellaschnitte – Roggen- oder Körnerbrot wohlgemerkt und nichts, was einem Baguette auch nur im Entferntesten ähnelte. Dazu schwarzen, arabischen Kaffee aus einer einfachen Henkeltasse anstatt mit doppelt so viel Milch in einer Porzellanschale.

»Mir würde ein Ausflug auf die Fast-Food-Meile voll und ganz genügen«, gestand Durant. »Da gibt's alles Mögliche an Frühstückskram und vor allem einen brauchbaren Kaffee.«

»Wie Madame wünschen«, nickte Hellmer und trat aufs Gas. Offenbar hatte er sein Ziel bereits im Kopf, und tatsächlich setzte er kaum drei Minuten später den Blinker, kreuzte die Straßenbahngleise und steuerte auf einen Parkplatz zu. Trotz des schrecklichen Tatorts, der Julia Durant noch deutlich vor Augen stand, verspürte sie nun heftigen Appetit. Dabei kam ihr in den Sinn, dass sie unbedingt diverse Snacks in ihrem Kühlschrank aufstocken sollte. Doppelt so groß wie der, den sich Julia damals für ihre eigene Küche ausgesucht hatte, machte sich in Susannes zweitürigem Monstrum sehr schnell eine unangenehme Leere breit.

Die Fahrt hatte kaum lange genug gedauert, um das Niveau von Smalltalk-Plattitüden zu verlassen, geschweige denn, dass sich ein Gespräch über den Fall hätte entwickeln können. Durant trat durch die doppelte Glastür in das Schnellrestaurant und hielt sie für Hellmer offen. Dabei wanderte ihr Blick bereits über die wenigen Anwesenden und suchte eine ruhige, möglichst abgeschiedene Ecke, in der sie sich ungestört unterhalten konnten.

»Soll ich dir was mitbringen?«, fragte Hellmer und deutete auf die bunten Plastiktransparente mit den Frühstücksangeboten. Eine der Empfehlungen war eine Art Schinken-Käse-Croissant, und als er sah, dass auch Julia das Bild gesehen hatte, grinste er breit.

»Untersteh dich!«, warnte sie ihn. »Bring mir irgendwas Fleischiges, und für hinterher noch was Süßes. Und einen ordentlichen Kaffee.«

Gemächlich schlenderte sie auf die Fensternische zu, die sie als idealen Sitzplatz auserkoren hatte, und nahm auf der rotbraunen Kunstlederbank Platz. Anders als zu späterer Stunde fand sie die Tischplatte unverklebt und ohne Krümel vor. Für einen kurzen Moment stützte sie die Ellbogen auf dem kühlen Marmor ab und verbarg ihren Kopf zwischen den Händen. Bitte nicht schon wieder, flehte sie in Gedanken, bitte jetzt kein Kreislauftief. Um sich zu entspannen, ging Julia im Stillen einige Übungssätze autogenen Trainings durch. Dieser Mummenschanz, wie sie die Übungen einst bezeichnet hatte, taugte tatsächlich etwas. Ruhe, Wärme und Atmung wahrnehmen, dabei eine Hand auf den Solarplexus legen. Wenn sie bloß niemand dabei erwischte. Gerade rechtzeitig, als Hellmer mit einem Tablett an den Tisch trat, auf dem sich nichts weiter befand als zwei stark dampfende Pappbecher, richtete sich Durant wieder auf.

»Na, hast wohl die Hälfte liegen lassen.«

»Nein, die produzieren noch. Wird alles frisch geliefert, sobald es fertig ist. Hier, dein Kaffee.«

Er schob einen der Becher in ihre Richtung, und Julia griff sich schnell drei der vier Zuckerbeutel. Sie riss sie alle gleichzeitig auf und versenkte den Inhalt in der tiefschwarzen Flüssigkeit.

»Ich sehe schon, manche Dinge ändern sich nie«, feixte Hellmer.

»Warum auch«, konterte Durant. Dann, nach einer kurzen Pause, sah sie ihren langjährigen Kollegen mit fragendem Blick an. »Manches hat sich aber schon verändert, oder?«

»Weiß nicht. Was meinst du denn?« Hellmer schien verunsichert.

»Na komm schon«, bohrte sie. »Erzähl mal was von dir und Sabine. Ihr tollt ja herum wie junge Rehe.«

»Ach, daher weht der Wind.« Nun schien Hellmer erleichtert zu sein. »Na ja, was soll ich sagen, wir haben ein produktives Jahr hinter uns.«

»Produktiv?«, wiederholte sie und verzog das Gesicht. Noch bescheuerter hatte er es wohl nicht ausdrücken können.

»Mensch, Julia, was soll ich denn sagen, verdammt?«, platzte Hellmer heraus. »Du hast die Kaufmann doch damals selbst vorgeschlagen und warst dann weg. Ist ja auch okay, hast du ja bitter nötig gehabt, sehe ich ein. Aber das Leben musste schließlich weitergehen.« Nervös trommelten seine Finger auf dem Plastiktablett. Etwas gefasster sagte er dann noch: »Hast du eigentlich 'ne Ahnung, was hier los war?«

Julia kannte die Akten, und zwar allesamt. Nach knapp vier Wochen Innendienst unter Bergers Fuchtel meinte sie, nahezu jeden noch so kleinen Vorgang der vergangenen dreizehn Monate auswendig herunterbeten zu können.

»Ist doch okay«, beschwichtigte sie ihren Kollegen und legte ihm die Hand auf den Unterarm. Etwas verwirrt stellte die vor wenigen Sekunden an den Tisch getretene Bedienung ein Tablett mit Pappboxen, Servietten und Plastikbesteck ab und eilte davon.

»Es ist nur«, begann Julia und rief sich die seltsame Szene vorhin im Flur der WG ins Gedächtnis, »dass ich mich manchmal des Eindrucks nicht erwehren kann, als bräuchte man mich nicht mehr. Ich ziehe in eine Wohnung, von deren Balkon ich Berger fast auf den Schreibtisch spucken könnte, knie mich voll rein, damit ich endlich wieder auf die Straße komme, und dann habe ich meinen ersten Tatort und muss feststellen, dass ich nur das fünfte Rad am Wagen bin.«

»So ein Quatsch.« Aber Hellmer klang nicht so überzeugend, wie sie es sich erhofft hatte.

Durant versuchte es anders: »Als ich vorhin zum Tatort kam, hast du nicht einmal ihren Namen erwähnt, eben so, als würde man ohnehin davon ausgehen, dass dort, wo du bist, auch sie nicht fern ist.«

Nun schien der Groschen zu fallen.

»Du meinst, weil es bei uns früher so war?«

»Zwölf Jahre lang, lieber Frank. Wir haben so ziemlich jede Höhe und Tiefe mitgenommen, die einem nur widerfahren konnte.«

Noch immer lag Julias Hand auf seinem Unterarm, und Hellmer legte darauf nun seine freie Hand. Zwei einsame Tränen sammelte sich unter ihren Augen, nicht dick genug, um herabzutropfen, aber sichtbar für Hellmer.

»Verdammt, ich bin ein Trottel«, presste er zerknirscht hervor. »Ich seh dich bald jeden Tag und hab keine Ahnung, wie's in dir aussieht.«

»Frank, ich hab eine Scheißangst«, gestand Julia Durant. »Mir geht es alles andere als gut, aber wenn ich nicht bald wieder normalen Dienst machen kann, ertrag ich das nicht länger.«

»Ist schon gut, Frau Kollegin«, lächelte Hellmer und packte ihre Hand ganz fest. »Glaub mir, Berger hat nicht vor, dich als Bürokraft zu beschäftigen. Und so gut es mit Sabine auch läuft, ich möchte meine alte Partnerin ebenfalls gerne wiederhaben.«

Durant zog die Nase hoch, zwinkerte Hellmer dankend zu und befreite dann ihre Hand. Noch bevor sie mit dem ersten Pappkarton zu rascheln begann, hörte sie ihn etwas brummeln. Es hatte mit den unbestreitbaren Vorzügen zu tun, die eine junge gegenüber einer alten Kollegin hätte.

Lächelnd schüttelte Julia Durant den Kopf und biss voller Genuss in den mit Schweinehack, Bacon und Ei belegten Burger. Manche Dinge änderten sich tatsächlich nie.

Adriana Riva musste ausgesprochen hübsch sein, dies kam jedoch inmitten der sterilen Atmosphäre des Krankenzimmers mit seinen weißen Laken, dem Krankenhaushemd und dem Tropf in ihrem blassen Unterarm nicht zur Geltung. Zwischen den Schlitzen der heruntergelassenen Jalousie drangen warme Strahlen der Morgensonne hindurch, und in dem grellen Licht leuchteten unzählige feine Staubpartikel, die bei jeder noch so kleinen Bewegung wild durcheinanderstoben. Die gibt es also sogar hier und nicht nur bei mir zu Hause, registrierte Durant zufrieden. Die beiden Kommissare waren vor knapp zehn Minuten an der BGU eingetroffen und hatten sich den Weg zur Patientin Riva erfragt. Dabei waren sie auf erstaunlich wenig Widerstand seitens der Ärzte gestoßen. Sie werteten es als gutes Zeichen, denn dann konnte der Schock des Mädchens nicht so schlimm sein. Im Fahrstuhl schließlich, unter den naserümpfenden Blicken eines jungen Assistenzarztes, hatte Hellmer sein piependes Handy herausgezogen. Einer SMS von Sabine Kaufmann zufolge war John Simmons zwar bei seiner gemeldeten Anschrift ausfindig gemacht worden, von seiner Freundin Helena Johnson jedoch gab es keine Spur. Simmons selbst läge noch im Delirium; Details später.

In Rivas Zimmer herrschte eine beklemmende Stille. Das zweite Krankenbett war nicht belegt, und Hellmer hatte sich zwischen diesem Bett und dem Fenster postiert und blinzelte schweigend durch die Schlitze der Jalousien. Sie hatten auf der Herfahrt entschieden, dass Julia als weibliche Beamtin die erste Befragung durchführen sollte. Sanft hatte sie die Hand auf den Unterarm von Adriana Riva gelegt, einige Zentimeter unterhalb des Butterfly, wie man umgangssprachlich die Flügelkanüle bezeichnete, die in der Vene steckte. Eine kurze Erinnerung huschte an Julias geistigem Auge vorbei. Vier Tage lang hatte sie im vergangenen Sommer die Infusionsflaschen beobachtet, die sich in ihren Arm entleerten. Eine nach der anderen, Tropfen für Tropfen.

»Ich weiß, Sie stehen unter Schock«, setzte sie an und beugte sich etwas nach vorne, um möglichst leise sprechen zu können. Mit leerem Blick starrte Adriana Riva zurück, zeigte ansonsten aber keine Reaktion.

»Hören Sie. Wir werden Sie so wenig wie möglich beanspruchen, Ehrenwort. Aber Sie müssen mir sagen, was gestern Abend geschehen ist.«

Adriana atmete etwas schneller.

»Frau Riva, möchten Sie mir etwas mitteilen?« Durant zog dabei unwillkürlich ihre Hand zusammen, die immer noch auf Rivas Unterarm lag. Sofort stieß das Mädchen einen spitzen Schrei aus und schlug panisch um sich.

»*Smamma! Sparisci!*« Sie begann zu hyperventilieren, und plötzlich schoss ihr Farbe ins Gesicht. Die heftige Reaktion kam für Julia völlig unerwartet, sie sprang auf, taumelte und stieß mit einem lauten Scheppern an das verchromte Metallgerüst mit dem Tropf.

Mit drei großen Schritten eilte Hellmer herbei.

»Hol eine Schwester!«, keuchte Durant, die sich wieder gefangen hatte. Wortlos stieß Hellmer die Tür zum Gang auf.

»Eine Schwester, schnell!«

Die Italienerin begann zu wimmern und gab stoßweise ein Kauderwelsch in ihrer Muttersprache von sich. Dabei zitterte sie und atmete hastig. Durant meinte, mehrmals das Wort Madonna herauszuhören. Eine Schwester eilte herbei und gab ihr unwirsch zu verstehen, dass sie ihr im Weg stünde. Durant und Hellmer zogen sich ans Fenster zurück und beobachteten, wie die beleibte Frau, deren türkisfarbener Kittel an den meisten Körperstellen gefährlich spannte, Adriana Riva den Kopf streichelte und sie mit sanfter Stimme beruhigte. Erst nach einer Weile begriffen sie, dass die Schwester ein Kinderlied summte. Den wenigen Worten und dem Aussehen nach vermutete Durant, dass es sich ebenfalls um eine Italienerin oder zumindest eine Italienisch sprechende Südländerin handeln musste, und Hellmers Blick verriet ihr, dass er dieselbe Schlussfolgerung gezogen hatte. Schließlich tupfte die Schwester dem Mädchen mit einer Mullbinde die schweißnasse Stirn ab und hob danach ihren Blick in Richtung der beiden Kommissare.

»Sie sollten sich was schämen!«

Ihr Akzent war noch erkennbar, doch ihrer Aussprache nach war sie schon seit vielen Jahren in Deutschland.

»Machen Sie Ihre Arbeit und wir machen unsere«, gab Hellmer patzig zurück.

»Hey, Moment, sie hat doch recht«, sagte Durant schnell, als sie das gefährliche Aufblitzen in den Augen der Schwester erkannte. »Wir stellen Frau Riva nur noch zwei Fragen, und dann lassen wir sie sofort in Ruhe, okay?«

Widerwillig winkte die Schwester ab und schimpfte: »Sie machen doch sowieso, was Sie wollen! Aber ich hole den Dottore, wenn's sein muss!«

»Zwei Fragen, heiliges Ehrenwort«, bekräftigte Durant.

»*Bene*. Aber ich bleibe im Zimmer!«

»Kein Problem.«

Erneut trat Julia Durant an das Bett, diesmal von der anderen Seite. Sie ging etwas in die Hocke und flüsterte der wieder ruhig daliegenden Riva ins Ohr. »Können Sie mir sagen, wo Helena Johnson ist?«

Schweigen. Dann, als sie die Frage bereits wiederholen wollte, bewegten sich Rivas Lippen.

»Hel…«, klang es schwach, und in den Augen spiegelte sich Angst. »*Dov'è Helena?*«

»Das möchte ich von Ihnen wissen«, sagte Durant. »Können Sie sich erinnern, wo Ihre Freundin Helena ist?«

»*No, no, Helena …*«, keuchte das Mädchen und schüttelte den Kopf.

Die Schwester trat heran und schob sich an Julia Durant vorbei.

»*Due domande*. Sie hatten Ihre zwei Fragen.« Wieder stimmte sie einen leisen Gesang an und tupfte Rivas Stirn ab. Über die Schulter suchte sie den Blickkontakt zu Hellmer.

»Madonna, sehen Sie nicht, wie das arme Kind leidet? Kommen Sie morgen wieder!« Ein abschließendes Brummen, bevor sie sich wieder ihrer Patientin zuwandte, ließ vermuten, dass sie ihrem letzten Satz mit einer blumigen Metapher in ihrer Muttersprache noch etwas Nachdruck verliehen hatte.

»Komm, Frank, wir verschwinden von hier«, sagte Julia zu ihrem Kollegen, der recht ratlos wirkte. Sie ging langsam zur Tür und drückte die Klinke hinab.

»Gregorio«, flüsterte es plötzlich, und wie versteinert hielt die Kommissarin inne. Sie wagte nicht, sich zu bewegen, und fürchtete beinahe, eine Halluzination gehabt zu haben. Doch da sprach die Stimme erneut, noch immer mehr ein leises Stammeln, aber wesentlich deutlicher als zuvor.

»Taubert. Gregor Taubert.«

Dann verlor Adriana Riva das Bewusstsein.

SAMSTAG, 11.05 UHR

Vom Parkplatz der BGU hatte Frank Hellmer seinen Wagen auf die Friedberger Landstraße gesteuert, die sich mehrspurig in Richtung Innenstadt wand. Sie hatten den schlanken Wehrturm der Friedberger Warte passiert, hinter dessen rot-weißen Fensterläden man mit etwas Phantasie noch immer mit Bogen bewaffnetes Wachpersonal vermuten konnte. Danach die Abzweigung zum amerikanischen Generalkonsulat und schließlich den Hauptfriedhof. Anschließend waren sie an der Fachhochschule rechts in die Nibelungenallee eingebogen, eine Kreuzung, die Hellmer an normalen Wochentagen selbst zu dieser Zeit noch vermieden hätte. Doch der Samstagsverkehr hielt sich in Grenzen, vermutlich zog es die meisten Leute heute eher an die Badeseen anstatt auf die Zeil.

»Ziemlich doofe Idee eigentlich, den Peugeot in Fechenheim stehen zu lassen«, dachte Julia Durant laut. »Jetzt hab ich's vom Revier nur einen Katzensprung bis nach Hause, und das Auto steht am anderen Ende der Stadt.«

»Kam mir auch schon in den Sinn«, pflichtete Hellmer ihr bei, »aber dir wäre andererseits eine nette Stadtrundfahrt mit mir entgangen.«

»Eine halbe Stadtrundfahrt, um genau zu sein.« Julia bedachte ihren Kollegen mit einem herausfordernden Blick und fügte hinzu: »Du wirst sie nachher natürlich noch abschließen und mich bei meinem Auto rauswerfen.«

»Nun ...«

»Das war keine Frage!«

Der Parkplatz des Präsidiums war nicht einmal halb voll, und außer zwei rauchenden Uniformierten begegnete ihnen niemand. Schweigend stiegen Durant und Hellmer die Treppe hinauf und durchquerten den langen Gang, an dessen Ende ein einziges großes Fenster das Sonnenlicht aufsog. Ein Benjamini in einem schweren Pflanzenkübel stand mittig davor und schien sich mit seinen staubigen Blättern dankbar nach jedem Lichtstrahl zu recken. Die meisten Türen waren verschlossen, und aus den geöffneten hörte man kaum Geräusche. Alle Dienststellen waren nur mit dem wochenend-üblichen Personalschlüssel besetzt, und auch die Schreibtische des K 11 standen zum großen Teil leer. Freundlich lächelnd nickte Durant Doris Seidel zu, die sich den Telefonhörer zwischen Ohr und Schulter geklemmt hatte und leise sprechend die Tastatur ihres PCs bearbeitete. Peter Kullmers Arbeitsplatz war leer, nein, eher verlassen, korrigierte Durant in Gedanken. Der Schreibtisch war dermaßen überladen mit Laufmappen und Papieren, dass der Begriff leer absolut unpassend gewesen wäre. Kullmer war der Mann fürs Praktische, nicht für die Bürokratie. Wahrscheinlich war er auch jetzt in Sachen Ermittlung unterwegs. Das schloss Durant aus der Anwesenheit von Doris Seidel. Wo sie war, da war auch

Kullmer. Warum sollte ein Partner eine Extraschicht schieben, während der andere zu Hause wartete?

Auch Sabine Kaufmann war noch nicht zurück im Büro. Die erste Dienstbesprechung mit Berger würde demnach eine recht dürftige Zusammenkunft werden.

Berger erwartete die beiden Kommissare bereits und begrüßte sie mit einem stirnrunzelnden Nicken. »Hatte gehofft, Sie erst am Montag wiederzusehen.« Er sah müde aus, war nicht rasiert, und Julia war sich beinahe sicher, dass er dasselbe Hemd wie am Vortag trug.

»Ihnen auch einen guten Morgen«, erwiderte sie.

»Dito«, ergänzte Hellmer.

Mit einem Ächzen richtete Berger sich auf und schob einige Papiere zur Seite. Er nahm einen Kugelschreiber und den Schreibblock zur Hand und rückte die Schreibtischunterlage gerade.

»Hilft alles nichts, bringen Sie mich mal auf den neuesten Stand.«

Nach einem kurzen Blickwechsel mit Durant begann Hellmer mit seinem Bericht. Julia beobachtete Berger, der sich Notizen machte, und versuchte zu entziffern, welche Fakten er dabei besonders wichtig fand. Vor ihrem geistigen Auge ließ auch sie den Tatort, das Opfer und die Gedanken zum möglichen Tathergang Revue passieren. Die Vermutung lag nahe, dass es sich um eine dieser zügellosen Studentenpartys gehandelt hatte, bei denen es immer wieder zu Exzessen kam. Studentinnen, die mit ihren weiblichen Attributen nicht geizten, dazu eine schwüle Sommernacht, reichlich Alkohol und Drogen. Ausgelassene junge Männer, die nicht interessiert waren an Philosophie oder Naturwissenschaft, sondern die Körper der Mädchen mit ihren Blicken verzehrten und sich immer weiter aufputschten. Mit jedem Schluck und jeder Pille sank die Hemmschwelle, irgendwann erledigte das Testosteron den Rest, und sie fielen wie die Tiere übereinander her. Doch war das wirklich schon alles?

Nicht für Julia Durant. Wer auch immer sich im Vollrausch einer Vergewaltigung schuldig macht, der schlitzt doch seinem Opfer danach nicht die Kehle auf. Warum sollte man sich mit einem Mord belasten, wenn das Rechtssystem für Sexualstraftäter doch genügend Möglichkeiten und Auswege bereithielt, zum Beispiel, sich auf verminderte Schuldfähigkeit zu berufen. Ein freiwilliger Entzug, begleitende Therapie und außerdem das stetige Bedauern, die vermeintlich lockenden Signale der jungen Frau schlicht und ergreifend falsch interpretiert zu haben. Durant hatte oft genug erlebt, wie den Opfern sexueller Gewalt eine Mitschuld angedichtet wurde.

»Die heftigen Verletzungen Jennifers schließen jede Form einvernehmlichen Verkehrs aus«, bekräftigte sie Hellmers sachliche Auflistung. »Das Mädchen wurde womöglich über Stunden gequält und danach ermordet. Da gibt es nichts zu beschönigen.«

»Hat auch niemand vor«, kommentierte Berger und suchte mit dem Zeigefinger eine bestimmte Stelle in seinen Notizen. »Ich hatte vor einer Viertelstunde Professor Bock am Telefon, der bestätigte noch einmal die außerordentliche Brutalität. Für Details werden wir uns bis Montag gedulden müssen. Der innere Schambereich des Mädchens muss eine einzige große Wunde sein.«

Durant seufzte und Hellmer fragte: »Was ist mit Alkohol und Drogen?«

»Der Schnelltest sagt, dass sie Kontakt mit Haschisch hatte. Blutalkohol dürfte bei etwa zwei Promille liegen. Koks war auf den ersten Blick keines in der Nase. Genaueres ist zu diesem Zeitpunkt einfach noch nicht drin, zumal sich Bock und Sievers primär auf die Sicherstellung fremder DNA konzentrieren.«

»Also hängen wir bis dahin in der Luft«, seufzte Durant.

»Wie man es nimmt«, sagte Berger. »Wir haben noch ein paar Verhöre, die wir führen können. Dafür müssen die Kerle nur erst mal wieder nüchtern werden.«

John Simmons, so fasste er kurz zusammen, war auf Empfehlung von Sabine Kaufmann von zwei Beamten zur ärztlichen Untersuchung begleitet worden. Einem Drogen- und Alkoholtest widersetzte sich der athletische Amerikaner zunächst erfolgreich. Er begann um sich zu schlagen, wobei er ungeahnte Kräfte freisetzte. Dabei habe er lauthals geschrien. Es hatte dann wohl eine Weile gedauert, bis die Beamten ihn überwältigen konnten. Wenn man ihrer Meldung Glauben schenken durfte, saß der zuvor noch wilde Stier Simmons nun wimmernd in einer Ausnüchterungszelle. Den heroisch dazugedichteten Anteil dieser Meldung konnte man vorerst nur erahnen.

Den Namen Gregor Taubert hatte Durant noch vor Verlassen der Klinik telefonisch ins Präsidium übermittelt, um das Personenregister prüfen zu lassen. Glücklicherweise gab es nur einen Treffer im Stadtgebiet, und da Kaufmann sich noch nicht zurückgemeldet hatte, hatte Kullmer sich auf den Weg dorthin begeben. Dieser war nicht einmal weit, denn Taubert war im Studentenwohnheim an der Bockenheimer Warte gemeldet, keine zwei Kilometer Luftlinie vom Präsidium entfernt. Wenn der Student sich allerdings in einem ähnlichen Zustand befand wie Simmons, so befürchtete Durant, würde auch diese Spur zunächst keinen wirklichen Zugewinn bedeuten.

»Hört mal kurz zu, Leute.« Doris Seidel hatte sich der kleinen Versammlung genähert und wedelte mit einem gelben Notizzettel.

»Frau Seidel«, nickte Berger auffordernd, und auch Hellmer und Durant richteten ihre Blicke auf die hübsche, zierlich wirkende und doch, wie man wusste, gut durchtrainierte Kollegin.

»Soeben hat mich die Leitstelle darüber informiert, dass im Günthersburgpark eine orientierungslose junge Frau aufgegriffen wurde. Sie ist dunkelhäutig und spricht bisher nur in wirrem Englisch. Sie trägt keine Papiere bei sich, aber ...«

»Helena Johnson«, platzte es fast gleichzeitig aus Durant und Hellmer heraus.

»Äh, ja«, sagte Seidel etwas irritiert. »Ich entnehme eurer Reaktion, dass die Beschreibung passt. Die Beamten haben einen Krankenwagen gerufen und befinden sich derzeit noch an Ort und Stelle. Südlicher Parkeingang, Ecke Wetterausstraße.«

Lapidar winkte Berger den bereits aufgestandenen Kommissaren zu. Julia Durant suchte noch einmal den Blickkontakt, teils, um zu verstehen, warum ihr Chef so schlecht aussah, teils, um ihn wissen zu lassen, dass sie bereit war, sich voll und ganz auf den Fall zu stürzen.

»Nun verschwinden Sie schon«, sagte er mit einem Zwinkern. Er hatte sie offenbar verstanden, und es war sicher nur eine Frage der Zeit, bis sie ihn auch verstehen würde.

Ein Jahr konnte man eben nicht innerhalb weniger Wochen aufholen.

Die Mittagssonne brannte erbarmungslos auf die Stadt hinab, und über dem Asphalt flimmerte die Luft. Zum zweiten Mal an diesem Tag warteten Durant und Hellmer an der großen Ampelkreuzung des Nibelungenplatzes, diesmal in Fahrtrichtung Bornheim. Die Klimaanlage hatte auf der kaum drei Kilometer langen Strecke keine Chance, eine erfrischende Wirkung zu zeigen. Unruhig rutschte Durant auf dem Ledersitz hin und her.

»Sag mal«, begann sie zögernd, und Hellmer sah zu ihr hinüber und zog die Augenbrauen hoch. Er kannte seine Kollegin besser als jeder andere, und Julia wusste das. Dennoch schien er nicht zu ahnen, was ihr gerade in den Sinn gekommen war.

»Na, was gibt's?«

»Ich trau mich das jetzt kaum zu fragen, weil ich dich nicht in Verlegenheit bringen will«, druckste sie herum. Verzweifelt hatte sie in ihren Erinnerungen der letzten vier Wochen gekramt, doch keine Antwort, ja, nicht einmal verwertbare Anhaltspunkte gefunden.

»Mach's nicht so spannend«, stöhnte Hellmer, der mittlerweile wieder die Ampel beobachtete. Gut, dachte Julia, dann halt raus damit.

»Früher, also ich meine vor der Geschichte im letzten Sommer«, begann sie, »hattest du hier doch immer eine Packung Zigaretten rumfliegen.«

»Oh Mann, das ist jetzt nicht wahr, oder?«

Mit einem Ruck fuhr Hellmer an und schüttelte energisch den Kopf. Es sah so aus, als hätte er sich am liebsten mit der Hand vor den Kopf geschlagen.

»Du wolltest doch, dass ich damit rausrücke«, verteidigte sich Durant. Es war ihr durchaus geläufig, wie heikel das Thema Sucht bei ihrem Kollegen war. Wie der Alkohol ihn und auch die Menschen um ihn herum zu zerstören gedroht hatte. Sie wusste außerdem, dass das gelegentliche unbändige Verlangen nach einer Zigarette sie wohl bis ans Lebensende begleiten würde. Hellmer hingegen hatte sie seit ihrer Rückkehr nicht ein einziges Mal rauchen sehen, und es lag ihr fern, seine vermutete Abgewöhnung zu torpedieren. Doch Hellmer reagierte vollkommen anders als erwartet.

»Im Handschuhfach sind welche, bedien dich nur. Und gib mir auch eine.«

Verblüfft fuhr Julia herum. »Wie jetzt? Ich dachte, du hättest aufgehört?«

»Im Leben nicht«, prustete Hellmer. Dann, wieder ernster, fügte er hinzu: »Auch wenn ich Nadine damit wohl sehr glücklich machen könnte. Aber ich hatte mich schon gewundert, dass du nicht rauchst …«

Ihre Blicke trafen sich, es war ein kurzer, sehr vertrauter Moment, wie Julia ihn in den ganzen Monaten vor ihrer Entführung nicht mehr mit Frank erlebt hatte. Dann lachten sie beide lauthals, und der Porsche machte einen gefährlichen Schlenker.

»Pass bloß auf, sonst muss die Tabakindustrie bald einen neuen Spruch auf die Packungen drucken: Unachtsames Rauchen kann zu schweren Verkehrsunfällen führen.«

Durant nahm den Zigarettenanzünder, hielt die orange leuchtende Spirale an die Spitze und sog kräftig am Filter, bis die Glut knisternd übersprang. Hellmer tat das Gleiche, jedoch um einiges schneller, da er gleichzeitig über die nächste Kreuzung manövrierte. Ganz schön affig eigentlich, dachte sie, dass die Kripo im Porsche aufkreuzt. Doch es hatte sich bei den Kollegen der Mordkommission eingebürgert, dass man bei Rufbereitschaft mit dem eigenen Wagen zum Tatort kam. Besser so, als wertvolle Zeit zu verlieren.

Hellmer trat auf die Bremse und lenkte den Porsche nach links in eine verkehrsberuhigte Zone. Langsam und von einem dumpfen Vibrieren begleitet, schlich das Fahrzeug etwa zweihundert Meter über das Kopfsteinpflaster.

»Sag mal, hast du dir Berger vorhin genau angesehen?«

Hellmer schien etwas verwundert über den Gedankensprung.

»Wegen Dreitagebart und Knitterhemd meinst du?«

»Ja, auch. Aber so allgemein ist er ganz schön alt geworden, finde ich. Vielleicht fällt mir das nach einem Jahr Abstand einfach mehr auf, als wenn man sich jeden Tag über den Weg läuft.«

»Weiß nicht, kann sein. Er hatte es die letzte Zeit immer mal wieder im Rücken, vielleicht liegt's ja daran.«

»Hoffen wir es.«

»Er ist halt auch nicht mehr der Jüngste, und wer weiß, wie lange er sich das hier noch antun will.«

Helena Johnson kauerte auf einer hölzernen Parkbank, deren grüner Lack schon einmal bessere Zeiten erlebt hatte. Trotz des Schattens der hochgewachsenen und weit verzweigten Linde in unmittelbarer Nähe war es drückend heiß. Dennoch war die junge Frau in eine leichte Decke gewickelt, die sie von den etwas abseits stehenden Sanitätern bekommen haben musste. Einer der beiden wickelte gerade eine Blutdruckmanschette zusammen. Von dem Notarzt, dessen Audi den Parkeingang blockierte, war nichts zu sehen.

»Schwächeanfall«, hörte Durant einen der beiden Sanis murmeln, der andere erwiderte etwas, das sie als »Schüttelfrost« interpretierte. Hellmer knöpfte sein verschwitztes Hemd um einen weiteren Knopf auf und schnaufte, während er auf die beiden zutrat. Durant setzte sich neben das Mädchen und neigte vorsichtig den Kopf zu ihr. Helena Johnson wirkte nicht nur übernächtigt, sondern auch irgendwie blass. Bei dunkelhäutigen Menschen schien Durant diese Diagnose allerdings zweifelhaft.

»Helena Johnson?«, fragte sie sanft und überlegte sich, ob eine Berührung angemessen wäre. Doch sie legte ihre Hand nicht um den noch immer leicht zitternden Körper. Keinesfalls wollte sie denselben Effekt wie bei Adriana Riva herbeiführen.

»Ich würde Ihnen gerne helfen«, fuhr Durant fort, »nur weiß ich nicht, wie.«

Dabei beugte sie sich noch etwas weiter vor und versuchte, Blickkontakt aufzunehmen. Mit leeren Augen starrte Johnson scheinbar durch die Kommissarin hindurch und zeigte keinerlei Regung. Doch dann, als Durant gerade den Kopf zurückziehen wollte, löste sich eine Träne, und das Mädchen sackte in sich zusammen. Noch während Julia Helena aufzufangen versuchte, reagierten auch die beiden Sanitäter. Sie sprangen herbei und verständigten sich mit knappen Worten darüber, wohl doch besser eine Trage zu holen.

Wimmernd kauerte Helena Johnson, eine großgewachsene und alles andere als zierliche Person, nun wie ein kleines, hilfloses Bündel im Arm der Kommissarin, die sich wie in einem Déjà-vu fühlte. Doch anders als ihre Mitbewohnerin begann sie nun zu plappern, erst undeutlich, dann immer lauter und mit einem klagenden Tonfall. »*What have we done, my God, what have we done?*«, jammerte sie. Für Julia Durant klang es beinahe so wie früher, damals, in der Kirche, wenn die alten Frauen Mea culpa beteten und ihre gar so große Schuld beklagten.

»Was haben wir getan, was haben wir bloß getan?«

SAMSTAG, 14.28 UHR

Erschrocken fuhr Alexander Bertram zusammen, als das rote Licht über seinem Monitor grell zu blinken begann. Einundzwanzig Stufen von jetzt an. Er klickte zweimal mit der Maus, schaltete den Flachbildschirm aus und erhob sich. In nahezu vollständiger Dunkelheit bahnte er sich geschickt seinen Weg und durchtrat wenige Sekunden später in geduckter Haltung eine achtzig mal achtzig Zentimeter große Luke in der Rückwand des antiken Kleiderschranks aus dunklem Nussbaumholz. Mit einer Klappe, die sich beinahe nahtlos in die Öffnung einfügte, verschloss Alexander den geheimen Durchgang, schob einen dunklen Anzug davor und verließ das Möbelstück.

Im hellen Tageslicht des Zimmers kniff er kurz die Augen zusammen, richtete sich auf und drückte die Schranktür von außen zu. Dann verharrte er einen Augenblick und lauschte. Tapp, tapp, tapp. Alexander musste seine Berechnung korrigieren. Den flinken Schritten nach zu urteilen war es nicht seine Mutter, die er auf den hölzernen Stufen hörte. Hannelore Bertram litt seit Jahren unter Asthma, so dass sie meist bei Stufe elf eine Verschnaufpause einlegte und von dort aus ein gequältes »Alexaaander« von sich gab. Diesem Ruf eilte die Hoffnung voraus, durch eine Reaktion ihres Sohnes den restlichen Aufstieg erspart zu bekommen. Gelegentlich, aber nur an ausgesprochen guten Tagen, gönnte Alexander ihr diese Erleichterung. Heute jedoch war es Wolfgang Bertram persönlich. Gerade rechtzeitig, bevor das dumpfe Pochen auf der hölzernen Tür ertönte, ließ Alexander sich in einen riesigen Sitzsack aus weißem Leder fallen und griff nach seinem bereitstehenden Netbook.

»Alex?« Die Tür öffnete sich langsam. Eine der vielen Unarten seines Vaters war, dass er nach dem Anklopfen sofort den Raum betrat. Ein-, zweimal mit seinen kräftigen Knöcheln auf das Türblatt trommeln und danach unmittelbar die Klinke betätigen. Mutter würde das im Traum nicht einfallen.

»Was'n los?«, gähnte der junge Mann und gab sich antriebslos. Mehr als einen kurzen, gelangweilten Blick gönnte er dem Eindringling nicht. Samstagnachmittags um diese Zeit verzogen sich seine Eltern meist hinaus in den Garten, einmal im Monat fuhren sie außerdem in den nahe gelegenen Großmarkt.

»Hör mal«, begann der beleibte Sechzigjährige, dessen Tonfall hin und wieder einen unangenehmen Hauch militärischen Drills hatte. Doch Alexander ließ sich nicht beirren. Er rechnete kurz nach und kam zu der Erkenntnis, dass heute tatsächlich der erste Samstag des Monats war. Also Großmarkt. »Ich bleib daheim. Hab keine Lust«, sagte er mürrisch. Doch offenbar hatte sein Vater etwas ganz anderes sagen wollen.

»Unten ist ein Polizeibeamter«, beendete Wolfgang Bertram seinen begonnenen Satz. »Er will dich sprechen.«

Alexanders Magen zog sich zusammen. »Mich?«, fragte er und musste seine Ungläubigkeit nicht einmal spielen.

»Ja, es geht wohl um gestern Abend«, nickte der Vater. »Mann, Junge, du steckst doch nicht etwa in Schwierigkeiten, oder?« Plötzlich klang die Stimme überhaupt nicht mehr streng, er trat einen Schritt näher, und sein Blick wirkte ernsthaft besorgt.

»Ach Quatsch«, entgegnete sein Sohn, der sich mittlerweile wieder gefangen hatte. Bin mal gespannt, wer sein loses Mundwerk nicht halten konnte, dachte er im Stillen.

»Hilf mir mal bitte hoch, Papa«, forderte er seinen alten Herrn mit einer entsprechenden Handgeste auf.

»Wusste doch gleich, dass diese Dinger nichts taugen«, murrte der Alte und griff mit seiner riesigen Pranke nach dem ausgestreckten Arm seines Sohnes.

»Ich revanchier mich dann, wenn du mal wieder nicht aus dem Z1 kommst«, ulkte Alexander. »Aber jetzt sag doch mal, was will die Bullerei denn?«

Das bereits etwas freundlicher gewordene Gesicht von Wolfgang Bertram verwandelte sich sofort wieder in eine tadelnde Miene. »Sprich nicht so respektlos!«

»Ja, sorry«, entgegnete Alexander schnell. Bitte bloß nicht schon wieder die Leier über Recht, Ordnung und den Schutz der Bürger vor der Verwahrlosung der Gesellschaft. »Die Polizei meine ich natürlich. Was wollen die denn?«

»Weiß ich noch nicht genau.« Der Alte zuckte mit den Schultern. »Unten sitzt ein Kommissar, der sich bislang lediglich erkundigt hat, wo wir gestern Abend waren, also wir alle. Dann hat er auch gleich nach dir gefragt.«

Alexander Bertram hatte nichts anderes erwartet. Unter den kritischen Blicken seines Vaters kramte er eine zerknitterte Jeans hervor, die er gegen die Jogginghose tauschte. Das weiße T-Shirt war noch frisch genug, zumindest für sein Empfinden. Er spürte den kritischen Blick, der jeder seiner Bewegungen zu folgen schien. Gänzlich unbeeindruckt davon schlüpfte er in ein Paar Badelatschen und drehte sich in Richtung Tür.

»Wollen wir? Oder soll ich unterwegs in eine Galauniform schlüpfen?«

Kopfschüttelnd folgte der pensionierte General seinem Sohn nach unten.

Die Eingangshalle im Erdgeschoss der Villa war ein hoher, in Weiß und Altrosa angelegter Raum, dessen einzige Aufgabe darin bestand, die Besucher zu beeindrucken. Bittsteller wurden sich hier ihrer niederen Position bewusst, und potenzielle Rivalen wurden daran erinnert, dass sie es hier mit einem mächtigen Gegenspieler zu tun bekommen würden. Ein zwölfarmiger Kronleuchter aus leicht angelaufenem Silber, behängt mit Kristallen und ausgestattet mit elektrischen Kerzenbirnen, schwebte über dem Zentrum des Raumes, von dem man sich in drei Richtungen ins Haus hinein bewegen konnte. Zwei Türen waren verschlossen, eine dritte führte zurück in den Windfang des Eingangs und eine nach beiden Seiten geöffnete Schiebetür gegenüber der Treppe in das geräumige Wohnzimmer. Dort lagen wertvolle Perserteppiche mit dunklen rotbraunen Farbmustern, und eine riesige, glänzend braune Ledercouch mit zwei zugehörigen Sesseln lud in einem fünf Meter breiten Erker zum Verweilen ein. Antike Kommoden, ein zugeklappter Sekretär und zwei Bücherwände, die links und rechts die gesamten Seitenwände ausfüllten, ließen den Raum wie einen königlichen Lesesaal wirken.

Zielstrebig durchschritt Alexander das Wohnzimmer in Richtung der großen Fenster, die in alle drei Seiten des Erkers eingelassen waren. Wie überall im Haus war es auch hier angenehm kühl, obgleich man dem Beamten ansah, dass er vor kurzem noch stark geschwitzt haben musste. Er saß in einem Sessel mit Blick auf die Straße, gegenüber auf dem Sofa rutschte Hannelore Bertram nervös hin und her. Alexander schätzte den Mann auf Mitte vierzig, er war modisch, aber lässig gekleidet und kaute auf einem Kaugummi herum. Dazu nahm Alexander beim Näherkommen einen ihm fremden, schweren Duft wahr, den er als Aftershave einordnete. Ein parfümierter Bulle also, dachte er abfällig. Hat die Kripo heute ihr Männermodel geschickt?

»Alexander Bertram?« Der Mann erhob sich und streckte ihm die Hand entgegen. »Peter Kullmer vom K 11, Mordkommission.«

Alexander nickte und erwiderte den Gruß. Er musste sich korrigieren. Zugegeben, dieser Kullmer verstrahlte einen gewissen Charme und hatte Stil, aber von einem Dressman war er doch eine ganze Klasse entfernt.

»Ich muss Sie darauf hinweisen, dass Sie das Recht haben, unter vier Augen vernommen zu werden«, sagte der Kommissar ernst und griff nach seinem Notizblock, der vor ihm auf der weißen Klöppeldecke lag. Nach einem schnellen Blick zu seiner Mutter, die mit gequältem Gesicht auf ein baldiges Ende dieses verstörenden Besuchs zu hoffen schien, und zu seinem Vater, der noch nicht Platz genommen hatte, schüttelte Alexander entschieden den Kopf.

»Nein, fahren Sie nur fort. Was auch immer Sie von mir wollen, ich habe nichts zu verbergen.«

»Gut«, begann Kullmer geschäftig, »dann verraten Sie mir bitte, wie Sie den gestrigen Abend verbracht haben.«

Alexander kratzte sich am Kopf.

»Oje. Wann beginnt bei Ihnen denn der Abend? Beim Abendbrot um sechs?«

»Alex!«, zischte Wolfgang Bertram erbost und stieß ihn an die Schulter.

»Ja, tut mir leid. Aber wenn mir mal jemand sagen würde, worum es geht, dann könnte ich auch gescheite Antworten geben.«

Offenbar entschied sich der Schönling zu einer anderen Strategie.

»Nun, Herr Bertram«, sagte er gedehnt und zog eine Fotografie zwischen den Seiten des Blocks hervor, »dann sagen Sie mir mal etwas zu dieser Person. Kennen Sie sie?«

Alexander fuhr zusammen und riss das Bild an sich.

»Oh, das ist doch Jenny!«, keuchte er, und um ein Haar hätte er begonnen zu hyperventilieren. Auf dem Foto war das ausdruckslose Gesicht von Jennifer Mason zu erkennen. Der aufgedruckte Zeitindex verriet, dass es keine drei Stunden alt war. Alexander vermutete, dass das Bild ein wenig retuschiert war, um die Leichenblässe nicht zu offensichtlich darzustellen, doch spätestens der metallene Hintergrund des Edelstahltisches verriet, dass das Bild wohl in der Gerichtsmedizin entstanden war.

»Was … was ist denn mit ihr passiert? Ich meine, wie … wer …«, stammelte er, als er bemerkte, dass Kullmer ihn erwartungsvoll musterte.

Hannelore Bertram, die das Foto nur kurz gesehen hatte und eben erst realisierte, dass es sich um eine Leiche handelte, verlangte nach ihrem Asthmaspray, und Wolfgang Bertram zwängte sich neben sie und wisperte ihr beruhigend zu. Sie nahm zwei Hübe aus einem Inhalator und sagte verzweifelt: »Aber unser Sohn hat damit doch nichts zu tun.«

»Darum geht es ja gar nicht«, stellte Kullmer klar. »Da Ihr Sohn laut unseren Erkenntnissen auf der Party war, muss ich ihn fragen, wo er zur Tatzeit gewesen ist.«

»Wir haben Ihnen doch schon alles gesagt …«, wimmerte sie, und Bertram senior sagte schnell: »Ruhig, Liebling, lass den Beamten seine Arbeit tun. Wir wissen doch alle, dass Alexander nichts damit zu tun hat.«

»Dann verraten Sie mir bitte nun, wie Sie den gestrigen Abend verbracht haben«, wandte Kullmer sich stirnrunzelnd an Alexander.

»Na ja, ich war halt auf der Party. Jennys Party. Also von ihr und ihren Mitbewohnerinnen.«

»Wer war außer Ihnen noch anwesend?«

»Also außer den drei Mädels, meinen Sie?«, fragte Alexander nach.

Kullmer nickte.

»Was ist denn überhaupt mit den beiden anderen?«

»Es geht ihnen gut. Den Umständen entsprechend. Aber beantworten Sie bitte meine Frage!«

»Ach so, ja, ich wollte es halt nur wissen. Also Helena hat ja diesen Ami, John Simmons, und dann war natürlich Gregor noch dabei. Ist der Freund von Jenny, na ja, jedenfalls, wenn's nach ihm ginge. Wir studieren zusammen. Sonst war niemand da, aber vielleicht kamen ja noch welche, nachdem ich weg war.«

»Und wann genau sind Sie gegangen?«

»Hmmm, wird wohl so gegen zehn gewesen sein.«

Kullmers Blick war zu entnehmen, dass er es für außerordentlich ungewöhnlich hielt, an einem Freitagabend so früh von einer Party zu verschwinden. Noch dazu bei einem so vielversprechenden Verhältnis von männlichen zu weiblichen Gästen. Doch bevor er eine weitere Frage formulieren konnte, zog Wolfgang Bertram ein kleines, weiß-türkis bedrucktes Kärtchen mit blauen Rändern hervor.

»Hier, bitte. Um 22.19 Uhr mit der Straßenbahn zum Hauptbahnhof und dann mit der S1 nach Höchst«, sagte er triumphierend und hielt dem Kommissar die Fahrkarte hin. Alexander warf seinem Vater einen fragenden Blick zu.

»Hast du unten im Flur liegen lassen«, erklärte dieser schnell. Zufrieden lehnte der Junge sich zurück. Auf seine Eltern war eben Verlass.

»Sehen Sie, es war langweilig, wenig Leute, von denen ich die Hälfte nicht ausstehen kann. Helena und John hängen dauernd aneinander, Gregor gräbt an Jenny herum ... Ach, Jenny«, schluchzte er. »Verdammt.«

Er vergrub sein Gesicht in den Händen und schniefte lautstark.

»Hören Sie, unser Sohn war um kurz nach elf zu Hause und anschließend den ganzen Abend hier«, hörte er seinen Vater mit Nachdruck sagen. »Ich war noch wach, als er heimkam, saß hier unten mit meiner Frau vor dem Fernseher. Alexander wünschte uns im Vorbeigehen eine gute Nacht und ging nach oben. Sagte, er habe keine Lust zum Feiern, sei müde und würde sofort ins Bett gehen. Daraufhin schaltete ich die Alarmanlage an, die bis heute Morgen ununterbrochen aktiv war.«

»Okay«, nickte Kullmer, der sich eifrig Notizen machte. »Und die Anlage sichert das gesamte Haus?«

»Wie ein Bollwerk«, bekräftigte der General voller Stolz. »Sie können sogar das Protokoll einsehen, ob sie zwischenzeitlich deaktiviert wurde.«

»Hmm ja, darauf kommen wir zurück.« Er war sichtlich unzufrieden, den bislang einzig nüchternen Partygast als Zeugen und Verdächtigen ausklammern zu müssen.

»Was ist denn nun mit Jenny passiert?«, bohrte Alexander nach.

»Vergewaltigt und ermordet«, antwortete Kullmer knapp.

»Oh Gott«, keuchte Hannelore Bertram.

Gott ist tot, dachte ihr Sohn. Das haben schon Hegel und Nietzsche gewusst.

Fünf Minuten später war das Verhör beendet, und Kullmer legte eine Visitenkarte vor sich, auf die er eine Nummer notierte.

»Fürs Erste war es das«, sagte er und blickte dann auf in Richtung Alexander. »Ich muss Sie jedoch bitten, sich bei uns im Präsidium einzufinden wegen der erkennungsdienstlichen Maßnahmen. Sie wissen schon, Fingerabdrücke und so.«

»Was, aber wieso das denn?«, polterte Herr Bertram, und auch seiner Frau fiel entgeistert die Kinnlade herunter.

»Alexander hat doch nichts Unrechtes getan«, stieß sie leise, aber bestimmt hervor.

»Reine Routine. Andernfalls würde ich ihn auch nicht aufs Präsidium *bitten*«, entgegnete Kullmer kühl und schob die Karte in Alexanders Richtung. »Herr Bertram, melden Sie sich dort im Laufe des heutigen Tages mit Ihrem Personalausweis. Es wäre zudem hilfreich, wenn ich Sie bei dieser Gelegenheit auch zum Drogenscreening vormerken könnte.«

»Oh Gott, hört das denn gar nicht auf?«, jammerte Frau Bertram.

Kullmer beugte sich so weit wie möglich in ihre Richtung, legte die Hände flach auf den Tisch und sagte dann mit sanfter Stimme: »Sehen Sie, Frau Bertram, je schneller wir Ihren Sohn als Tatverdächtigen ausschließen können, desto schneller können wir uns auf den wirklichen Täter konzentrieren.«

»Das hoffe ich doch sehr«, knurrte Bertram senior ungehalten. »Immerhin habe ich diesem Rechtsstaat lange genug gedient.«

Nachdem Kullmer das Haus verlassen hatte, verharrte die Familie am Tisch. Doch die Eltern mussten nicht auf ihren Sohn einwirken, Alexander entschied eigenständig, sich später auf den Weg in die Innenstadt zu machen. Die Polizei musste ihre Arbeit tun, streng nach Vorschrift, und wenn es dem Beweis seiner Unschuld diente, dann sollten sie ihn eben erkennungsdienstlich behandeln. Umso schneller konnte man wieder zum Alltagsgeschehen übergehen, denn es musste weiß Gott nicht sein, dass in dem beschaulichen Villenviertel nun ständig die Kripo aufkreuzte. Was sollten denn die Nachbarn denken?

Zehn Minuten später saß Alexander wieder in seinem Zimmer und lauschte bei geöffneter Tür den Geräuschen, die nach oben drangen.
»Brauchst du deine Jacke?«
»Nein, es ist so heiß.«
»Denk an die Kisten!«
»Sind schon eingeladen.«
»Hast du den Einkaufszettel?«
»Ja, hier in der Tasche.«
Der Dialog seiner Eltern wirkte wie eine penibel eingeübte Theatervorführung.
»Tschüss, Alex, bis später!«
Jetzt fahrt endlich los, dachte er kopfschüttelnd.
Die Tür zum Hausflur fiel zu, unmittelbar darauf die schwere Haustür selbst. Dröhnend schoben die vierhundert PS des

V8-Motors den wuchtigen Grand Cherokee rückwärts aus der Garage. Alexander Bertram erhob sich und schloss die Zimmertür. Danach durchquerte er das Dachzimmer mit der schrägen Decke und den wenigen, aber teuren Möbeln einer Jugendzimmerserie. Die Tür des antiken Kleiderschranks knarrte beim Öffnen, und er nahm sich vor, sie gelegentlich mal wieder zu ölen.

Den zweiteiligen Maßanzug aus feiner Baumwolle hatte Alexander Bertram zuletzt bei seinem Abiball getragen, einem Abend, an den er sich gerne zurückerinnerte. Auf dem Rücksitz des geräumigen Luxusgeländewagens hatte er sich mit Lara Körber vergnügt, der begehrten Schönheit des Jahrgangs. Sie hatte sich geziert, wollte nicht einsteigen, doch die luxuriöse Ausstattung des damals brandneuen Wagens, die Beharrlichkeit ihres galanten Verehrers und natürlich der reichlich konsumierte Alkohol machten sie schließlich gefügig. Daraufhin verzichtete der Neunzehnjährige auf seinen ursprünglichen Plan, dem Mädchen Lorazepam zu verabreichen, und nahm ihr in einem kurzen, heftigen Akt ihre Jungfräulichkeit. Das schwarze Jackett hatte hierbei eine ungeahnt nützliche Rolle gespielt und die Bluttropfen der Defloration aufgesogen, bevor sie das helle Leder beflecken konnten. Fünf Jahre später diente jenes Kleidungsstück einmal mehr der Tarnung. Als er an dem Stoff vorbei in Richtung Öffnung kletterte, hielt Alexander kurz inne und grub die Nase tief in das Innenfutter. Er stellte sich vor, den untrüglichen Geruch nach Eisen wahrzunehmen, den Geschmack von Laras williger Hingabe, dem unschuldigen Blut und der wilden Lust. Doch eine viel stärkere Kraft trieb Alexander zur Eile. Er stieß die Rückwand des Schrankes auf und erreichte auf diesem einzigen Zugangsweg sein geheimes Versteck.

Der schmale Ankleideraum, wie ihn der Grundriss der Villa einst bezeichnet hatte, war einmal zwei Meter breit und drei Meter lang gewesen und lag zwischen dem Badezimmer und Alexanders Schlafzimmer. Der Ankleideraum hatte zwei Zugänge gehabt, je einen aus dem Bad und einen aus dem Schlafzimmer. Beide Türen waren im Laufe der Zeit zugemauert worden, und nur durch Zufall hatte Alexander vor einigen Jahren den Hohlraum zwischen den Zimmern entdeckt. Während eines vierwöchigen Urlaubs seiner Eltern hatte er sich Zugang verschafft und den geheimen Raum nach und nach eingerichtet. Auf einer flachen Tischplatte, die von einer Wand zur anderen reichte, wartete der 21,5 Zoll breite Flachbildschirm, und davor glomm die rote LED der schnurlosen, optischen Maus. Alexander ließ sich auf den ergonomischen Stuhl sinken und dachte mit einem selbstgefälligen Lächeln daran, was sein Vater wohl sagen würde, wenn er wüsste, dass er einen auf Kufen stehenden, rückenschonenden Schreibtischstuhl mit Kniepolstern statt einer Lehne besaß. Die Sitzposition mit leicht gespreizten Beinen erlaubte ihm außerdem einen angenehmen Zugriff auf sein Geschlechtsteil, ein Vorteil, den Alexander ganz zufällig entdeckt hatte. Beinahe hektisch öffnete er sich mit der linken Hand die Hose, um sein immer härter anschwellendes Glied zu befreien. Dabei fuhr er mit der Maus über den wieder eingeschalteten Monitor und rief das Videoprogramm auf, das er vorhin so hastig hatte schließen müssen. Stöhnend bearbeitete Alexander seine erogenen Zonen, die niemand je besser kennen würde als er selbst. Vorhin, beim Durchqueren des Kleiderschranks, hatte er kurz mit dem Gedanken gespielt, seinen ersten Höhepunkt an Lara zu verschenken. Doch bereits beim Einschalten des Monitors hatte er diesen Impuls wieder verworfen. Ein viel intensiveres Erlebnis erwartete ihn, und er würde sich hierfür nicht in alte Phantasien verirren müssen. Alexander Bertram zog die Hand fester zusammen. Er stöhnte auf, zögerte den Höhepunkt nicht hinaus, gab sich voll und ganz dem Rausch der Lust hin und bewegte seinen Oberkörper im Rhythmus des Mädchens, das sich auf dem Bildschirm vor ihm wand. Jennifer Mason.

MONTAG

Wenn wir schon vollzählig sind, können wir ja loslegen«, er-
öffnete Berger die für vierzehn Uhr von ihm anberaumte
Dienstbesprechung. Prüfend ließ Durant ihren Blick über die
Gesichter der Anwesenden wandern. Kullmer und Seidel
saßen links außen an den begehrten Plätzen in der Nähe des
Fensters. Die Woche hatte zwar mit leicht zurückgegangenen
Temperaturen begonnen, doch im Gebäude war es noch im-
mer unangenehm stickig. Von draußen wehte eine angenehme
Brise in den Raum. Neben den beiden hatte Sabine Kaufmann
Platz genommen, daneben Hellmer. Die Stühle waren halb-
kreisförmig vor dem Schreibtisch des Chefs angeordnet, Berger lehnte dahinter in seinem Chefsessel. Heute machte er
einen wesentlich ausgeruhteren Eindruck als vor zwei Tagen.
»Na gut«, er trommelte mit den Handflächen auf seinen
Schreibtisch und nickte in Richtung Kullmer, »dann legen Sie
mal los.«
In knappen Sätzen fasste Kullmer seinen Besuch bei den Bertrams zusammen. Aufmerksam lauschte Durant seiner Schilderung der Personen, versuchte, sich ein Bild der Eltern zu
machen und die Plausibilität des Alibis einzuschätzen. Sie
kam zu demselben Schluss wie zuvor auch Kullmer, der mit

den Worten schloss: »Der Junge war vielleicht mit von der Partie, hat aber mit dem ganzen anderen Kram nichts zu tun. Ich habe ihn zum Erkennungsdienst bestellt und gleich noch ein Drogenscreening verordnet, da ist seine Mutter schier aus allen Wolken gefallen.« Ein Grinsen umspielte seine Lippen. »Na ja, zwei Stunden später saß er dann auch schon hier, zahm wie ein Lämmchen, zumindest haben mir das die Kollegen erzählt.«

»Solche Leute kriegen doch nicht die Bohne mit, was hier draußen so abgeht«, murrte Hellmer, und Durant musste sich ein Schmunzeln verkneifen. Mal abgesehen von seinem Job verkörperte ihr Kollege nach außen hin genau dieselbe Gesellschaftsklasse, die er eben so abfällig mit »solche Leute« tituliert hatte. Weltfremde Lebemenschen, die sich vor dem Elend und der kranken Außenwelt abschotteten und ihre Freizeit auf dem Golfplatz verbrachten. Nichts anderes würde ein unwissender Passant wohl auch ihrem langjährigen, durchaus bodenständigen Kollegen und Freund Hellmer unterstellen, wenn er ihn mit gebügeltem Poloshirt lässig hinter dem Steuer seiner blank polierten Luxuskarosse sah.

»Okay, dann konzentrieren wir uns auf die anderen vier«, sagte Berger.

»Moment bitte.« Julia Durant hob den Finger. »Kann mir noch jemand verraten, wie wir überhaupt auf diesen Bertram gekommen sind?«

Sie hatte das Gefühl, als fehlten ihr wesentliche Informationen der Ermittlung. Gegen ihr deutliches Aufbegehren hatte Berger darauf bestanden, dass Durant ihren Bereitschaftsdienst regulär beendete und erst wieder nach einem freien Sonntag zur montäglichen Mittagsbesprechung erscheinen sollte.

»Wo kommen wir denn hin, wenn jedes Mal die ganze Truppe aktiviert werden muss?«, hatte er flapsig erklärt und dann etwas ruhiger hinzugefügt: »Ich muss mich für jede verdammte Überstunde rechtfertigen, und das Controlling prüft jede Anforderung mit Argusaugen.«

Auch wenn der Verdacht nicht gänzlich ausgeräumt war, dass Berger sie noch nicht wieder hundertprozentig belasten wollte, hatte Durant sich mit dieser Erklärung zufriedengegeben. Nun blieb ihr nichts anderes übrig, als sich über die Ermittlungsfortschritte zu informieren, und sie gedachte das ausführlich zu nutzen.

Seidel übernahm es, sie auf den neusten Stand zu bringen: »Peter und ich sind zu Gregor Taubert gefahren. Du hast vermutlich noch unsere Durchsage mitbekommen, dass wir ihn völlig zugedröhnt aus seiner WG geholt haben.«

Durant nickte schweigend.

»Jedenfalls haben wir ihn befragt, so gut es ging. Primäres Interesse hatten wir an den anderen Gästen, und er spuckte schließlich Alexander Bertrams Namen aus. Peter ist dann gleich hingefahren, während ich den Taubert an die Kollegen übergab. Bluttest, Drogentest, Ausnüchtern – der bekam erst mal das gleiche Programm verpasst wie der Ami.«

»Womit wir gleich beim nächsten Punkt wären«, hakte Berger ein. »Was ist mit den beiden Studenten?«

Kullmer ergriff das Wort. Er und Doris hatten an beiden Tagen Dienst gehabt.

»Ich habe Gregor Taubert gestern Mittag vernommen. Er bestätigte noch einmal die Anwesenheit von Bertram, konnte jedoch nichts darüber sagen, wie lange dieser geblieben ist. Weitere Namen nannte er nicht. Er habe Drogen konsumiert, sagte er, denn es hätte ja keinen Sinn, dies zu leugnen. Ein

Screening wurde gemacht, ebenso ein Blutalkoholtest. Der Promillewert lag bei zwei Komma sechs.«

»Zwei Komma sechs um zwölf Uhr mittags?«, entfuhr es Hellmer ungläubig. »Dann muss der ja eimerweise gesoffen haben!«

»Ist ne ganze Menge, stimmt«, pflichtete Kullmer ihm bei, »und dann noch diverse Drogen. Taubert gibt an, seine letzte Erinnerung lange vor Mitternacht zu haben.«

»Das deckt sich ja mit der Behauptung, dass er sich nicht an Bertrams Verschwinden erinnern kann«, dachte Durant laut, und auch Berger nickte.

»Ich mache mal mit Simmons weiter«, übernahm Seidel. »John Simmons ist nach wie vor in Haft, unter anderem, weil er einem der Beamten ein ordentliches Veilchen verpasst hat. Zudem verweigert Simmons jegliche Aussage und verlangt nach seinem Anwalt.«

»Wohl zu viele Krimiserien gesehen, wie?«, murmelte Hellmer.

»Ja und nein«, seufzte Kaufmann und entfaltete ein dünnes Faxpapier. »John Simmons ist US-Amerikaner, und er beruft sich auf sein Recht der Aussageverweigerung, bis er Kontakt zu einem Vertreter des Konsulats aufnehmen kann.«

»Moment, Moment«, übertönte Berger das aufkommende Raunen. »Ich dachte, er sei Student. Oder ist er ein G. I.?«

»Nein, er ist kein Soldat. Jedenfalls nicht mehr. Simmons ist an der Uni eingeschrieben, wartet kurz …« Kaufmann suchte eine Notiz, fand sie jedoch nicht auf die Schnelle. »Sorry, habe ich gerade nicht parat. Es war im Bereich Informatik, irgendwas mit Software-Systemen oder so.«

»Nebensache«, kommentierte Seidel und beugte sich nach vorne. »Als Student in Deutschland kann er sich nicht hinter seiner Army oder gar amerikanischem Recht verstecken, oder?«

»Nein, sicher nicht.« Berger fuhr sich durch die Haare. »Aber er kann schweigen bis zum Sankt Nimmerleinstag. Und was ist denn mit der Johnson? Ist das jetzt eigentlich seine Freundin?«

»Ja.« Sabine Kaufmann räusperte sich. »Also Helena Johnson habe ich gestern im Krankenhaus besucht. Sie ist so weit stabil, muss auch nicht lange bleiben. Da sie schon allein wegen der Spusi noch nicht zurück in die WG kann, haben die Ärzte entschieden, sie bis Mittwoch zu behalten.«

»Das haben die Ärzte einfach so entschieden?«, fragte Durant zweifelnd. Sie erinnerte sich an ihre eigenen vier Kliniktage. Natürlich hätten die Ärzte sie damals liebend gerne noch zwei bis drei Wochen dort behalten, doch es hatte ihr stets freigestanden, sich auf eigene Verantwortung zu entlassen. Vielleicht lagen die Dinge hier ja anders.

»Na ja, irgendwie schon«, gestand Kaufmann. »Ich habe ihnen gesagt, dass das Mädchen unter Schock steht, psychologisch betreut werden sollte und derzeit nicht in ihre Wohnung zurück kann. Außerdem sei unklar, was sie mitbekommen habe vom Mord und von der Vergewaltigung. Familie hat sie hier nicht, und ihr Lover ist im Knast – das ist schon eine ganze Packung an Schicksal, oder? Mittwoch ist jedenfalls das Minimum.«

Durant lächelte. Gar nicht schlecht, diese Taktik. Insgeheim musste sie sich eingestehen, dass Sabine Kaufmann ihr ähnlicher war als erwartet.

»Und was sagte die Johnson zu ihrer Äußerung im Park?« Durant spielte auf die verzweifelten Rufe an, die die junge Frau von sich gegeben hatte. *Was haben wir bloß getan?*, hatte sie immer wieder gesagt.

Diese Frage ließ eine Menge Spielraum für Spekulationen. Doch Kaufmanns Antwort fiel ernüchternd aus: »Keine Ahnung, bedaure. Helena Johnson kann sich an rein gar nichts erinnern, nicht einmal an die Gästeliste. Nur nach ihrem Freund fragt sie ständig.«

»Ich fass es nicht!«, entfuhr es Berger, und er hieb wütend mit den Fäusten auf die Tischplatte. »Das soll die Elite von morgen sein? Sechs junge Menschen, die eine Hälfte noch grün hinter den Ohren und die andere Hälfte bockig wie ne Herde Ziegen. Eine von ihnen geht hops, und der Rest will von nichts eine Ahnung haben. Das kotzt mich gewaltig an, diese Mentalität!«

Für einen Moment herrschte betretenes Schweigen.

»Sie haben eben alle unverhältnismäßig viel konsumiert«, sagte schließlich Seidel, und es klang beinahe wie eine Entschuldigung. Ihr Partner runzelte die Stirn. »Und das will heißen?«

»Ich meine ja nur. Wer auch immer die Kleine auf dem Gewissen hat, kann das doch getan haben, als bei allen anderen bereits die Lichter aus waren. Vollrausch, Blackout, ihr wisst schon, was ich meine.«

»Und wie passt Johnsons Jammern dazu?«, hakte Durant nach und bedauerte, dass nur sie und Hellmer die besagte Szene im Günthersburgpark erlebt hatten.

»Na ja, vielleicht meinte sie, dass sie durch den Drogenkonsum machtlos war und sonst den Mord womöglich hätte verhindern können«, warf Kaufmann ein. »Übrigens hat ja wohl auch die Riva einen vergleichbaren Ausbruch gehabt, oder?«

»Stopp, hört auf«, winkte Hellmer ab. »Wir verlieren uns in Spekulationen.« Dann wandte er sich an den Chef: »Was hört man denn von Sievers und Bock?«

»Die wollten eigentlich ein Fax schicken.« Berger griff zum Telefonhörer. Er kreiste mit dem Finger über dem Tastenfeld und suchte mit zusammengekniffenen Augen die schmale Kurzwahltaste, neben der die Abkürzung »Path.« stand. Es dauerte nur wenige Sekunden, da erhellte sich sein Gesichtsausdruck. Offensichtlich hatte jemand in der Gerichtsmedizin den Hörer abgenommen.

»Hallo, Frau Sievers, Berger hier«, sprach er. »Ich würde Sie gerne auf laut stellen, wir haben gerade unsere Besprechung im Fall Mason.«

Andrea Sievers hatte anscheinend keine Einwände, und kurz darauf knackte es, und ein leises Hintergrundrauschen erklang.

»... Bock? ... Konferenzschaltung ins Präsidium ...«, vernahm Durant, die dem Apparat am nächsten saß. Nun holte Sievers also auch den ewig mürrischen Professor hinzu. Zumindest ein Zeichen dafür, dass die Rechtsmedizin gut besetzt war und tatsächlich intensiv am gemeinsamen Fall arbeitete.

»Guten Tag zusammen«, ertönte Professor Bocks Stimme aus dem Lautsprecher. »Ich gehe davon aus, Sie erwarten Ergebnisse?«

Ohne eine Begrüßung oder die Beantwortung seiner hypothetischen Frage abzuwarten, fuhr er fort: »Wie bereits vermutet, haben wir es mit mehrfacher Vergewaltigung zu tun. Penetration durch eine oder mehrere Personen oder auch mit diversen Objekten, das Ganze über einen längeren Zeitraum beziehungsweise mehrere Male. Die Verletzungen haben wir fotografisch dokumentiert. Können Sie als Digitalaufnahmen bekommen, wenn ich den verdammten PC dazu bringe, sie zu senden.«

Durant blickte zu Berger, und beide konnten sich ein verstohlenes Schmunzeln nicht verkneifen. Arme Andrea, dachte sie. Wahrscheinlich hatte diese bereits mehrere verzweifelte und ebenso erfolglose Versuche hinter sich, ihrem Vorgesetzten die Funktionen der neuen Software zu erläutern.

»Aber zurück zur Sache«, fuhr Bock fort. »Neben dem Blut fanden sich auf dem Körper der Toten etwas Speichel, außerdem Haare und natürlich Sperma. Letzteres jedoch nur außerhalb des Vaginaltrakts, so etwa an der Außenseite der Oberschenkel oder an der Hüfte. Wir vermuten einen Coitus interruptus, aber das müssen Sie selbst herausfinden. Wir haben das ganze Material durch den DNA-Sequenzer gejagt und vier verschiedene Ergebnisse erhalten.«

»Vier Personen!«, entfuhr es Berger. Kullmer stieß einen Pfiff aus.

»Wer?«, fragte Durant schnell und sehnte sich plötzlich nach einer Zigarette. Da Berger sein Büro aber mittlerweile endgültig zur Nichtraucherzone erklärt hatte – man munkelte, er hätte diesbezüglich Druck von oben bekommen –, kaute sie nervös an ihren Fingernägeln.

»Es gibt eine Übereinstimmung mit den Vergleichsproben von diesen beiden Studenten, ähm …«

»Simmons und Taubert«, ergänzte Sievers rasch aus dem Hintergrund.

»Ja, genau. Danke. Einen Moment, bitte.«

Es raschelte kurz und blieb für ein paar endlos erscheinende Sekunden ruhig am anderen Ende der Leitung. Die Spannung in Bergers Büro stieg ins Unermessliche, und beinahe hätte Durant ihren Kollegen Hellmer um einen Glimmstengel angefleht, da erklang endlich die erlösende Stimme des Professors wieder: »Entschuldigung, es war ein Fehler in den Unterlagen. Also Simmons und Taubert stimmen, aber nur, was die Spermaspuren betrifft. Einem Schamhaar konnte nicht genügend Material entnommen werden, und der Speichel war durch den Schweiß des Opfers und kleine Hautpartikel ver-unreinigt. Das gilt ebenso für die zahlreichen Mischspuren auf dem Laken, also etwa Vaginalsekret und Sperma, die erst einmal sauber voneinander getrennt werden müssen. Es hat sich nämlich ergeben, dass neben der DNA des Opfers noch mindestens ein weiterer weiblicher Strang zu finden ist. Mög-licherweise sogar zwei.«

»Eine kurze Zwischenfrage bitte«, sagte Durant und streckte den Kopf in Richtung des Telefons.

»Ach, Frau Durant, Sie auch wieder im Dienst?«

Julia hatte seit ihrer Rückkehr noch keinen persönlichen Kontakt zur Rechtsmedizin gehabt. Ihre Begegnung mit An-drea am Samstag war der erste seit über einem Jahr gewesen.

»Ja, ist mein erster Mord diese Saison«, sagte sie und klang dabei etwas zynisch. »Herr Bock, Sie sprachen eben von fri-scher DNA. Meinen Sie damit, dass es auch alte DNA gibt?«

»Natürlich gibt es alte DNA, und das sicher in rauhen Men-gen.«

»Was ist damit? Können Sie diese Spuren von den frischen zuverlässig unterscheiden?«

Durant wusste, dass sie sich mit dieser Frage auf dünnes Eis begab. Schon der kleinste Fehler in ihrer Wort- oder Ton-wahl könnte den empfindlichen Professor vermuten lassen, dass man im Präsidium seine Fähigkeiten in Frage stellte. Und ein eingeschnappter Professor Bock war so ziemlich das Letzte, was sie momentan gebrauchen konnten. Tatsäch-lich meinten die Anwesenden förmlich zu spüren, wie sich dem Pathologen die Nackenhaare aufstellten, er seine Lese-brille zurechtrückte und mit ausholenden Armen zu einem entrüsteten Monolog anzusetzen drohte. Doch es kam ganz anders.

»Sie haben recht, Frau Durant«, klang es ruhig und beinahe sogar freundlich aus dem Lautsprecher. »Die Spuren bedürfen noch weiterer Untersuchungen, um solche Möglichkeiten auszuschließen. Wer weiß schon, wie ausgeprägt das Liebesleben dieser WG sich gestaltete. Sei es am Tag der Party selbst oder an den Tagen davor, so lange eben, wie das Laken aufgezogen war.«

»Um noch einmal auf die weibliche DNA zurückzukommen«, warf Durant ein, als der Professor eine kurze Pause machte.

»Warten Sie's doch ab«, brummte Bock. »Da komme ich jetzt sowieso hin. Die DNA des Opfers ist ja überall verteilt, da haben wir eine sichere Vergleichsprobe. Ob sich aus den Sekreten nun ein oder zwei verschiedene Stränge ergeben, müssen wir noch abwarten. Aber eines ist sicher, das hat mir Frau Sievers soeben noch einmal bestätigt. Haarproben und Hautpartikel stammen von einer weiblichen Person.«

Durant überlegte, ob von den beiden WG-Bewohnerinnen Speichelproben entnommen worden waren. Blutproben mit Sicherheit, schon allein für den Schnelltest auf Drogen und Alkohol. Diese Informationen mussten im Falle eines Kreislauf- oder Nervenzusammenbruchs dem behandelnden Arzt schnellstmöglich bekannt sein, ebenso etwaige Medikamente oder Diabetes. Diese Blutproben jedoch verließen das Labor nicht, und es war davon auszugehen, dass es von den Mädchen noch keinen genetischen Fingerabdruck gab.

»Einen Moment bitte, Herr Bock«, sagte sie laut. Dann beugte sie sich mit fragendem Blick in die Runde: »Sagt mir mal bitte, ob irgendjemand den Studentinnen Blut oder Speichel abgenommen hat.«

Hellmer und Kullmer zuckten die Schultern und schüttelten den Kopf. Auch Seidel verneinte. Kaufmann hingegen nickte und flüsterte: »Gestern habe ich jeweils eine Probe von Riva und Johnson für die Rechtsmedizin nehmen lassen. Hatte die nötigen Formalitäten mit den Ärzten vor Ort abgeklärt. Wartet kurz.« Sie erhob ihre Stimme und richtete sie an Bock: »Es müssten zwei Vergleichsproben bei Ihnen eingegangen sein oder noch eingehen. Helena Johnson vom St. Markus und Adriana Riva von der BGU. Wenn nicht, hake ich da noch mal nach.« Sievers antworte aus dem Hintergrund: »Sind schon da. Dauert aber noch mit der Zuordnung.«

»War eine der beiden Frauen Afroamerikanerin?«

Professor Bocks Frage ließ Durant zusammenzucken. Wenn die DNA-Sequenzen noch nicht ausgewertet waren, woher konnte er dann wissen …

»Ja, Helena Johnson«, unterbrach Hellmer ihren Gedanken. Schnell setzte Durant nach: »Aber woher wissen Sie das?«

»Das Haar, Frau Durant, und die Hautpartikel unter Masons Fingernägeln. Ich gehe davon aus, dass Sie schon einmal etwas von ethnischen Markern gehört haben?«

Julia Durant schluckte. Tatsächlich war ihr die Möglichkeit durchaus bewusst, dass man über das genetische Profil eines Menschen nahezu jede Information abrufen konnte. Die Hautfarbe war dabei eine der leichteren Übungen, wobei die Methode an sich höchst umstritten war. Der sogenannte genetische Fingerabdruck jedenfalls, also der unkomplizierte DNA-Test für die Kriminaldatei, enthielt diese Informationen nicht. Nicht in den relevanten Allelen jedenfalls. Doch Durant ging es ganz und gar nicht um die ethischen Hintergründe dieser Information. Viel wichtiger war die Information, dass Jennifer Mason in ihrem Todeskampf offenbar einem der Täter Haut abgeschürft und Haare entrissen hatte. Und es handelte sich dabei allem Anschein nach ausgerechnet um

Helena Johnson, jene junge Frau, die völlig aufgelöst im Arm der Kommissarin gekauert hatte. Ihr wurde schlecht.

Zehn Minuten später war die Besprechung zu Ende, und jeder der Anwesenden hatte eine oder mehrere Aufgaben zugeteilt bekommen. Alle außer Julia Durant.

»Warten Sie doch bitte einen Moment«, sagte Berger, als sie etwas verunsichert aufstand und sich in Richtung Tür wandte. Die Kollegen hatten das Büro längst eilig verlassen, nur Frank Hellmer trabte in diesem Moment noch gemütlich als Letzter aus dem Raum. Er hielt kurz inne und drehte sich fragend zu Berger um, dieser aber winkte ihn mit einem auffordernden Nicken weiter: »Ich meinte nur Frau Durant, Herr Hellmer. Bitte schließen Sie doch die Tür.«

Auffordernd deutete er auf den Stuhl, von dem sich Julia gerade erhoben hatte. »Auf ein Wort.«

Ein wenig verwundert schob Julia Durant den Stuhl einen Meter näher in Richtung Bergers Schreibtisch und nahm wieder Platz. Irgendwie hatte die Szene etwas Unwirkliches, beinahe so, als wäre sie ein Schulmädchen, welches zum Direktor zitiert worden war und nun vor dessen Pult auf ein Donnerwetter wartete. Obwohl Julia ihre Sturm-und-Drang-Zeit relativ unbeschadet hinter sich gebracht hatte, war ihr eine solche Situation keineswegs fremd. Andererseits hatte sie sich nichts vorzuwerfen, und Angst jagte Berger ihr nun wahrlich keine ein – dazu kannten und schätzten sie sich viel zu lange. Doch genau diese Vertrautheit machte die Atmosphäre im Raum auch irgendwie befremdlich.

»Na, was liegt denn an, Chef?«, fragte Durant kess und überspielte damit ihre Unsicherheit. Berger verzog keine Miene und beobachtete schweigend seine Fingerkuppen, während er langsam die Hände faltete.

»Ich wollte mal hören«, begann er, den Blick zur ihr hebend, »wie Sie so klarkommen.«

»Wie jetzt, den Fall meinen Sie?«

Vergeblich, ja beinahe hilflos suchte die Kommissarin nach Signalen im Gesicht ihres Vorgesetzten.

»Ja, den Fall meine ich«, nickte dieser leise. »Erzählen Sie doch mal.«

Julia rutschte kurz hin und her. Was soll das denn plötzlich?, fragte sie sich. Um noch etwas Zeit zu schinden, schlug sie die Beine übereinander und zupfte an ihrer Bluse. Als sie bemerkte, dass Berger jede ihrer Bewegungen geduldig beobachtete, räusperte sie sich.

»Ich weiß nicht, was Sie noch hören wollen. Wir haben doch eben alles durchgekaut.«

»Dann erzählen Sie doch mal ein wenig von sich selbst.«

»Von mir?«

Das ungute Gefühl wuchs. War der Alte jetzt unter die Seelenklempner gegangen? In den letzten zwölf Monaten hatte Julia weiß Gott genug Psychogequatsche über sich ergehen lassen müssen. Offensiv fügte sie also hinzu: »Sagen Sie halt, was ich Ihrer Meinung nach noch erzählen soll, mir fällt nichts weiter ein.«

Berger blieb ruhig, aber bestimmt, als er antwortete: »Mich interessiert, wie das alles für Sie ist, Frau Durant. Erster Außeneinsatz an einem Tatort, und dann gleich wieder in die Vollen, hm?«

»Daher weht also der Wind«, sagte Julia verärgert. »Wusste ich's doch. Aber Fall ist Fall, Herr Berger, so war es doch schon immer, oder?«

»Verraten Sie es mir.«

Julia war sich nicht sicher, ob es Zweifel oder Mitgefühl war, das sich hinter dieser Frage verbarg.

»Nein, kommen Sie mal bitte auf den Punkt«, forderte sie. »Ich habe keine Lust auf irgendwelche Ratespiele. Ein junges Mädchen wartet in der Leichenhalle darauf, dass wir ihren Mörder schnappen. Oder gleich mehrere davon.«

»Das ist doch schon mal ein Anfang«, lächelte Berger. »Sie knien sich also voll rein, wie?«

»Natürlich. Die Schweine haben nichts anderes verdient, als baldmöglichst in der Zelle zu schmoren.«

»Sehen Sie, Frau Durant, und genau das ist der Punkt.« Berger wurde wieder ernst. »Nicht, dass ich Ihnen da nicht voll und ganz zustimmen würde. Sie müssen wissen, dass ich auf Ihrer Seite bin.«

Fühlt sich aber nicht so an, dachte Julia, sagte jedoch nichts.

Berger fuhr fort: »Ich habe ein ungutes Gefühl bei der Sache, nein, ich habe sogar konkrete Bedenken, dass das alles eine Nummer zu groß wird.«

»Zu groß für wen?«

Mit gerunzelter Stirn und verschränkten Armen musterte Julia ihren Chef, der es offenbar vorzog, um den heißen Brei herumzureden, anstatt eine klare Ansage zu machen. Sie ahnte längst, worauf er hinauswollte, fühlte sich aber weder in der Stimmung noch in der Pflicht, Berger zu Hilfe zu eilen. Wenn er meinte, dass sie mit dem Fall überfordert sei, dann sollte er das gefälligst auch ansprechen. Schließlich bekam er das Chefgehalt und nicht sie, sollte er sich also ruhig mal entsprechend verhalten.

»Frau Durant, mir ist schon klar, wie sehr Sie den Innendienst verabscheuen«, wagte Berger den Vorstoß, »aber Sie müssen auch meinen Standpunkt verstehen. Was meinen Sie wohl, wie mir die Innenrevision auf die Füße tritt wegen ... dieser Sache letztes Jahr, na, Sie wissen schon.« Er druckste erneut.

Na los, sag's schon, dachte Julia nur und blitzte Berger an. Sag es mir ins Gesicht: *Frau Durant, sehen Sie, der Holzer hat Sie in sein Verlies gezerrt und vergewaltigt, da sind Sie doch bestimmt nicht mehr objektiv, wenn es um so etwas geht.*

Berger sah sie mit aufeinandergepressten Lippen an und fügte dann leise hinzu: »Mann, verdammt, ich kann doch auch nichts dafür.«

»Ich etwa?«, presste Julia hervor. Jetzt war es also draußen. Einmal Opfer, immer Opfer. Sie wollte am liebsten aufspringen und irgendetwas zusammentreten, den Stuhl vielleicht, oder am besten gleich mit dem Stuhl den Schreibtisch. Doch stattdessen vergrub sie, noch immer die Arme verschränkt, ihre Fingernägel schmerzhaft in ihre Rippen und biss sich auf die Zunge. Alles war plötzlich glasklar. Zwölf Jahre beim Frankfurter K 11, zugleich die besten Jahre ihres Lebens, lösten sich mit einem Schlag auf. All ihre Erfolge schienen mit einem Mal wertlos zu sein, denn irgendwo in den oberen Etagen des Präsidiums war man zu dem Schluss gekommen, dass eine malträtierte Frau nicht mehr in der Lage sei, im Bereich Gewaltdelikte zu arbeiten. Berger knackste mit den Knöcheln, eine Geste, die Julia schon lange nicht mehr gesehen hatte. Danach zog er einen Papierausdruck hervor, der ihr bekannt vorkam.

»Hören Sie, Frau Durant, wir können an den Umständen nichts ändern. Keiner von uns beiden. Aber Sie sollten doch auch wissen, dass ich einen Teufel tun würde, Ihnen in den Rücken zu fallen.«

Julia Durant schwieg.

»Okay«, fuhr Berger fort. »Gehen wir das also mal ganz sachlich durch. Sie waren ein Jahr weg, und das aus gutem Grund. Sie haben die Beurlaubung selbst beantragt, haben für sich selbst erkannt, dass es höchste Eisenbahn für eine Auszeit war. Außerdem«, er warf einen Blick auf das Papier, »waren Sie bei einigen Psychologen, wie ich sehe.«

Sie nickte wortlos.

»Das sind eine Menge guter Gründe, um denen da oben nachzuweisen, dass Sie Ihr Trauma nicht unbearbeitet gelassen haben. Gut so weit«, lächelte Berger »Doch leider sind Sie dem Termin bei unserem psychologischen Gutachter bislang nicht nachgekommen, oder?«

Nein, verdammt, bin ich nicht. Werde ich auch nicht. Wie lange soll ich mein Leben denn noch von Holzer dominieren lassen?

Mit gefasster Stimme, die das wütende Zittern nicht gänzlich verbergen konnte, sagte sie: »Wie viele Seelenklempner muss ich denn noch über mich urteilen lassen?«

Drei Wochen nach Julias Ankunft in Südfrankreich hatte Susanne Tomlin, die in Sachen Psychotherapie ja selbst einige Erfahrungen gesammelt hatte, einen sympathischen deutschsprachigen Psychologen empfohlen, den sie für qualifiziert hielt. Nach der ersten Sitzung, in der Julia unerträglich bohrende Fragen beantworten sollte und sich von ihm mit den Blicken entkleidet fühlte, war das Thema erledigt gewesen. Wiederum einige Wochen später hatten sie es mit einer weiblichen Alternative versucht, englischsprachig und eine ganze Portion jünger und attraktiver als Julia selbst. Auf Drängen von Susanne gab Julia ihr wenigstens zwei weitere Termine, um sich zu bewähren, schloss aber bereits innerlich ab.

Den dritten und schließlich erfolgreichen Versuch hatten sie dann um Weihnachten gestartet. Nadia Sutter, Ende fünfzig, stammte aus Basel, war in der deutschsprachigen Schweiz aufgewachsen, hatte dort studiert und sich schließlich der

Liebe wegen zu einem Umzug nach Genf entschieden. Nach dem frühen Tod ihres wohlhabenden Mannes hatte die ebenso gut Französisch wie Deutsch sprechende Psychologin ihr Domizil an die französische Riviera verlagert und dort nach einigen müßigen Jahren eine kleine Praxis eröffnet. Nach zwei Reinfällen zunächst misstrauisch, schließlich aber mit wachsendem Vertrauen hatte Julia Durant die wöchentlichen Sitzungen dazu genutzt, mit einer fremden Person, völlig außerhalb ihres vertrauten Personenkreises und weit weg von zu Hause, die schmerzhaften Ereignisse des vergangenen Sommers aufzuarbeiten: die Angstzustände in der schallisolierten Zelle, die Verzweiflung, ob man sie jemals finden würde, das Verzweifeln an Gott und natürlich die sexuellen Übergriffe eines zutiefst gestörten Mannes.

Irgendwann im Mai hatten die beiden Frauen sich voneinander verabschiedet, und Julia hatte den Rat von Madame Sutter beherzigt, all die schlimmen Dinge in Südfrankreich zu lassen, und zwar bei ihr, nicht etwa bei Susanne. Denn die Villa Tomlin sollte auch in Zukunft ein unbelasteter Zufluchtsort sein. »Besuchen Sie mich bei Bedarf jederzeit wieder«, waren die freundlichen Worte gewesen, ganz in dem bescheidenen Bewusstsein, dass Susannes Scheckheft diese Bereitschaft überaus großzügig abdecken würde.

»Hören Sie, Chef, ich möchte nicht hier im Revier von einem verordneten Psychoheini in die Mangel genommen werden. Schlimm genug, dass man sich ohnehin überall das Maul über mich zerreißt.«

»Quatsch, Frau Durant«, wehrte Berger ab. Doch wahrscheinlich hatte er es selbst schon miterlebt, wie Kollegen aus den umliegenden Abteilungen verstohlen getuschelt hatten, wenn sie sich unbeobachtet fühlten. *Das war sie doch, die Du-*

rant, oder? – Ja. Die, die letztes Jahr entführt und vergewaltigt wurde. – Mann, das muss echt hart sein.

Julia seufzte. Allerdings war es das. Und allem voran das Getuschel.

»Aber jetzt mal Tacheles, Chef«, sagte sie, denn diese sonderbare Audienz ging ihr gewaltig an die Nieren, vor allem, weil sie sich im Kreis zu drehen schienen. »Was soll ich denn Ihrer Meinung nach tun? Ich habe nicht den geringsten Bedarf an einer Therapie, ehrlich, mir geht's nicht viel anders als sonst, und wenn ich mich voll in den Fall knie, dann liegt's daran, dass ich endlich wieder raus aus dem Büro komme. Das da draußen ist meine Welt, das wissen Sie doch, hier drinnen bekomme ich Beklemmungen.«

»Das weiß ich doch alles«, lächelte Berger. »Es liegt wohl an der besonderen Art des Falles, weshalb man mir so sehr auf die Finger schaut. Aber bevor Sie mir ins Wort fallen«, sagte er schnell, »ich meine damit nicht primär die Angelegenheit Holzer. Es geht mir um die aktuell Beteiligten, allesamt Studenten, die tote Kanadierin, die Mitbewohnerinnen aus Italien und den USA plus ein weiterer Ami.« Mit einem Augenrollen deutete Berger mit dem Daumen in Richtung Decke. »Sie glauben gar nicht, was da oben abgeht.«

Doch Julia Durant konnte es sich in etwa vorstellen. Es gab wohl kaum etwas Schlimmeres als US-amerikanische Verdächtige in bundesdeutschem Gewahrsam. Zu Zeiten der Besatzung waren die Zuständigkeiten mit der Military Police ja noch einigermaßen abgesteckt gewesen, doch hier handelte es sich um Zivilisten. Es war nur eine Frage der Zeit, bis die Sensationsmedien und Anwälte der Supermacht sich wie Goliath vor der deutschen Justiz aufbauen und verächtlich auf sie hinabblicken würden. Die zusätzliche Beteiligung weiterer

Nationen machte diese Ausgangslage nicht unbedingt erträglicher. Im vergangenen Herbst, so glaubte sie sich zu erinnern, hatte es irgendwo in Italien einen ähnlichen Fall gegeben. Doch Berger holte die Kommissarin abrupt aus ihren Gedanken zurück.

»Deshalb ist es so wichtig, dass uns hier keine Fehler unterlaufen, verstehen Sie, Frau Durant?«

»Klar verstehe ich das. Gerade deshalb will ich mich ja voll und ganz auf die Ermittlung konzentrieren. Indizien, Verdächtige, Alibis und Motive – für mich ändert sich da erst mal gar nichts.«

»Doch, zum Teil schon«, entgegnete Berger. »Die Anweisungen von oben sind leider eindeutig: Ohne Gutachten kann ich Sie nicht als leitende Ermittlerin einsetzen. Nicht in diesem Fall.«

»Scheiße, verdammt!«, rief Durant wütend und sprang auf. »Warum soll ich den ganzen Mist wieder und wieder durchkauen? Mann, ich will ermitteln, will dafür sorgen, dass das nicht wieder passiert!« Verzweifelt stampfte sie einmal quer durch den Raum, verharrte vor der tristen Betonwand und hätte am liebsten mit voller Wucht zugetreten. Stattdessen stützte sie sich mit beiden Händen ab, lehnte ihren Oberkörper nach vorn und ließ den Kopf sinken. Pfeifend sog sie die Luft durch die Nase ein und ließ sie langsam durch die geschürzten Lippen entgleiten. Einmal, zweimal, dreimal, wie gelernt, und tatsächlich entkrampften sich einige ihrer Muskeln. Wenn das so weitergeht, bin ich bald genauso fertig wie vor meiner Auszeit, dachte Julia müde. Irgendwo im Hintergrund hörte sie Berger eine Schublade aufziehen, dann raschelte Papier. Sie atmete drei weitere Male und war äußerst dankbar, dass der Chef ihr nicht hinterhergelaufen kam oder sie gar anpackte. Nach dem dritten Atemzug öffnete sie langsam die Augen und fühlte sich bereit, das Gespräch fortzuführen. Und noch bevor die Kommissarin ihren Stuhl erreichte, kam ihr die, wie sie fand, ultimative Idee.

MONTAG, 17.35 UHR

Trotz dick gemauerter Steinwände wurde es in Alexanders Verschlag nach einem heißen, sonnigen Tag unerträglich stickig. Im Gegensatz zu dem Schlafzimmer, das sich bei geöffneter Tür durch den Treppenaufgang gut lüften ließ, zirkulierte in dem dunklen Raum stets dieselbe abgestandene Luft. Das kleine Standklimagerät konnte Alexander nicht nutzen, weil das dumpfe Brummen des Kältemittelverdichters zu laut war, also hatte er sich kurzerhand dazu entschlossen, heute anderweitig aktiv zu werden. Ab und an zog es auch ihn in die reale Gesellschaft des anderen Geschlechts, wenn auch selten. Angestachelt durch das zurückliegende Wochenende und das neueste Video hatte Alexander Bertram sich mit wenigen gezielten Klicks durch die Suchmaschine eine angenehme Abendbeschäftigung organisiert. Danach hatte er den PC heruntergefahren, war an den hinter einem Regal versteckten Wandtresor getreten und hatte einem beachtlichen Geldbündel drei Scheine entnommen. In dem danebenliegenden Notizbuch vermerkte er handschriftlich *-300,00 / 08.09.*
Als er den Kleiderschrank auf allen vieren verlassen hatte und sich in seinem Schlafzimmer aufrichtete, überlegte er kurz, ob

er duschen sollte, doch ein Blick auf die Uhr mahnte zur Eile. Vor dem mannshohen Spiegel, der direkt neben dem Schrank hing, betrachtete er zufrieden seinen nackten Oberkörper. Der Glanz seiner hellen, leicht schwitzigen und vollkommen unbehaarten Brust erinnerte ihn an Jennifers Körper.

Alexander Bertram war ein unauffälliger Mensch, zumindest tat er alles, um diesen Eindruck zu erwecken. Er war groß, aber kein Riese, hatte eine unauffällige, hellbraune Kurzhaarfrisur und grünbraune Augen. Nase, Ohren, Schulterbreite: Alle Faktoren, an denen man heutzutage die Norm seiner Mitmenschen maß, erfüllte Alexander mit Mittelmaß. Dabei verbarg sich unter dem grauen No-Name-Poloshirt und der dunkelblauen Secondhand-Jeans ein recht attraktiver junger Mann. Ein anderes Hemd, das seine muskulösen Oberarme mehr betonte, und zwei Finger voll Haarwachs würden den schlanken, gut trainierten jungen Mann plötzlich ganz anders dastehen lassen. Doch Alexander wollte kein Frauenschwarm sein, kein Schönling oder Athlet. Nicht für jedermann. Momentan war es ihm lieber, in einer Gruppe von Studenten nicht aufzufallen, eine Art männliches Mauerblümchen, jemand, von dem man hinterher nie mit Gewissheit sagen konnte, ob er irgendwo dabei gewesen war. Diese Strategie hatte sich auch am vergangenen Wochenende bewährt.

Alexander überprüfte noch einmal, ob er den Schrank gut verschlossen hatte, innen wie außen, dann verließ er sein Zimmer und löschte beim Hinausgehen das Licht.

»Du willst noch weg?«, fragte Hannelore Bertram besorgt, die im Wohnzimmer eine Vorabendserie ansah. Alexander trat neben seine Mutter, lehnte sich hinab und stützte sich dabei auf das dunkle, frisch imprägnierte Leder der klobigen Couch.

»Mama, heute ist doch Kinotag«, raunte er ihr mit leicht vorwurfsvollem Blick ins Ohr. Ihre Haare rochen frisch gewaschen, die Haut nach einer der unzähligen Gesichtsmasken, vor denen der Badezimmerschrank nur so strotzte. »Ist jeden Montag, das weißt du doch.«

Mutter Bertram streichelte ihm kurz über die Schulter, dann seufzte sie: »Ach, ich meine doch nur, wegen dieser schlimmen Sache am Samstag … Es gibt so viele schlechte Menschen auf der Welt.«

Obwohl die Zeit langsam knapp wurde, entschied sich Alexander, für einen Moment auf der Armlehne Platz zu nehmen. »Du hast ja recht«, säuselte er, »aber ich hatte ja irgendwie den richtigen Riecher, als ich so früh aufgebrochen bin. Komische Leute, allesamt, da war so eine richtig blöde Stimmung. Die Mädels total abgedreht, es war niemand da, den ich richtig kannte. Na ja, und dann die Drogen. Also bei Drogen, da hört der Spaß echt auf.«

Mit einem Mal spürte Alexander, wie sich die Hand seiner Mutter krampfhaft um seinen Unterarm schloss. Er zuckte zusammen und wollte schon aufspringen, sah aber dann in ihrem Blick, dass es der verzweifelte Griff einer Mutter war, die in Sorge um ihr einziges Kind war. Beinahe gerührt ließ er sie gewähren.

»Alexander, mein Junge, versprich mir, dass du dich von solch bösen Menschen fernhältst.«

»Klar, Mama«, nickte er, »das fällt mir nicht mal schwer.«

»Und dann die Drogen. Sag mal, gibt es die bei dir auf dem Campus auch?«

Alexander zuckte mit den Schultern und kniff die Lippen zusammen. »Weiß nicht. Also, ich glaube schon, dass da gekifft wird oder so. Aber das sind ja meist so abgerissene Typen, die unter sich bleiben und in einer ganz anderen Welt leben.«

»Na, dann ist es ja gut.« Frau Bertram schien beruhigt.

»Du, ich muss jetzt aber los. Im CinemaxX wird es wieder voll werden.«

»Wo? Ich dachte, du gehst hier ins Kinopolis.«

Langsam begann das Geglucke zu nerven. Natürlich war es logisch anzunehmen, dass man hier, von Unterliederbach aus, in den riesigen Kinopalast des Main-Taunus-Zentrums direkt vor der Haustür gehen würde. Doch Alexander hatte verschiedene Gründe, warum er stattdessen quer durch die Stadt nach Offenbach fahren wollte.

»Ins MTZ kann ich jeden Tag«, argumentierte er ruhig. »Außerdem lohnt sich das nur, wenn man den großen Saal nimmt.«

»Hm, wenn du meinst.« Hannelore Bertram wirkte noch nicht überzeugt.

»Also, was ist, Mama, kann ich den Z1 nehmen? Für das Parkhaus ist der Jeep echt ne Nummer zu groß.«

»Ja, ist gut. Der Schlüssel hängt im Kästchen.«

»Schau mal«, sagte Alexander im Aufstehen und richtete sich in voller Größe vor seiner Mutter auf. »Was soll mir denn schon passieren? Ich rauche nicht, trinke nicht einmal viel, schon gar nicht, wenn ich fahre, und ich nehme keine Drogen. Ich weiß mich zu verteidigen und gehe ja schließlich nicht auf die Kaiserstraße oder sonst wohin, sondern einfach nur ins Kino. Hinterher vielleicht noch zum Mexikaner, je nachdem. Keine Disco, keine Clubs. Kein Wochenende mit Dutzenden betrunkenen Jugendlichen in aufgemotzten Autos. Einfach nur mein Kino-Montag.«

»Geh nur, mein Junge.«

Das Lächeln seiner Mutter wirkte ein wenig gezwungen, doch die Stimme klang versöhnt. Alexander bemühte sich, seiner ängstlichen Mutter keinen Anlass zur Sorge zu geben.

Daher vertraute sie auf seine Vernunft und seine Reife, und er wusste, welche Lügen er ihr auftischen musste, damit das so blieb.

Um 19.17 Uhr parkte Alexander Bertram den roten BMW Z1 im Parkhaus des CinemaxX. Obwohl der Roadster ein vergleichsweise kleines Fahrzeug war und sich mit geöffnetem Verdeck auch beim Manövrieren gut überschauen ließ, musste Alexander dreimal rangieren, bis er rückwärts in der engen Parkbucht stand. Mit geübten Handgriffen und einem nervösen Blick auf die Uhr verschloss er den Wagen, schlüpfte in eine dünne, beigefarbene Sommerjacke und verließ das Parkdeck mit eiligen Schritten. Der Vorraum des Kinos war relativ belebt, doch glücklicherweise gab es nicht die an Wochenenden übliche Warteschlange aus Dutzenden lauten, schwitzenden und unentschlossenen Menschen, die oftmals nicht in der Lage waren, sich auf dem Weg bis zum Kartenschalter zu entscheiden, welchen Film sie denn nun sehen mochten. Wozu gibt es Internet, Filmplakate und Kinoflyer, fragte sich Alexander dann jedes Mal verzweifelt, wenn ein gestresster Angestellter versuchte, auch bei der hundertsten stupiden Frage noch die Etikette zu bewahren.

»Romanze mit Brad Pitt?«
»Ach nein, lieber nen Thriller.«
»Wie groß ist denn die Leinwand?«
»Hätte ja Lust auf den neuen Bruce Willis.«
»Hab ich doch schon aus dem Netz gesaugt.«
»Gibt es hier auch eine Lasershow?«
»Bloß keine Komödie. Heute lieber mal was mit Action!«
An diesen Abenden wünschte Alexander sich manchmal im Geheimen, irgendwann einmal mit der Kalaschnikow in die Menge zu feuern, so lange, bis jeder, aber auch wirklich jeder

Einzelne das gottverdammte Maul hielt. »*Na, genug Action?*« – »*Immer wieder gerne!*«

Doch heute lief alles ganz zivilisiert, und Alexander hielt bereits nach wenigen Minuten eine Karte für die neue Batman-Verfilmung in den Händen, mit Heath Ledger in der Rolle des Bösewichts. Er verließ das Kino durch den Hauptausgang und eilte die Berliner Straße entlang, vorbei an einigen drei- bis fünfstöckigen Altbauten, deren farbenfroh renovierte Fassaden den Anschein von Eleganz vermitteln sollten. Der Zeiger der DB-Uhr sprang gerade auf 19.40 Uhr, als Alexander Bertram die Treppe hinabstieg und in Richtung S-Bahn verschwand. Mit einer Minute Verspätung verließ die S9 ihre unterirdische Haltestelle in Richtung Ostbahnhof, wo sie um 19.48 Uhr zurück an die Oberfläche kam und weitere acht Minuten später, wieder pünktlich im Zeitplan, die Haltestelle Hanau-Steinheim erreichte. Hier verließ Alexander den Zug, dessen muffigen Geruch er wohl kaum eine Station länger ertragen hätte. Irgendwo im Abteil musste kürzlich eine Bierflasche ausgelaufen sein, zusätzlich hatte es nach Hundekot gestunken. Dankbar für die leichte Abendbrise unterquerte er die Bahngleise und folgte der B43, bis die Abzweigung zur Straße mit dem Namen An der Mainbrücke kam. Alexander hatte das Doppelhochhaus bereits von der Bahn aus erkannt, es war das einzige in der näheren Umgebung. Auf dem ungepflegten Vorplatz rannten einige ebenso ungepflegte Kinder herum, ein gelbes Kettcar ohne Vorderräder lag zwischen den grauen Müllcontainern, daneben ein hochgebocktes Auto. An zahlreichen Stellen des Betonpflasters hatten sich Gras und Moos den Weg ans Licht erkämpft, und auch der Rinnstein war alles andere als sauber. Einige Ladenlokale der unteren Etage waren verklebt, ein Sonnenstudio, eine Kneipe und ein kleiner Laden hatten noch geöffnet. In der Nähe lungerten Halbstarke herum, die von Alexander keine Notiz nahmen. Wahrscheinlich bin ich zu langweilig, dachte dieser grimmig, eine helle Stoffjacke, billige Jeans und No-Name-Turnschuhe passen eben nicht ins Beuteschema dieser Markenschweine. Im Hausflur der Hausnummer 17, also des rechten, etwas nach hinten versetzten Baus, lag ein demolierter Kinderwagen neben dem Fahrstuhl. Die Aufzugtür, deren Lack dicker zu sein schien als der Stahl, öffnete sich mit einem nicht gerade vertrauenerweckenden Ruck. Doch Alexander wollte sich nicht überanstrengen und blieb bei seiner Entscheidung, den Weg in den neunten Stock zu fahren.

Hinter dem Türspion bewegte sich etwas, dann öffnete sich die Tür. Im Eingang stand eine dunkelblonde Frau Mitte zwanzig, mit langem, glattem Haar, sie war einen Kopf kleiner als Alexander, recht gut gebaut und verhältnismäßig hübsch.

»Hallo«, lächelte sie ihn an. Sofort bemerkte er, dass ihre Vorderzähne nicht richtig saßen, zwischen den Schneidezähnen gab es eine kleine, nach unten spitz zulaufende Lücke. Ein typisches Zeichen osteuropäischer Huren: Sie hatten meist makellose Haut, große Augen und volle Lippen, aber dahinter einen verschobenen Kiefer. Zahnspangen scheint man bei euch nicht zu kennen, dachte Alexander und ließ seinen Blick über ihren Körper wandern. Sie trug einen Kimono aus durchsichtiger Seide, darunter rote Spitzenunterwäsche, und hatte offensichtlich bei der Beschreibung in ihrer Kontaktanzeige nicht gelogen.

Marita, 23, osteuropäisch,
dunkelblond, schlank, 163 cm, BH 90C.
Enge, immer feuchte Möse, teilrasiert,
Körperschmuck: Intimpiercing

Die letztgenannten Punkte würde Alexander in Kürze überprüfen.

»Hallo, ich bin Gunnar«, log Alexander mit einem unver-
bindlichen Lächeln und trat sich die Füße ab. Dabei fragte er
sich, ob das vor ihm schon je ein Freier getan hatte. Es war
eine durch und durch schmutzige Welt, das schien jedoch niemanden zu stören.

»Schön, dass du da bist. Ich habe dich schon erwartet«, log
Marita zurück. Es schien ihre Standardbegrüßung zu sein.
»Hier kannst du deine Jacke aufhängen«, bedeutete sie ihm,
als sie einige Schritte nach innen ging und an einer Garderobe
stehen blieb. Ihre Stimme klang tiefer als erwartet, und sie
sprach akzentfrei.

»Danke.«

Alexander schloss die Tür und blickte den Flur entlang. Je zwei
Zimmer links und rechts, die ersten beiden verschlossen, am
Kopfende eine ebenfalls verschlossene Tür, wahrscheinlich
eine Abstellkammer oder die Gästetoilette. Hinten dürften das
Schlafzimmer und Bad sein, möglicherweise auch ein Wohnzimmer. Als er seine Jacke ausgezogen und aufgehängt hatte,
griff er sogleich zum Portemonnaie, das aus einer der beiden
Taschen ragte. Fragend sah er Marita an, die erleichtert wirkte,
weil er von sich aus auf das Geschäftliche zu sprechen kam.

»Hundert Euro Vorkasse«, sagte sie und kaute dann monoton
ihre Litanei herab, »damit beginnen deine neunzig Minuten.
Ficken nur mit Gummi, Blasen mach ich auch ohne, aber
Schlucken ist nicht drin. Genau wie anal, das hatte ich aber
vorher gesagt, weil die meisten das nicht fragen und dann
jammern. Anpinkeln ist auch nicht drin. Kannst mich lecken
und beißen, Schmusen geht auch, aber Zungenküsse gibt es
keine. Spielzeug habe ich auch da.«

»Danke, kein Bedarf«, sagte Alexander. Schon allein bei der Vorstellung, dass irgendwo in der Kommode Dildos, Glasperlen und Gummiringe herumflogen, die schon von Dutzenden Freiern benutzt und hinterher bestenfalls mal in die Spülmaschine gewandert waren, wurde ihm speiübel. Kleine, schmutzige Hure.

»Hör zu«, sagte er, entnahm seinem Portemonnaie zwei Scheine und legte das Geld auf ein schmales Regal neben der Garderobe. »Wenn du gut bist, bekommst du von mir das Doppelte. Wenn nicht, nehme ich einen davon wieder mit.«

»Hm, wie du meinst.« Marita schien nicht die Hellste zu sein, denn erst nach diesem kaum begeistert klingenden Satz setzte sie plötzlich ein ehrlich wirkendes Lächeln auf und ergänzte mit kehliger Stimme: »Na, dann wollen wir mal sehen, wie wir dich so richtig verwöhnen, ja?« Sie streckte Alexander die Hand entgegen und schlug die Augen verführerisch auf. »Komm mit«, hauchte sie. Sie gingen bis zum Ende des schmalen Flurs und bogen dann nach links in das geräumige Schlafzimmer ab. Der Raum war schlicht eingerichtet, weiße Wände, behangen mit Stoffschals und einem Gemälde, das einen riesigen Kussmund zeigte. Der bordeauxrote Teppichboden war abgewetzt und hatte in der Nähe des Betts einige Brandlöcher. Ein runder Bartisch mit verchromtem Standfuß hielt zwei umgedrehte Gläser, eine Flasche Jim Beam und eine Karaffe Wasser bereit, und auf der rechten Seite des Betts stand eine breite Kommode, deren Oberfläche nach weißem Klavierlack aussah. Auf ihr standen eine weinrote Kerze und ein schwerer Marmoraschenbecher, daneben lagen ein Feuerzeug und eine Packung Marlboro. Es roch nach Mandelöl und billigem Parfüm, außerdem hatte vor kurzem jemand geraucht. Alles in allem ein besseres Bordellzimmer in privatem

Umfeld, welches dem Freier vorgaukelte, nicht bei einer Hure, sondern bei einer Freundin zu sein. Dennoch war alles ausgelegt auf Durchgangsverkehr, und an einem Wochenende würde man hier seinem Nachfolger wohl die Klinke in die Hand geben. Alexander hatte nichts anderes erwartet.

»Wollen wir duschen?«, fragte Marita, öffnete ihren Kimono und ließ ihn auf das Bett fallen. »Du kannst mich einseifen, oder ich dich.« Sie trat auf Alexander zu und griff an seinen Hosenbund. Ihre Finger glitten hinter die Gürtelschnalle, dann zog sie ihn in ihre Richtung.

»Komm schon«, sagte sie mit lüsternem Blick, doch Alexander wehrte ab. »Warte, nicht so schnell! Ich habe noch etwas mit dir zu besprechen. Setzen wir uns.«

»Okay, du bist der Boss«, seufzte Marita und ließ sich aufs Bett fallen. Alexander blieb vor ihr stehen und fuhr ihr prüfend durchs Haar. Sie sah eindeutig osteuropäisch aus, doch er hätte nicht zu sagen vermocht, woran genau er diese Beobachtung festmachte. Lag es nun an der Augenpartie oder der Kieferstellung – irgendwie war es das Gesamtbild.

»Sag, hast du dich schon mal dabei filmen lassen?«, fragte er mit einem freundlichen Blick und neigte sanft den Kopf zur Seite. Marita schien die Frage zu irritieren, denn sie zuckte leicht zusammen und glotzte zurück wie ein Auto.

»Wie, filmen?«, platzte es aus ihr heraus. Offenbar war sie etwas schwer von Begriff.

»Na, uns beide zum Beispiel, hier, auf dem Bett, mit einer Videokamera«, erklärte Alexander und zwang sich zur Geduld.

»Ich hab so was doch gar nicht.«

»Ich aber. Ist ein ganz kleines Gerät, draußen in der Jacke. Soll ich es dir mal zeigen?«

Marita zuckte mit den Schultern und klang unschlüssig, als sie entgegnete: »Weiß nicht.«

»Na, ich geh sie einfach mal holen, okay?«

Alexander verließ das Schlafzimmer, eilte zu seiner Jacke und entnahm der Innentasche ein Neoprenetui, kaum viel größer als zwei aufeinanderliegende Zigarettenpackungen. Er kehrte ins Schlafzimmer zurück, zog unterwegs den Reißverschluss der Schutzhülle auf und entnahm ihr einen schwarz glänzenden Mini-Camcorder.

»Schau, ist das Neueste vom Neuen«, verkündete er stolz. »Und du wärst sogar die Erste, bei der ich sie benutze. Ist also für uns beide was Neues.«

Zumindest teilweise stimmte das.

»Hmmm, ich weiß nicht …«

»Hör mal, das hat nichts mit dem zweiten Schein zu tun«, lockte Alexander, »den kannst du auch behalten, wenn du es nicht willst. Aber vielleicht habe ich ja noch einen dritten dabei. Na, wie klingt das?«

Marita rutschte auf dem Laken hin und her und schien zu überlegen. Dreihundert Euro für eine Stunde normalen Sex mit einem ansehnlichen Typen, dessen einziger Sonderwunsch darin bestand, sich dabei filmen zu lassen. Alexander war sich sicher, dass er sie am Haken hatte. Doch dann schüttelte das Mädchen energisch den Kopf und erhob sich wieder.

»Nein, bitte leg sie wieder weg«, sagte sie und legte ihre Hände auf die seinen, die den teuren Camcorder fest umklammerten.

»Deine Entscheidung«, kommentierte Alexander enttäuscht, schob das Gerät zurück in die Hülle und legte es auf den Tisch neben die Getränke.

Er zog sein T-Shirt aus, warf es über den Barhocker und

schlüpfte aus den Schuhen. Plötzlich fühlte er Maritas Hände, die sich sanft seinen Rücken hinabbewegten und danach mit angezogenen Fingernägeln nach vorne wanderten.

»Na, gefällt dir das?«, säuselte es in sein Ohr.

Wortlos ließ er sie gewähren, verfolgte ihre flinken Hände, die mit geübten Griffen zuerst den Gürtel und dann die Hose öffneten. Marita ging in die Hocke, als sie die Jeans über die Knie hinabzog, bedeutete ihm dabei, sich zu ihr zu drehen, und fuhr dann mit der Hand in den Schlitz der Boxershorts.

»Oh, da ist jemand ja schon richtig geil«, stöhnte sie herausfordernd, als sie Alexanders hartes Genital zu fassen bekam. Seine Geilheit steigerte sich noch mehr, als der Stoff der Shorts inmitten ihrer beiden Hände an seiner Eichel rieb und sie abwechselnd seine Hoden und den Penis massierte. Wie aus dem Nichts, vermutlich hatte sie es hinten in ihrem Höschen verborgen, hielt Marita sogleich ein Kondom bereit, eines jener Sorte, die eine extragroße Vorkammer für das Ejakulat hatten. Er stöhnte, als sie seine Shorts über den harten, unbeweglich nach vorn ragenden Penis zog und anschließend das Latex über ihn rollte.

»Na, dann besorg es mir, du geiler Hengst, du kannst es doch bestimmt kaum abwarten, meine zuckende Möse zu bearbeiten«, forderte Marita ihn mit einem Griff an die Lenden auf. Sie richtete sich auf und rieb ihren Körper im Vorbeigehen fest an seinen.

Mit zwei großen Schritten folgte Alexander dem Mädchen, welches sich willig auf dem Laken räkelte.

»Komm, zieh mich aus, ich kann es kaum erwarten.« Wenn auch nur gespielt, hatte Maritas tiefe Stimme etwas Erotisches.

»Ich will dich genau so, wie du bist«, keuchte er und näherte sich ihr von der Bettkante. Seine Finger fuhren in ihren roten

Slip, er ertastete die Scham und schob den roten Spitzenstoff auf die Seite.

»Ja, schieb ihn mir rein«, stöhnte Marita und schlug die Schenkel weit auseinander. Sie war tatsächlich etwas feucht geworden, feucht genug sogar, um ohne Gleitmittel einzudringen, wie Alexander feststellte. Mit langsamen, immer tiefer eindringenden Stößen legte er sich auf Maritas bebenden Körper. Sie verstand ihr Handwerk, ohne Zweifel, man musste schon genau hinsehen, um zu erkennen, ob sie nur spielte oder tatsächlich genoss. Es wäre eine gute Aufnahme geworden, dachte Alexander und verlangsamte seine Bewegungen ein wenig.

»Na, was ist, Großer?«, erklang es sofort.

»Es wäre ein guter Film geworden«, keuchte er. Ihre Köpfe waren keine dreißig Zentimeter voneinander entfernt.

»Denk nicht mehr dran. Besorg es mir lieber hart. Live ist doch viel besser.«

Alexander hob seinen Oberkörper etwas an und legte seinen Unterarm auf die noch immer vom BH bedeckten Brüste. Ein weiterer Augenaufschlag von Marita forderte ihn auf, sie zu massieren, doch stattdessen hielt Alexander in seinen Bewegungen inne und starrte dem Mädchen ins Gesicht. Bevor sie fragen konnte, was los war, rammte er ihr mit voller Wucht den Ellbogen des anderen Armes gegen die Schläfe. Dem dumpfen Aufprall, der Maritas Kopf mit einem entsetzten Atemstoß zur Seite fallen ließ, folgte ein panisches Keuchen.

»Was … was soll das?«, wimmerte sie und wollte sich unter Alexander hervorwinden. Doch noch immer in ihren Unterleib stoßend und mit festem Griff an Schultern und Oberarmen hatte sie keine Chance.

»Schmutzige Hure, du widerst mich an«, zischte er, während er sich wieder schneller bewegte. »Den Dreck von hundert

Kerlen, ab und zu ein bisschen Sagrotan, das hätte ich mir mal erlauben sollen!«

Marita verstand nicht, wie sollte sie auch. Angst erfüllte ihren Blick, nackte Angst, und sie wollte schreien, doch aus ihrer Kehle drang kein Laut, nur Röcheln. Alexander hatte seinen Unterarm nach oben geschoben, er lag nun quer über Maritas Kehlkopf und drückte ihr die Luft ab. Vor seinem geistigen Auge huschten Bilder vorbei, verschwommene Aufnahmen aus seiner frühen Kindheit, ein eingenässtes Laken, ekelerregender Urin, ein Ledergürtel, Schmerz. Er versuchte, sich wieder zu konzentrieren, stierte auf den kämpfenden Körper unter ihm, der ungeahnte Kräfte freisetzte. Panisch ruderten Maritas Arme, sie spürte zweifelsohne, wie die Kraft sie zu verlassen drohte, und Alexander presste umso fester, je schneller er sie stieß. Sie hatte keine Chance, nicht die geringste.

Als wenige Augenblicke später das Leben aus Maritas blaugrünen Augen wich und ihr Körper kraftlos in sich zusammensank, ejakulierte Alexander Bertram, und ein heftiges Zittern durchlief seinen gesamten Körper. Genau so hatte er sich diesen Moment vorgestellt. Eben noch der hoffnungsvolle Glanz, dann das lodernde Feuer der Verzweiflung, alles in einem Augenblick vereint. Unmittelbar danach der verklärte Moment der Erkenntnis, dass es kein Entkommen gibt, und dann, Sekunden später, entweicht die Seele und hinterlässt nichts als stumpfe Leere.

Hättest du dich doch bloß dabei filmen lassen, dachte er, als er das Mädchen eine Viertelstunde später, wieder in ihren Kimono gehüllt, im Hausflur ablegte. Dann hätte ich dich öfter besucht. Er schaute sich ein letztes Mal um, ob er auch nichts vergessen hatte. Das mit Sperma gefüllte Kondom hatte er in Klopapier gewickelt und eingesteckt, den Camcorder hatte er ebenfalls dabei, und auch das Geld steckte wieder im Portemonnaie. Alexander schloss die Tür mit dem Jackenärmel über der Hand, um keine Abdrücke zu hinterlassen. In der Wohnung hatte er alles abgewischt, inklusive des Mädchens, doch er war sich sicher, dass so viel Aufhebens gar nicht nötig war. Was sollte es der Polizei denn bringen, in einer Hurenwohnung, die täglich von mehreren Männern aufgesucht wurde, sämtliche Abdrücke zu nehmen? Nein, es würde ganz anders laufen. Aus den Nachrichten wusste Bertram, dass dieses Viertel in Hanau-Steinheim ein absoluter Brennpunkt war, erst vor wenigen Wochen hatte es eine tödliche Schießerei gegeben. Die tote Hure würde wohl dem Konto eines serbischen Zuhälters zugeschrieben werden, der hier einige Wohnungen mit Mädchen am Laufen hatte, obwohl die Siedlung seit Jahren von Weißrussen kontrolliert wurde. Ein Kollateralschaden im Bandenkrieg also, das konnte Alexander Bertram nur recht sein.

Um 22.18 Uhr stieg er in die S-Bahn Richtung Offenbach, wo er um 22.32 Uhr an der Haltestelle Ledermuseum eintraf, gerade pünktlich, um in aller Ruhe zum Kino zurückzuschlendern und sich im Foyer unter die begeisterten Besucher des Batman-Films zu mischen.

MONTAG, 19.24 UHR

Langsam entstieg Julia Durant dem nach Lavendel duftenden Schaumbad und schlang sich ein großes, weißes Frotteehandtuch um den dampfenden Körper. Es war ihr herzlich egal, dass es außerhalb der angenehm kühlen Wohnung noch über 25 Grad hatte. Baden geht immer, war ihr Standpunkt, und schon in der Sachsenhäuser Wohnung hatte Julia dies oft und gerne getan. Das Badezimmer hier, in ihrem neuen Domizil, übertraf das alte um ein Vielfaches. Nirgendwo in der geräumigen Wohnung hatte Susanne Tomlin beim Einrichten gespart, warum auch, sie besaß nun mal eine Menge Geld. Doch diese Medaille hatte eine Kehrseite, die weder Susanne noch Julia je vergessen würden. Ohne Zweifel hätte Susanne ihren Reichtum jederzeit dafür eingetauscht, die schrecklichen Erlebnisse des Herbstes 1995 ungeschehen zu machen: ihr Ehemann ein kaltblütiger Killer mit tiefgreifender Persönlichkeitsstörung, die Familie zerschlagen, die Zelte in Deutschland abgebrochen. Das wog kein Geld der Welt auf. Leider konnte Julia Durant das mittlerweile sehr gut nachvollziehen. Vielleicht hatte sie deshalb das Geschenk annehmen können, diese tolle neue Wohnung, die ihr schon immer gefallen hatte, ein Geschenk unter Freundinnen, deren Freundschaft jenseits aller irdischen Werte lag. In zwölf, nein dreizehn Jahren hatte niemand ihr mehr Kraft gegeben als Susanne, aber auch Julia war dieser eine nicht zu ersetzende Bezugsperson.

Sie entfaltete das Handtuch, setzte sich auf den Rand der Badewanne und rieb sich Arme und Beine trocken.

Dem Architekt war es gelungen, dass eine geräumige Eckbadewanne, ein breiter Spiegelschrank, ein beheizter Handtuchhalter und eine Duschkabine sich im Raum verteilten, ohne beengend zu wirken. Im Gegenteil, wenn man in den Spiegel blickte, der am schmalen Ende gegenüber der Tür hing, glaubte man beinahe, in der Halle eines römischen Bades zu stehen. Zwei unterschiedlich hohe Terrakottasäulen mit Kübelpflanzen und helle sandfarbende Fliesen an der unteren Wandhälfte und auf dem Boden des weiß verputzten Raumes unterstrichen dieses Ambiente. Dekadent hatte Hellmer es genannt, der sich bislang als Einziger von Julias Kollegen hierher verirrt hatte.

»Na prima, eine Riesenwanne, aber kein Klo«, hatte er gesagt. Tatsächlich war die Toilette in einem separaten Raum untergebracht.

»Du musst gerade reden«, hatte sie geantwortet. »Wer von uns beiden kommt denn mit einem Porsche zum Dienst?«

Ansonsten waren die ersten Wochen in ihrem neuen Domizil eher einsam gewesen. Julias Vater hatte sich ganz zu Anfang eine Stippvisite natürlich nicht nehmen lassen. Peter Kullmer und Doris Seidel standen ihr zwar als Kollegen relativ nahe, aber eben nicht so, dass man sich gegenseitig nach Hause einlud. Schon gar nicht als Pärchen, wenn man selbst niemanden hatte. Julia lächelte und sah auf die Uhr. Wäre bestimmt witzig, Kullmers Blick zu sehen, wenn ich ihn zu einem Pärchendinner einladen würde und ihn dann mit meiner heutigen Verabredung konfrontiere. Macho blieb Macho, ganz gleich, wie glücklich er mit seiner Doris sein mochte, und ein Date mit drei Frauen spräche ganz bestimmt seine geheimsten Instinkte an. Es war Alina Cornelius, auf deren Wiedersehen sich die Kommissarin an diesem Montagabend freute, wenn auch mit gemischten Gefühlen.

Nach dem zermürbenden Gespräch mit ihrem Vorgesetzten hatte Julia Durant Berger eine Lösung präsentiert, die zwar recht unkonventionell war, aber für alle Beteiligten einen fairen Kompromiss bildete. Nirgendwo in den Dienstvorschriften stand, dass es ein hauseigener Psychologe sein musste, den traumatisierte Beamte aufsuchen sollten. Verbindlich war nur, dass es ein anerkannter Psychologe oder Psychotherapeut sein musste, und diese Voraussetzung erfüllte Alina Cornelius. Besser mit ihr über alles reden als mit jemand anderem, hatte Julia für sich entschieden. Immerhin wusste niemand besser als Alina, was die Kommissarin im Sommer 2007 durchgemacht hatte, denn Holzer hatte sie ja unmittelbar vor Julia in seine Gewalt gebracht. Drei Monate nach ihrer Befreiung hatte Alina ihre kleine, gut frequentierte Praxis wieder eröffnet, und nur wenige Tage nach Julias Rückkehr hatten sich die beiden Freundinnen das erste Mal getroffen. Es hatte ein paar weitere Treffen gegeben, mal Kino, mal auf einen Kaffee, dann einen Bummel durchs Main-Taunus-Zentrum, aber stets öffentlich. Es stand eine Menge Unausgesprochenes zwischen ihnen, und keine von ihnen hatte bisher den Schritt gewagt, ihre besondere Beziehung durch die düstere Erinnerung an ihre Entführung zu belasten.

Als Julia Durant gegen 20.30 Uhr vor dem Hochhaus, in dem Alina wohnte, parkte, überlegte sie noch immer, wie sie es am geschicktesten anstellen sollte. Am besten geradeheraus, sagte ihre innere Stimme, doch eine andere Stimme wurde sofort laut und warnte davor, mit der Tür ins Haus zu fallen. Versteck dich lieber hinter Berger, lautete die zweite Strategie.

Julia näherte sich dem Haus und fühlte sich dabei von mehreren Seiten beobachtet. Auf einem Balkon im zweiten Stock wurde gegrillt, und drei Männer in weißen, ärmellosen Feinripp-Hemden, allesamt älter als sie, braungebrannt, doch mit schlaffen Bäuchen und Oberarmen, schienen sie mit ihren Blicken ausziehen zu wollen. Auf der anderen Seite, links des Zugangsweges, saß im ersten Stock eine alte Frau mit miesepetrigem Gesichtsausdruck mit verschränkten Armen auf ein Kissen gebeugt. Dieses lag auf dem breiten Sims der Balkonumrandung zwischen üppigen, rot und weiß blühenden Geranien, deren schlaff hängende Triebe jedoch darauf hindeuteten, dass sie heute noch keine Gießkanne gesehen hatten.

Als Julia Durants Finger das Klingelschild hinaufwanderte, erinnerte sie sich an ihren ersten Besuch. Waren es damals sieben deutsche und drei ausländische Namen gewesen? So ähnlich zumindest, grübelte sie, jedenfalls hatte sich an dem Verhältnis nichts geändert. Die Hausordnung war aktualisiert worden und hing, in größerem Format und laminiert, an ihrem alten Platz neben den Briefkästen. Der Außenbereich und die Fassade wirkten sehr gepflegt. Durant musste unwillkürlich lächeln, denn ihr altes Mehrfamilienhaus hatte alles andere als solch ein geordnetes Bild aufgewiesen, und sie hatte sich seinerzeit auch nicht vorstellen können, derart bieder zu leben. Der Eingangsbereich der Holzhausen-Wohnanlage allerdings, in der sich Susannes alte Wohnung befand, wies beinahe schon erschreckende Parallelen auf.

So ändert sich alles, resümierte die Kommissarin, als der Summer ertönte und sie die Tür aufdrückte. Den sportlichen Ehrgeiz gegen den unangenehmen, spontan auftretenden Erschöpfungszustand abwägend, hatte Julia sich zunächst der Aufzugtür genähert. Die Vorstellung jedoch, alleine in einer engen, stickigen Kabine zu stehen, die mit Sicherheit nur halb so geräumig und dafür fünfmal so alt war wie die auf dem Kommissariat, ließ sie zur Treppe umschwenken. Trotz ihrer gelegentlichen Rückfälle in puncto Rauchen hatte Julias Fitness nicht wesentlich eingebüßt. Im Gegenteil: Die kilometerlangen Strandläufe in der befreienden Seeluft hatten sich sehr förderlich ausgewirkt. Wenn mir unterwegs die Puste ausgeht, kann ich immer noch fahren, dachte sie, und schon kurz darauf sah sie Alina oben an der Tür warten.

»Julia«, lächelte die gutaussehende Frau mit weit geöffneten Armen. »Schön, dich zu sehen! Komm rein.«

Sie umarmten sich herzlich, und für einen kurzen Moment erinnerte sich die Kommissarin an ihre erste Begegnung, die ebenfalls in dieser Wohnung stattgefunden hatte. Knapp zweieinhalb Jahre waren seitdem vergangen, in denen es Phasen gegeben hatte, in denen sich die beiden Frauen überhaupt nicht gesehen hatten, und dann eben diese Momente, diese eine Nacht ... Julia Durant verjagte diesen Gedanken schnell wieder und löste sich aus der Umarmung. Das erträgliche Maß an körperlicher Nähe war ganz unvermittelt erreicht. Sie überspielte die Unsicherheit mit einem breiten Lächeln.

»Hallo, Alina. Ich hoffe, mein Anruf vorhin hat dich nicht überrumpelt.«

»Na, ich hätte mich schon beschwert, wenn es nicht gepasst hätte. Jetzt komm doch erst mal rein.« Auffordernd winkte Alina Cornelius ihren Gast an sich vorbei, über den langen Läufer hinweg, der sich quer durch den Flur zog, in Richtung Wohnzimmer.

»Balkon oder Couch?«, hörte Julia Alinas Stimme hinter sich.

»Such dir was aus.« Instinktiv wollte sie hinaus auf den Balkon eilen, um gar nicht erst eine Atmosphäre aufkommen lassen, wie sie sie noch immer vom Klischee der Psychotherapie erwartete: Die Patientin legt sich aufs Sofa, der Arzt sitzt am Kopfende über ihr und säuselt ihr von dort wie ein Marionettenspieler ein, dass sie ohne ihn völlig machtlos sei und von nun an er die richtigen Fäden ziehe. Dabei waren die Sitzungen bei Madame Sutter vollkommen anders abgelaufen.

»Ach, bleiben wir im Wohnzimmer«, entschied Julia schnell. Obwohl die Feinripp-Fraktion ganze drei Stockwerke tiefer saß und ihre Aufmerksamkeit gewiss wieder voll und ganz den gegrillten Steaks gewidmet war, wollte die Kommissarin ihr Anliegen nun doch nicht unter freiem Himmel besprechen.

Zu ihrer Überraschung fand Julia Durant das Wohnzimmer verändert vor. Während es auf den ersten Blick beinahe wie neu eingerichtet wirkte, entpuppten sich die Änderungen als relativ geringfügig, aber mit großer Wirkung. Noch immer dominierte eine gemütliche Sitzgarnitur den Raum, welche aber nicht mehr weinrot bezogen war, sondern eine neue Polsterung in cappuccinofarbenem Braun erhalten hatte. Passend dazu waren die Wände in Pastellweiß angelegt. Das bis zur Decke reichende Bücherregal war fest eingebaut und daher unverändert geblieben, ebenso gab es noch die Vitrine mit dem gesammelten Kleinkram. Julia überlegte, ob die Menge an Nippes vielleicht sogar zugenommen hatte, war sich aber nicht sicher. Die markante Veränderung des Raumes war, dass der neue Couchtisch nun aus dunklem Holz war und rechteckig, Kolonialstil eben, etwas gänzlich anderes als der vorherige runde Marmortisch. Die beiden Gemälde von Victor Kandinsky gab es ebenfalls nicht mehr, kein Verlust, wie Julia fand. Mochte es auch ungerechtfertigt sein, aber Kandinsky gab es in jeder zweiten Arztpraxis. Alles in allem waren die zahlreichen Nuancen der Farbe Rot aus Alinas Wohnzimmer gewichen und durch einen Kontrast aus Weiß und Braun ersetzt.

»Schön hast du es hier«, kommentierte die Kommissarin nach einer Weile. »Gefällt mir gut und ist irgendwie heller als vorher, oder?«

»Weiß nicht.« Alina zuckte mit den Schultern. »Vielleicht liegt's auch nur am Licht momentan. Aber so wollte ich es schon länger haben, und ich dachte mir, warum warten?«

Ihre Praxis in Höchst lief ziemlich gut, das wusste Julia, und sie hatte bereits selbst die Erfahrung gemacht, dass Veränderungen des eigenen Umfelds dabei helfen konnten, mit bestimmten Lebensabschnitten abzuschließen.

»Recht hast du«, lächelte sie und nahm in der Mitte der Couch Platz. Alina wählte den Sessel, der nicht mehr direkt gegenüber, sondern im rechten Winkel neben der Couch stand.

Da weder die Psychologin noch die Kommissarin an belanglosem Smalltalk interessiert waren, kam das Gespräch zügig auf das Thema Arbeit. Julia Durant hatte bei ihrem letzten Treffen noch davon berichtet, wie erleichtert sie sei, dass in Kürze ihre vier Wochen Innendienst zu Ende gingen. Für den Abend vor ihrer ersten Wochenendbereitschaft war sogar noch ein Treffen angedacht gewesen, welches Julia jedoch kurzfristig abgesagt hatte. Es kam ihr heute also sehr entgegen, dass Alina Cornelius von sich aus darauf zu sprechen kam. Während sie eine Flasche französischen Rotwein entkorkte, aus einer Kiste, die Julia ihr mitgebracht hatte, und die beiden bauchigen Gläser auf dem Tisch großzügig befüllte, murmelte sie: »Samstag war es doch, oder? Bist jetzt also wieder richtig im Dienst.« Sie stellte die Flasche zurück auf den Tisch, schob eines der Gläser zu Julia und erhob das ihre. »Darauf sollten wir anstoßen.«

Julia Durant nahm ebenfalls das Glas hoch, schüttelte aber mit gepressten Lippen den Kopf. »Lieber nicht«, sagte sie leise.

»Oje, so schlimm?« Alina schien in diesem Moment peinlich bewusst geworden sein, dass in der Regel jemand sterben musste, bevor Julia Durant tätig wurde. Sie stellte schnell das Glas zurück und beugte sich vor. »Tut mir leid, Julia, ich hab einfach nicht nachgedacht. Ich weiß doch selbst, dass dein

Job, nein, sogar unser beider Jobs, vom Leid anderer abhängig sind. Sorry, okay?«

»Schon gut.« Julia nippte an ihrem Glas und entschied, dass es für ihr Anliegen wohl kaum einen besseren Zeitpunkt geben würde als jetzt. »Hör mal, Alina, ich hätte genau deshalb etwas mit dir zu bereden. Ich brauche deine Hilfe.«

Sie beobachtete die Reaktion ihres Gegenübers, war sich jedoch nicht ganz sicher, ob sie darin eher Verwunderung oder Neugier sah. Ärger jedenfalls war es nicht, das war schon mal gut.

»Das sind ja ganz neue Seiten«, lächelte die Psychologin sanft und trank ebenfalls einen Schluck. »Finde ich gut.«

»Echt?«

»Klar, warum denn nicht?«

»Na ja, weil du von dir aus nie was gesagt hast.«

Alina lehnte sich zurück und schlug die Beine übereinander.

»Einer der größten Fehler, den du als Psychotherapeut machen kannst, ist, dich deinem Gegenüber aufzuzwingen. Ich hätte dich niemals zu irgendetwas gedrängt, wobei ich schon öfter das Gefühl hatte, dass es dir nicht gutgeht. Aber die menschliche Psyche hat da ihren eigenen Rhythmus, weißt du? Helfen kann man jemandem erst, wenn er selbst geholfen bekommen möchte.«

Julia Durant kamen einige Momentaufnahmen ihrer alten Fälle in den Sinn, die Sache Tomlin etwa oder Achim Kaufmann.

»Dann müsste Zwangseinweisung ja pauschal zum Scheitern verurteilt sein, oder?«, fragte sie zweifelnd.

»Na ja, zumindest ist es ein sauschwerer Einstieg«, nickte Alina Cornelius. »Aber ich glaube, du wolltest auf etwas anderes hinaus.«

»Hmmm, stimmt.« Julia fühlte sich unwohl in ihrer Haut, klang die Stimme ihrer Freundin doch plötzlich so anders; irgendwie so ... analysierend. Aber sie gab sich einen Ruck und begann zu erzählen. In wenigen Sätzen umriss sie das grausame Verbrechen an Jennifer Mason, erwähnte außerdem ihre Begegnungen mit Riva und Johnson – natürlich ohne Namen zu nennen. »Aber das Schlimmste«, schloss sie, »ist für mich dabei, dass ich als leitende Beamtin, zumindest sollte ich das wohl werden, behandelt werde wie das fünfte Rad am Wagen! Ich meine, was krieg ich denn schon groß mit von den Ermittlungen? Erst musste ich zu Hause sitzen, weil nicht alle Beamten auf einmal herumspringen sollen. Kann ich ja noch verstehen. Die anderen ziehen derweil pärchenweise los, um Verhöre durchzuführen. Bei der Dienstbesprechung sitzen dann alle da, und ich muss ihnen jede Info aus der Nase ziehen. Dann, gegenüber der Gerichtsmedizin, bringe ich mich mal ein wenig ein, um auch ein paar Infos abzugreifen. Doch bevor ich was damit anfangen kann, drückt mir der Berger ne Audienz aufs Auge, in der er mir eröffnet, dass ich den Fall besser wieder abgebe. Scheiße«, sie schniefte und wischte sich mit dem Handrücken schnell eine Träne aus dem Augenwinkel, »wie soll ich so denn jemals wieder Fuß fassen?«

Alina erhob sich langsam, setzte sich neben ihre Freundin und legte ihr sanft den Arm um die Schulter. Schweigend verharrten die beiden eine Weile, und Julia schmiegte den Kopf an Alinas Arm. Ihre Haut roch angenehm dezent blumig, womöglich war es nur eine Hautcreme. Aber Julia mochte es. Zum ersten Mal seit langem fühlte sie sich, als wäre sie von einer großen Last befreit, und wenn nicht für immer, so zumindest für eine gewisse Zeit. Ein tiefer Seufzer entfuhr ihr.

»Hängt dir noch ganz schön nach, wie?«

»Schon«, nickte Julia. Zweifelsohne zielte Alinas Frage auf ihr gemeinsames Trauma der Entführung.

»Ist bei mir nicht anders«, sagte Alina, »im Gegenteil. Ich träume immer wieder von dem Gewölbe, und manchmal bilde ich mir ein, dass ich den Stich noch spüre, wo die Nadel in meinen Hals drang. Mensch, das kann man keinem verständlich machen, der es nicht selbst durchlebt hat.«

»Siehst du, deshalb habe ich auch keine Lust auf den Gutachter. Erstens ist er kein sehr sympathischer Zeitgenosse, und dann hat er auch noch ein Büro im selben Haus. Dieses Maulzerreißen von den Kollegen ist ja jetzt schon kaum zu ertragen.«

»Kann ich gut verstehen.« Alina Cornelius zog ihren Arm wieder zu sich und lehnte sich nach vorn. »Wie kann ich dir dabei helfen? Wie ich dich kenne, hast du schon eine Idee.«

»Na ja«, druckste Julia zunächst, entschied sich dann aber für den direkten Weg, »es kann mir niemand vorschreiben, zu welchem Psychologen ich gehen muss.«

»Das wäre ja auch noch schöner! Weißt du, wie wichtig gerade in diesem Bereich die persönliche Basis zwischen Arzt und Patient für das Vertrauensverhältnis ist?«

Julia konnte es sich nur allzu gut vorstellen. Sie erinnerte sich an die lüsternen Blicke ihres ersten Therapeuten in Südfrankreich. So sympathisch er auch auf den ersten Blick gewesen sein mochte, die Erinnerung war nur noch widerlich.

»Ganz schön frech übrigens, deine Idee, nun ausgerechnet zu mir zu kommen«, warf Alina provokant in den Raum. Bevor Julia darauf reagieren konnte, fuhr sie bereits fort: »Wir sollten das jetzt ganz genau durchsprechen, okay? Du hast bestimmt irgendwelche Auflagen.«

Kommen wir also zum geschäftlichen Teil, dachte Julia und nickte.

»Ja, stimmt. Berger hat das Ganze erstaunlich schnell abgesegnet, allerdings will er die Sitzungen nachgewiesen haben, um das formell nach oben hin zu vertreten. Die machen ihm wohl ganz schön Druck wegen mir.«

»Das kriegen wir hin.« Alina überlegte schnell und zählte dann im Stillen irgendetwas an ihren Fingern ab. Gespannt wartete Julia auf das Ergebnis.

»Okay, pass auf«, begann die Psychologin. »Ich verschreibe dir zunächst einmal fünfundzwanzig Sitzungen à fünfundvierzig Minuten ...«

»Ach du Scheiße!«, platzte Julia heraus, bekam jedoch sofort mit einem strengen »Pssst – lass mich ausreden!« jeden weiteren Kommentar untersagt.

»Also fünfundzwanzig mal eine Dreiviertelstunde, damit die Krankenkasse wenigstens zwanzig davon genehmigt. Dürfte sich mit posttraumatischer Therapie ohne Probleme durchkriegen lassen. Von den zwanzig Terminen musst du dann mindestens die Hälfte, besser fünfzehn absolvieren, damit ich dir einen Erfolg bescheinigen kann. Heute zählt als Vorgespräch, ich empfehle zwei Termine pro Woche, blocke dann aber je zwei Sitzungen auf einen Doppeltermin. Wenn ich richtig gerechnet habe, bist du in sieben Wochen durch.«

»Wow«, sagte Julia und stieß einen beeindruckten Pfiff aus.

»Ach ja, noch etwas«, ergänzte Alina ihre Aufzählung, »du bleibst natürlich aufgrund der umfassenden Therapiebegleitung voll diensttauglich. Es liegt allerdings letztlich bei deinem Boss zu entscheiden, wann er dir eine leitende Ermittlung übertragen wird.«

»Klar.«

Irgendein Haken musste ja kommen, dachte Julia. Aber sie

war plötzlich mit einem Mal zuversichtlich, dass sie diese Hürde nehmen würde.

»Ich danke dir«, wandte sie sich an ihre Freundin und berührte sie sanft an der Schulter. »Ganz ehrlich, ich kann's dir gar nicht sagen, wie sehr du mir damit hilfst.«

»Dafür sind Freunde doch da«, lächelte Alina und ließ sich wieder zurück an Julias Seite fallen. Eine lange Zeit saßen die beiden Frauen aneinandergekuschelt da, sprachen dabei kein Wort, genossen nur ihre Nähe und lauschten der Musik, die leise, wie aus weiter Ferne, aus der Stereoanlage klang.

DIENSTAG

DIENSTAG, 9.35 UHR

Erleichtert, dem muffigen Geruch von öligem Metall, Zigarettenrauch und Urin zu entkommen, verließ Alexander Bertram die U-Bahn-Station an der Konstabler Wache. Er hatte den östlichen Ausgang gewählt, der unter dem Vordach des C&A-Gebäudes lag. Ein Zebrastreifen, dessen weiße Balken derart abgenutzt waren, dass man ihn fast nicht mehr als solchen wahrnahm, führte Alexander auf die andere Straßenseite der Zeil, Frankfurts berühmter Einkaufsmeile. Danach wandte er sich nach rechts und überquerte die Ampel der Kurt-Schumacher-Straße. Als wichtigste Verbindung zwischen dem Frankfurter Nordend und Sachsenhausen auf der anderen Seite des Mains war die Straße sechsspurig ausgebaut, davon je zwei Spuren für den normalen Verkehr und in der Mitte, abgeteilt durch lange, betonierte Fahrsteige, zwei Spuren für den öffentlichen Nahverkehr. Neben Bussen verkehrten an diesem wichtigen Knotenpunkt auch Straßenbahnen, deren Schienen im Asphalt der Busspur eingelassen waren.

Eine große schwarze Infotafel verriet in orange leuchtender Laufschrift, dass die Buslinie 30, Fahrtrichtung Bad Vilbel, in drei Minuten abfahren würde. Alexander gesellte sich zu den Wartenden neben dem gläsernen Unterstand, dessen wellenförmiges Plexiglasdach durch Vogelkot und Witterung fleckig und stumpf war. Ganz bewusst versuchte er, an öffentlichen Plätzen die Berührung von Geländern, Wänden und Türgriffen zu vermeiden. Auch der enge Kontakt zu fremden Menschen war ihm zuwider. Man konnte ja nie wissen, mit welchen Bakterien und Krankheitserregern man es zu tun bekam. Die Welt, insbesondere Frankfurt, war ein Schmelztiegel des Ekelhaften.

Zitternd und mit metallenem Quietschen kam der türkisfarbene Gelenkbus zu stehen. Auf seiner Seite prangte unübersehbar ein großflächiger Werbeaufkleber der Frankfurter Nahverkehrsgesellschaft traffiQ, ein Display mit großen, gelben Lichtpunkten wies schon von weitem die Liniennummer und das Fahrtziel aus. Alexander wählte den mittleren Einstieg, unweit der grauen Ziehharmonika, des Faltenbalgs, der die beiden Bushälften miteinander verband. Erleichtert stellte er fest, dass die meisten Personen auf dem Fahrsteig auf eine andere Linie oder die Straßenbahn zu warten schienen, denn der Bus blieb angenehm leer. Einer der Vorteile, wenn man Vorlesungen erst zum zweiten Block, also ab 10.15 Uhr, belegte. Um diese Zeit musste man kaum noch gestresste, hustende Pendler oder lärmende, ungepflegte Schüler ertragen.

Er wählte einen engen Doppelsitzplatz in der Nähe der Tür mit Blick entgegen der Fahrtrichtung, weil hier die Wahrscheinlichkeit am geringsten war, einen Sitznachbarn zu bekommen. Normalerweise wäre Alexander stehen geblieben, doch heute hatte er etwas Bestimmtes vor. Als der Bus sich mit einem Ruck und einer kräftigen Vibration in Bewegung setzte, zog er nach einem kurzen, prüfenden Blick in die Umgebung eine »Bild« aus seinem Rucksack. Niemand beachtete ihn. Er hatte die Zeitung nach dem Verlassen der U2 an einem der kleinen Stände in der U-Bahn-Station gekauft und konnte es kaum erwarten, die Titelseite genauer zu lesen. Der Geruch von Druckerschwärze drang Alexander Bertram in die Nase, als er das dünne Papier entfaltete und las:

TODESKAMPF IM DROGENRAUSCH!
EINE GANZE MEUTE FIEL ÜBER SIE HER!

Ein unscharfes Foto, vermutlich aus ihrem Studentenausweis, zeigte *Jennifer M. (21)* mit schmalem Lächeln und nachdenklichen Augen. Mit großen Augen überflog Alexander die wenigen fett gedruckten Sätze unter dem Aufmacher, in denen über die Umstände des Todes der kanadischen Studentin spekuliert wurde. Die Phantasien des Reporters reichten von Mehrfachvergewaltigung bis hin zu satanischem Ritualmord. Auf Seite drei war eine verwackelte Innenaufnahme des Wohnungsflurs abgebildet, daneben ein Bild der Außenfassade. Der Untertitel lautete: *Das Horrorhaus, in dem Jennifer um ihr Leben flehte.*

Sie hat nicht gefleht, dachte Alexander Bertram. Wie sollte sie auch? Der medizinische Alkohol, den er dem Whiskey und Wodka beigemischt hatte, und das nicht gestreckte Kokain, dessen Reinheitsgrad die auf der Straße üblichen Mischungen bei weitem übertraf, hatten gute Dienste geleistet. Getrunken hatte das Mädchen von ganz alleine, darum musste man heutzutage ja niemanden mehr bitten, und selbst zur ersten Nase Koks, das erste Koks überhaupt in ihrem Leben, hatte Alexander sie nicht beknien müssen. Auch hier hatte er durch gezieltes Einsetzen seiner charmanten Überzeugungskraft der Verwendung von Rohypnol vorbeugen können.

Rasch überflog er die Überschriften der anderen Artikel. Über den Tod von Marita war noch keine Meldung zu finden, das hatte er auch nicht erwartet. Neun Minuten nach Fahrtbeginn hielt der Bus an Alexanders Zielhaltestelle, die von einer Frauenstimme über Lautsprecher angesagt wurde: Nibelungenplatz/FH. Die Verspätung betrug zwei Minuten, dies jedoch verriet ihm nicht die Ansage, sondern ein prüfender Blick auf seine Uhr. Das Casio-Digitaldisplay zeigte die exakte, regelmäßig per Funk mit der Atomuhr abgeglichene Uhrzeit von 09:48:13. Präzision ist das halbe Leben, dachte Alexander, und der Verlauf des gestrigen Abends bestätigte seine Devise. Niemals würde ein Bulle auch nur im Traum daran denken, ihn mit dem Hurenmord in Verbindung zu bringen. Dieser selbstgefällige Schönling schon gleich gar nicht. Zufrieden warf er sich den Rucksack über die rechte Schulter und verließ den Bus. Mit flinken Schritten überquerte er die vier Spuren der Friedberger Landstraße, auf der wie zu jeder Tageszeit reger Verkehr herrschte. Obwohl der Name der wichtigsten Nord-Süd-Achse des Stadtverkehrs sich seit Verlassen der Konstabler Wache zweimal geändert hatte, von Kurt-Schumacher-Straße in Konrad-Adenauer-Straße und schließlich in Friedberger Landstraße, handelte es sich doch noch um dieselbe Trasse. Ständige Bau- und Ausbesserungsarbeiten, besonders in der Nähe des Nibelungenplatzes, bildeten ein permanentes Ärgernis für Anwohner und Pendler.

All dies interessierte Alexander Bertram jedoch nicht. Zielstrebig eilte er über den breiten Gehsteig, vorbei an der bunt beklebten Litfaßsäule und den roten Sandsteinsäulen des alten Eingangsbereichs der Fachhochschule. Er passierte das gläserne Wartehäuschen der Buslinie 32, unter dessen gewölbtem Dach eine Handvoll Halbstarker standen, rauchten, laut lachten und auf den Boden spuckten. Angeekelt verzog Alexander die Mundwinkel und dachte verächtlich: Ihr werdet hier wohl nie studieren. Als er den letzten Ausläufer des alten Gebäudes schließlich umrundete und den weitläufigen Hof des Komplexes betrat, atmete er durch. Seit seinem ersten Besuch vor drei Jahren hatte sich hier einiges verändert. Das neue Verwaltungsgebäude, ein klobiger Betonwürfel mit einer doppelt verglasten Front, markierte das neue Herzstück der Anlage und bildete einen nicht zu überbietenden Kontrast zu dem alten schiefergedeckten Wohnhaus, das den eigentlichen Mittelpunkt des Campus darstellte. Noch im Herbst 2005 hatte dort, wo Alexander nun stand, eine Verbindungsstraße an dem alten Haus vorbeigeführt und das Gelände geteilt. Mittlerweile war von der Kleiststraße nichts mehr übrig als die sechzig Meter, die von der nördlichen Seite des Campus her eine Zufahrtsmöglichkeit boten. Blaue und weiße Fahnen flatterten sanft in der leichten Morgenbrise, gerade so, dass man die großen Lettern FH FFM erkennen konnte.

Alexander Bertram kam gerne hierher. Das Studium im Fachbereich Informatik und Ingenieurwissenschaften gab ihm nicht nur die Möglichkeit, sich von Menschen wie jenen an der Bushaltestelle abzuheben, es verschaffte ihm auch Zugang zu modernstem Material und Know-how. Hier, völlig unverdächtig und unüberwacht, konnte er Dinge erledigen, die er am heimischen Netzwerk niemals getan hätte. Alexander hatte sich ein ganzes Semester Zeit gelassen, um die Strukturen der hochschuleigenen Netzwerkzugriffspunkte, Sicherheitsvorkehrungen und Server zu studieren. Während viele seiner Kommilitonen große Sprüche klopften, dass sie von der FH aus »auf schwarzer Welle surfen« oder sich irgendwann in gesicherte Bank- oder Regierungsdatenbanken einhacken würden, hatte er stets geschwiegen. Es gehörte wohl zum Gebaren der Erstsemester, dass man hier sein vermeintliches Hackerwissen und die Leistungen der eigenen PCs miteinander verglich. Schwanzvergleich für Nerds nannte Carlo, Alexanders einziger engerer Bekannter, das immer. Und jedes Jahr, wenn die neuen Studenten sich einschrieben, hörte man dieselben Geschichten.

Getreu seiner Maxime, unauffällig zu agieren, hatte Alexander sich im ersten Semester zurückgehalten, kaum Bekanntschaften geknüpft und stattdessen seine Kommilitonen analysiert und den Campus in Augenschein genommen. Als einige Monate später der nächste Zyklus der Neueinschreibungen begann, hatte er bereits eine Schwachstelle in den Terminals der Benutzerverwaltung aufgespürt und nutzte den hohen Andrang unwissender Studienanfänger, um sich unbemerkt Anmeldeinformationen zu beschaffen.

Das erstbeste Opfer war der zweiunddreißigjährige Andreas Lohmeier aus Hanau, Sozialpädagogikstudent im Fachbereich 4. Alexander generierte sich eine E-Mail-Adresse, die mit Lohmeiers fast identisch war, beantragte eine neue Zugangskennung und entschuldigte sich im Rechenzentrum vielmals für die Umstände, die er verursachte. Niemand wurde misstrauisch. Sollte jemals eine Überprüfung stattfinden, so wäre man höchst alarmiert über die zahlreichen Besuche illegaler Pornobörsen in Thailand, Südamerika und der Russischen Föderation – ausgerechnet von einem angehenden Sozialpädagogen. Für Alexander Bertram jedoch waren diese Seiten die beste Möglichkeit, den Markt zu analysieren und nach interessanten Gesuchen Ausschau zu halten. Besonders US-Amerikaner nutzten die Zugänge über Server in Fernost recht stark, in Deutschland wurden genau diese Kanäle wegen der Kinderpornographie ziemlich gut überwacht. Niemals würde Alexander von zu Hause aus auch nur annähernd in diese Richtung surfen.

Er schlenderte auf die runde Glasfassade der Mensa zu, eine blonde, ausgesprochen hübsche Studentin mit einer Tasche unter dem Arm eilte an ihm vorbei, ihre Haare bewegten sich im Takt der Schritte. Vor dem roten AStA-Haus stand eine kleine Menschentraube rauchend um eine Musikanlage geschart, zu ihren Füßen aalten sich zwei Hunde. Bertram hatte sich längst dazu entschlossen, die erste Vorlesung nicht zu besuchen. Zwischen zehn und zwölf Uhr war seine Zeit viel zu kostbar: Es war die einzige Gelegenheit, einen Chatroom zu erwischen, in dem zahlungsfreudige Kunden von Los Angeles bis Las Vegas zu nachtschlafender Zeit vor ihren Monitoren saßen, gierig nach der Befriedigung ihrer perversen Gelüste. Und Alexander Bertram wusste diese zu bedienen.

DIENSTAG, 9.58 UHR

Julia Durant erreichte das Präsidium völlig außer Atem, war jedoch noch gut in der Zeit, dafür, dass sie nach einer viel zu kurzen Nacht ihren Wecker überhört hatte. Erleichtert hatte sie beim Verlassen des Hauses zur Kenntnis genommen, dass die versprochene Abkühlung nun endlich einzutreten schien, es war gut und gerne fünf Grad kühler als zur gleichen Zeit am Vortag. Hält den Kater in Grenzen, dachte sie, als die durch ihren schnellen Gang angeregte Blutzirkulation die Schläfen pochen ließ.

Der Abend bei Alina war wunderbar gewesen, einfach schön, und sie hatten sich beide gefragt, warum sie das nicht viel eher gemacht hatten. Nach dem Gespräch, das Julia so schwer im Magen gelegen hatte und das sie in einem öffentlichen Café niemals in dieser Form geführt hätte, verweilten sie eine halbe Ewigkeit schweigend auf der Couch; aneinandergeschmiegt, mit einem Mal wieder vertraut und losgelöst von Alltagssorgen. Irgendwann war Alina aufgestanden, hatte eine CD von den Scorpions eingelegt und eine zweite Flasche Wein entkorkt. Sie begannen, sich über Frankreich zu unterhalten, über Susannes Domizil und darüber, was in dem vergangenen Jahr so alles passiert war. Immer wieder gab es lange Phasen des Schweigens, einmal hatte Alina kurz geweint. Julia hatte sich daran erinnert, was Frank Hellmer im Vorjahr herausgefunden hatte: Seit ihrer Ankunft in Frankfurt war es dieser attraktiven und sympathischen Frau nicht gelungen, sich ein soziales Netzwerk zu schaffen. Es gab neben Julia Durant keinen einzigen Menschen, den Alina Cornelius als Freund bezeichnen konnte. Sie hatte während Julias Abwesenheit mehr als nur eine Nacht in verzweifelter Einsamkeit verbracht.

Irgendwann in tiefster Nacht, es dürfte gegen halb drei gewesen sein, hatte Julia sich schließlich verabschiedet und war mit einem Taxi nach Hause gefahren. Völliger Blödsinn, wie sie fand, weil ihre Wohnungen kaum einen Kilometer auseinanderlagen. Doch Alina hatte darauf bestanden. Auf der Quittung stand 03:42 Uhr, darunter der stolze Fahrpreis von 6.25 Euro. Ein teurer Spaß, einerseits, aber für Julia war es der seit Wochen, wenn nicht sogar seit Monaten schönste Abend gewesen. Sie hatten nicht miteinander geschlafen, es hatte sich trotz vieler sanfter, zärtlicher Berührungen einfach nicht ergeben. Ob Alina es sich gewünscht hätte, konnte Julia nicht einmal beurteilen. Sie hatte keinerlei Initiative ergriffen, möglicherweise aber nur aus Rücksicht. Vielleicht hatte sie gespürt, dass Julia sich nach Nähe sehnte und doch noch nicht dazu bereit war, sich körperlichen Lüsten hinzugeben. Julia schluckte. Sollte das nun für immer so bleiben? Nun, zumindest vorerst, dachte sie weiter, denn solange Alina als ihre Psychologin fungierte, war ein intimer Kontakt wohl unmöglich.

Bevor Julia weiter darüber sinnieren konnte, wurde sie jäh aus ihren Gedanken gerissen. »Mensch, Frau Kollegin, auch schon hier?«, ulkte Hellmer, den sie nicht hatte kommen sehen. »Dachte schon, dass Berger dich nach Buxtehude versetzt hat.«

Julia Durant rang sich ein schmales Lächeln ab. »Nicht ganz, Frank, aber lass uns da nachher drüber reden. Ist eine lange Geschichte.«

»Okay«, nickte Hellmer und deutete auf seinen Porsche. »Wollen wir gleich los, oder musst du noch mal hoch?«

»Wohin denn los?«, fragte Julia, die sich ein weiteres Mal überfahren fühlte. Seitdem sie gestern Nachmittag das Präsidium verlassen hatte, war sie über keinerlei Ermittlungsergebnisse informiert worden.

»Ah, okay«, winkte Hellmer ab. »Ich sehe schon, wir gönnen uns erst noch ein Käffchen vor der Tapete. Na, du wirst Augen machen!«

Super, fängt ja toll an, dachte Julia zerknirscht.

Die Tapete, so der Jargon unter den Kollegen, war die breite Betonwand des Konferenzzimmers. Ergänzend zu den Flipchartboards und der großen, weißen Tafel, hingen hier bei umfassenden Ermittlungen unzählige Papiere und Poster, meist in langen Bahnen von einer dicken Druckpapierrolle abgeschnitten, die für diese Zwecke bereitstand. Irgendwann hatte sich der Begriff auch für Zeiten, in denen die Betonwand nicht beklebt war, festgesetzt.

Schweigend folgte Julia Durant ihrem Kollegen ins Gebäude hinein und anschließend zum Aufzug. Als Hellmer den Knopf gedrückt hatte und ihr einen freundlichen Blick zuwarf, sagte sie: »Hör mal, wir müssen da was bequatschen, bevor ich gleich den ganzen Verein vor der Nase habe.«

»Klar«, nickte Hellmer. »Geht um gestern, wie?«

»Allerdings. Berger hat mir klipp und klar gesagt, dass ich ohne Gutachten keinen Fall bekomme.«

Ein elektronischer Gong ertönte, dann glitt die Fahrstuhltür auf.

»Bitte«, bedeutete Hellmer mit einer Geste, und Julia trat als Erste ein. »Und jetzt?«, fügte er hinzu, als er ebenfalls in die Kabine stieg und den Finger über das Tastenfeld kreisen ließ.

»Ich habe ihm, denke ich, einen ganz guten Deal vorgeschlagen. Alina wird ihm ein Fax schicken, worin sie meine Behandlung bestätigt. Das dürfte die Chefetage wohl beruhigen, zumindest geht Berger davon aus … na ja, und ich natürlich auch.«

Ungläubig zog Hellmer die Augenbrauen hoch und musterte Julia.

»Du mogelst dich da jetzt aber nicht nur auf dem Papier durch, oder?«

»Wieso?«, gab Julia spitz zurück. »Habe ich ja gar nicht vor. Aber schon interessant, dass du wohl auch meinst, ich sei reif für die Klapse!«

»Nein, so war das nicht gemeint«, sagte Hellmer in versöhnlichem Ton. Doch Julia blieb kühl.

»Wie denn dann?«

»Na, immerhin wäre das doch Betrug!« Verzweifelt ruderten seine Arme bei den nächsten Worten: »Stell dir mal vor, wir hätten einen echt großen Fall, irgendwann käme dann aber raus, dass die leitende Ermittlerin beim Gutachten geschummelt hat. Dann hagelt es plötzlich Freisprüche, und du bist die längste Zeit Kommissarin gewesen.«

»Keine Angst, ich lege mich schon brav auf die Couch«, sagte Julia beschwichtigend. »Mir ging es nur darum, dass ich jetzt endlich mal als ermittelnde Beamtin loslegen darf. Leitung hin oder her.«

»Kannst du«, nickte Hellmer, der sich wieder etwas entspannt hatte.

»Ach, und noch was«, sagte Julia gerade in dem Moment, als die Kabine ruckend anhielt. »Du hast gesagt, ich solle mir vorstellen, dass wir einen großen Fall hätten.«

»Ja, und?«

Mit rügendem Blick antwortete sie: »Wir *haben* einen großen Fall.«

Ohne Umwege begaben sie sich in den Konferenzraum, dessen Breitseite tatsächlich mit vier Papierbahnen behängt war. Julia Durant näherte sich und las die vier Namen und Kurzprofile:

Adriana Riva, 22
- *Italienerin*
- *in WG mit Johnson und Mason*
- *Goethe-Uni, Soziologie, 2. Semester*
- *hat Wohnung im Februar 2008 mit Mason bezogen*
- *laut eigener Aussage keine Erinnerung an den Verlauf des Abends nach Mitternacht*
- *bestätigte Aussage von Alexander Bertram (verließ Party frühzeitig)*
- *DNA-Spuren (Vaginalsekret) am Laken des Opfers*
- *Haare von Opfer in eigenem Zimmer (Boden und Sofa)*

- *Hinweise auf kürzlich erfolgten Geschlechtsverkehr*
- *Notruf ging von ihr ein, danach Schockzustand und in BGU behandelt*

Helena Johnson, 25
- *doppelte Staatsbürgerschaft dt. (Vater) / US (Mutter)*
- *in WG mit Mason und Riva seit Sommersemester 2008*
- *Goethe-Uni, Germanistik, 4. Semester*
- *in Beziehung mit Simmons seit ca. einem halben Jahr*
- *kennt Riva durch Hochschulsport*
- *DNA-Spuren (Hautpartikel) unter Fingernägeln des Opfers, eigener Aussage zufolge durch Kopfmassage dorthin gelangt*
- *Schamhaar auf Opfer hinterlassen*
- *Kratzspuren am ganzen Körper, diese seien durch Geschlechtsverkehr mit Simmons entstanden*
- *Simmons verweigerte Aussage hierzu, aber DNA-Probe (Hautpartikel von Riva) bei ihm sichergestellt*
- *Am Morgen nach der Tat orientierungslos in Günthersburgpark aufgefunden und zur Behandlung ins Bürgerhospital gebracht*

John Simmons, 27
- *US-Bürger*
- *Studenten-WG, Ben-Gurion-Ring 48*
- *im ATLANTIS-Austauschprogramm für 2 Semester*
- *in fester Beziehung mit Johnson seit einem halben Jahr*
- *abgebrochene Laufbahn bei US Army, Unterlagen über Werdegang nicht zugänglich*
- *hohes Gewaltpotenzial; vgl. Akte der Untersuchungshaft*

- *verlangt nach US-Anwalt, schweigt sich ansonsten aus*
- *extrem hoher Drogenpegel festgestellt und regelmäßiger Konsum wahrscheinlich; Betäubungsmittelkonsum zur Abschwächung posttraumatischen Stresssyndroms schließt Arzt nicht aus*
- *Nachweis von Sperma an Hüfte des Opfers*

Gregor Taubert, 23, aus München
- *Studentenwohnheim Bockenheimer Warte*
- *FH Frankfurt, Pflege, 3. Semester*
- *lose Beziehung zum Opfer, womöglich nicht erwiderte Zuneigung*
- *Sperma auf Laken und an Oberschenkel des Opfers*
- *gibt den regelmäßigen Konsum leichter Drogen zu (Screening bestätigt das), leugnet aber den nachgewiesenen exzessiven Konsum*
- *Aussage: Man habe ihm »was in die Getränke gemischt« – gekokst habe er zum ersten Mal, das habe ihm »dann wohl die Lichter ausgeblasen«*
- *keine Aussage zur mutmaßlichen Penetration des Opfers, darüber hinaus keine Bereitschaft, das Wer-mit-Wem des Abends aufzuklären. Angeblich keinerlei Erinnerung*

»Sind schon ein paar abgebrühte Früchtchen, wie?«, vernahm Julia Durant die Stimme ihres Kollegen. Minutenlang hatte sie die vier Papierbahnen betrachtet. Aussagen, die zueinander passten oder sich ergänzten, waren farblich markiert. Das war eine gängige Methode, um unbestätigte Behauptungen gezielt herauszufiltern und diese dann im Verhör erneut zu hinterfragen. Bestenfalls ergaben sich dadurch Widersprüche,

Ungereimtheiten und damit Ansatzpunkte, einen Tatverdächtigen in die Mangel zu nehmen. Nichts lieber hätte Julia in diesem Moment getan, das musste sie sich eingestehen, denn obgleich sie es Berger gegenüber nicht hatte zeigen wollen, ging dieser Fall ihr gewaltig an die Nieren.

»Weiß Gott, ich habe damals bei der Sitte eine Menge erlebt«, hatte sie am vergangenen Abend zu Alina Cornelius gesagt, »aber das war eine andere Zeit. Die Vorstellung dieser jungen, wehrlosen Frau …«

Alina hatte genau verstanden, was Julia meinte, und erwidert: »Du brauchst diese Gefühle auch nicht zu unterdrücken. Das kann niemand von dir verlangen.«

Berger würde das wahrscheinlich etwas anders sehen. Doch es war ja auch nicht so, dass Julia Durant gleich mit gezückter Waffe auf Simmons oder Taubert losgehen wollte. Es sollte nur niemand ungeschoren davonkommen, weder die Täter noch die Mitwisser. Das Problem dabei war, dass es auf der Tapete nicht einen einzigen Widerspruch gab.

Auf allen vier Papierrollen hafteten gelbe Klebezettel mit Notizen, die besagten, dass der Drogen- und Alkoholpegel unnatürlich hoch gewesen sei. Zu hoch, wie Andrea Sievers angemerkt hatte. Denn wenn die Gruppe tatsächlich schon um 21 Uhr mit einem derart exzessiven Konsum begonnen hatte, dass sich niemand mehr an die Geschehnisse nach Mitternacht erinnern konnte, hätte beispielsweise der bei Taubert gemessene Pegel zur Zeit der Blutprobe lange nicht mehr so hoch sein können. Die Spitzenkonsumzeit, so hatte Sievers in einer Aktennotiz vermerkt, müsse demnach deutlich später gelegen haben. Außerdem war der Gerichtsmedizinerin aufgefallen, dass das nur in Spuren am Tatort sichergestellte Kokain einen ungewöhnlich hohen Reinheitsgrad aufwies. Eine

Meldung ans Rauschgiftdezernat zur weiteren Überprüfung sei erfolgt.

»Hey, ich rede mit dir!«

Julia fuhr herum und blickte in Hellmers freundliche Augen. Wie lange er schon hinter ihr gestanden hatte, vermochte sie nicht zu sagen, doch sie erinnerte sich, dass er sie ja angesprochen hatte.

»Entschuldigung, was hast du gesagt?« Fragend kniff sie die Augen zusammen.

Hellmer deutete hinter sie, in Richtung der Tapete. »Ich sagte, das sind ein paar abgebrühte Früchtchen. Im Zweifelsfall einfach an nichts erinnern, das haben sie alle gemeinsam.«

»Ja, das ist mir nicht entgangen. Wie steht es um die Frauen? Sind die noch im Krankenhaus?«

»Nein.« Hellmer schüttelte den Kopf. »Alle vier befinden sich schon in Preungesheim in U-Haft, wobei Adriana Riva erst heute früh dorthin überstellt wurde. Da stand noch irgendein Befund aus. Zu ihr wollte ich übrigens dann mit dir zusammen fahren.«

»Oh, welche Ehre«, erwiderte Julia lakonisch. »Ich bekomme tatsächlich mal etwas von den Ermittlungen mit.«

»Mensch, jetzt übertreibe es nicht. Was hältst du davon, wenn ich uns einen wunderbaren Kaffee holen gehe, Qualitätsmarke Automatengesöff, und du liest noch die restlichen Infos? Danach brechen wir in aller Ruhe auf, die Riva läuft uns ja nicht weg.«

»Meinetwegen«, nickte sie, dann hob sie fragend den Kopf: »Was machen eigentlich die anderen?«

»Doris trifft sich mit Andrea Sievers und Professor Bock. Die sind ganz schön am Rotieren angesichts der Masse an Spuren, aber es ist wohl ein Ende in Sicht. Na, und Kullmer«, Hellmer gluckste, »durfte mit Sabine on Tour gehen. Da hat er sich mal einen vernichtenden Blick von seiner Herzensdame eingefangen, als er Sabine hocherfreut den Arm anbot.«

»Der alte Schwerenöter«, grinste Julia mit leichtem Kopfschütteln. »Da wird heute Abend der Haussegen schief hängen. Manche Dinge ändern sich nie.«

»Er hat ja nur Spaß gemacht, du weißt doch, wie er ist«, verteidigte Hellmer seinen Kollegen. »Große Klappe, aber nichts mehr dahinter. Der ist seiner Doris doch mit Haut und Haaren verfallen.«

Er wandte sich um und verließ den Raum, beim Hinausgehen zog er das Portemonnaie aus der Gesäßtasche. Julia verharrte schweigend und erinnerte sich an Peter Kullmers erste Monate im Präsidium. Wer damals weiblich, einigermaßen ansehnlich und nicht bei drei auf den Bäumen war, dem hatte dieser Macho flugs das Herz gebrochen. Aber nicht ihr. Julia hatte seinem Werben stets die kalte Schulter gezeigt, und heute war ausgerechnet er es, der eine harmonische Beziehung führte, so wie sie selbst es wohl nie erleben würde. Ein Seufzer entfuhr ihr, und sie war heilfroh, dass sie wieder allein im Raum war. Danach widmete sie sich der beklebten Wand.

Ein weiteres Poster hing rechts neben den Papierbahnen. Auf ihm waren persönliche Daten des Opfers notiert, außerdem das auf A4 vergrößerte Foto, welches auch in der »Bild« zu sehen gewesen war, und einige Informationen über Jennifers Familie in Kanada. Ach ja, die Familie, wer hat sich da eigentlich darum gekümmert? Julia Durant seufzte leise. Das war wieder so ein Punkt, von dem sie nichts erfahren hatte. Aber in diesem Fall wohl auch kein beneidenswerter Job, ahnungslosen Eltern am Telefon die Nachricht zu überbringen, dass ihre Tochter missbraucht, misshandelt und schließlich ermordet worden war.

Auf der Tafel neben der Tapete war mit schwarzem Marker der Name Alexander Bertrams notiert, darunter in Stichpunkten sein Alibi. Eine Kopie seiner Fahrkarte sowie ein Verweis auf die Zeugenaussagen der Eltern und das Schließsystem der Villa waren enthalten. Ein Foto gab es nicht. Mit einem grünen Klebezettel war der Informatikstudent als unverdächtig markiert worden. Grund war das für die Tatzeit vorliegende Alibi der Eltern, welches durch die vorliegende Fahrkarte und das Sicherheitsprotokoll des Schließsystems gestützt wurde. Außerdem hatte man keinen einzigen Fingerabdruck von ihm in der Nähe des Opfers gefunden. An einem Longdrink-Glas und zwei Flaschen, außerdem auf der Tischplatte in der Nähe eines Aschenbechers hatte er Abdrücke hinterlassen, aber keinen einzigen in Jennifers Zimmer. Das Drogenscreening war negativ.

Hellmer betrat den Raum, als Julia sich gerade wieder vor die anderen vier Personenprofile gestellt hatte und ihren Blick nachdenklich zwischen den Bahnen hin und her springen ließ. »Kaffee«, tönte er laut und näherte sich langsam. Julia verharrte noch einen Moment, dann nahm sie auf dem nächstbesten Stuhl Platz. Überall im Konferenzzimmer waren trapezförmige Tische verteilt, die man je nach Bedarf zu langen Bahnen oder großen Flächen kombinieren konnte. Durch ihre schiefen Kanten waren auch mehreckige Variationen möglich, durchaus ein großer Fortschritt, wenn man die beengten Möglichkeiten der alten Wache noch so gut in Erinnerung hatte wie Julia Durant. Hellmer balancierte zwei braune, dampfende Plastikbecher durch den Raum und stellte sie schließlich vor ihr auf den Tisch.

»Vorsicht, sehr heiß«, warnte er und setzte sich seiner Kollegin gegenüber.

»Danke.« Julia nahm einen Becher auf, nippte vorsichtig daran und verzog das Gesicht.

»So schlimm?«, lachte Hellmer.

»Na ja, ich bin eben verwöhnt«, entgegnete Julia und gab sich pikiert. Dabei hatte sie den eleganten Vollautomaten, den Susanne Tomlin in ihrer Stadtwohnung hinterlassen hatte, noch nicht ein einziges Mal benutzt. Im Gegenteil: Aus reiner Gewohnheit hatte Julia erst vor wenigen Tagen einen Vorrat an Kaffeepads für ihre Maschine gekauft.

»Hast du dich ausreichend informiert?«

Julia nickte und trank einen weiteren Schluck. »Ich bin zu Fuß gekommen heute, weißt du?« Ihr Auto stand ja noch bei Alina, doch so detailliert musste Hellmer das nicht wissen. »Jedenfalls«, fuhr sie schnell fort, »habe ich am Kiosk die Zeitungen gesehen. In den ganzen Sensationsblättern ist Jennifers Konterfei auf Seite eins, und es fallen Begriffe wie Orgie, schwarze Messe oder Ritualmord. Geht alles in eine seltsame Richtung.«

»Habe es nur im Radio gehört«, sagte Hellmer zerknirscht, »aber die Meldung ist nun mal raus, und es war ja zu erwarten, dass die Presse sich da wie wild draufstürzt und losspekuliert.«

»Aber verdammt noch mal«, sagte Julia und schlug auf die Tischplatte, »warum schreibt denn nicht einer mal, dass es sich hier in erster Linie um einen ganz brutalen Überfall handelt? Dass eine junge Frau dabei stundenlang gelitten hat und sich nicht wehren konnte? Gegen skrupellose Typen, die sie für ihre Freunde gehalten hat!« Ihre Stimme bebte, und Hellmer griff nach ihren Händen, doch sie entzog sie ihm.

»Hey, ich sehe das ganz genauso wie du«, sagte er mit ruhiger Stimme. »Deshalb werden wir auch alles dafür tun, dass sie nicht ungeschoren davonkommen und der Winkeladvokat, den sie aus den USA einfliegen lassen, uns keinen Strich durch die Rechnung macht.«

Kleinlaut gab Julia Durant ihr Okay. »Ja, unbedingt.«

Hellmer erhob sich und ging mit schnellen Schritten zur Tafel, an der eine A3-Seite hing, die den Grundriss der Wohnung zeigte. Er löste die magnetischen Clips, kehrte mit der Zeichnung zurück an den Tisch und breitete sie dort aus. Kleine, mit Bleistift eingefügte Kreuze markierten die Fundorte aller Spuren, die von der KTU sichergestellt und untersucht worden waren. Skizzenhaft waren Möbelstücke eingezeichnet, so auch Jennifers Bett mit einer Umrisszeichnung ihres Körpers. Rote Punkte markierten die zahlreichen DNA-Spuren.

»Was also genau ist in der Nacht auf Samstag in der Birsteiner Straße passiert?« Hellmer stellte die Frage im selben Tonfall in den Raum, wie Berger es bei einer ihrer großen Besprechungen getan hätte. Nun war Brainstorming angesagt. Julia fuhr mit dem Finger über die Karte und grübelte. Bis auf wenige Ausnahmen befanden sich alle Markierungen in Jennifers Zimmer, je näher am Bett, umso dichter wurden sie. Man hatte außerdem von jeder anwesenden Person Spuren sichergestellt, Bertram ausgenommen. Die Spuren, größtenteils frische DNA, deuteten allesamt darauf hin, dass sie erst an besagtem Abend hinterlassen worden waren. Damit war also jeder der Beteiligten um die Tatzeit herum in der Nähe des Opfers gewesen. Langsam formte sich eine Theorie im Kopf der Kommissarin.

»Ich sag dir jetzt mal, was ich glaube«, begann sie langsam. »Die beiden Mädels haben ihre brave Mitbewohnerin abgefüllt, bis diese nicht mehr wusste, wo hinten und vorne ist.

Simmons bekam Lust auf einen Dreier, und nach ein bisschen Koks ging es dann in Jennifers Bett zur Sache. Irgendwann muss Taubert mitbekommen haben, was da abgeht – Bertrams Aussage zufolge war er doch scharf auf Jennifer. Er hat sich dann also an ihr vergangen, sei es nun alleine oder im Beisein von den anderen.«

»Aber was ist mit Adriana Riva?«, warf Hellmer ein.

»Hmmm, die passt noch nicht so ganz ins Bild. Macht auf unschuldig, ist aber eine ganz Durchtriebene, glaube ich. Sie hat nicht nur den ganzen Alkohol eingekauft, sondern soll angeblich auch die Drogen organisiert haben. Sagt Bertram.« Hellmer wirkte noch nicht überzeugt.

»Ja, aber das sagt nur er. Niemand anderes. Für den Alkohol gibt es Beweise, zugegeben, das hat uns die Kassiererin eines nahe gelegenen Getränkemarkts bestätigt. Aber alles andere ist schwammig. Außerdem haben wir ja auch noch ihren Ausfluss auf dem Laken …«

»… der aber Professor Bock zufolge auch älter sein könnte«, unterbrach Julia ihn. »Oder er stammt, weil er mit Sperma überdeckt ist, von einem weiteren Dreier. Das ist doch gar nicht so weit hergeholt, wenn die ›Bild‹ von einer Orgie spricht. Du weißt ja, dass Koks sich steigernd auf die Libido auswirkt, zumindest, wenn man sich noch nicht an einen regelmäßigen Konsum gewöhnt hat. Lass uns mal annehmen, dass auch die Riva sich mit den anderen vergnügt hat, das schließt ja ihren Schockzustand am nächsten Morgen überhaupt nicht aus. Bei Johnson übrigens auch nicht.«

Hellmer schien die Argumente gegeneinander abzuwägen, ließ dabei den Kopf von einer Seite zur anderen fallen.

»Ja, okay, aber so ganz überzeugt bin ich noch nicht. Denn wenn sich alle so dermaßen zugedröhnt haben, wie uns die

Screenings ja zeigten, wer hat dann Jennifers Kehle durchgeschnitten? Und vor allem warum?«

»Das beschäftigt mich auch«, gab Julia zu, »ist ja auch nur eine erste Theorie. Aber nimm zum Beispiel mal Taubert. Was, wenn er sich nach dem Dreier über Jennifer hermachte und danach realisierte, dass sie ihn nüchtern wohl niemals rangelassen hätte? In seinem Drogenwahn wäre doch die einfachste Logik, sie zu beseitigen. Man darf nicht vergessen, dass keiner von den vieren mehr in der Lage war, rational zu denken.«

»Mord als Vertuschung? Ich weiß nicht.«

»Ja, klingt unlogisch, kommt aber weiß Gott oft genug vor. Passt auch vielleicht nicht unbedingt zu Taubert, aber könntest du denn genau sagen, was einem Bekifften in so einer Situation im Kopf herumgeht?«

Hellmer faltete die Hände und vergrub nachdenklich den Kopf dahinter. Dann wandte er sich zur Tapete und ließ den Blick über die beiden männlichen Beteiligten wandern, zuerst Taubert, dann Simmons. Julia versuchte verzweifelt, die Gedanken ihres Kollegen nachzuvollziehen, es gelang ihr aber nicht. Dann endlich drehte Hellmer sich wieder zu ihr und funkelte sie an. »Ich hab's! Glaube ich zumindest.«

»Na, dann schieß mal los«, forderte Julia ihn ungeduldig auf.

»Ist ja gut, bin schon dabei. Noch mal zur Reihenfolge in Jennifers Bett: Die könnte ja auch andersherum gewesen sein, also erst Taubert und vielleicht noch Riva und dann die anderen, richtig?«

»Ja, ist denkbar«, nickte Julia.

»Gut, dann stell dir weiter vor, einer von Simmons' Format, also ein Mann wie ein Bär, lässt sich so richtig gehen. Erst mit der eigenen Freundin, dann mit Jennifer. Oder auch gleichzeitig, das spielt keine Rolle. Irgendwann realisiert er, dass die Kleine unter ihm völlig wehrlos ist, dass es eben kein flotter Dreier war, sondern nichts weiter als eine handfeste Vergewaltigung. Als Amerikaner ist man da wohl etwas sensibler als hier, Koks hin oder her, denn in den USA drohen bei Vergewaltigung weitaus höhere Strafen. Jedenfalls überkommt Simmons in einer wachen Minute die nackte Angst, er schnappt sich ein Messer und schlitzt Jennifer die Kehle auf.« Hellmer musterte Julia fragend, doch noch wollte die Kommissarin ihm kein überzeugtes Nicken schenken.

»Das Motiv, wenn man es so nennen mag, ist damit quasi dasselbe wie bei Tauber«, schloss Hellmer seine Ausführungen.

»Für mich beinahe schon eine Affekthandlung«, kommentierte Julia. »Täter bekommt Angst, Täter tötet Opfer.«

»Ja, nur dass dieser Tauber wohl eher ein Hippie ist«, gab Hellmer mit erhobenem Zeigefinger zu bedenken. »Er ist nicht so auf Gewalt gedrillt wie zum Beispiel Simmons, der bei der Army immerhin das Töten gelernt hat.«

»Mag sein«, sagte Julia, »dafür war der Leidensdruck bei Taubert höher. Stell dir mal vor, wie es für ihn gewesen sein muss, als er Simmons und Jennifer zusammen sah. Ausgerechnet Simmons, der zudem bereits eine Freundin hat.«

»Ja, aber wäre er dann nicht eher auf ihn losgegangen?«

»Gegenfrage: Hast du die beiden mal nebeneinander gesehen?« Julia deutete auf die Fotos über den Postern. »Das ist ja beinahe wie David gegen Goliath, oder?«

»Auch wieder wahr«, schmunzelte Hellmer. »Wie auch immer wir es drehen und wenden, eines ist sicher. Die Party ist an irgendeinem Zeitpunkt nach zweiundzwanzig Uhr ausgeartet, und zwar auf Kosten von Jennifer Mason. Und irgendeiner der vier Beteiligten hat ihr die Kehle durchgeschnitten, das ist genau so sicher wie die Tatsache, dass mindestens einer der beiden Kerle sie brutal vergewaltigt hat.«

»Stimme so weit zu«, kommentierte Julia. »Dann lass uns mal in die JVA fahren und unsere Theorie mit Adriana Riva besprechen, oder?«

»Jawohl, Chefin«, sagte Hellmer und sprang auf. »Denn bei der Riva haben wir gleich mehrere Vorteile.«

»Und die wären?« Auch Julia erhob sich, kippte den restlichen Kaffee mit einem Zug und stellte die beiden Becher ineinander.

»Erstens wirkt Adriana Riva nur halb so abgebrüht wie Helena Johnson. Zudem hat sie keinen GI zum Freund, hinter den sie sich stellen kann, und wie man so hört, steht auch keine Armada von Mafia-Anwälten bereit, um sie rauszupauken. Ist wohl eine recht einfache Familie, der Vater soll zwar unterwegs sein nach Deutschland, aber aufgetaucht ist noch niemand.«

»Mir kommen gleich die Tränen«, sagte Julia knapp. Provinzschönheit hin oder her: Adriana Riva hatte in ihren eigenen vier Wänden ein grausames Verbrechen zugelassen. Doch Julia Durant vertraute in diesem Fall auf die deutsche Rechtsprechung, wenngleich sie nicht immer mit ihr einverstanden war. Käme es zu einem entsprechenden Urteil, so stünden die Chancen gut, dass die Unterlassung einer Tatvereitelung ebenso hart bestraft werden würde wie die Tat selbst.

Kühl und ohne eine Spur von Mitgefühl beschloss Julia Durant, dass sie alles auf sich nehmen wollte, was der Fall von ihr verlangte. Seien es nun psychologische Sitzungen oder durchgearbeitete Nächte. Adriana Riva, Helena Johnson, Gregor Taubert und John Simmons sollten den Tod Jennifer Masons in höchstmöglichem Ausmaß büßen.

ZWEI
JAHRE
SPÄTER

MONTAG

MONTAG, 19. JULI 2010, 8.37 UHR

Julia Durant ließ den Blick durch das ihr wohlbekannte Büro wandern, in dem sie in den vergangenen Jahren wohl beinahe so häufig gesessen hatte wie an ihrem eigenen Schreibtisch. Es gab kaum persönliche Einrichtungsgegenstände, nur einfache Regale voller Fachbücher und schmucklose Wände, an denen neben dem obligatorischen Foto-Kalender der Sparkasse lediglich eine rahmenlos verglaste Luftaufnahme des alten Polizeipräsidiums in der Mainzer Landstraße, aufgenommen irgendwann in den siebziger Jahren, hing. Ein mannshoher Ficus elastica rechts neben dem schlichten, aber wuchtigen Schreibtisch ließ seine breiten Blätter schlaff herabbaumeln. Der Gummibaum schien unter der drückenden Hitze genauso zu leiden wie die hier arbeitenden Menschen. Der Schreibtisch war das letzte Relikt aus den längst vergangenen Tagen der Wache im Frankfurter Westend, die seit nunmehr acht Jahren leer stand. Bis vor knapp zwei Jahren hatte sogar noch der dazugehörige alte Ledersessel hinter dem Schreibtisch gethront, doch dieser hatte schließlich Platz machen müssen für einen orthopädischen Stuhl.

Wo wir gerade bei Relikten sind, dachte Julia mit einem schmalen Lächeln. Ihr Kopf war zur Seite geneigt, die Haare hatte sie zu einem kurzen Zopf zusammengebunden, der ihr den Nacken freihielt. Ein Segen in dieser Hitze, wenn einem nicht den ganzen Tag über die verschwitzte Mähne im Nacken hing. Zwischen Julias Ohr und Schulter klemmte der Telefonhörer, ihre Finger spielten mit dem langen, spiralförmigen Telefonkabel. Am anderen Ende der Leitung schwieg sich ihr Gesprächspartner mal wieder aus.

»Wissen Sie«, sprach es endlich, und die Stimme klang müde, wenn nicht sogar resigniert, »es sind jetzt erst einmal die vier Wochen. Alles Weitere zeigt sich dann.«

Julia schluckte. Vor zwei Wochen, mitten in der spannenden Phase der Fußball-Weltmeisterschaft, hatte Berger einen derart üblen Bandscheibenvorfall erlitten, dass er sich drei Tage lang nicht rühren konnte. Hoch dosierte Schmerzmittel und ein heftiges Muskelrelaxans hatten ihren Chef wie weggetreten erscheinen lassen, als sie ihn in der Klinik besuchte. Bergers Rückenprobleme waren nicht unerwartet aufgetreten, schon damals, nach ihrer Rückkehr aus Südfrankreich, hatte er sich damit gequält. Bei einem Mann seines Formats, er hatte den größten Teil seines Lebens weit über hundert Kilo gewogen und schob noch immer einen mächtigen Bauch vor sich her, waren Probleme mit der Wirbelsäule ja auch absehbar gewesen. Aber weitere vier Wochen, mit ungewissem Ausgang …

»Ach Mensch, so schlimm?« Julia konnte den Unmut in ihrer Stimme kaum verbergen.

»Na ja«, sagte Berger zynisch, »aus einem alten Gaul macht man halt kein Rennpferd mehr.«

Alarmiert zuckte Julia zusammen. Da war etwas im Tonfall ihres Chefs, das ihr überhaupt nicht gefiel.

»Moment, Ihr Arzt hat aber doch gesagt, dass er Sie wieder hinbekommt, oder?«

»Ja, beruhigen Sie sich mal.« Bergers Stimme klang wieder versöhnlich. »Ich habe noch ein paar Jährchen und werde Ihnen meinen orthopädischen Sessel nicht kampflos überlassen. Darauf können Sie sich verlassen.«

»Okay, nichts anderes wollte ich hören. Dann melden Sie sich wieder, wenn es Neuigkeiten gibt.«

»Na klar«, versprach Berger. Nach einer kurzen Pause fügte er hinzu: »Frau Durant?«

»Ja?«

»Machen Sie sich mal nicht so viele Sorgen. Ich habe Sie nicht ohne Grund als meine Vertretung eingesetzt. Wenn jemand den Laden schmeißen kann, dann Sie, okay?«

»Wenn Sie meinen.«

»Mal abgesehen davon, ist doch momentan sowieso Urlaubszeit, und alle bösen Jungs liegen irgendwo im Süden am Strand«, lachte Berger, stöhnte im nächsten Moment auf und sagte kleinlaut: »Mist, ich darf mich nicht ruckartig bewegen. Sie sehen, Frau Durant, ich brauche Sie auf meinem Platz.«

»Ist schon okay, Chef. Schauen Sie, dass Sie wieder auf den Damm kommen.«

Sie verabschiedeten sich, dann ließ Julia sich mitsamt der Lehne nach vorn kippen, legte den Hörer zurück und rieb sich mit einem Seufzen die Schläfen. Sie hatte keineswegs vor, Bergers Büro zu übernehmen, weder den bescheuerten Sessel, obgleich er ausgesprochen bequem war, noch den ganzen Wust von bürokratischen Aufgaben. Nicht jetzt, und auch nicht in ein paar Jahren. Julia Durant war eine Frau für draußen, eine Ermittlerin auf der Straße, die Tatorte untersuchen und Verdächtige verhören wollte. Das war es, wofür ihr Herz schlug, so krank und zehrend manche Fälle auch sein mochten. Schnell rechnete sie im Kopf nach und kam zu dem Ergebnis, dass Berger für vollen Pensionsanspruch noch bis Ende 2014 bleiben musste. Doch würde er das körperlich schaffen? Noch einmal vier Wochen, das bedeutete, dass Berger vor Mitte August nicht mehr wiederkommen würde. Danach Krankengymnastik und alle möglichen Anwendungen und irgendwann wahrscheinlich noch eine Kur. Wieder drei Monate weg, überschlug Julia, na bravo. Der Rest des Jahres schien vorprogrammiert zu sein. Das Team würde begeistert sein.

Wie aufs Stichwort flog die Tür auf, und Frank Hellmer stürmte herein.

»Guten Morgen«, dröhnte er und klang bestens gelaunt. »Na, nistest du dich jetzt hier ein?«

Warum in Dreiteufelsnamen konnte er nicht anklopfen?

»Grüß dich, Frank.« Julia nickte ihm mit einem knappen Lächeln zu. »Gut, dass du gleich darauf zu sprechen kommst. Ich habe gerade mit Berger telefoniert, vor August sehen wir den hier nicht wieder.«

»Uff.« Hellmers Miene verlor das beschwingte Lächeln, und er ließ sich auf einen der beiden Stühle sinken, die vor dem Schreibtisch standen. »Und jetzt?«

»Kannst es dir ja denken.« Julia trommelte auf die schwarze Unterlage, die einen Großteil der hellen, abgegriffenen Schreibtischplatte verdeckte. »Er hat mich kommissarisch als Vertretung eingesetzt, die Unterlagen liegen wohl schon abgesegnet beim Präsidenten auf dem Tisch.«

Sie hatte gehofft, diesen Augenblick vor Hellmers Eintreffen einmal durchspielen zu können, doch sie fand, dass sie ihre Worte recht gut gewählt hatte. Was blieb ihr auch übrig? Bei jeder Silbe hatte Julia ihren langjährigen Freund und Kollegen intensiv gemustert und dabei versucht, hinter seine Stirn zu schauen. Hellmer hatte kaum eine Regung gezeigt, wahrscheinlich war dem ganzen Team längst klar, dass Julia Durant Bergers bevorzugte Ersatzspielerin war. Sie vertrat ihn ja nicht zum ersten Mal.

»Da hab ich ja mal wieder voll ins Schwarze getroffen, wie?«, kommentierte Hellmer und fügte provozierend hinzu: »Ich meine von vorhin, das mit dem Einnisten.«

»Ja, danke, genau das wollte ich noch mal hören«, entgegnete Julia und verdrehte die Augen.

»Was denn?« Hellmer breitete mit einer aufgesetzten Unschuldsmiene die Arme aus. »Soll ich ne Flasche Schampus kaufen gehen oder wollen wir ne Trauerfeier abhalten oder wie?«

»Weder noch«, antwortete Julia kühl. »Es musste eine formelle Entscheidung getroffen werden, und anstelle eines externen Vorgesetzten, den wir hier alle ungefragt vor die Nase gesetzt bekommen würden, hat Berger eben mich als seine Vertretung eingesetzt. Nicht mehr und nicht weniger, basta.«

Hellmer verzog das Gesicht und erhob sich. Er trat auf den Ficus zu, steckte die Hand zwischen die Blätter und drückte nachdenklich auf einem herum.

»Klar, von deiner Seite des Schreibtischs aus mag das ganz einfach klingen«, begann er schließlich. »Aber begeistert sein muss ich nicht davon, oder?«

»Meinst du, ich bin's?«

»Keine Ahnung.« Er kehrte zurück zu seinem Stuhl. Danach fuhr er sich über die verschwitzte Stirn und stöhnte. Julia überlegte fieberhaft, was sie nun sagen sollte, denn es schien keine richtige Antwort auf die Frage zu geben, die im Raum stand. Hellmer war älter, und zwar in jeder Hinsicht. Mehr Dienstjahre, mehr Lebensalter, wenn auch von beidem nicht viel mehr, doch in der Gunst Bergers lag er eben nur auf dem zweiten Platz hinter Durant. Das wusste jeder, war aber bisher nie ein Problem gewesen.

»Lass dir eines gesagt sein«, setzte Julia an. »Ich habe mich da weder drauf beworben noch mich darum gerissen, das sollte dir eigentlich klar sein. Du erinnerst dich, wie schwierig es vor zwei Jahren für mich war, wieder zurück auf die Straße zu kommen, oder?«

»Schon«, gestand Hellmer ein, setzte dann jedoch nach: »Aber das war damals. Ich hatte bisher nicht das Gefühl, dass du dich in deinem neuen Reich hier unwohl fühlst.«

»Jetzt mach mal halblang, Frank!« Julia schlug mit der flachen Hand auf den Tisch. »Willst du mir unterstellen, ich mache hier einen auf dicke Hose? Das glaub ich ja wohl nicht!«

»Ach scheiße«, beschwerte sich ihr Gegenüber, »ich sag besser gar nichts mehr.« Er winkte ab, überschlug die Beine und verschränkte die Arme. Er macht also dicht, dachte Julia. Wenigstens blieb er sitzen.

»Hör mal«, begann sie versöhnlich. »Ich hatte einen guten Lauf in den letzten Monaten, zugegeben. Aber das war doch meistens unser Ding, verstehst du, unser gemeinsames! Ich hatte nie einen besseren Partner und will, sobald es geht, wieder zu ihm zurück. Und das nicht nur, weil du so ne tolle Klimaanlage in deiner Kiste hast«, ergänzte sie mit einem schelmischen Lächeln.

Doch Hellmer war offenbar noch nicht bereit, die Sache aus der Welt zu räumen. Flapsig entgegnete er nur: »Tja, da wirst du dich wohl entscheiden müssen. Sabine ist nämlich eine tolle Partnerin und weiß meine Vorzüge durchaus zu schätzen.« Julia schluckte. Ob nun mit Absicht oder nicht – sie wusste ja, dass Hellmer durchaus mal gerne ins Fettnäpfchen trat –, hatte dieser Kommentar sie getroffen. Doch bevor sie etwas erwidern konnte, klopfte es laut an der Tür.

»Ja bitte?«, rief sie gereizt. Die Tür schwang auf, und Doris Seidel betrat das Büro. In ihrer Hand hielt sie einen Laufordner aus brauner Pappe, und wie immer wirkte die schlanke, durchtrainierte Blondine frisch und ausgeruht. Niemand wäre auf die Idee gekommen, dass sie im vierten Monat schwanger war.

»Guten Morgen, ihr beiden.« Mit einem knappen Lächeln nickte sie Hellmer zu, wandte sich dann aber zielstrebig an Julia. »Ich habe hier eine neue Meldung im Fall Stiegler, du erinnerst dich?«

Sie reichte Julia die Akte, und die Kommissarin blätterte sie kurz durch. Es waren bislang nicht mehr als vier Seiten, auf der ersten klebte ein Foto und standen eine Kurzbeschreibung sowie weitere personenbezogene Daten wie Adresse und Handynummer, hinzu kamen die gefaxte Kopie einer Vermisstenanzeige und das Protokoll der Anzeigenaufnahme. Außerdem waren noch einige Notizen beigefügt. Carlo Stiegler, achtundzwanzig Jahre alt, Jurastudent an der Goethe-Universität, wohin er von der Philipps-Universität in Marburg gewechselt hatte. Das achte Semester war gerade abgeschlossen, das erste Staatsexamen stand unmittelbar bevor. Auf dem Foto, was laut seiner Mutter drei Jahre alt war, sah man einen breitschultrigen Mann mit dunklen, brav zur Seite gekämmten Haaren und einer Brille mit dunklen Rändern. Kein typischer Fünfundzwanzigjähriger, wie Julia fand, angeblich hatte der junge Mann sein Erscheinungsbild bis heute nicht maßgeblich verändert. Über Hobbys hatte die Mutter nicht viel zu berichten gewusst, sie habe ihren Jungen nicht oft gesehen. Aber vergangenen Donnerstag seien sie verabredet gewesen, sie wollten gemeinsam essen gehen, doch Carlo sei nicht erschienen. Dabei habe er sie niemals versetzt oder lange warten lassen. Vierundzwanzig Stunden später, freitags, am 16. Juli um 16.25 Uhr, hatte das 18. Polizeirevier in Bergen-Enkheim die Vermisstenanzeige aufgenommen.

Julia schloss den Aktendeckel wieder und nickte. »Ja, jetzt weiß ich's wieder. Das war am Freitag kurz vor Feierabend. Gibt es da was Neues?«

»Allerdings. Die Notrufzentrale hat einen Anruf bekommen, dass wir den Vermissten im Osthafen finden könnten.«

»Wie, einen Anruf?« Ungläubig runzelte Julia die Stirn.

»Na, einen anonymen Hinweis oder so, keine Ahnung. Ganz früh heute Morgen jedenfalls. Es wurde also eine Streife vom 5. Revier hingeschickt, und die stießen, wie vom Anrufer wohl präzise beschrieben, auf einen verschlossenen Raum in einer alten Fabrik. Die Beamten brachen die Tür auf und fanden, auf einer Matratze liegend, Carlo Stiegler. Tot, übel zugerichtet und dank Ausweis eindeutig zu identifizieren.«

»Schrecklich«, entfuhr es Julia, und sie erhob sich. »Wir fahren sofort hin.« Doch dann hielt sie inne, seufzte, setzte sich wieder und zeigte auf Frank Hellmer, der Seidels Bericht wortlos gelauscht hatte. »Ich meinte natürlich, dass Frank und Sabine gleich losfahren.« An Hellmer gerichtet, fügte sie hinzu: »Ist Sabine schon da?«

»Müsste jeden Augenblick kommen.« Er stand auf. »Ich werde sie draußen abpassen und ihr unterwegs alles erklären.«

»Dann bekommst du die Akte«, lächelte Doris und reichte ihm das besagte Objekt.

»Danke, zum Glück habe ich ja alles mitbekommen.« Er erwiderte Doris' Lächeln und verließ gemeinsam mit ihr das Büro.

Julia lächelte nicht. Sie ärgerte sich über sich selbst, dass sie vor Hellmer und Seidel so impulsiv aufgesprungen war. Und es störte sie, dass die Sache zwischen ihr und Frank noch nicht geklärt war.

Außerdem fiel Kullmer nun wohl die undankbare Aufgabe zu, die Mutter zu kontaktieren. Oder sollte sie das dem Dreamteam Hellmer/Kaufmann aufs Auge drücken?

Ein Zucken in Julias Brustbein unterbrach ihre düsteren Gedanken. Nein, bitte nicht, dachte sie. Seit Monaten hatte sie dieses unangenehme Gefühl nicht mehr gespürt, dieses plötzliche, unkontrollierbare Stolpern in der Herzgegend, gefolgt von einer kalten Enge, als zöge sich ein eisernes Band um den Brustkorb. Doch wie hatte Alina Cornelius es vor knapp zwei Jahren ausgedrückt: »Du kannst zwar lernen, damit umzugehen, aber du kannst es nicht kontrollieren.«

Julia Durant griff zum Telefonhörer, um ihre Freundin anzurufen.

MONTAG, 9.33 UHR

Wärst du mal lieber über die Eschersheimer gefahren«, kommentierte Sabine Kaufmann, als sie Hellmers Stirnrunzeln bemerkte. Sie hatten für ganze fünf Streckenkilometer beinahe zwanzig Minuten Fahrzeit gebraucht.

»So ein Quatsch. Spätestens am Metropolis hätten wir dann ne halbe Ewigkeit gestanden.« Hellmer ärgerte sich, dass seine junge Kollegin ihm reinredete, ärgerte sich außerdem, dass sie wohl gar nicht so falsch lag mit ihrer Einschätzung, ärgerte sich genau genommen über alles. In Wahrheit, doch dies konnte er sich noch nicht eingestehen, ärgerte sich Frank Hellmer aber hauptsächlich über sich selbst. Das neue Navigationssystem des Porsche wusste ebenso wenig wie das alte, dass man die morgendliche Rushhour in Frankfurt nicht einfach ignorieren durfte. Bis neun, halb zehn herrschte auf den Zubringerstraßen Krieg, da änderten auch die Sommerferien nichts daran. Im Gegenteil: Während dieser Zeit schossen kleine und große Baustellen wie Pilze aus dem Boden, und zufällig wusste Hellmer genau, dass deshalb die vom Navi empfohlene Route über die B8/B40, Habsburgerallee, Rothschildallee, die sich dem Zielgelände von Osten her näherte, zu dieser Stunde die schlechteste aller Alternativen war. Stattdessen war er nach einer vielversprechend kurzen Ampelphase am Nibelungenplatz (noch mit triumphierendem Blick in Richtung seiner Beifahrerin) in die Friedberger Landstraße Richtung Süden abgebogen, wo ihn dann aber zuerst der Rückstau am Friedberger Platz und anschließend die geänderte Verkehrsführung am Hessendenkmal trafen.

Endlich, nachdem die beiden Kommissare wenigstens die Hanauer Landstraße einigermaßen fließend hinter sich gebracht hatten, hielt der Porsche in der Sonnemannstraße vor dem riesigen, rundum mit Baugittern abgesperrten Gelände der Großmarkthalle.

»Mein lieber Scholli«, entfuhr es Hellmer, als er die gelben Gerippe der Baukräne sah, die hinter dem mächtigen, rotbraunen Ziegelbau hervorragten. Von den einst fünfzehn Tonnengewölben des zweihundert Meter breiten Gebäudekomplexes erkannte Hellmer noch zwölf, gesäumt wurde der Überbau von zwei Quergebäuden, die das Dach um zwei

Etagen überragten und aus der Ferne wie Wachtürme wirkten. Er vermochte nicht abzuschätzen, ob die Halle Hunderte oder sogar Tausende Fenster hatte, die sich wie riesige Glasbausteine über die gesamte Gebäudebreite erstreckten. Doch die Abrissbirnen hatten in den vergangenen Tagen gute Arbeit verrichtet, Glassplitter und Metallstreben bildeten riesige Berge. Die Bauarbeiten hatten in diesem Monat begonnen, das wusste Hellmer von seiner Frau Nadine, mit der er sich unlängst über dieses Bauprojekt der Europäischen Zentralbank unterhalten hatte. In ein paar Jahren würde inmitten der denkmalgeschützten Gebäudereste der berühmten Großmarkthalle ein neues Hochhaus stehen und mit seiner gläsernen Eleganz die Erinnerungen an die Frankfurter Gemüsekirche, wie man den Umschlagplatz ein Jahrhundert lang genannt hatte, nach und nach verdrängen.

Ein kleiner, beinahe schon schmächtiger Polizeibeamter näherte sich mit eiligen Schritten über den Parkplatz, auf dem bis vor wenigen Jahren Hunderte von Lkws Platz gefunden hatten und dessen Asphaltdecke nun an unzähligen Stellen von Löwenzahn, Gras und Disteln durchbrochen wurde. Von innen hakte er das Gitter aus und zog es nach innen auf. Das Metall hüpfte schabend über die ausgefahrene Zufahrt, wo sich einmal ein Wärterhäuschen und eine doppelte Schranke befunden hatten.

»Netter Dienstwagen«, hörte Hellmer ihn durch die geöffnete Scheibe sagen, als er durch die Öffnung nach innen fuhr. Er lächelte kurz, ging aber nicht weiter darauf ein.

»Wir haben Sie schon erwartet«, sagte der unbekannte Kollege, der sich bücken musste, um den tief sitzenden Hellmer ins Gesicht zu blicken. »Die Bauarbeiter sind schon seit sechs Uhr dreißig hier, aber die sind ja nur obenherum zugange.

Vor August wäre da wohl niemand runtergekommen. Haben ihnen erst einmal eine Zwangspause verordnet, worüber der Polier sich nicht gerade gefreut hat.«

»Kann ich mir denken«, nickte Hellmer. »Zeigen Sie mir nur, wo wir hinmüssen, dann können Sie den Herrschaften mitteilen, dass wir sie nicht länger als nötig von ihrer Arbeit abhalten werden. Aber für heute sollen sie die Füße stillhalten und nicht alle halbe Stunde kommen und nachfragen.«

»Okay. Sehen Sie den Bauwagen?«

Hellmer kniff die Augen zusammen, reckte den Hals und nickte dann. Ein blauer Bauwagen der Firma Hochtief stand etwas abseits der Schutthaufen und Gerätschaften in der Nähe des linken Anbaus. Hier waren die Fenster noch nicht herausgebrochen.

»Dahinter parkt der Streifenwagen, da ist auch noch Platz für Sie. Mein Kollege führt Sie dann hinein, die Spurensicherung ist auch gerade erst eingetroffen. Ich kann hier vorne auf den Leichenwagen warten und die Zufahrt im Auge behalten. Es kommen auch ständig Laster, normalerweise wäre hier wohl offen.«

»Geht klar, danke«, sagte Hellmer und beschleunigte. Der hart gefederte Sportwagen gab jede Unebenheit direkt an die beiden Kommissare weiter.

»Sag mal«, wandte sich Sabine Kaufmann an ihren Partner und runzelte die Stirn, »übst du etwa für Paris–Dakar?«

Hellmer ließ den Wagen an Fahrt verlieren und murrte: »Sei doch froh, dass es mal hundert Meter ohne Stop-and-go geht.«

»Warst du hier mal, als das alles noch in Betrieb war?«, fragte Hellmer mit leiser Stimme, als sie die breite Betontreppe hinab ins Lager stiegen. Der Beamte, dem sie hinterhertrotteten, war das Gegenteil seines Kollegen: groß, breit, tiefe Stimme. Er hatte den beiden versichert, am Tatort lediglich Carlo Stiegler berührt zu haben, durch das Fühlen des Pulses am Hals hatte er sich überzeugen wollen, ob es für den regungslosen Körper noch Hoffnung gab. Die Tür, ja natürlich, die hatte er auch aufgebrochen. Aber das war mit einem Bolzenschneider geschehen, den ihm einer der Bauarbeiter freundlicherweise überlassen hatte. Im Gegenzug hatte dieser sich nicht abwimmeln lassen, den beiden Polizisten hinab ins Untergeschoss zu folgen. Diese Neugier wurde in dem Moment bestraft, als er das nackte, blutüberströmte Opfer sah und sich daraufhin den Beamten beinahe vor die Füße übergab. Gerade rechtzeitig hatte er es noch in eine abgelegene Ecke des Treppenabgangs geschafft und sich dann schnellstmöglich mit seinem Bolzenschneider aus dem Staub gemacht.

»Hier auf dem Großmarkt? Leider nein«, erwiderte Sabine, »aber ich war mit meiner Mutter früher regelmäßig in der Kleinmarkthalle.« Sie seufzte. »Das war, bevor sie ihren neuen Lover hatte. Seitdem begnüge ich mich mit dem Discounter.«

»Echt? Da wollte ich auch schon lange mal wieder hin«, sagte Hellmer.

»Wie jetzt, in den Discounter?«, fragte Sabine lachend.

»Quatsch, in die Kleinmarkthalle natürlich.«

»Na, bei dir weiß man ja nie«, neckte sie. »Gehst wahrscheinlich nur in Feinkostläden oder, noch besser, ihr habt einen Butler, der eure Einkäufe erledigt.«

»Ach, sei still«, entgegnete Hellmer beleidigt, dann waren sie auch schon da. Das Untergeschoss der Großmarkthalle bestand aus einem breiten, durchgehenden Gang, an dessen Seiten sich ein Lagerraum an den anderen reihte. Dazwischen ragten die Rippen der Betonkonstruktion hervor, ähnlich wie in der Etage darüber, nur weniger farbenfroh. In großen, verblassten Lettern stand über jedem Raum eine Nummer, wenige Tore waren noch intakt, einige fehlten ganz, die meisten aber waren aufgebrochen oder herausgerissen. Eine beklemmende Atmosphäre, die typisch war für leerstehende Industriebauten, ergriff sie, der modrige Schimmelgeruch und die kalte, abgestandene Luft trugen das Ihrige dazu bei.

Der Raum mit Carlo Stieglers Leiche befand sich in einem abgetrennten Bereich, und Hellmer musste einen Augenblick überlegen, ob es noch der Kellerbereich der Markthalle oder der des Anbaus war. Er kam zu dem Schluss, dass Letzteres der Fall war. Der Polizeibeamte blieb stehen und deutete auf einen Durchgang.

»Bitte sehr, da wären wir.«

Hellmer vernahm Stimmen aus dem Inneren, es blitzte zweimal, vermutlich war es die hochauflösende Kamera der Spusi, mit der man selbst unter widrigsten Lichtverhältnissen hervorragende Aufnahmen machen konnte. Er nickte Sabine auffordernd zu und betrat nach ihr den Raum.

Der abgegrenzte Keller maß etwa fünf mal sieben Meter, war unerwartet hoch, mindestens drei Meter, und knapp unter der Decke fielen Sonnenstrahlen durch die verdreckten Lamellen eines alten Wandventilators. Das ihn umgebende Glas war stumpf, so dass man nicht erkennen konnte, was sich außerhalb befand. Die Leuchtröhren der langen, rechteckigen Deckenlampe waren schwarz angelaufen, das Milchglas darum nur noch in Bruchstücken erhalten. Softair, dachte Hellmer, der schon beim Durchschreiten der Halle überall auf dem Boden die kleinen bunten Kugeln wahrgenommen hatte, die darauf hinwiesen, dass Jugendliche sich hier mit Druckluftwaffen im Häuserkampf übten. Rechts von der Tür war in die Wand ein Regal aus aufgequollenem Holz eingelassen, in dem neben vergilbten Papieren zerdrückte Bierdosen, eine leere Ravioli-Dose, diverse Pillen, gebrauchtes Fixerbesteck sowie ein paar leere Plastiktütchen lagen, in denen sich mit Sicherheit einmal Drogen befunden hatten. Überall flogen zerfledderte Zeitschriften herum, zum Teil Pornomagazine, hauptsächlich aber alte Illustrierte und Tageszeitungen.

Ein batteriebetriebener Radiorekorder dudelte leise vor sich hin. Klang nach dem neuen Rocksender, dachte Hellmer, den er unlängst für sich entdeckt hatte. Er wäre jedoch nie auf die Idee gekommen, an einem Tatort Radio zu hören. Auf dem Boden unterhalb des Regals lagen ein umgestürzter Schrank und daneben ein Drehstuhl mit zerfleddertem Polster. Überall im Raum waren Zigarettenkippen verstreut, dazwischen Whiskey- und Wodkaflaschen, und die beiden Kollegen der Spurensicherung vollbrachten einen wahren Eiertanz, um sich durch den Raum zu bewegen, ohne dabei etwas zu verändern, was sich später als wichtig erweisen konnte.

»Verdammt, das sind bestimmt dreihundert Filter«, sagte eine Hellmer nicht bekannte Frauenstimme.

»Von jedem die DNA und dann wahrscheinlich mit dem Ergebnis, dass sie nichts mit dem Toten zu tun haben«, seufzte eine Hellmer ebenfalls nicht bekannte Männerstimme. Beide Kollegen der Spusi trugen die typischen weißen Schutzanzüge und hatten bereits zahlreiche Markierungen plaziert. Es blitzte erneut, ein kurzer Lichtimpuls, der die tristen Farben des Raumes für einen Sekundenbruchteil kräftig hervorhob.

Erst jetzt erblickte Hellmer den Toten. Gegenüber der schmalen Wand mit dem eingelassenen Regal auf einer breiten, abgewetzten Matratze – ursprünglich wohl einmal weiß, doch nunmehr in einem schmutzigen Graugelb – lag Carlo Stiegler. Nackt, auf dem Rücken, die Arme von sich gestreckt, mit den Füßen in Richtung des Raumes. Von seiner Kleidung war nichts zu sehen, Decke oder Kissen gab es auch nicht. Der Körper war übersät von verschieden großen Flecken in unterschiedlichen Farben, teils waren es Schürfwunden, teils Hämatome, die auf harte Schläge hindeuteten. Hellmer schluckte, denn er kannte diese Art von Verletzungen. Auch ohne Professor Bocks Analyse wusste er, dass der junge Mann über Tage hinweg misshandelt worden sein musste. Sein Blick wanderte über den Oberkörper in das Gesicht, welches noch immer den Ausdruck gepeinigten Entsetzens trug. Erst nach einigen Sekunden bemerkte Hellmer den eigentlichen Grund dafür, der ihm einen kalten Schauer über den Rücken jagte. Es waren die aufgerissenen Augen des Opfers, leere Blicke, die senkrecht nach oben gerichtet schienen. Doch statt der Augäpfel war dort nur Leere. Der Täter musste sie mit einem chirurgischen Werkzeug entfernt haben, sauber herausgetrennt aus den leeren, riesigen Höhlen, die nun leer und dunkel dalagen.

»Verdammt, das sieht übel aus«, entfuhr es Hellmer, und er legte sich die Hand vor den Mund, als müsse er sich übergeben.

»Achtung«, ertönte es, und es blitzte ein weiteres Mal. Die Kollegin der Spusi stand breitbeinig neben der Matratze und hatte sich über den Toten gebeugt. »Ich mache noch zwei, drei Nahaufnahmen, dann bin ich weg«, erklärte sie.

»Was ist das eigentlich für Musik?«, fragte Sabine Kaufmann argwöhnisch und neigte den Kopf zur Seite. »Irgendwie kommt mir das bekannt vor ...«, ergänzte sie und kniff die Augen zusammen.

Hellmer warf ihr einen besserwisserischen Blick zu: »Wäre ja auch schlimm, wenn nicht. Das ist Led Zeppelin – Stairway to Heaven, ein echter Klassiker.«

»Ach, das meine ich doch nicht, das weiß ich doch«, winkte Sabine ab, und Hellmer zuckte mit den Schultern.

»Wollte nur helfen«, erwiderte er.

»Wegen uns können wir das ausmachen«, erklang die Stimme des Kollegen aus der anderen Ecke des Raumes. »Das dudelt jetzt schon zum dritten Mal durch. Nichts gegen Jimmy Page, aber …«

»Wie, zum dritten Mal?«, unterbrach Sabine Kaufmann ihn forsch, und auch Hellmer schien irritiert.

»Ich dachte, das wäre Radio BOB?«, fragte er stirnrunzelnd. Der Forensiker machte zwei Schritte rückwärts und drehte am Knopf des Geräts, bis die Musik verstummt war.

»Nein, das läuft hier wohl schon die ganze Zeit in Endlosschleife, so zumindest haben die Uniformierten den Raum vorgefunden. Wir haben es dokumentiert, aber nicht verändern wollen, weil es hieß, Sie seien schon unterwegs«, erklärte er.

»Hm, okay, danke«, sagte Hellmer. Er warf einen Blick auf Sabine, die sich noch immer den Kopf zu zerbrechen schien. »Kann ich dir irgendwie behilflich sein?«

»Nein, ich komme partout nicht darauf, woher ich das kenne«, sagte sie und klang geradezu verzweifelt. »Es ist diese Atmosphäre, die Musik, der Tote«, dachte sie laut weiter. »Das sagt mir irgendwas.«

»Wollen wir kurz rausgehen?«, fragte Hellmer. »Bevor die Leiche nicht freigegeben ist, können wir eh nicht viel machen.«

»Ja, meinetwegen.«

»Gut«, setzte Hellmer an, als die beiden in der Kellerhalle standen. Sie waren alleine. »Gehen wir es analytisch an. Von welchem Zeitraum reden wir? Warst du schon bei uns oder noch bei der Sitte? Was für Besonderheiten gab es noch, ich meine, was genau glaubst du wiederzuerkennen?«

Sabine lehnte an einer grauen, fleckigen Betonwand, die mit Graffiti besprüht war. *BRAVE* war dort zu lesen, vielleicht auch *BRAZZ*, alles in pinken, verzerrten Buchstaben mit weißem Rand und schwarzem Schatten. Daneben prangte ein blauer Alienkopf.

»Es war keiner unserer normalen Fälle«, überlegte die Kommissarin weiter. »Aber auch keiner bei der Sitte. Oder doch? Ach Mist, es gab einfach schon viel zu viele Morde.«

»Kenne ich«, kommentierte Hellmer trocken. Dies war einer jener Momente in der Laufbahn eines Kriminalbeamten, an dem man sich fragte, ob man nicht zu lange dabei war. Oder war es gerade Zeichen einer professionellen Haltung, dass man mit der Zeit die Details einzelner Fälle vergaß? Ein Kommissar, der im Geiste jede seiner Leichen allzeit parat hielt, musste doch unweigerlich ausbrennen. Andererseits, verdiente nicht jedes Lebewesen, besonders die, denen man das Leben gegen ihren Willen nahm, einen besonderen Stellenwert in der Erinnerung?

Das hat doch auch etwas mit Respekt zu tun, sinnierte Hellmer weiter, bis seine Kollegin ihn jäh unterbrach: »Was kennst du? Den Fall? Wie hast du das gemeint?«

»Nein, nein«, wehrte er ab, »nicht den Fall. Ich habe nur nachgedacht.« Er zuckte mit den Schultern. »Aber an welchen Kriterien kannst du es denn nun festmachen? Ist es die Sache mit den herausgetrennten Augen? Das sieht ja eher nach einem Geisteskranken oder Ritualmörder aus.«

Sabine schüttelte den Kopf, und Hellmer probierte es weiter.

»War es eine Leiche in einem Keller oder nur ein nackter, toter Mann oder etwa ein Mord in Verbindung mit Musik?«

Er überlegte kurz, ob es weitere Kombinationen gab, die er vergessen haben könnte, aber auf die Schnelle fielen ihm keine ein.

»Nein, das ist es irgendwie noch nicht«, dachte Sabine laut.

»Also noch mal. Wir haben einen nackten Mann, der über einen längeren Zeitraum misshandelt und schließlich mit dem Messer getötet wurde.«

»Erlöst trifft es wohl fast besser.«

»Wie meinen?« Sabines Augen erhellten sich, als käme ihr eine Idee.

»Ich sagte nur, dass der Tod für ihn womöglich eine Erlösung war«, erklärte Hellmer.

»Mensch, Frank, das ist es!« Sabine stieß sich von der Wand ab und packte ihn an den Schultern. Doch Hellmer verstand nur Bahnhof.

»Keine Ahnung, wovon du sprichst«, sagte er entgeistert.

»Erinnerst du dich an den Mason-Fall? Vor zwei Jahren, drüben in Fechenheim.«

»Klar«, antwortete er, schüttelte dann aber den Kopf. Der Mordfall Jennifer Mason mochte einer der großen, unvergesslichen Fälle seiner Laufbahn sein, doch er hatte kaum Gemeinsamkeiten mit diesem schmutzigen Kellerloch.

»Ich sehe da keinen Zusammenhang, tut mir leid«, sagte er.

»Und schon gar nicht mit Led Zeppelin oder der Sache mit den Augen. Sicher, dass wir denselben Fall meinen?«

»Ja doch, ich weiß es genau«, sagte Sabine Kaufmann. Ihr Atem ging schnell, und sie trommelte mit den Fingerspitzen ihrer Hände gegeneinander. Ihre Aufregung war echt, also versuchte Hellmer noch einmal angestrengt, sich an Details zu erinnern. Er war fast zeitgleich mit Sabine Kaufmann am Tatort eingetroffen, dann kam irgendwann Julia dazu. Es war ihr erster Außeneinsatz gewesen. Als sie eintraf, war Andrea Sievers schon mit der ersten Begutachtung der Toten fertig gewesen. Von Musik keine Spur. Die Beamten am Tatort hatten nichts erwähnt, und Adriana Riva war schon vor seinem Eintreffen auf dem Weg in die Klinik gewesen. Er schüttelte den Kopf: »Tut mir leid, ich kann mich da beim besten Willen an keine Musik erinnern.«

»Ist okay, dann nicht«, sagte Sabine, klang aber recht enttäuscht. »Ich hatte halt nur diesen Impuls. Damals das Mädchen, die wurde auch ewig lang misshandelt und schließlich erlöst, aber da ist noch etwas anderes, verdammt, ich komme nicht drauf.« Sie winkte ab. »Aber gut, machen wir erst einmal diesen Tatort hier fertig.«

Noch immer spukten Bilder des alten Tatorts vor Hellmers geistigem Auge herum, als sie sich wieder dem Kellerraum näherten.

»Hallo, Sabine, Frank«, begrüßte eine freundliche, wohlbekannte Stimme die beiden. In der Tür stand Andrea Sievers in ihrer üblichen Montur, in der rechten Hand hielt sie den klobigen Koffer mit ihren Utensilien.

»Guten Morgen, Andrea.«

»Habe mir gerade erbeten, hier unten ein wenig mehr Licht zu bekommen«, sagte Sievers und stellte ihren Koffer am Fußende der Matratze ab. »Bis dahin wäre es nett, wenn mir jemand leuchten könnte.«

Hellmer machte einen großen Schritt nach vorn. »Kein Problem, ist da eine Lampe drin?«

»Klar, hier bitte.«

Das Schloss klackte auf, und mit einem gezielten Griff zog Sievers eine LED-Lampe hervor, ihre neueste Errungenschaft, mit einem starken Akku und einem Kranz von zwei Dutzend reinweißen Leuchtdioden. Hellmer wunderte sich noch, wie leicht die Lampe doch sei, und zuckte erschrocken zusammen, als nach der sanften Betätigung des Schalters ein strahlend helles Licht den Raum durchflutete.

»Wow«, sagte er, »werden die Toten heutzutage durchleuchtet statt aufgeschnitten?«

»Leider nein.« Mit routinierten Handgriffen untersuchte Sievers den Körper auf Leichenflecke und leuchtete dann in die Augenhöhlen. »Sehr präzise«, murmelte sie, und Hellmer war ihr in diesem Moment äußerst dankbar, dass sie die Gelegenheit nicht zu einem ihrer derben Sprüche nutzte.

»Er hätte ihm wenigstens ein bisschen Kleingeld für die Überfahrt reinlegen können«, vernahm Hellmer im nächsten Moment. Zu früh gefreut. Irritiert blickte er die Gerichtsmedizinerin an.

»Wie? Was?«

»Na, jetzt komm, hast du in Geschichte nicht aufgepasst? Zwei Münzen: der Sold für die Überfahrt ins Totenreich, ägyptischer Totenkult.«

»Hm. War ja eigentlich klar, dass da irgend so etwas kommen musste. Würdest du nun fortfahren?«

»Ja, bin schon dabei. Mal sehen, welche Öffnung wir uns als Nächstes vornehmen«, grinste Andrea mit provokantem Augenaufschlag und griff nach ihrem Einstichthermometer, um die Lebertemperatur zu ermitteln. Sie tastete den rechten Brustkorb ab, bis sie den unteren Rippenbogen spürte, und setzte dort die spitz zulaufende Metallnadel an. Hellmer drehte den Kopf zur Seite, er hatte diese Prozedur zwar schon oft gesehen, aber seit sich vor einigen Jahren eine Leiche just im Moment des Einstichs rektal entleert hatte, vermied er es lieber, auf jedes Detail zu achten. Wenige Sekunden später piepte es.

»Neunundzwanzig Komma drei fünf«, sagte Sievers und schloss die Augen, um zu rechnen. Bei einem Temperaturverlust von einem Grad pro Stunde, wobei die Ungenauigkeit ab fünf Stunden deutlich größer wurde, konnte man den Todeszeitpunkt auf etwa zwei Uhr nachts ansetzen. Zu diesem Ergebnis kam zumindest Hellmer.

»Es ist kurz nach zehn«, erläuterte Sievers nach einem Blick auf die Uhr. »Somit können wir von einem Zeitraum zwischen frühestens halb zwei und spätestens drei Uhr ausgehen. Genauer geht es vor Ort leider nicht.«

»Kein Problem«, sagte Sabine Kaufmann, »können Sie uns sagen, ob er neben der Schnittwunde noch andere schwerwiegende Verletzungen hat?«

Die Schnittwunde. Frank Hellmer fröstelte es. Natürlich gab es Verbindungen, und diese nicht zu knapp. Wie blind konnte man eigentlich sein?

»Schauen wir uns bitte zuerst den Genitalbereich an«, forderte er die Pathologin auf. Dann räusperte er sich und ergänzte: »Vorne und hinten, bitte.«

»Kein Problem«, nickte Sievers und kramte in ihrer Tasche.

»Was soll das?«, zischte Sabine, und Frank zog sie zur Seite. Leise deutete er in Richtung Matratze, wo Andrea Sievers gerade mit einer Hand den schlaffen Penis und die Hoden anhob, um mit der rektalen Untersuchung zu beginnen.

»Ich will abchecken lassen, ob wir hier eine sexuelle Komponente haben, verstehst du?«, erklärte Hellmer seiner Partnerin flüsternd. »Denn wenn das zutreffen sollte, dann liegst du womöglich doch richtig mit deiner Verbindung.«

»Wie meinst du das?«

»Na, schau dich doch mal um«, raunte Hellmer ungeduldig. »Der Körper auf dem Bett, nackt, in dieser völlig wehrlosen Haltung, mit durchtrennter Halsschlagader. Überall leere Flaschen mit Hochprozentigem, kreuz und quer im Raum verteilt, dazu diese Pillen und, wenn wir genau suchen, bestimmt auch der eine oder andere Joint. Für nur einen Täter und ein Opfer ist das jede Menge Stoff. Da gibt es schon Gemeinsamkeiten. Auch wenn ich ohne deinen Hinweis wohl nicht gleich draufgekommen wäre.«

»Du meinst die Musik«, schlussfolgerte Sabine. »Aber an die konntest du dich doch gar nicht erinnern.«

»Macht nichts«, entgegnete Hellmer. »Es ist bisher ja auch nur ein Gedanke. Aber wir sollten ihn im Hinterkopf behalten.«

»Das solltet ihr auf jeden Fall«, mischte sich aus drei Metern Entfernung Andrea Sievers ein. »Ich wollte ja nicht lauschen, aber eines kann ich euch definitiv sagen: Der junge Mann wurde tatsächlich sexuell missbraucht. Und das mehr als ein Mal, davon müssen wir ausgehen.«

MONTAG, 11.13 UHR

Julia Durant saß an ihrem Schreibtisch und rollte lustlos einen Kugelschreiber hin und her. Die Arbeit war zäh, es schien tatsächlich, als wäre die Ferienzeit auch bei den Kriminellen der Stadt angekommen. Der einzig interessante Fall war der Mord an Carlo Stiegler, wenn man von den zahlreichen offenen Langzeitermittlungen einmal absah, also ungeklärten Verbrechen, bei denen keine Aussicht auf baldige Erfolge bestand. Doch es war wie in einem Déjà-vu, so zumindest beurteilte Julia das, denn wieder einmal durften Hellmer und Kaufmann sich an einem Tatort tummeln, und sie selbst hatte das Nachsehen. Und als wäre das nicht schon schlimm genug, musste dieser Sturkopf ihr auch noch ein schlechtes Gewissen bereiten. Sie nahm sich vor, die nicht beendete Diskussion des Morgens so bald wie möglich fortzusetzen. Wenn Berger tatsächlich für längere Zeit ausfiel – und es gab wenig Grund, daran zu zweifeln –, dann brauchte Julia Durant ihren alten Freund Frank Hellmer an ihrer Seite. Als Gegenspieler, das hatte sie schmerzlich zu spüren bekommen, konnte sie ihn jedenfalls nicht ertragen. Allein der Gedanke daran ließ die beklemmende Enge im Brustbereich zurückkehren, ein Gefühl, über das Julia heute nicht zum ersten Mal mit Alina gesprochen hatte.

Vor knapp zwei Jahren, es musste gleich bei ihrer ersten oder zweiten Sitzung gewesen sein, hatte die Psychologin Alina Cornelius eine niederschmetternde Erkenntnis gewonnen.

»Julia, hast du schon einmal etwas von Angststörungen gehört?«

Der verständnislose Blick der Kommissarin musste Alina damals dazu bewogen haben, aufzustehen, zum Wandregal zu gehen und einen dicken, grünweißen Wälzer aus dem Regal zu ziehen. Sie kehrte zurück mit dem ICD-10, einem etwa neunhundert Seiten dicken Nachschlagewerk zur Klassifikation von Krankheiten. Julia Durant kannte das Buch natürlich, viel zu oft hatte sie schon erlebt, dass Ärzte sich hinter ominösen Codes versteckten, etwa J20.9, was nichts anderes bedeutete als Bronchitis. Alina hatte kurz geblättert und dann das fünfte Kapitel aufgeschlagen, dessen Überschrift lautete:

Psychische und Verhaltensstörungen

Alina hatte das aufgeschlagene Buch zu Julia geschoben mit den Worten: »Hier, lies mal, was bei F41 steht.«

Julia Durant, die es sich ohne Schuhe auf der Couch bequem gemacht hatte, hob das schwere Buch zu sich herüber und legte es auf die angewinkelten Oberschenkel. Sie versuchte, unvoreingenommen zu sein, immerhin war es Alina Cornelius, ihre Freundin, und nicht irgendein Quacksalber, der auch noch in drei Jahren an ihr verdienen wollte. Sie überflog den kurzen Absatz rasch, dann jedoch las sie bestimmte Textbausteine noch einmal, mit zunehmender Aufmerksamkeit. Es war von Panik die Rede, wiederkehrend und in nicht vorhersehbaren Situationen. »Zu den wesentlichen Symptomen«, so stand es dort schwarz auf weiß geschrieben, zählten »plötzlich auftretendes Herzklopfen, Brustschmerz, Erstickungsgefühle, Schwindel und Entfremdungsgefühle«. Außerdem könne die Furcht zu sterben hinzukommen oder die Angst, wahnsinnig zu werden.

»Herrje«, hatte sie ganz leise gesagt, als die das Buch zufallen ließ und es zurück auf den Tisch beförderte.

»Wenn ich einmal deine Reaktion interpretieren darf«, hörte sie Alina hinter sich sagen, »dann hast du in dem Absatz etwas wiedererkannt, richtig?«

»Äh, ja«, stammelte Julia, »einiges sogar, denke ich zumindest.«

In Wirklichkeit fühlte sie sich sogar, als hätte der Autor beim Verfassen dieser Symptome in sie hineingeschaut.

»Das ist doch ein guter Anfang«, lächelte Alina und nahm wieder zu Julias Füßen Platz.

»Wofür?«

»Weißt du, Julia, für fast alles gibt es eine Lösung. Man muss nur zuerst das Problem erkennen. Gegen die Angst kann man was machen, kein Thema, aber dazu müssen wir erst einmal deine Angststörung individuell kennenlernen.«

Angststörung. Panikattacken. Julia seufzte. Unbekannt waren ihr diese Begriffe beileibe nicht, Madame Sutter hatte sie bereits heraufbeschworen, doch sie hatte nichts davon hören wollen.

»Mensch, Alina, kann das nicht einfach noch eine Nachwirkung des Schocks sein oder so?« Sie musste das jetzt ganz genau wissen, denn das, was sie gelesen hatte, verunsicherte sie zutiefst. Eine Julia Durant hatte es bisher nicht zugelassen, dass eine andere Kraft außer ihr selbst die Kontrolle übernahm. »Ich meine«, fuhr sie fort, »diese ganze Geschichte mit den Panikattacken und Bedrängungsängsten ist größtenteils eine Farce, oder? So wie Burn-out und der ganze Kram. Das ist doch für Beamte mit Mitte, Ende vierzig das Ticket in die Frühpension, mehr nicht.«

»Und selbst wenn es so wäre«, entgegnete Alina sanft, »was es jedoch nicht ist – du gehörst ja auch in diese Zielgruppe, nicht wahr?«

Irritiert zog Julia die Augenbrauen zusammen. »Danke auch.« Sie pustete abfällig durch die Lippen.

Alina blieb ganz ruhig: »Was ich sagen möchte, ist, dass es viele Gründe gibt, die zu einer durch Stress indizierten Erkrankung führen können. Die Häufung in der Altersgruppe über vierzig mag damit zusammenhängen, dass man ein gewisses Pensum an ausbrennenden Berufsjahren wegstecken kann. Der eine mehr, der andere weniger. Doch was dir, nein, was uns beiden widerfahren ist, das geht nicht einfach so an einem vorüber.«

Alina machte eine kurze Pause, in der Julia sich fragte, ob Alina es bereute, sich selbst in einem Atemzug mit Julia genannt zu haben. Natürlich hatte Alina die Entführung erlebt, und es musste auch für sie einem Alptraum gleich gewesen sein. Aber gewisse Dinge waren ihr erspart geblieben, schlimme Dinge, die Julia niemals würde vergessen können. Doch sie verurteilte Alina nicht dafür, im Gegenteil, wusste sie doch, dass Holzer Alina nur entführt hatte, um sie selbst zu quälen. Hätte er sie auch noch vergewaltigt, so müsste Julia nun mit zusätzlicher Schuld leben. Wer weiß, vielleicht hätte er ja, wenn Hellmer und Kaufmann ihn nicht rechtzeitig gestoppt hätten …

Doch Alina hatte längst wieder das Wort ergriffen. »Jeder vierte bis fünfte Bundesbürger erleidet im Laufe des Lebens eine Panikattacke, nur mal so zur Info, und man geht davon aus, dass über zehn Prozent der Bevölkerung an einer Angststörung leiden. Wahrscheinlich sind es sogar mehr, es lässt sich aber nur ein sehr kleiner Teil behandeln. So viel zu deiner Theorie, dass es eine beliebte Ausrede ist. In Wirklichkeit«, schloss die Psychologin, »erkennen viel zu viele Ärzte diese Problematik zu spät oder gar nicht, und die Patienten schämen sich natürlich dafür, sich Herzleiden oder Atemnot einzubilden oder gar eine Psychotherapie zu machen. Dabei gibt es wirklich gute Therapieansätze.«

»Das heißt, du kannst mir etwas dagegen verschreiben?« Hoffnungsvoll setzte Julia sich auf und ließ die Beine von der Couch gleiten.

»Nein, so einfach ist es nicht. Aber wir finden schon den richtigen Ansatz, versprochen.«

Julia Durant war an diesem Abend mit sehr gemischten Gefühlen nach Hause gefahren. Zehn Prozent der Bevölkerung, hatte sie gedacht und die Lichter der vorbeifahrenden Autos gezählt, als sie mit ihrem Peugeot an der Kreuzung Eschersheimer Landstraße und Adickesallee wartete.

Acht, neun, zehn, wieder einer. Wenn Alina Cornelius wirklich recht hatte, waren das eine ganze Menge betroffener Menschen.

Und du bist eine davon. Mit diesem Gedanken musste die Kommissarin sich anfreunden, ob es ihr nun passte oder nicht.

Mittlerweile hatte Julia Durant natürlich Fortschritte gemacht, große Fortschritte sogar, wie Alina ihr immer wieder bestätigte. Die Zauberformel hieß *rationale Gedanken,* und zwar immer dann, wenn die Angst sich durch ein kleines Symptom ankündigte. Du bist gesund, sollte Julia sich dann in Erinnerung rufen, du wirst keinen bescheuerten Herzinfarkt kriegen. Oder Atemstillstand. Oder Ohnmacht. Dir kann nichts passieren.

Mit geschlossenen Augen atmete die Kommissarin einige Male tief durch die Nase, bis die Verkrampfung in ihrer Brust sich gänzlich gelöst hatte.

Zur gleichen Zeit fuhr Hellmers Porsche die Habsburgerallee entlang, getreu der Empfehlung der freundlichen Computerstimme des Navigationscomputers. Im Gegensatz zur Hinfahrt floss der Verkehr nun ohne Behinderungen. Zwischen seinen Lippen rollte er den Filter der fast fertig gerauchten Zigarette, zog noch einmal kräftig, schnippte die Kippe dann aus dem Fenster und spürte sofort den tadelnden Blick seiner Partnerin auf sich.

»Lass dich mal nicht erwischen, mein Lieber, es sind schon Leute wegen dieser Ordnungswidrigkeit zur Kasse gebeten worden.«

»Besser so, als wenn Nadine die Stummel im Aschenbecher zählt«, gab Hellmer zurück. Sofort bereute er diese Aussage und hätte sich am liebsten auf die Zunge gebissen. Doch zu spät, Sabine hatte schon ihren penetranten, fragenden Blick aufgesetzt.

»Ach ja? Erzähl mal. Kriegst du sonst dein Spielzeug abgenommen und musst den BMW nehmen?«

Blöde Kuh, dachte Hellmer. »Quatsch«, sagte er und verspürte nicht die geringste Lust, die Vereinbarung mit seiner Frau mit den Kollegen zu diskutieren. Doch besser, er ließ sich etwas einfallen, als dass Sabine zu spekulieren begann. »Hör zu, ich habe vor, irgendwann damit aufzuhören. Ganz. Aber das pack ich nicht so ohne weiteres, ich meine, wenn du das ganze Leben gequalmt hast, dann geht das weiß Gott nicht einfach so.«

»Hey«, wehrte Sabine Kaufmann ab. »Du brauchst dich für nichts zu rechtfertigen, okay? War doch nur ein Spaß.«

»Trotzdem«, beharrte Hellmer, »ich will nämlich nicht, dass alle darauf warten und mich bei jeder Zigarette anglotzen und ich in den Blicken lesen kann: ›Mensch, der Hellmer, wollte der nicht längst aufgehört haben?‹«

Mit Daumen und Zeigefinger fuhr Sabine sich über die geschlossenen Lippen, als zöge sie einen Reißverschluss zu. »Ich werde schweigen wie ein Grab.«

»Gut, danke.« Hellmer lächelte. Er beschleunigte den Porsche, um die auf Gelb springende Ampel an der Abzweigung zur Berger Straße noch zu schaffen. Dann kam ihm eine Idee. »Sag mal, wir haben uns vorhin doch über die Kleinmarkthalle unterhalten. Ich war da ja schon ewig nicht mehr, Nadine zieht es auch nicht hin, aber wenn dir mal wieder danach ist …«

Er musste sich auf den Verkehr konzentrieren und erhaschte daher nur einen kurzen Blick auf Sabines Gesicht, die ihn noch immer freundlich anlächelte, aber auf eine unangenehm unverbindliche Art und Weise. Noch bevor sie antwortete, kannte er die Antwort.

»Sorry, Frank, ich halte das für keine gute Idee«, wehrte Sabine ab und klang dabei so, als täte es ihr mehr leid als ihm. Hellmer fühlte sich plötzlich unendlich dumm, beinahe wie ein Schuljunge bei dem kläglichen Versuch, die Klassenschönheit zu beeindrucken.

»Du weißt doch genau, wie das bei mir mit dem ganzen privaten Kram ist, aber trotzdem danke für das Angebot«, hörte er seine Kollegin weitersprechen. Ich hätte es wissen müssen, dachte er bei sich, enttäuscht, wenn nicht gar gekränkt. Seit drei Jahren arbeitete Sabine Kaufmann nun in der Mordkommission, und kaum jemand wusste mehr von ihr, als dass sie eine kleine Wohnung in Heddernheim hatte, keine Haustiere, keine Kinder, und einen metallic-grünen Ford Focus der ersten Baureihe fuhr. Sie war gerne draußen in der Natur, eventuell ein Indiz dafür, eher eine Einzelgängerin zu sein, Details über einen Freund gab es keine. Verheiratet war sie auch nicht, jedenfalls trug sie keinen Ring, und in der Personalabteilung hatte sie Kaufmann als ihren Mädchennamen angegeben. Hellmer schämte sich noch immer, denn er hatte sich einfach nichts bei seiner Frage gedacht, zumindest nicht bewusst, wie ihm klarwurde, als Sabine ihren nächsten Satz formulierte.

»Sag mal, es geht mich ja nichts an, aber wäre das nicht eine nette Gelegenheit für dich und Julia?«

»Wie, warum?« Hellmer fuhr herum. Doch in Sabines Stimme lagen weder Hohn noch gespielte Naivität. Es schien tatsächlich nichts als eine ganz einfache Frage zu sein.

»Na, hör mal, ich kriege doch mit, wie es zwischen euch läuft.« Sabine verdrehte die Augen. »Ihr seid wie Hund und

Katze momentan, sie sagt etwas, und du gibst ihr Kontra oder andersherum. Meinst du nicht, ihr solltet das, was auch immer zwischen euch steht, mal ins Reine bringen?«

Dafür braucht es aber mehr als nur ein paar Delikatessen in der Kleinmarkthalle, dachte Hellmer zerknirscht. »Ach, lass mal. Falsches Thema, okay?«

Mit einem kurzen Lachen winkte Sabine Kaufmann ab. »Kein Problem. Dann haben wir ja beide etwas, worüber wir nicht reden wollen.«

Hellmer nickte nur. Ihm war nicht nach Lachen zumute.

MONTAG, 11.58 UHR

Mit nachdenklichem Nicken hatte Julia Durant den Ausführungen von Kaufmann und Hellmer gelauscht. Die Gelegenheit beim Schopf packend, einmal aus Bergers tristem Büro zu entfliehen, hatte die Kommissarin ihre Kollegen dazu aufgefordert, sich in das Konferenzzimmer zu setzen. Dort war von der letzten Besprechung noch eine kleine Arbeitsfläche aus fünf Tischen gestellt, um die sich bequem ein Dutzend Personen ausbreiten konnten. Julia hatte am Kopfende Platz genommen, Hellmer und Kaufmann saßen links neben ihr, und ihnen gegenüber, zu Julias Rechten, saßen Doris Seidel und Peter Kullmer, dessen Dienst gerade erst begann.

»Danke für die Infos, ich denke, dass wir fürs Erste gut im Bilde sind«, kommentierte Julia den soeben beendeten Bericht. Sie warf einen fragenden Blick zu Kullmer, der bis zu dieser Besprechung als Einziger noch nichts von dem Fall gewusst hatte.

»Keine Fragen«, sagte dieser, »zumindest nicht zum Tatort. Aber diese telefonische Meldung ist mir noch suspekt.«

»Allerdings«, bestätigte Julia. »Doris, hast du schon etwas herausgefunden?«

Seidel schüttelte den Kopf. »Der Notruf wurde aufgezeichnet und ist mittlerweile bei der KTU. Die werden sich melden, ich habe dem Vorgang auch eine hohe Priorität gegeben, aber es wird wohl noch dauern. Nur so viel konnten sie mir sagen: Es handelt sich tatsächlich um eine elektronisch modifizierte Stimme.«

»Nun, das hatte der Diensthabende in der Leitstelle ja schon vermerkt«, erinnerte sich Julia Durant und kramte eine Notiz aus ihrer Laufmappe hervor. »Hier das Zitat des Kollegen: ›Die Stimme klang irgendwie so blechern‹.«

»So einen Verzerrer kriegt man heutzutage an jeder Ecke«, stellte Kullmer fest.

»Viel wichtiger finde ich«, warf Kaufmann ein, »dass es sich damit definitiv um einen geplanten Anruf handelt, richtig? Ich meine, wenn einer anonym bleiben möchte, dann geht er in eine Telefonzelle oder sagt gleich gar nichts. Aber ein Anruf relativ kurz nach dem Todeszeitpunkt, elektronisch verzerrt und mit allen Details, um die Leiche schnell zu finden, das klingt doch alles sehr ausgefeilt.«

»Wir haben es also möglicherweise mit dem Täter selbst zu tun«, schlussfolgerte Seidel, und Kullmer nickte. »Oder zumindest mit jemandem, der in irgendeiner Weise damit zu tun hat«, sagte er.

Aus den Augenwinkeln registrierte Julia, dass Frank und Sabine sich einen verschwörerischen Blick zuwarfen. Sie kniff die Augen zusammen und musterte die beiden argwöhnisch. »Ist noch etwas?«

Hellmer räusperte sich, doch Kaufmann war schneller.

»Ja und nein, also wir sind uns nicht ganz sicher«, begann sie. »Einen Moment bitte.« Sie stand auf und griff den auf dem Boden stehenden Präsentationskoffer. Sie entnahm dem mit bunten Papieren, Magneten, dünnen und breiten Stiften sowie Klebeband bestückten Kasten einen Bogen hellgelbes Papier und einen dunklen Faserstift. Mit raschen Handbewegungen skizzierte sie den Grundriss des Tatorts, den rechteckigen Raum, die Tür, das Regal, den umgestürzten Schrank, den Stuhl und das Bett. Zum Schluss ergänzte sie die Lage und etwaige Körperhaltung des Toten sowie einige Punkte und Kringel.

Julia Durant beobachtete jede Bewegung ihrer Kollegin. Die gezeichnete Szene kam ihr irgendwie bekannt vor, was ihr nicht weiter verwunderlich erschien, waren doch die meisten Räume in ihrer Grundaufteilung ähnlich. Ein weiterer Keller mit einer weiteren Leiche, dachte sie, und ein weiterer Mord, in dem ich von der falschen Seite des Schreibtischs aus ermitteln muss.

»Folgendes«, durchbrach Sabine Kaufmann die fast schon andächtige Stille. Auch die anderen Kollegen hatten kein Auge von dem Grundriss gelassen. »Am Tatort sind uns verschiedene Faktoren aufgefallen, die wir einmal unkommentiert sammeln möchten. Frank«, sie sah ihren Kollegen fragend an, »würdest du sie an der Tafel notieren?«

Hellmer erhob sich, schritt zum Whiteboard und griff nach einem schwarzen Marker: »Schieß los!«

Anschließend notierte er, was Sabine Kaufmann ihm diktierte:

Opfer: männlich, Student (Uni Frankfurt, Jura)
Zustand: nackt, misshandelt, sexuell missbraucht
Todesursache: gezielter Schnitt durch die Halsschlagader
Tatort: leere Whiskey- und Wodkaflaschen, verschiedene
weiche und harte Drogen (bisher Joints und Ecstasy-
Pillen), Abspielgerät mit »Stairway to Heaven« in
Endlosschleife

Sabine hielt kurz inne und warf einen Blick auf die Tafel. Danach seufzte sie leise und sagte: »Sei so gut, Frank, und ergänze bei Zustand des Opfers noch die herausgetrennten Augen.«

Hellmer fügte die Notiz hinzu und kehrte zu den anderen zurück.

»So, und was nun?«, unterbrach Julia Durant nach einigen Augenblicken das Schweigen.

»Soll ich?«, wisperte Hellmer zu Sabine, diese nickte. »Bitte, gern.«

Er warf einen Blick in die Runde, kratzte sich über die kleinen Stoppeln des am Morgen nicht rasierten Kinns und machte eine nachdenkliche Miene. »Kollegen, auch wenn der eine oder andere einzelne Fakt nicht hineinpassen mag, woran erinnert ihr euch, wenn ihr die Punkte und die Tatortskizze seht?«

Schweigen.

»Äh, Frank«, mahnte Julia ungeduldig, »keine Quizshow, okay? Wir sind hier nicht bei *Wer wird Millionär*.«

»Bitte, Julia, es geht mir darum, dass ich nicht irgendeine Meinung vorgeben will«, rechtfertigte sich Hellmer. »Das ist nämlich der erste Punkt, den wir überprüfen müssen.«

»Meinetwegen.« Im Stillen fragte sich die Kommissarin, ob dies wieder in ein Machtspielchen ausarten würde.

»Also, noch mal«, wiederholte Hellmer. »Ich suche eine Gemeinsamkeit. Keinen Serienkiller wohlgemerkt, nur ein ähnliches Setting. Ich gebe euch noch den Joker«, er betonte diesen Halbsatz mit einem spitzbübischen Grinsen, wurde aber sofort wieder ernst, »dass ihr dabei gar nicht so weit zurückgehen müsst.«

Julia ließ ihren Blick über die noch immer schweigenden Gesichter gleiten. Sabine zuckte nervös mit den Nasenflügeln. Doris und Peter tuschelten kurz, aber so leise, dass sie nichts verstand. In ihren Gesichtern standen Fragezeichen. Julia hatte sich auf Hellmers Experiment nicht richtig eingelassen, nur ganz kurz versuchte sie, sich an Mordfälle zu erinnern, die diesem hier ähnelten. Doch hätte es in jüngster Vergangenheit einen vergewaltigten Mann gegeben, so wäre ihr das in Erinnerung geblieben. Ebenso die herausgetrennten Augen.

»Gut, das war's«, schloss sie das Rätselraten mit einer unwirschen Handbewegung. »Fakten auf den Tisch, bitte.«

Hellmers Blick verdüsterte sich, und er nickte Sabine auffordernd zu.

»Gut, dann kürzen wir das Ganze ab«, sagte sie. »Ein junger Mensch studiert hier in Frankfurt, nimmt teil an einem recht ausgelassenen Alkohol- und Drogenexzess und wird hinterher nackt, missbraucht und mit aufgeschlitzter Kehle aufgefunden. Erinnert euch das nicht an den Mason-Fall?«

Julia ließ pfeifend ihren Atem entweichen, große Augen bei Seidel, ein herunterklappendes Kinn bei Kullmer. Aber Moment … konnte das wirklich sein?

»Langsam, langsam«, unterbrach Julia mit gerunzelter Stirn das einsetzende ungläubige Murmeln. Sie grub fieberhaft in ihren Erinnerungen, die alles andere als angenehm waren. Jennifer Mason, Herbst 2008. Es war der Fall, von dem Berger sie so

161

lange ausgeschlossen hatte, bis es beinahe zu spät gewesen war. Aber sie hatte es trotzdem geschafft: vier Tatverdächtige, vier Verurteilungen, und diese jeweils mit Höchststrafe.

»Wie um alles in der Welt sollen diese Fälle denn zusammenhängen? Das eine war eine zierliche, junge Kanadierin, hier ist es ein stämmiger Kerl Ende zwanzig. Die Kleine wurde in ihrer eigenen Wohnung überrumpelt, hier ist es ein Kellerloch. Bei Mason war es spontan, hier offenbar geplant. Ich erinnere nur an den Anruf. Soll ich weitermachen?«

»Nein, ich verstehe das ja alles«, verteidigte sich Kaufmann. »Aber es ist diese dunkle Erinnerung, ganz verschwommen, heute Morgen am Tatort war sie plötzlich da und geht seither nicht mehr weg.«

»Ich kann es nicht nachvollziehen, tut mir leid«, entgegnete Julia. »Ich klammere mal aus, dass wir vier ordentlich verurteilte Inhaftierte haben, das an sich sollte ja schon genügen. Hinzu kommt die Sache mit den Augen. Jennifer Mason jedenfalls hatte ihre noch, als wir sie fanden. Das ist dünn, wirklich dünn, ich kann da beim besten Willen nichts erkennen.«

Hellmer und Kaufmann saßen mit verschränkten Armen da und nahmen den vernichtenden Kommentar ihrer Vorgesetzten entgegen. Sie verzogen keine Miene, doch in ihnen, besonders in Hellmer, das wusste Julia genau, brodelte es. Sie rang sich zu einem versöhnlichen Schlusswort durch: »Ich bin mir sicher, ihr habt diesen Mason-Fall genauso wenig vergessen können wie ich. Keine Frage, wir waren damals ja alle drei am Tatort. Aber wir dürfen unseren Fokus nicht nach hinten richten, wenn wir diesen neuen Fall aufklären wollen.«

»Oh toll, unser Fokus«, platzte es aus Hellmer heraus. »Kaum im Chefbüro, und schon war's das mit der intuitiven Ermittlung, oder was?«

»Darauf antworte ich nicht«, entgegnete Julia kalt.

»Ich geb's auf.« Hellmer stand auf und schritt in die am weitesten entfernte Ecke des großen Besprechungsraumes. Ungeachtet des Rauchverbots entzündete er sich eine Zigarette und starrte aus dem dick verglasten Fenster hinab auf den Hof. Julia schaute ihm kurz nach, blickte dann aber zurück in die Runde. Bloß nicht nachgeben jetzt, dachte sie, auch wenn ihr die neue Rolle plötzlich noch viel weniger schmeckte als ohnehin schon. Aber da musste sie jetzt wohl oder übel durch, und es war ausgerechnet Sabine Kaufmann, die sie erlöste und das betretene Schweigen durchbrach.

»Was Frank noch nicht erwähnt hat, ist die Sache mit der Musik«, eröffnete sie.

»Musik?« Julia Durant musste ihre Gedanken erst wieder auf den Fall konzentrieren, dann fiel ihr die Notiz an der Tafel ein. Stairway to Heaven, einer der besten Songs von Led Zeppelin, wobei Julia ja eher eine etwas härtere Gangart bevorzugte. Guns N' Roses, Bryan Adams, aber nicht die Balladen, oder auch mal etwas Fetziges von den Stones. Von Led Zeppelin kannte sie nur eine Handvoll Songs, aber jeder, selbst ein passionierter Popmusik-Fan oder sogar die Schlagerfraktion, kannte diesen Riesenhit. »Okay, was hat es mit dem Song auf sich?«

»Ich bin mir sicher, ihn in Verbindung mit dem Mason-Fall bringen zu können«, erklärte Sabine Kaufmann, während sie sich nervös mit der Hand durch die Haare fuhr. »Aber«, fügte sie hinzu, »ich habe noch keine Ahnung, wie.«

»Gut, welche Verbindung könnte das sein?«, warf Kullmer ein, dessen Stirn schon seit einigen Minuten nachdenklich in Falten lag.

»Es müsste doch dokumentiert sein, wenn es da etwas gab«, rätselte auch Seidel. Sabine Kaufmann kaute an ihrem Daumennagel, und Julia Durant sah ihr an, dass sie sich offenbar schon intensiv, aber erfolglos mit dieser Frage auseinandergesetzt hatte. Sabine Kaufmann, gerade einmal dreißig Jahre alt, hatte bereits beachtliche Erfolge aufzuweisen, darunter beste Referenzen vom Sittendezernat. Außerdem sagte man ihr das sprichwörtliche fotografische Gedächtnis nach, eine Gabe, an die Julia Durant nicht wirklich glaubte, tatsächlich aber hatte Sabine Kaufmann ihren Blick für kleinste Details schon in manch verfahrenem Fall unter Beweis gestellt. Sie verdiente also eine Chance.

»Ich kann mich da leider an überhaupt nichts erinnern«, sagte Julia daher, »aber du kannst das meinetwegen noch einmal im Detail nachprüfen.«

Sogleich hellte sich Kaufmanns Miene auf. »Danke, ich werde das sofort angehen!« Sie klatschte in die Hände, dann wandte sie sich an Hellmer. »Frank, hast du gehört?«

Seine Zigarette hatte Hellmer in einem leeren Kaffeebecher versenkt. »Bin schon da.«

Ein letztes Mal suchte Sabine Kaufmann den Blick ihrer Kollegen, insbesondere Julias, als sie sagte: »Hör zu, ich weiß das zu schätzen, wirklich. Ihr könnt mich jetzt alle für verrückt erklären, das würde ich keinem krummnehmen, aber ich würde euch hier und jetzt auf die Bibel schwören, dass dieser verdammte Song auch damals am Mason-Tatort lief!«

Danach löste sich die Versammlung auf.

Zwei Stunden später, Julia Durant hatte sich gerade zwei ihrer persönlichen Kaffeetassen geholt, eine davon am Automaten befüllt und die andere in Bergers Regal geräumt, betrat Doris Seidel das Büro durch die offen stehende Tür.

»Hast du einen Moment für mich?«, fragte sie. Julia nickte, und ihre Kollegin setzte sich mit einem erleichterten Seufzen, als hätte man ihr eine Last von den Schultern genommen.

»Na, erste Anzeichen von Schwäche?«, lächelte Julia.

»Ach, eigentlich nicht«, antwortete Seidel, »es ist diese Hitze, die mir zu schaffen macht. Aber was soll ich mich beklagen, bevor ich richtig an Gewicht zulege und dicke Beine kriege, ist ja schon Herbst. Es nervt mich halt nur, nicht mehr in den Außeneinsatz zu dürfen.«

»Das verstehe ich«, seufzte nun auch Durant. »Glaub mir, das verstehe ich nur allzu gut.«

An und für sich hätte Berger ja auch Doris für diesen Job abkommandieren können, dachte sie, riss sich dann aber zusammen. »Erzähl mal, wie weit bist du denn jetzt genau?«

»Sechzehnte Woche. Die Frauenärztin ist rundum zufrieden, ich gehöre halt mit siebenunddreißig schon zur Risikogruppe, sagt sie, aber der kleinen Krabbe da unten drin geht es prächtig.« Mit verliebtem Blick streichelte sie den Bauch und Julia versuchte krampfhaft, etwas zu erkennen. Doch selbst wenn Doris tatsächlich, wie sie letzte Woche erst erzählt hatte, zwei Kilo zugenommen hatte, dann waren sie so gut verteilt, dass es nicht auffiel. Die helle, luftige Leinenhose und die weiße Bluse jedenfalls ließen keine Rückschlüsse auf die Schwangerschaft zu.

»Du siehst super aus«, sagte Julia. »Wie lange bist du denn noch im Dienst?«

»So wie es aussieht bis Mitte Oktober«, sagte Doris.

»So früh schon?«

»Na ja, der Mutterschutz beginnt am zehnten November, ich habe noch einige Überstunden und fünfzehn Urlaubstage. Rechnerisch dürfte wohl am fünfzehnten Oktober mein letzter Arbeitstag sein.«

»Wirst mir fehlen, glaub mir, aber ich freu mich für euch.«

»Danke«, sagte Doris und wirkte fast ein wenig verlegen.

»Peter ist auch schon ganz verrückt, würde es hier aber wohl nie zeigen. Doch das kommt noch, glaub mir, bald hängt er kleine Schuhe an seinen Innenspiegel.«

Die beiden lachten, dann wurde Doris wieder ernst. »Aber genug davon, ich habe etwas Wichtiges für dich. Check mal deine Mails bitte.«

Julia Durant wackelte an der kabellosen Maus, um den Bildschirmschoner zu unterbrechen, und öffnete ihren Posteingang. Unter einer internen Rundmail an alle Dienststellenleiter und der Einladung zu einem langweiligen Sommerfest war eine E-Mail, weitergeleitet von Seidels Adresse, mit der Betreffzeile *Re: FW: [AW:] [FW:] Stimmanalyse Seidel K 11/2011_19_07*

Die Großbuchstaben wiesen darauf hin, dass die ursprüngliche E-Mail zuerst von einem Empfänger an einen anderen Adressaten weitergeleitet worden war. Dieser hatte dem Empfänger geantwortet, und die Antwort war dann an Doris Seidel geschickt worden. Netterweise hat Doris den Inhalt auf das Wesentliche gekürzt, dachte Julia, als sie die Zeilen überflog.

Liebe Doris,
ich habe die Kollegen der Computerforensik zu Rate gezogen, weil wir mit der Aufnahme nicht weiterkamen. Anbei unser Mailwechsel und eine neue Sounddatei zum Vergleich.
Gruß, Rolf

Hallo,
anbei wie eben telefonisch angekündigt die Aufnahme.
Frage ist, ob man Details über den Sprecher erfahren kann und woher der Notruf kam. Vermutung war, es handelt sich um Aufnahme, abgespielt in Telefonzelle.
Dank Dir!

Hallo Rolf,

wir haben die Aufnahme in verschiedenen Frequenzbereichen analysiert. Es gibt keinerlei Hintergrundgeräusche, der Anruf kann also nicht von einer öffentlichen Telefonzelle gekommen sein. Eine Handyübertragung aus dem Auto ist ebenfalls unwahrscheinlich, es sei denn, das Auto befand sich in einer absolut verkehrsfreien Gegend.

Die Stimme ist stark verzerrt, kann je nach Transponierung als männlich oder weiblich durchgehen. Für eine Alterseinschätzung gilt dasselbe. Dies ist mit herkömmlicher Technik und ein wenig Know-how zu bewerkstelligen und kann ohne die Originaldatei auch nicht nachvollzogen werden. Ich möchte aber unbedingt darauf hinweisen, dass es noch eine viel einfachere Möglichkeit gibt: Text-to-Speech.

Ist überall erhältlich und geht mittlerweile sogar mit zwei Klicks über die Suchmaschine. Gegen diese Theorie spricht, dass die Worte, soweit man sie entzerren kann, relativ natürlich klingen. Computerstimmen haben ja meistens eine etwas andere Betonung. Eine teure T2S-Software allerdings könnte das hinbekommen.

Wenn wir noch etwas finden, melde ich mich.

MfG Schreck

PS: Ich habe den Text abgetippt, von einem kostenlosen Programm vorlesen lassen und nur minimal modifiziert. Hat keine zehn Minuten gedauert, hänge ihn mal zum Vergleich an.

Hinter der Büroklammer verbargen sich zwei Dateianhänge, von denen eine *aufnahme_orig.wav* hieß und die andere *speech_beisp.wav*. Julia klickte zweimal auf die erste der beiden, und ein neues Fenster öffnete sich auf dem Bildschirm. Die Klangwellen-Visualisierung des Abspielprogramms erinnerte Julia an eine schnelle EKG-Kurve, lediglich auf den erhofften Klang wartete sie vergeblich.

»Ähm, Doris«, sagte sie unsicher, als die Klanglinien nach nur dreizehn Sekunden wieder endeten, »ich brauche hier mal deine Hilfe.«

»Computerprobleme, wie«, entgegnete Seidel und kicherte leise, als sie aufstand und sich zu Julia hinter den Schreibtisch begab. »Da solltest du dir unseren lieben Herrn Schreck mal besser warmhalten«, ulkte sie.

»Ach, hör auf«, sagte Julia und zog die Augenbrauen zusammen. »Ich bin froh, dass ich mit meiner Kiste zu Hause klarkomme.«

Sie erinnerte sich an den Nestroy-Fall. Damals, es musste um die vier Jahre her sein, hatte sie nicht einmal einen PC besessen. Im Büro, das war klar, arbeitete natürlich jeder damit. Aber ein Computer in ihrer Wohnung? Wozu, hatte sie damals den hauseigenen IT-Spezialisten Schreck gefragt. Mittlerweile war aus Julia Durant beinahe eine Expertin geworden, für ihre Verhältnisse zumindest. Eigenes Notebook, Recherche übers Internet, die erste Online-Bestellung bei Quelle – aber in Bergers Büro einen Ton aus den Lautsprechern zu bekommen, das war ihr eine Nummer zu groß. Hat der überhaupt welche, fragte sie sich und beobachtete Doris Seidel, die flink eine Tastenkombination betätigte.

»Bitte sehr, jetzt kannst du es noch mal probieren«, sagte sie triumphierend.

Einen Mausklick später erklang eine rauhe, blecherne Stimme, die ein wenig an eine zu tief geratene Version der alten Donald-Duck-Synchronisation erinnerte.

»Carlo Stiegler befindet sich im Keller des Großmarkts, östlicher Anbau. Sie brauchen sich nicht zu beeilen. Er hat seine Zeit auf dieser Welt schon längst überschritten.«

Es knackte kurz, dann herrschte bedrückende Stille. Julia Durant drückte erneut auf Play und ließ den verrauschten Text ein weiteres Mal abspielen. Ein kalter Schauer lief ihr über den Rücken, als sie sich vorstellte, dass der Mörder nach vollendeter Tat seelenruhig in drei kurzen, sachlichen Sätzen darauf hinwies, dass eine tagelang vermisste Person tot im Keller eines verlassenen Gebäudes lag. Und dass die Person dies aus einem nicht ersichtlichen Grund sogar verdient habe.

»Er hat seine Zeit längst überschritten«, wiederholte Doris leise, »wie kaltblütig das daherkommt.«

»Allerdings«, stimmte Julia ihr zu und suchte dann mit dem Mauszeiger das Symbol der zweiten Datei. Völlig klar, nahezu unverzerrt und nur mit einem leichten Rauschen unterlegt erklang nun eine Männerstimme, ähnlich denen, die monoton irgendwelche Wissenschaftssendungen oder Dokus kommentierten. Sprechgeschwindigkeit und Stimmlage glichen in etwa der ersten Aufnahme, lediglich die Aussprache unterschied sich an einigen Stellen deutlich von der Originalaufnahme. Das scharfe S in Großmarkt wirkte etwas überbetont, das O abgehackt, etwa so wie in Rosskastanie. Das darauffolgende kurze Ö in östlich klang mehr wie ein doppeltes E. Der dritte Satz wiederum klang vollkommen sauber und klar, selbst die Umlaute.

»Wahnsinn«, hauchte Julia Durant, und auch Doris Seidel staunte nicht schlecht.

»Sprachsynthese ist schon was Tolles«, erzählte sie. »Unsere Telefonanlage liest uns zum Beispiel SMS vor, das ist immer ein Heidenspaß, wenn wir Abkürzungen oder auch Tippfehler drinnen haben. Aber um auf die Stimme zurückzukommen, ich meine, wenn die mit Profisoftware aufgenommen ist, dann kann das praktisch überall passiert sein, oder?«

»Zumindest da, wo es diese Software gibt«, warf Julia ein.

»Also überall«, sagte Doris. »Ich werde mich noch mal mit der IT in Verbindung setzen, aber vermutlich bekommt man auch diese Art von Software ohne große Probleme illegal im Internet.«

MONTAG, 19.20 UHR

Hellmer parkte den Porsche und stieg aus. Er streckte sich, ließ die Gelenke knacken, fühlte sich abgeschlafft und verspannt. Die Recherche in den Akten des Mason-Falles hatte sich als wenig ergiebig herausgestellt. Er hatte um 18 Uhr Feierabend gemacht, pünktlich, er wusste das deshalb so genau, weil er beim Starten seines Wagens noch die letzten Meldungen des Verkehrsfunks gehört hatte. Um diese Zeit war das Rhein-Main-Gebiet kein empfehlenswertes Fahrziel, selbst in den Ferien nicht. Trotzdem hatte Hellmer sich dazu entschieden, ein paar Umwege zu nehmen, um zu rauchen, die Musik aufzudrehen und den Kopf freizukriegen. Er verließ Frankfurt in nordwestlicher Richtung, passierte dabei das Nordwestzentrum und den neuen Campus der Universität, dann das Industriegebiet Niederursel, durchquerte Oberursel und den Eichwäldchentunnel, hinter dessen Ausfahrt die B455 eine lange Kurve schlug und die Abzweigung zum Feldberg auftauchte. Hellmer entschied sich gegen die Serpentinen, blieb auf der Bundesstraße und passierte Kronberg, den Opel-Zoo und Königstein, dort durchfuhr er den dreispurigen Kreisel einmal komplett und bog in Richtung Hofheim ab, von wo ihn der Weg zielstrebig durch Hattersheim nach Okriftel führte. Es war gerade so spät, dass der Verkehr an den zahlreichen Ampelkreuzungen wieder so weit zurückgegangen war, dass er ohne große Wartephasen durchkam. Doch obwohl er nun über eine Stunde lang versucht hatte, die trübsinnigen Gedanken zu vertreiben, drehte sich in seinem Kopf noch immer alles um die Arbeit.

Nadine begrüßte ihn mit einem Kuss auf den Mund, es duftete würzig, und Frank Hellmer vermutete einen Auflauf im Ofen, verspürte jedoch nicht den geringsten Appetit.

»Du siehst so aus, als hättest du einen anstrengenden Tag hinter dir«, sagte seine Frau besorgt, umarmte ihn und er erwiderte die Umarmung mit einem festen Druck.

»Du glaubst gar nicht, wie anstrengend«, seufzte er.

»Ich spüre es gerade«, ächzte Nadine und begann sich zu winden.

»Oh, entschuldige«, lächelte Hellmer und ließ etwas locker.

»Jetzt weiß ich wenigstens, wie es sich anfühlen muss, wenn sich eine Boa constrictor um einen legt«, lachte Nadine. Vor einigen Wochen waren sie im Zoo gewesen, seit viel zu langer Zeit wieder einmal zu zweit, ohne Kinder. Nach dem Besuch der Würgeschlangen im Exotarium hatte Nadine plötzlich davon angefangen, ein Terrarium anschaffen zu wollen, doch Frank Hellmer war das alles andere als geheuer.

»Na, dann bist du davon hoffentlich geheilt«, sagte er trocken. »Macht es dir was aus, wenn ich vor dem Essen noch ein paar Bahnen schwimme? Mein Rücken wird es mir danken.«

»Kein Problem. Ich kann den Ofen runterstellen. Lass dir nur Zeit.«

Hellmer ging ein Stockwerk tiefer, entkleidete sich und sprang in das angenehm kühle Nass des Pools. Trotz der drückenden Hitze, die wie eine Dunstglocke über der Region lag, war die Luft erstaunlich frisch und lange nicht so feucht-warm und muffig, wie sie an kalten Wintertagen wirkte. Das sündhaft teure Klimasystem machte sich bezahlt.

Hellmer begann sofort mit voller Kraft zu kraulen und trieb sich Bahn für Bahn zur Höchstleistung an. Nach zehn Minuten verließ er keuchend das aufgewühlte Wasser, sein Herz raste, seine Schläfen pulsierten, und er verharrte für einen Augenblick, gerade so lange, bis er sich wieder ausreichend mit Sauerstoff versorgt fühlte. Auf zum Sandsack! Im Vorbeigehen griff er die roten Lederhandschuhe, die an der Garderobe hingen. Wie besessen malträtierte Hellmer den Sack, ein Hieb folgte dem nächsten, es waren harte, dumpfe Schläge, und er tänzelte dabei und wäre beinahe auf den glatten Fliesen ausgerutscht. Als ihm zum zweiten Mal die Puste ausging, ließ er sich nach vorn fallen und umklammerte den Ledersack mit geschlossenen Augen. Er weinte nicht, aber als der Kreislauf sich langsam beruhigte, schwor er sich, dass sich etwas ändern musste.

Als Frank Hellmer eine Viertelstunde später, frisch geduscht und in einen Hausanzug gekleidet, mit noch immer gerötetem Gesicht und leicht hervorgetretenen Adern am Esstisch saß, musterte Nadine ihn eine Weile und sagte dann: »Mein lieber Schwan, da hat sich jemand das Essen aber redlich verdient.« Sie durchschnitt den mit Käse überbackenen Auflauf, unter dessen Oberfläche sich Brokkoli und Kartoffeln abzeichneten, und hob mit einer Kelle eine Portion auf Franks Teller. Am Tisch saßen nur sie beide, was Frank sehr recht war.

»Lass es dir schmecken. Aber ich möchte eine ehrliche Meinung, hörst du? Ist ein ganz einfaches Rezept von der Lehrküche, frag mich nicht, warum ich das ausgerechnet heute ausgegraben habe«, plapperte Nadine fröhlich. Dann, nach einem Blick auf ihren schweigenden Ehemann, fügte sie leise hinzu: »Willst du drüber reden?«

»Ja, ich glaube schon«, antwortete Frank, und dann erzählte er die ganze Geschichte über Bergers Auszeit, dessen Entscheidung, Julia als Vertretung zu bestimmen, und seinen Frust, dass er nicht wenigstens in Betracht gezogen worden war. Nadine stellte keine Zwischenfragen, auch nicht, wenn Frank sich eine Gabel Auflauf in den Mund schob und eine Sprechpause einlegte.

»Na, und dann«, schloss er, »können wir nicht mal mehr über irgendeinen Aspekt des Falles reden, ohne dass einer von uns gleich an die Decke geht. So, das ist der ganze Scheiß von nur einem Tag, und dabei habe ich noch nicht einmal erwähnt, dass wir auch noch einen heftigen Mordfall auf dem Tisch liegen haben.«

»Erwähnt hast du ihn schon, aber irgendwie scheint euer Fall ja total von eurem ganzen internen Kram überlagert zu sein, oder?«

»Klar, ich kann ja nicht mal was dazu beitragen, wenn mir immer gleich über den Mund gefahren wird.«

»Warum, meinst du denn, macht Julia das?«

»Keine Ahnung. Steigt ihr wohl zu Kopf, der Chefposten, ich meine, Macht ist ja auch eine Stimulanz, richtig?«

»Na jetzt aber. Wir reden doch noch immer von unserer Freundin Julia Durant. Kann es nicht vielmehr sein, dass ihr der Posten nicht zu Kopf steigt, sondern ihr eher über den Kopf wächst?«

»Ein Grund mehr …«, hob Hellmer an, doch Nadine fiel ihm ins Wort. »Ein Grund mehr, weshalb sie jetzt einen Partner braucht, einen Verbündeten meinetwegen, der ihr hilft, diese Verantwortung zu tragen. Ich meine, wen hat sie denn schon?«

»Aber warum kommt sie dann nicht zu mir?«

»Vielleicht schämt sie sich, keine Ahnung, sie hat auch nie auf mich gewirkt, als würde sie von sich aus um Hilfe bitten. Und mal ehrlich, Hand aufs Herz, hast du ihr signalisiert, dass sie sich gerne an dich wenden kann?«

»Hmmm, wohl eher nicht.« Hellmer stopfte sich eine besonders volle Gabel in den Mund.

»Schau mal, wie lange ist es her, dass wir uns hier zu dritt einen Abend um die Ohren geschlagen haben? Wie lange ist es her, dass du mir erzählt hast, wie lustig inmitten all der trübseligen Ermittlungen die Arbeit mit Julia doch sein kann?« Sie beantwortete ihre Frage sogleich selbst: »Viel zu lange, sag ich dir. Sprecht euch aus, ganz in Ruhe, und lade sie ruhig mal wieder ein.«

»Am besten zu so einer Fleischwurst-Brokkoli-Pampe«, sagte Hellmer und lugte verstohlen über den Tisch. In Wirklichkeit schmeckte ihm diese Kombination ganz hervorragend, und er hatte sich zwischenzeitlich sogar einen Nachschlag genommen.

»Hey«, lachte Nadine und trat ihn sanft gegen das Schienbein. »Du schaufelst diese sogenannte Pampe ganz schön gierig in dich rein! Na, und Julia würde das bestimmt auch schmecken.«

Allerdings, dachte Hellmer, griff zu seinem Glas und trank einen großen Schluck Cola. Wobei sie sich wohl niemals alleine einen Auflauf zubereiten würde. Ein Grund mehr, einmal wieder gemeinsam loszuziehen, vielleicht hatte Nadine ja wirklich recht, und Julia brauchte nur ein entsprechendes Signal. Dann fiel ihm die Sache mit der Kleinmarkthalle wieder ein.

»Und du wärst auch nicht eifersüchtig oder so, ich meine, man bekommt ja nicht jeden Tag Beziehungstipps für gutaussehende Kolleginnen von der eigenen Frau.«

»Wäre es nicht viel schlimmer, wenn ich die vergangenen fünfzehn Jahre mit einem Magengeschwür hätte herumlaufen müssen, weil ich nicht mit deiner Dienstpartnerin zurechtkomme?«

Gut gekontert, dachte Hellmer. »Na ja, ich habe ja mittlerweile gleich zwei davon«, sagte er.

»Ach so, Sabine, stimmt. Aber von der erzählst du kaum etwas.«

»Die gibt ja auch nichts von sich preis, wie sehr ich es auch versuche.«

»Dann lass es doch einfach«, rügte Nadine. »Vielleicht solltest du dich wirklich einfach mal auf Julia konzentrieren. Nach allem, was ihr miteinander durchgemacht habt, hat sie es doch wahrlich verdient, oder?«

»Ja, da hast du wohl recht«, sagte er nach einem Augenblick und lächelte.

DIENSTAG

DIENSTAG, 10.03 UHR

Okay, legen wir los!« Julia Durant ließ ihren Blick über die Anwesenden wandern, über Sabine Kaufmann, die in der Hand einige Papiere hielt, Doris Seidel und Peter Kullmer, der immer wieder zum noch nicht vorhandenen Babybauch seiner Partnerin schielte, und schließlich Frank Hellmer, der als Letztes Bergers Büro betreten hatte und sich schweigend, aber mit einem entschuldigenden Blick an den anderen vorbeigezwängt hatte und nun neben dem Ficus saß.

»Bevor gleich die Rechtsmedizin anruft, hier die Info an alle, dass sich die Computerforensik mit der Stimmaufzeichnung des Notrufs befasst hat. Es gibt zwei Möglichkeiten: entweder Sprachsynthese oder eine derart gut verfälschte Realstimme, dass keine Identifizierung möglich ist. Weder Geschlecht noch Alter, eine klassische Sackgasse also.«

Kaum hatte sie den letzten Halbsatz abgeschlossen, läutete das Telefon. Julia Durant erkannte auf dem Display, dass es sich um den erwarteten Anruf aus der Gerichtsmedizin handelte, und drückte auf den Knopf der Freisprecheinrichtung.

»Guten Morgen, hier Durant. Wir sind schon alle versammelt.«

»Guten Morgen.« Es war die charmante Stimme von Andrea Sievers. »Na, dann lege ich gleich los. Die Todesursache ist eindeutig, das war ja schon anzunehmen, nämlich Verbluten durch den Schnitt in die Halsschlagader. Zusätzlich allerdings hat das Opfer eine fast schon letale Dosis an Alkohol und Betäubungsmitteln im Körper gehabt.«

»Hmmm, da lagen ja auch einige Flaschen, Pillen und Tütchen am Tatort herum«, antwortete Julia. »Nur waren da keine Fingerabdrücke des Opfers drauf. Der Bericht der Spurensicherung ist schon da.«

»Um genau zu sein«, ergänzte Hellmer, »hatten sie überhaupt keine Fingerabdrücke. Abgewischt vermutlich.«

»Kann gut sein«, fuhr Andrea fort. »Was auch immer da unten in der Gemüsekirche für eine Party gefeiert wurde, das Opfer hat definitiv nicht freiwillig daran teilgenommen.«

»Bedeutet im Klartext?«

»Zum einen hat der arme Kerl Spuren von Fesseln an Hand- und Fußgelenken. Kabelbinder wahrscheinlich. Außerdem hat er seit Freitag nichts mehr gegessen, sein Magen und Verdauungstrakt waren gähnend leer, na ja, bezogen auf feste Nahrung jedenfalls. Unmittelbar vor dem Ableben, nicht später als drei, vier Stunden davor jedenfalls, wurde ihm etwa ein Liter hochprozentiger Alkohol eingeflößt. Verletzungen am Gaumen und Hämatome unterhalb der Wangenknochen bestätigen dies. Der Täter hat ihm Zeigefinger und Daumen so fest in die Backe gedrückt, bis der Mund sich öffnete, dann den Flaschenhals hinein, und das Opfer hatte nur noch die Wahl zwischen Schlucken und Ersticken.«

»Schrecklich«, entfuhr es Doris Seidel.

»Allerdings. Ich hätte gerne eine Promillemessung gemacht, aber bei Toten ist das nicht so einfach. Entweder muss man Blut aus der Leiste nehmen, da bekam ich aber nur zwei Komma eins. Spricht also einiges dafür, dass die Alkoholmenge zum Teil noch gar nicht in den Blutkreislauf gelangt ist. Genauer wüsste ich es, wenn der Täter ihm die Augen drinnen gelassen hätte.«

»Wieso das denn?«, wunderte sich Kullmer. »Wären die dann glasig oder was?«

»Quatsch«, rügte Seidel ihn, »lies mal ab und zu ein paar Fachartikel!«

»Mache ich doch«, rechtfertigte sich Kullmer und grinste dann. »Und zwar über Kleinkinder, U-Untersuchungen, Impfen ...«

»Leute, bitte!«, unterbrach Julia Durant die beiden gereizt. »Okay, Andrea, was wolltest du sagen?«

»Mit Blutalkohol bei Leichen ist das so eine Sache«, erklärte diese, »das wisst ihr ja wohl alle, na ja, zumindest fast alle.«

Kullmer verzog beleidigt das Gesicht.

»Jedenfalls«, fuhr die Rechtsmedizinerin fort, »kann man einen solchen Pegel am stabilsten über die Flüssigkeit im Auge bestimmen, da hier im Gegensatz zum Blutkreislauf die postmortalen Vitalfunktionen kaum eine Wirkung haben. Das bedeutet also, wenn hier derselbe niedrige Promillewert vorläge, so wäre das Opfer erst kurz vor seinem Tod abgefüllt worden. Aber das geht nun eben nicht, können wir nix dran ändern, also nehmen wir die Hypothese allein aufgrund der Blutergebnisse einmal vorsichtig an.«

»Gut, was ist mit den Drogen?«

»Gekifft hat er wohl nicht, na ja, zwing mal jemanden, an einem Joint zu ziehen, aber die Pillen gab es schon eine Weile vorher. Ecstasy, meine ich, genügend, um die nächsten paar Stunden auf hundertachtzig zu sein.«

»Sieht für mich so aus, als wäre er absichtlich wach gehalten worden«, murmelte Sabine Kaufmann, »wach und gefügig zugleich.«

»Das würde ich so unterschreiben«, erwiderte Andrea Sievers. »Die rektalen Verletzungen sprechen dafür, außerdem habe ich an der Eichel starke Schwellungen entdeckt. Ich gehe davon aus, dass der Anus mit einem oder mehreren Gegenständen, mindestens so dick wie ein Flaschenhals, wahrscheinlich aber deutlich dicker, penetriert wurde. Die Verletzungen sind erheblich, innen wie außen, die Risse am Schließmuskel sind da noch die harmloseren.«

»Du hattest noch den Penis erwähnt?«, hakte Hellmer nach.

»Ach ja, genau. Die Eichel ist geschwollen, am Kranz gerissen, vermutlich wurde sie geschlagen. Ich vermute, dass der Tote eine Erektion über einen längeren Zeitraum hatte, das würde die Risse erklären, die mir eindeutig nach Spannverletzungen aussehen.«

»Also Sextasy«, konstatierte Kullmer und hätte sich beinahe einen weiteren bösen Kommentar eingefangen, doch er fügte schnell hinzu: »Nein, im Ernst, ihr wisst schon, das ist doch der Szenename für eine Mischung von Viagra und Ecstasy. Andrea, schau doch mal, ob du das nachweisen kannst. War vor ein paar Jahren in den Schlagzeilen, weil es reihenweise Herzinfarkte bei Jugendlichen produziert hat.«

»Ja, kein Problem. Der ausführliche Tox-Bericht steht noch aus, ich werde das nachprüfen. Guter Hinweis.«

»Okay, Andrea, sonst noch was?«, fragte Julia Durant.

»Nein, ich denke nicht. Andernfalls melde ich mich wieder.«

»Seht ihr, und da muss ich mir anhören, ich würde keine Fachartikel lesen«, grinste Kullmer zu Seidel, als Durant sich verabschiedete und das Gespräch beendete.

»Kleines Brainstorming zum Mordmotiv?«, fragte sie in die Runde. »Jetzt, wo wir wissen, dass der Täter dem Opfer offensichtlich maximale Erniedrigung bei vollem Bewusstsein verschaffen wollte, was sagt uns das?«

»Sie haben sich gekannt«, warf Seidel ein.

»Sie haben sich gehasst«, fügte Kaufmann hinzu.

»Ein machtbesessener Psychopath also, oder zumindest ein Sadist«, unterstrich Durant.

»Was, wenn es sogar mehr als das war?«, überlegte Hellmer.

»Mehr als was?«, fragte Julia.

»Etwas Persönliches. Schwulenhass vielleicht, nur so eine Idee, ich meine, wegen der analen Verletzungen. Also Sadismus aus einer Leidenschaft heraus.«

»Das spräche aber dann gegen die Theorie mit dem Mason-Mord, oder nicht?«, wandte Doris Seidel sich vorsichtig an Sabine Kaufmann.

»Nicht zwingend«, verneinte diese. »Aber ich würde das gerne so lange ausklammern, bis ich die Tatortfotos gesichtet habe.«

»Gibt es denn irgendwelche Erkenntnisse, die uns da weiterbringen?«, fragte Julia und versuchte dabei, ihre Skepsis zu verbergen.

»Ich habe mit einigen Beamten telefoniert«, erklärte Kaufmann, »und bin im Kopf das gesamte Szenario noch einmal durchgegangen. Bisher kann ich es noch nicht beweisen, aber es spricht zumindest einiges dafür, als wäre auch am Mason-Tatort Musik gelaufen.«

»War ja auch ne Party im Gange«, warf Kullmer ein.

»Ja, doch als wir ankamen, herrschte Stille«, setzte Hellmer dagegen. »Aber Sabine ist sich trotzdem sicher, neben einer laufenden Musikanlage gestanden zu haben.«

»Genau, danke«, übernahm Kaufmann das Wort. »Ich möchte nun noch einen Kollegen anrufen, den ich bislang nicht erreicht habe, und dann die Tatort-Fotografien einsehen.« Sie seufzte. »Und wenn ich da auch nichts finde, hat mir das Gedächtnis wohl einen üblen Streich gespielt, und ich schulde euch allen eine Runde.«

»Wir müssen auch noch zu Frau Stiegler«, seufzte Hellmer. »Ich würde einiges darum geben, wenn dieser Kelch an mir vorüberginge.«

»Ach, das kriegt ihr schon hin«, sagte Kullmer aufmunternd. »Ich hatte die Kübler an meiner Seite, du weißt schon, wegen weiblicher Begleitung und Psychologie und so, na ja, es war schon heftig. Aber sie möchte ja auch, dass der Mörder geschnappt wird.«

»Okay, dann Folgendes.« Julia Durant warf einen Blick auf ihre Uhr. »Es ist jetzt halb elf durch. Doris, in der KTU warten die persönlichen Gegenstände des Opfers, besonders der Laptop aus seinem Zimmer ist von Interesse sowie die Verbindungsnachweise seiner Handynummer, das Gerät selbst ist ja leider weg. Peter, fahr du noch mal zur Mutter, es ist wohl besser, wenn sie ein bekanntes Gesicht sieht. Dann haben Sabine und Frank einen Zeitpuffer. Wie lange braucht ihr denn noch für eure Suche? Es müsste auch jemand an der Uni nachhaken und bei den Freunden des Opfers, wenn Peter da welche in Erfahrung bringen kann.«

»Zwei Stunden«, sagte Frank und suchte Sabines Zustimmung. Diese nickte. »Ja, das dürfte passen. Wenn wir bis Mittag nicht weiterkommen, hat es wohl auch keinen Sinn. Wobei die bisherigen Faktoren nicht unbedingt gegen eine Verbindung sprechen«, fügte sie mit einem schmalen Lächeln hinzu.

»Wir werden sehen«, sagte Julia und verschränkte die Arme hinter dem Kopf. »Dann legt mal los.«

Peter Kullmer und Doris Seidel hatten sich bereits erhoben und verließen das Büro, Sabine Kaufmann folgte ihnen. Julia

Durant betrachtete Frank Hellmer, der es nicht eilig zu haben schien, er hatte sich noch nicht einmal von seinem Stuhl erhoben.

»Frank, warte noch mal bitte kurz, bevor du gehst«, sagte sie. »Ich wollte noch etwas mit dir besprechen.«

»Ja, okay«, nickte er. »Ich habe auch noch was. Aber bitte, du zuerst.«

»Ist es dienstlich?«, fragte Julia ein wenig verunsichert.

»Irgendwie schon«, antwortete er knapp.

Julia entschloss sich, nicht weiterzubohren. Hellmer würde schon selbst damit herausrücken, doch zunächst hatte sie eine schwere Hürde zu nehmen.

»Frank«, begann sie zögerlich und vermied es dabei, ihrem Partner in die Augen zu schauen, »ich weiß jetzt nicht, wie ich's sagen soll, aber du kennst mich ja, ich bin da nicht so gut drin.«

»Worin denn?«, fragte Hellmer und klang so, als wäre er völlig ahnungslos. Julia begriff, dass es nur auf direktem Wege ging, und ergriff die Flucht nach vorn.

»Mensch, Frank, mir geht's total beschissen damit, dass wir uns hier die ganze Zeit angiften. Vor allen anderen, das macht es nicht gerade besser.«

Sie riskierte einen Blick auf ihr Gegenüber und bekam eine Reaktion, die sie von allen Möglichkeiten wohl am wenigsten erwartet hatte: Franks Kinnlade klappte herunter, er riss die Augen auf und dann, aus heiterem Himmel, kicherte er los und schlug sich auf den Oberschenkel.

»Das kann jetzt wohl nicht wahr sein«, japste er, »das glaubt einem kein Mensch.«

»Was denn, bitte? Ich bin mir nicht bewusst, einen Scherz gemacht zu haben.«

»Na, das hier, deine Ansage eben«, erwiderte Hellmer. »Was meinst du, weshalb ich hier sitzen geblieben bin. Erst gestern Abend habe ich mir von Nadine den Kopf waschen lassen müssen, weil ich ihr erzählt habe, dass ich hier so nen Drachen im Büro sitzen habe, von dem ich manchmal meine, er wartet nur darauf, mir bei jeder Gelegenheit den Hintern zu versohlen.«

Okay, dachte Julia, das wird wohl nicht seine exakte Wortwahl gewesen sein. »Du hast mit Nadine gesprochen?«, wiederholte sie.

»Klar. Sie hat mich gestern zur Rede gestellt, nachdem ich den Sandsack mal wieder plattgehauen habe wie ein Schnitzel. Ich hatte so einen Frust gestern. Scheiße, meinst du, mir geht es besser?«

»Wusste ich ja nicht. Am Austeilen jedenfalls habe ich es nicht gemerkt.«

»Du warst aber auch nicht schlecht«, gab Hellmer sofort zurück. »Ich erinnere nur an den bescheuerten Fokus von gestern. Wir dürfen den Fokus nicht nach hinten richten, um einen Fall von heute zu lösen. Mann, so klingt ja nicht mal der Alte.«

»Lass uns das nicht wieder aufwärmen, Frank! Viel wichtiger ist, dass wir überlegen, wie es beim nächsten Mal aussehen soll.«

»War doch ganz gut heute, oder?«, kam es spitz zurück. »Kein Anschreien, kein Aufspringen, du wirst langsam alt, fürchte ich.«

»Frank, jetzt mal im Ernst. Ich kann das hier nicht ohne deine Hilfe stemmen, Partner hin oder her. Du weißt, wie oft ich mit Berger im Zwist lag oder er mir den Kopf waschen musste, das ist Teil des Jobs hier. Aber ich kann das nicht so machen, ich will das auch nicht. Nur habe ich diesen Posten für die nächsten Wochen nun mal an der Backe, und ich brauche einen Partner, der aufpasst, dass mich das nicht auffrisst. Kann ich auf dich zählen?«

Frank Hellmer stand auf, beugte sich über den Schreibtisch und nahm die Hand seiner langjährigen Kollegin, mit der er schon so viele Hochs und Tiefs durchschritten hatte.

»Na klar, Julia«, raunte er, »ich passe auf dich auf. Versprochen.«

»Dann raus jetzt, aber schnell!«, sagte sie mit einem Schniefen und wischte sich mit einer schnellen Kopfbewegung eine Träne an die Schulter. »Zum Rumheulen haben wir keine Zeit.«

DIENSTAG, 11.55 UHR

Nachdenklich ließ Alexander Bertram seinen Blick über die Dächer Bornheims wandern, abwechselnd über alte Fassaden und Bausünden der siebziger Jahre. Noch fünf Minuten, dachte er, als seine Augen wieder zurück an den Arbeitsplatz kehrten und die Digitaluhr unten rechts in der Taskleiste erfassten. Die Büroräume der Firma iTeX24 Internet Design befanden sich in der neunzehnten Etage des Shell-Hochhauses am Nibelungenplatz, gegenüber dem Gelände der Fachhochschule. Triste sechzig Quadratmeter, unterteilt in drei Haupträume mit einer winzigen abgeteilten Kaffeeküche. Ein Raum davon Chefbüro, die anderen beiden mit vier Computerarbeitsplätzen ausgestattet, vernetzt mit einem externen Server. Einfache, funktionale Büroeinrichtung, dafür umso modernere Hardware. Ausgetretener, türkisfarbener Teppichboden, wahrscheinlich voller Lösungsmittel und Chemiekeulen, die Wände langweilig weiß und im unteren Bereich voller grauer und schwarzer Abriebspuren. Die Glasfassade mit Blick nach Osten sorgte zumindest für eine angenehme Durchflutung mit Tageslicht, wenn auch der Blick auf die Skyline im Süden sicher beeindruckender gewesen wäre. Ein Penthouse-Kalender verzierte die Küchenzeile, gerade so versteckt, dass die Laufkundschaft ihn nicht zu Gesicht bekam. Kundenverkehr gab es regelmäßig, aber es war nicht so, dass sie ihnen die Bude einrannten.

Neben Bertram arbeiteten dort drei weitere Personen, allesamt männlich und keiner älter als dreißig, der Chef einmal ausgenommen. Holger Börner, eins neunzig groß, dunkelhaarig, trainiert und unglaublich gutaussehend, hatte diesen runden Geburtstag im Januar gefeiert, recht ausschweifend, wie man sich erzählte. Er war genau genommen überhaupt nicht der Typ, den man sich in einer IT-Firma vorstellte. Der Schwerpunkt von iTeX24 war Webhosting und die Erstellung und Pflege von Internetpräsenzen aller Art, oftmals monotone Bildschirmarbeit, die man breitköpfigen Brillenträgern mit schütterem Haar zutraute, nicht aber einem Dressman wie Börner. Im Gegensatz zu seinen anderen Kollegen hatte Alexander Bertram der Feier seines Chefs trotz Einladung nicht beigewohnt, ebenso wenig zeigte er Interesse an anderen gemeinsamen Aktivitäten. Der Job war nichts weiter als ein notwendiges Übel, ebenso wie vorher das Studium, das Bertram im Sommer 2009 beendet hatte.

11.58 Uhr, bald geschafft, dachte er. Dann würden sie endlich alle zum Essen verschwinden, und er war dann für mindestens eine halbe Stunde alleine. Ungestört.

»Bis später, Alex!«, erklang auch schon die Stimme seines Chefs, und Bertram zuckte leicht zusammen. Er mochte seinen Namen nicht, schon gar nicht die Kurzform. Zu viele Erinnerungen an die kurzen, einschüchternden Befehlstöne des Generals. Doch das ist Vergangenheit, mahnte er sich und wischte die Erinnerungen beiseite.

»Ja, wir sehen uns gleich«, erwiderte er, »guten Appo.«

Dann öffnete er seine Brotdose.

»Krümel mir ja nicht in die Tastatur!«, lachte Holger und verließ den Raum, die beiden Mitarbeiter im Schlepptau. Um 12.02 Uhr loggte Bertram sich unter dem Nickname *V1d0c* in einen Chatroom ein. Wie üblich benutzte er eines der zahlreichen Funknetzwerke, die rund um das Bürogebäude herum sendeten. Die meisten von ihnen waren nur wenig, einige davon überhaupt nicht gesichert. Heute hatte er sich für das WLAN mit der Bezeichnung *wlanbox7170* entschieden, vergangenen Donnerstag war es *das_schwarze_netz* gewesen. So kreativ die Menschen manchmal mit der Benennung ihrer Heimnetzwerke waren, so stümperhaft waren ihre Verschlüsselungssequenzen.

Es waren drei User online, deren Nicknames Bertram auf Anhieb erkannte. Zwei weitere, *phoen1xxx* und *liL-Gal*, sagten ihm nichts, möglicherweise waren es auch User, die ihren Namen gewechselt hatten. In der Szene war es üblich, sich ab und an umzubenennen, man behielt dabei aber in der Regel einen Teil seines Namens. Alexander Bertram hatte sich bis vor einigen Wochen noch *V1Px* genannt. Der Chat verlief sachlich, in einfachem Englisch, wobei es Bertram nicht entging, dass der User *dth_gambler* dabei nicht in seiner Muttersprache schrieb. Binnen weniger Minuten war alles Wesentliche gesagt, und um 12.14 Uhr verließ Bertram den Chatroom wieder. Er recherchierte noch ein wenig, fand das gesuchte Motiv, öffnete parallel ein weiteres Fenster und tippte den Suchbegriff *Hobbyhuren* in die Suchmaschine ein. Die ersten Treffer übersprang er gezielt, scrollte weiter nach unten und wählte eine bestimmte Website an. Er legte den Suchradius fest, zehn Kilometer sollten genügen, entschied sich für die Altersgruppe »18 bis 23« und klickte sich durch verschiedene Profilnamen. Schade, dass man keine Haarfarbe angeben kann, dachte Bertram, als er feststellte, dass wieder einmal die meisten Frauen blond waren. Denn heute suchte er etwas anderes, brünett sollte sie sein, mit langen glatten Haaren. Unverbraucht, europäisch, möglichst mit hellen Augen. Doch die meisten Mädchen hielten hier zwar ihre Brüste und Schenkel feil, gaben aber außer Haarfarbe, Konfektionsmaßen und sexuellen Vorlieben nur wenig von sich preis. Endlich fand er ein Profil, das seinen Erwartungen entsprach, und notierte sich die Handynummer. *Vivien_88* hieß die Auserwählte. Bertram schaute auf die Uhr, jeden Moment konnten seine Kollegen zurückkehren. Außerdem war es noch viel zu früh. Er würde erst am Nachmittag mit seinem neuen Opfer Kontakt aufnehmen können.

Zur gleichen Zeit brütete Hellmer über den Tatort-Fotografien, während Kaufmann zum wiederholten Mal versuchte, eine Verbindung zu Marcus Hesse herzustellen, jenem Streifenbeamten, der sie in der Wohnung von Jennifer Mason empfangen hatte. Er war der Letzte auf ihrer Liste, mit den Kollegen der KTU und dem anderen Beamten hatte sie bereits gesprochen, sogar mit Doris Seidel, wobei diese deutlich später am Tatort eingetroffen war. Hellmer hatte bereits am Vortag zu bedenken gegeben, dass man ja auch die vier Inhaftierten zu der Musik befragen könne, doch dann selbst wieder einen Rückzieher gemacht. Warum sollten vier verurteilte Mörder der Polizei plötzlich helfen, schwiegen sie sich doch noch immer aus und reichten Berufungsanträge ein. Jede Aussage hätte schließlich ihre Beteuerungen, keinerlei Erinnerung zu haben, untergraben. Auch Kaufmann versprach sich hiervon keine Hilfe. Die Einzige, deren Befragung sie in Erwägung gezogen hätte, war Adriana Riva. Von ihr war damals der Notruf gekommen; wenn überhaupt, dann hätte sie gewusst, ob irgendeine Musik am Tatort gelaufen war. Doch Riva hatte nach Ablehnung ihres Revisionsgesuchs einen Antrag auf Strafverlegung in ihr Heimatland gestellt, und diesem war nach dem üblichen Hin und Her auch stattgegeben worden. Sie fristete ihr Dasein nun in einer Gefängniszelle irgendwo in Süditalien und stand daher nicht so einfach zur Verfügung.

»Oh Mann, da wird man ja rammdösig«, seufzte sie, als das Telefon bereits zum achten Mal das Freizeichen gab. Doch dann knackte es in der Leitung.

»Hesse?«

»Ach, Herr Hesse, Gott sei Dank erreiche ich Sie! Sabine Kaufmann, K 11, es geht um den Mason-Fall.«

»Ja, hallo. Ich habe die Nachricht schon bekommen, sorry, dass es jetzt erst klappt. Hatte dienstfrei, eine Menge Überstunden abzubummeln, und da schalte ich das Handy immer aus. Aber Björn, also Herr Fritsch, hat mir schon Bescheid gegeben.«

Björn Fritsch war der zweite Beamte der Funkstreife gewesen, beide gehörten zum 7. Revier, und er hatte sich alle Mühe beim Beantworten von Sabines Fragen gegeben. Sie hatte sich im Übrigen nicht gescheut, mit erotischer Stimme das Stereotyp der hilflosen Frau zu bedienen, warum auch nicht, hatte sie gedacht. Wenn Männer sich darum reißen, einem Mitglied des schwachen Geschlechts zu Hilfe zu eilen, dann konnte man das doch nutzen. Die Wahrscheinlichkeit, den beiden Kollegen in der nächsten Zeit persönlich zu begegnen, war ausgesprochen gering.

»Sie wissen also, worum es geht, nehme ich an?«

»So ungefähr. Aber erklären Sie es mir sicherheitshalber noch mal genau.«

»Ich versuche, einen bestimmten Sachverhalt zu rekonstruieren. Es geht darum, ob am Tatort Musik gelaufen ist. Ihr Kollege meinte, Sie seien zuerst im Tatzimmer gewesen. Können Sie sich daran erinnern?«

»Hmmm.« Schweigen.

»Hören Sie. Wir waren gestern früh an einem Tatort, und da lief ein Musikplayer. So kann niemand arbeiten, das ist ganz klar, also hat die KTU ihn leise gedreht.«

»Ist halt auch schon so lange her«, sagte Hesse und zog die Worte dabei zäh in die Länge. Sabine Kaufmann spürte, dass er verunsichert war. Eine andere Strategie musste her, wieder einmal.

»Ach, so ein Mist«, säuselte sie ins Telefon. »Das war echt die letzte Chance für mich, um Antworten zu finden. Ich meine, es geht hier ja nicht darum, jemanden vorzuführen, aber ich kann auch niemand anderen fragen, Sie sind der Einzige, der mir hier helfen kann, wissen Sie? Ich muss in einer Stunde im Chefbüro sitzen und habe jetzt schon Bauchschmerzen, wenn ich daran denke, wie ich da den Kopf gewaschen kriege.« Am anderen Ende der Verbindung erklang ein unentschlossenes Räuspern, aber sie setzte noch einen drauf. »So eine blöde Idee aber auch, diese Musik zu erwähnen. Da hab ich mich schön in die Nesseln gesetzt.«

»Gut, hören Sie«, ertönte es plötzlich. »Ich kann Ihnen nicht sagen, wer da gedrückt oder gedreht hat, aber es lief tatsächlich

Musik, als wir eintrafen. Irgend so ein Gedudel, es hat ziemlich genervt, weil die Anlage genau neben dem Bett stand.«

Treffer! Die Anlage. Sabine erinnerte sich, dass sie damals für einige Augenblicke unmittelbar in deren Nähe verharren musste, weil die Spurensicherung sie umzingelt hatte. Doch war da Musik gewesen? Aufgeregt wollte sie nachhaken, doch Hesse kam ihr zuvor.

»Ich verpfeife hier keinen, weder mich noch jemand anderen. Ich kann Ihnen aber eines versichern: Es wurden keine Spuren vernichtet oder sonst etwas, wir haben am Tatort nichts verändert! War es das?«

»Ja, danke, Sie haben mir sehr geholfen.«

»Und?«, fragte Hellmer ungeduldig, als Sabine mit einem breiten Lächeln das Handy zuklappte.

»Bingo«, sagte sie. »Ich brauche alle Fotos aus Masons Zimmer, vor allem diejenigen, die das Mobiliar in der Nähe des Betts zeigen.«

DIENSTAG, 11.25 UHR

Peter Kullmer hatte sich dazu entschlossen, alleine in den Frankfurter Osten zu fahren. Vor ihm lag kein leichter Hausbesuch, so viel war klar, und die traurige Situation von Helga Stiegler ging ihm ungewohnt nah. Lag es daran, dass er bald Vater wurde und zu einer Frau fuhr, die gerade ihr einziges Kind verloren hatte? Das wird es sein, dachte Kullmer, niemand sollte sein Kind zu Grabe tragen müssen. Selbst ohne die grausigen Umstände von Carlos Ableben wäre es ein Drama gewesen, aber so musste es noch um ein Vielfaches schlimmer sein. Bestimmt hatte Frau Stiegler, eine kleine, mollige Witwe Ende fünfzig mit einem einfachen Job als Verkäuferin, niemanden, der ihr beistand. Höchstens die Nachbarn, doch die würden das Interesse auch bald wieder verlieren, und Frau Stiegler würde in ihren tristen Tagesrhythmus zurückkehren, weiterhin ihre Arbeit verrichten, den Schmerz in sich hineinfressen und sich vor jedem schämen, der ihr mitleidige Blicke zuwarf.

So zumindest schätzte Kullmer das Siedlungsleben im Riederwald ein, jenem alten Arbeiterviertel mit engen, hellhörigen Reihenhäusern, in denen sich kein Geheimnis lange verbergen ließ. Bald würde man Carlo Stiegler verurteilen, ihm sogar selbst die Schuld geben, warum musste er auch in solchen Kreisen verkehren, es zwang einen ja schließlich niemand zur Homosexualität.

Der Dienstwagen passierte den großen Bogen des Torhauses in der Schäfflestraße, ein imposantes, rot getünchtes Gebäude, das die Hauptzufahrt zur Siedlung bildete. Danach, in plötzlichem Kontrast zu der tristen Durchfahrtsstraße, über die er gekommen war, durchfuhr Kullmer eine schattige Platanenallee, dicke, gerade Stämme, deren Blätterdach trotz der Hitze frisch und kräftig wirkte. Dahinter lugten unzählige Fenster mit hölzernen Läden hervor, eines wie das andere, ein Markenzeichen der Siedlung. Am Ende der Allee blinkte er links, bog in die Raiffeisenstraße, dann rechts in die Karl-Marx-Straße. Noch immer glich eine Häuserreihe der anderen, trotz des einfachen Stils hatten sie auch einen gewissen Charme. Kein Gebäude höher als drei Etagen, kein Durchgangsverkehr, auf den Gehsteigen spielten Kinder. Bunte Vereinsplakate kündigten ein Event nach dem anderen an, Straßenfeste, Kinderfeste,

Kirchenfeste, Sportfeste, und all das inmitten der lauten, hektischen und oftmals so abgründigen Großstadt. Vielleicht bekomme ich tatsächlich einen anderen Blick auf die Dinge, dachte sich Kullmer. Noch vor einem Jahr wäre die Vorstellung, so zu leben, undenkbar für ihn gewesen, und vor fünf Jahren hätte er es wohl als Folter angesehen. Aber heute ...

Er lenkte zwei weitere Male nach rechts, erreichte die Motzstraße, die nur einseitig bebaut war und auf der anderen Seite an ein Wäldchen grenzte, ja, es gab sogar einen Wald inmitten der Großstadt. Kullmer parkte seinen Wagen im Schatten, schloss ab und versuchte, sich zu orientieren. Jede Wohnung sah gleich aus, gelbe Wände mit weißen Fensterläden, grau abgesetzte Eingangsbereiche. Mülltonnen standen in Reih und Glied neben den Gehwegplatten, vier Stück pro Haus, in Schwarz, Braun, Grün und Gelb. Die einzigen Unterschiede erkannte man beim Betrachten der Hecke und der Gestaltung des Vorgartens. Hier stand eine Wäschespinne, da eine Hollywoodschaukel, anderswo ein englischer Rasen und dann wieder Planschbecken und Sandkasten. In Helga Stieglers Vorgarten war ein Apfelbaum, auf einem mit Betonsaum abgetrennten Beet wuchsen Rosen und einige Kräuter.

»Guten Tag, Herr Kullmer«, begrüßte Frau Stiegler ihn, als sie die Haustür öffnete. Es war offensichtlich, dass sie geweint hatte, sie trug dieselbe Kittelschürze wie am Vortag, war aber ordentlich frisiert.

»Bitte, kommen Sie herein. Ich habe zwei Tage freibekommen, wissen Sie, ich sollte sogar den ganzen Rest der Woche freinehmen. Aber was soll ich hier«, seufzte sie, »hier fällt mir ja doch nur die Decke auf den Kopf.«

Sie verbarg schnell ihr Gesicht und huschte ins Treppenhaus. Kullmer folgte ihr, sie betraten die kleine Küche, in der es nach Suppe roch. Ein Topf stand dampfend auf dem alten Herd, eine Terrine auf dem Esstisch. Wie bei seinem ersten Besuch wählte Kullmer die Eckbank.

»Möchten Sie etwas mitessen?«, fragte Frau Stiegler, hob den Topfdeckel und rührte einmal um. »Ist schon fertig, ich habe wohl viel zu viel gemacht.« Sie erledigte noch ein paar Handgriffe, es klapperte blechern, dann zischte es. Peter Kullmer fühlte sich zurückversetzt in seine Kindheitstage, damals, als er jeden Samstag in der Küche seiner Großeltern saß und ihm die wunderbarsten Düfte in die Nase stiegen.

»Ja, ich glaube schon«, sagte er unsicher. »Danke schön.« Warum auch nicht?

Sie aßen schweigend die dampfende Suppe, in der Rindfleischstücke schwammen, Nudeln und einige der Gartenkräuter, an denen er auf dem Weg ins Haus vorbeigegangen war.

»Köstlich«, unterbrach Kullmer nach einiger Zeit das Klappern der Esslöffel, »so eine Suppe habe ich lange nicht mehr gegessen.«

»Ach, gehen Sie, das ist doch kein Kunststück. Brühe, ein paar Kräuter, Suppengrün, und wenn man mag, einen Knochen mit Fleisch, das können Sie auch selbst«, lächelte Frau Stiegler.

»Na, ich werde es mal versuchen«, entgegnete Kullmer. Er wollte gerade den Bogen schlagen und auf den Fall zu sprechen kommen, da fügte sie hinzu: »Sie haben doch bestimmt eine Frau, die das kann, oder?«

»Ja, also, eine Lebensgefährtin.« Ihn überkam ein ungutes Gefühl.

»Haben Sie auch Kinder?«

Jetzt war es also geschehen. »Nein«, sagte er schnell und schaufelte sich einen Löffel Suppe in den Mund. Genau das hatte er vermeiden wollen.

Helga Stiegler fragte nicht weiter, bekam einen schwermütigen Blick und zog ein verknittertes rosafarbenes Stofftaschentuch hervor. »Ach, Herr Kullmer, es ist alles so sinnlos«, schluchzte sie, »entschuldigen Sie bitte.« Sie schneuzte sich.

»Kein Problem.« Kullmer zog eine Packung verknitterter Tempos aus der Hosentasche. »Hier, nehmen Sie nur. Fressen Sie es nicht in sich hinein. Meine Kollegin hat Ihnen doch ihre Karte dagelassen, oder?«

Helga Stiegler nickte. Eine Träne rann ihr über die Wange, sie zog eines der Papiertücher aus der Packung und wischte sie weg. »Danke«, kam es leise.

»Rufen Sie an, jederzeit, ich kann es Ihnen nur ans Herz legen«, sagte Kullmer. Er schwieg einen Moment, dann fuhr er in ruhigem Ton fort: »Darf ich mir noch einmal Carlos Zimmer ansehen?«

Ein weiteres Nicken.

»Und wenn es geht, bräuchte ich auch noch Infos über Freunde oder Studienkollegen. Meinen Sie, während ich mich umsehe, Sie könnten mir eine Liste machen?«

»Ach, da gab es nicht viele«, überlegte Helga Stiegler laut, »eigentlich sogar nur einen. Aber ich kann Ihnen da, glaube ich, gar nicht viel sagen.«

»Können Sie ihn beschreiben?«

»Na ja, ein junger Mann eben, so alt wie Carlo, genauso groß, kurze Haare, so etwa Ihre Farbe, braune Augen, glaube ich, mehr fällt mir nicht ein.«

»Na, das ist doch schon einiges«, kommentierte Kullmer mit einem Lächeln, obwohl ihm diese Beschreibung rein gar nichts nutzte. Abgesehen vielleicht vom Alter traf dieses Personenprofil wohl auf jeden zweiten oder dritten Mann zu, ihn eingeschlossen.

»Sie können ja noch mal nachdenken«, sagte er, stand auf und räumte seinen Teller in die Spüle. »Ich gehe dann mal runter, kenne den Weg ja, und noch mal danke für die Suppe. Wenn ich zurück bin, helfe ich Ihnen gerne beim Abwasch.«

Er ging in den Keller, in dem Carlo Stiegler sich eine Art Büro eingerichtet hatte. Es roch muffig, war kühl und gab keine natürliche Beleuchtung. Keine angenehme Arbeitsatmosphäre, wie Kullmer fand, aber jedem das seine. Ohne großen Erfolg durchforstete er die Regale, nahm einige Fachbücher heraus, meist Gesetzesbände oder Kommentare zur Rechtsprechung, schlug Aktenordner und sogenannte Reader auf, also Materialsammlungen, wie sie an Hochschulen üblich waren. Er fand wenig Persönliches, nur ein paar Notizen, Handzettel von Uni-Partys, den Flyer eines Lieferservice und an einer Metallpinnwand einige Notizen, darunter auch eine beschriebene Visitenkarte. Kullmer wollte gerade wieder nach oben gehen, da fiel sein Blick auf den kleinen Fernseher, der am Fuß einer Ausziehcouch stand, und die danebenstehende Stereoanlage mit CD- und DVD-Regal. Er machte kehrt und überflog die Cover von rund zweihundert Medien, aktuelle Filme, dann einige Hitchcock-Klassiker und die Western von Sergio Leone. Die Musik war genauso bunt gemischt, eine Menge Hardrock, das meiste nur als Kopie, dann einige Sampler, ab und an eine Sammelbox, so etwa ein *Best of* von Elton John und von The Who. Nach Led Zeppelin suchte Kullmer vergeblich. Enttäuscht verließ er den Keller und kehrte zurück in die Küche, wo Frau Stiegler gerade den Tisch abwischte.

»Alles schon erledigt«, lächelte sie. »Aber einen Kaffee könnte ich uns noch kochen.«

»Danke, nein.« Kullmer schüttelte den Kopf. »Frau Stiegler, ich muss dann mal wieder los, ich würde gerne diese Dinge hier mitnehmen.« Er wollte die Papiere gerade auf den Tisch legen, doch die Oberfläche war noch nicht richtig trocken.

»Machen Sie nur.«

»Ist Ihnen noch etwas eingefallen zu dem Freund Ihres Sohnes?«

»Nein, eigentlich nicht. Er war schweigsam, aber immer nett. Trug bei jedem Wetter eine graue Batschkapp, Sie wissen schon, diese Mützen, wie der Dudenhöffer sie immer anhat, wenn er Heinz Becker spielt. Oder Bodo Bach.«

»Ja, kenne ich«, lächelte Kullmer. »Hatte er ein Auto?«

»Weiß ich nicht. Ich kann mich nicht erinnern.«

»Und seine Stimme, können Sie die beschreiben?«

»Freundlich eben, normal, tut mir leid, aber er hat ja immer nur vier Worte mit mir gewechselt. ›Guten Tag, Frau Stiegler‹. Dann sofort runter in den Keller und irgendwann ›Auf Wiedersehen, Frau Stiegler‹. Das war es auch schon.«

»Hm, verstehe«, brummte Kullmer, der sich vor der nächsten Frage gerne noch ein wenig gedrückt hätte. »Was haben die beiden denn da unten so gemacht, haben Sie eine Ahnung?«

»Nein, bedaure.«

»Ich meine, das dürfen Sie jetzt nicht falsch verstehen, Frau Stiegler, aber wie schätzen Sie die Beziehung denn ein? Waren es Kommilitonen, oder hatten sie irgendein Hobby, oder war da vielleicht etwas anderes?«

»Wie, Sie meinen doch nicht etwa … Gott bewahre!«, entfuhr es Helga Stiegler empört. »Mein Carlo war doch nicht so einer! Nicht mein Carlo«, bekräftigte sie, sofort stiegen ihr wieder Tränen in die Augen.

»Bitte verzeihen Sie, Frau Stiegler, das wollte ich überhaupt nicht unterstellen«, entschuldigte sich Peter Kullmer. »Wir müssen nur alle Möglichkeiten in Betracht ziehen, um die falschen aussortieren zu können.«

»Dann haben Sie da etwas zum Aussortieren«, wimmerte Helga Stiegler. »Bitte, Herr Kullmer, wenn das alles war, ich möchte jetzt gerne alleine sein.«

DIENSTAG, 13.10 UHR

Julia, setz dich lieber hin«, strahlte Hellmer sie an und deutete auf Bergers Chefsessel. »Du wirst Bauklötze staunen, das versprech ich dir.«

»Dann spannt mich nicht auf die Folter«, sagte Julia und mahnte mit einer Handgeste zur Eile, während sie sich hinter den Schreibtisch begab und in das bequeme Polster sinken ließ. Sie konnte nicht leugnen, dass das orthopädische Design auch für ihre Wirbelsäule eine Wohltat war.

»Nun? Ich sitze«, wiederholte sie ihre Forderung.

Sabine Kaufmann beugte sich nach vorne und legte zwei Fotografien nebeneinander. Auf der einen erkannte Julia den linken Unterarm einer weiblichen Person, etwas weißes Laken, ein Stück Bettkante sowie einen Teil eines Standregals. Das andere Bild, in Breitformat, zeigte das gesamte Regal, dafür war vom Bett kaum mehr etwas zu sehen. Auf beiden Aufnahmen war ein silberner CD-Player, dessen leuchtend blaues Display darauf schließen ließ, dass er eingeschaltet war. »Der Mason-Tatort«, hauchte Julia, und sie wusste, es würde ihr nicht gefallen, was immer Sabine und Frank ihr nun präsentieren würden.

»Also pass auf«, begann Kaufmann triumphierend. »Ich

hatte den anderen Kollegen am Telefon, Marcus Hesse von der Funkstreife. Der hat erst ein wenig herumgedruckst, aber dann habe ich aus ihm herauskitzeln können, dass am Tatort tatsächlich Musik lief. Weiter habe ich auch gar nicht gebohrt, es war ihm recht unangenehm, aber er hat die Möglichkeit eingeräumt, dass jemand sie leise gedreht hat.«

»Jemand?«, wiederholte Durant.

»Ja, ist doch erst einmal egal. Kullmer hat selbst gesagt, dass auf einer Party nun mal Musik läuft. Irgendjemand macht die dann eben im Laufe der Ermittlung aus. Wenn es einen Toten in der Disco gibt, schaltet man zur Tatortuntersuchung ja auch die Beschallung und die Stroboskope ab.«

»Schon okay, weiter im Text«, sagte Julia ungeduldig.

»Auf den beiden Bildern erkennt man die Anlage. Du siehst, wie groß das Display ist, oder?«

»Ja.«

»Die Aufnahmen sind digital, das hat uns zunächst Sorgen bereitet, manchmal sind sie etwas grobkörnig, aber diese waren hochauflösend genug, dass uns die Forensik die Ausschnitte problemlos vergrößern konnte.«

Sabine Kaufmann legte zwei weitere Aufnahmen auf den Schreibtisch, und Julia Durant betrachtete die erste mit zusammengekniffenen Augen.

»Die Qualität ist nicht besonders, weil es nur ein schneller Fotoausdruck ist, für mehr war keine Zeit. Aber die aufbereiteten Bilddateien bekommen wir jederzeit auf Anfrage«, erklärte Kaufmann.

»A, Ypsilon, T, O und H«, las Julia vor. Das blaue Display nahm fast den gesamten Ausdruck ein, es gab sieben Anzeigefelder im Flüssigkristall, ähnlich denen eines Taschenrechners, und in grauen, unscharfen, aber noch lesbaren Digitalbuchstaben waren die Buchstaben zu entziffern. Zwischen Y und T sowie zwischen O und H war ein Feld frei.

Hellmer schob einen Papierbogen über die Schreibtischplatte. Auf ihm stand der Songtitel STAIRWAY TO HEAVEN in Großbuchstaben, und um die entsprechenden Buchstaben hatte er rechteckige Kästchen gezogen.

»Na, fällt dir was auf?«, fragte er.

»Hm, könnte genauso gut das Mittelstück von Highway to Hell sein.« Durants Blicke wanderten bereits zum zweiten Bild. Hier standen, mit einem Freizeichen zwischen dem N und S, die Buchstaben N, S, T, A, I und R. Sie schluckte.

»Na, erkennst du es?«, fragte Sabine. »Ich habe noch keine umfassende Titelsuche veranlasst, aber ich bin der Meinung, dass zwei Fotografien, kurz hintereinander aufgenommen, wie man dem Zeitindex entnehmen kann, mit diesen beiden Titelfragmenten in der Anzeige die Möglichkeiten schon stark eingrenzen, oder?«

»Wow.« Julia Durant war in der Tat froh zu sitzen. Eines war sicher: Dass an beiden Tatorten derselbe Song gespielt wurde, ließ die anderen Gemeinsamkeiten zwischen den beiden Mordfällen in einem neuen Licht erscheinen.

DIENSTAG, 18.10 UHR

Julia Durant verließ das Präsidium zu Fuß. Zum Joggen war das heiße Wetter nicht geeignet, das machte ihr Kreislauf nicht mit, aber die Spaziergänge morgens von ihrer Wohnung durch den Holzhausenpark in Richtung Präsidium und abends wieder zurück waren ein angemessener Ersatz. Die Strecke war in zwölf Minuten bequem zu schaffen, Julias Rekord lag bei neun. Für den Rückweg ließ die Kommissarin sich meist etwas mehr Zeit, schlenderte durch die gepflegte Grünanlage, die Kastanienallee oder machte halt in einem der kleinen Läden. Dabei versuchte die Kommissarin, sich nicht allzu oft von der kleinen Trinkhalle in Versuchung führen zu lassen, einem halbrunden Kiosk mit Blick auf die Holzhausenstraße, an dem es neben allerlei Süßwaren und Zeitschriften natürlich auch Zigaretten und Dosenbier gab. Die Trinkhalle war eine von vielen im gesamten Stadtgebiet, und der Frankfurter Volksmund bezeichnete sie liebevoll als Wasserhäuschen, was mit ihrer historischen Funktion zusammenhing. Früher, so hatte Durant sich von einem Einheimischen belehren lassen, war das Leitungswasser der Stadt von so schlechter Qualität gewesen, dass man gut daran tat, es nur abgekocht zu erwerben. So entstanden zur Zeit der Industrialisierung bald über siebenhundert solcher Verkaufsstellen, von denen heute noch ein Drittel übrig war. Es gab hier natürlich keinen Rotwein, schon gar keinen französischen, und Julia Durant war in ihrem Jahr bei Susanne Tomlin durchaus auf den Geschmack gekommen. Aber alte Gewohnheiten legt man nicht gerne ab, schon gar nicht in einem solchen Sommer, wo ein kühles Bier, und sei es nur ein Radler, dazu einlud, einen schweißtreibenden Tag ausklingen zu lassen. Und dazu eine, nur eine einzige Zigarette. Mädchen, du bist sechsundvierzig, ermahnte Julia sich dann immer, pass mal ein bisschen auf dich auf.

Sie betrat das Haus, ohne an der Trinkhalle haltgemacht zu haben, sah im Briefkasten nach und ärgerte sich, dass es noch immer Werbesendungen gab, die an ihre Sachsenhäuser Anschrift adressiert waren. Außer der bunten Postwurfsendung eines Ökostromanbieters, der falsch adressierten Werbesendung und einer Rechnung, die sie längst bezahlt hatte, war nichts gekommen. Julia ging die Treppe hinauf, schloss die Wohnungstür auf und betrat ihr elegantes Domizil. An der Grundausstattung hatte sie kaum etwas verändert, Susannes Geschmack war ihrem einfach zu ähnlich. Zudem hätte sie niemals dreitausend Euro für eine Couchgarnitur ausgegeben. Und ein einfacher Posterdruck von Hundertwassers farbenfrohem Gemälde zu den Olympischen Spielen 1972 hätte es wohl auch getan, das Bild gefiel Julia schon allein, weil es sich auf München bezog, aber den Unterschied zwischen einem Poster für fünfzehn Euro und einer limitierten Serigraphie für das Hundertfache konnte sie nicht nachvollziehen. Den amerikanischen Kühlschrank hingegen, der auf Wunsch sogar Eiswürfel produzierte, hatte Julia Durant längst ins Herz geschlossen.

Sie schlüpfte aus ihren Schuhen, knöpfte sich die Bluse auf und genoss die angenehme Kühle des Wohnzimmers. Siehst du, du brauchst gar kein kaltes Bier, dachte sie und entkorkte mit dem Daumen eine Flasche Wein, die sie am Wochenende angebrochen hatte. Im Vorbeigehen hatte sie bereits registriert, dass das rote Display des Telefons drei Anrufe anzeigte, sich aber keine Nachrichten auf dem Anrufbeantworter befanden. Das kann ja dann nur einer sein, dachte sie lächelnd, entnahm dem Kühlschrank Butter und Salami, schmierte sich zwei große Scheiben Brot und haderte einen Augenblick mit sich, ob sie tatsächlich in den Küchenschrank greifen sollte, zwischen die Müslischalen, wo die Zigaretten lagen. Nein, jetzt nicht, entschied sie sich und begab sich zurück ins Wohnzimmer, wo sie den Laptop aufklappte und sich, während er das Betriebssystem lud, einen herzhaften Biss in das Brot gönnte.

Zehn Minuten später war die Mahlzeit beendet, es hatten sich keine wichtigen Mails im Posteingang befunden, nur unerträglich viel Werbung und eine Erinnerungsmail an das Konzert von Guns N' Roses in zwei Monaten in London. Sechsundvierzig, dachte Julia erneut. Tu dir das nicht an. Sie nippte am Wein und wählte die Nummer ihres Vaters.

Es hatte kaum zum zweiten Mal geklingelt, da meldete sich auch schon die wohlvertraute, aber müde klingende Stimme.

»Durant.«

»Hi Paps, ich bin's.«

»Ach, schön, dass du dich meldest. Ich wollte es nicht auch noch auf dem Handy versuchen.«

»Ich wollte dich schon längst angerufen haben, na ja, der Job, du kennst das ja, wenn man immer für seine Schäfchen Gewehr bei Fuß stehen muss.«

Julia Durants Vater lebte in der Nähe von München und war Pfarrer im Ruhestand, ehrenamtlich tätig in der Seelsorge und gelegentlich als Vertretung für seine Kollegen tätig, zum Beispiel im Krankheitsfall oder zur Urlaubszeit.

»Ein interessanter Vergleich, mein Kind, die Polizei und die Kirche, beide arbeiten ja auch mit den verlorenen Schafen, nun, das könnten wir mal abendfüllend diskutieren.«

»Aber bitte nicht heute, Paps, das machen wir, wenn du hier bist, ja?«

»Darüber wollte ich mit dir reden, ich befürchte, das müssen wir verschieben.«

Julia hatte ihren Vater an Weihnachten besucht und mit ihm ein paar wundervolle Tage verbracht, an denen die nagende Einsamkeit sowohl für den alten Witwer wie auch für sie selbst für einen Moment in weite Ferne gerückt war. In Frankfurt hatte er sich hingegen schon lange nicht mehr blicken lassen, er wolle nicht mehr reisen, war seine Ausrede, doch nun hatte Julia darauf bestanden, ihn in ihre neue Wohnung einzuladen. Vor zwei Jahren war er zum letzten Mal hier gewesen, damals, als Susanne ihr den Schlüssel überreicht hatte.

»Ach Mensch, jetzt sag bloß, du willst schon wieder kneifen?«, rief Julia enttäuscht. »Was ist es denn diesmal? Urlaubsvertretung in der Pfarrei von Hintertupfing?«

Doch es kam weder ein Lachen noch eine Ausrede.

»Pfarrer Heinrich, du erinnerst dich?« Die Stimme klang belegt. »Es sieht nicht gut aus, die Sache damals mit der Gallenblase war nur der Anfang, er hat Metastasen, überall, es ist nicht einmal sicher, ob er noch mal nach Hause entlassen wird.«

»Oh, das tut mir leid«, hauchte Julia voller Mitgefühl. Sie kannte Pfarrer Heinrich, er war etwas jünger als Paps, aber mittlerweile auch schon um die siebzig.

»Ist schon gut, du konntest es ja nicht wissen. Aber erzähl mal von dir, du klingst selbst nicht gerade topfit, wenn ich das als besorgter Vater mal anmerken darf.«

»Ach, wir haben einen Mord, ziemlich übel, und heute haben Sabine und Frank einen Hinweis darauf gefunden, dass er mit einem anderen Fall zusammenhängt.«

»Und das macht dir zu schaffen?«

»Ja, ich glaube schon. Aber das willst du doch gar nicht hören.«

»Habe ich den Eindruck bei dir erweckt?«

»Nein, so war das nicht gemeint. Ach, ich weiß es doch auch nicht. Damals, bei Fall Nummer eins war ich gar nicht richtig involviert, das war mein erster Außeneinsatz, weißt du, und heute, in Fall zwei, hätte ich beinahe die laufende Ermittlung blockiert. Ich habe da partout nichts gesehen, was zusammenpasst. Und dann hatte ich auch noch einen üblen Zwist mit Frank.«

»Das schwelt aber doch schon länger zwischen euch, wenn ich mich recht entsinne.«

»Ja, du hast recht. Vielleicht ist das sogar das einzig Positive an dem Fall. Frank und ich haben nämlich die Friedenspfeife geraucht, na ja, mal sehen, wie lange es anhält.«

»Beschwöre nicht gleich das Scheitern herauf«, mahnte Julias Vater. »Manchmal muss man das Gute schon ein Weilchen suchen, aber wenn man es erkannt hat, dann sollte man es festhalten und zu schätzen lernen.«

»Ja, da ist was dran«, pflichtete Julia ihm bei. »Dieser Fall ist wie ein Bumerang, der aus der Vergangenheit zu mir zurückkehrt und mir meine Unzulänglichkeiten vor den Latz knallt.«

»Und du machst das Richtige daraus und verwandelst die Schwächen in Stärke. Beispiel Frank Hellmer. Du bist nicht allein, daran muss man dich manchmal erinnern, nicht wahr?«

»Sag mal, du fragst mich jetzt aber nicht, wann ich zuletzt mein Gutenachtgebet gesprochen habe, oder?«

»Ich glaube, ich kenne die Antwort«, sagte der pensionierte Pfarrer in ruhigem Ton. Gebetet im eigentlichen Sinn hatte Julia lange nicht mehr, verzweifelte Schreie nach Hilfe, das waren die letzten Gespräche mit Gott, an die sie sich erinnerte. Er hatte nicht geantwortet. Aber konnte man es nicht auch andersherum betrachten? Er hatte sie vor Schlimmerem bewahrt, zum Beispiel vor dem Tod, und das nicht nur sie, sondern auch Alina Cornelius. Doch diese philosophischen Gespräche hatten Herr Durant und seine Tochter bereits in Frankreich geführt.

»Paps, für mich hat sich nichts geändert, spirituell gesehen jedenfalls. Ich versuche tagtäglich ein guter Mensch zu sein und die Welt da draußen ein wenig besser zu machen. Und sei es nur dadurch, dass ich mich voll in den Job schmeiße und ranklotze, auch in der undankbaren Position, die ich jetzt habe.«

»Ja, und die Welt ist es wert«, sagte Herr Durant. »Was mir dabei einfällt, du hattest doch von deiner Kollegin Doris erzählt, wie läuft es denn mit dem Nachwuchs?«

»Gut, wobei man noch kaum etwas sieht. Und bevor du fragst – die beiden werden nicht heiraten. Nicht Kullmer, so babynärrisch er auch sein mag, aber ein Leben mit Ring, nein, das ist nicht sein Ding.«

»Ist nicht die erste uneheliche Geburt, von der ich höre«, lachte Julias Vater herzlich. »Ich mag zwar alt sein, aber ich bin nicht verbohrt. Das vergiss mal nicht.«

»Jedenfalls ist es für die Familien natürlich toll«, fuhr Julia fort. Sie schwieg eine Weile und fügte leise hinzu: »Na, das werden wir ja leider nicht erleben, tut mir leid, dass ich dir in dieser Beziehung keine bessere Tochter sein konnte.«

Sie wusste, wie sehr sich ihr Vater über ein Enkelkind gefreut hätte, und war sich schmerzhaft bewusst, dass ihre biologische Uhr dieses Thema bereits ausgeläutet hatte. Einmal abgesehen davon, dass sich Kinder nicht von alleine produzierten.

»Ach, ich habe genug Leben um mich herum. Höre ich da etwa einen Hauch von Neid?«

»Ich weiß nicht. Ich meine, die beiden haben denselben Job wie ich und sind eigentlich wie Feuer und Wasser. Aber irgendwie haben sie es in all dem Wahnsinn gepackt, sind seit Jahren das Traumpaar des Präsidiums und bekommen nun eben ein Kind. Einfach so. Bei mir dagegen scheitert es ja schon an einem Partner.«

»Da, liebe Julia, kann dir dein alter Vater nun leider nicht helfen. Aber ich habe vor kurzem eine gute Predigt zum Thema Neid gehört. Es ist, wie du sicher weißt, eine der sieben Todsünden, nach Ansicht einiger sogar die allerschlimmste, weil hieraus seit Menschengedenken die niederträchtigsten Taten entstanden sind. Und das nicht nur bei uns Christen. Da sind sich die großen Propheten alle erstaunlich einig gewesen. Wenn dich das Glück deiner Kollegin melancholisch stimmt und dich zweifeln lässt, ob du deinen Lebensweg richtig gewählt hast, kannst du dich nur schwer alleine auf einen sicheren Pfad nach vorne einlassen. Geh mit ihr zusammen, sie wird sich freuen, geh mit Hellmer, und wenn dir danach ist, dann geh mit Gott. Mit so vielen Gefährten kann dir so schnell keiner was anhaben.«

Julia leerte das Weinglas und blickte nachdenklich auf den letzten Rest Rotwein, der sich an der tiefsten Stelle des Glases sammelte. Kleine, schwarze Körnchen schwammen darin, Weinstein, wie Julia vermutete. War das ein Qualitätsmerkmal oder sollte sie den Rest der Flasche wegschütten? Sie würde im Internet nachsehen, sich keinesfalls die Blöße geben, bei Susanne nachzufragen. Wobei das andererseits überhaupt nicht schlimm wäre. Wenn Paps nicht kommt, dann könnte ich doch eigentlich ... Erst jetzt fiel Julia ein, dass ihr Vater ja noch am Hörer wartete. Sie entsann sich seiner Worte. Gemeinsam. Nicht allein. Das klang alles so einfach, so logisch, und doch war es für die meisten so schwer umzusetzen.

»Dann sei du der Gefährte für Pfarrer Heinrich, okay? Und grüße ihn von mir, bitte, und halte mich auf dem Laufenden. Ich ... ich werde für ihn beten, ja, ich bete für ihn.«

»Das ist lieb von dir, ich richte es ihm aus. Gleich morgen, da begleite ich ihn zu einer wichtigen Untersuchung. Aber hör zu, eines noch«, und die Stimme ihres Vaters klang nun wieder deutlich kräftiger, »aufgeschoben ist nicht aufgehoben, das verspreche ich dir, wir holen meinen Besuch so bald wie möglich nach!«

»Versprochen?«

»Versprochen.«

Als sie sich verabschiedeten, schniefte Julia einmal leise. Obwohl sie ihn jederzeit anrufen konnte, vermisste sie ihren Vater ab und zu sehr stark. Heute war einer dieser Abende.

DIENSTAG, 19.52 UHR

Heute wird eine besondere Nacht, dachte Alexander Bertram zufrieden, als er den Grand Cherokee startete. Dabei störte ihn wenig, dass er für heute kein perfektes Alibi hatte, da seine Eltern derzeit irgendwo auf Island weilten. Das dortige Reizklima, angenehme Meeresluft bei gerade einmal siebzehn Grad, wie Hannelore Bertram ihrem Sohn erst vor ein paar Tagen berichtet hatte, lockte seine Eltern jeden Sommer für zwei bis drei Wochen in die nördlichsten Zipfel Europas. Doch es gab ja auch noch den nicht zu überlistenden Hausalarm, und in Verbindung mit der verschlafenen Nachbarschaft, die größtenteils im Urlaub war und ansonsten eher im Garten döste, als auf die Straße zu achten, sollte dies genügen. Und wer sollte ihm außerdem auf die Spur kommen?

Um 16 Uhr hatte Alexander Bertram sich von seinen Kollegen verabschiedet, freundlich und unverbindlich wie immer. Sein Chef war bereits weg, angeblich ein Außentermin. Details kümmerten Bertram erst dann, wenn ein neuer Auftrag hereinkam und er ihn bearbeiten sollte. Doch ansonsten interessierte ihn sein Brötchengeber iTeX24 nicht, denn er war finanziell längst unabhängig.

iTeX24, ein dämlicher Name für ein kleines Unternehmen, das den Träumen seines Chefs nach einmal unter den Großen mitmischen sollte. Wer sollte sich denn einen solchen Namen merken? Aber das war nicht sein Problem.

Um 16.12 Uhr, nachdem er mit dem protzigen Panoramaaufzug nach unten gefahren war, hatte Bertram die unter *Vivien_88* gespeicherte Handynummer gewählt. Da die meisten Huren in ihren Anzeigen verlangten, dass man nicht mit unterdrückter Nummer anrufen solle, gab Bertram vorher das Senden seiner Anruferkennung mit der Tastenkombination *31# frei.

»Hallo, du sprichst mit Vivien«, erklang eine helle Stimme, viel zu jugendlich, viel zu sehr ein volumenloser Sopran, wie Bertram enttäuscht feststellen musste. Aber das Aussehen stimmte, zumindest laut Profil, und sie sprach akzentfrei, besonders der letzte Punkt war alles andere als selbstverständlich in diesem Milieu.

»Hallo, ich bin Leonard«, erwiderte er freundlich, nachdem sein Blick suchend über den Vorplatz gewandert war, vorbei am Zeitungsstand des Cafés und der Auslage des Copyshops. Dabei war ihm die Kino-Ankündigung ins Auge gefallen, *Inception*, der neue Film mit Leonardo DiCaprio. Na ja, zumindest besser als Gunnar und einfallsreicher als Paul, dachte Bertram, während Vivien zu plappern begann. Diese piepsige

Stimme, dachte er weiter, während er Uhrzeit und Treffpunkt vereinbarte, da muss ich ihr nachher wohl erst mal was zum Kauen geben. Schließlich zahlte er nicht zweihundert Euro fürs Quasseln.

Unglaublich eigentlich, dachte Alexander Bertram bei sich, vor zwei Jahren hätte ich für das gleiche Geld noch drei Stunden bekommen. Heute musste er sich mit zwei begnügen oder noch mal einen Schein drauflegen. Gierige kleine Nutten!

Doch genau genommen spielte das überhaupt keine Rolle.

Um 20.30 Uhr parkte Bertram den Jeep direkt vor dem klobigen Hochhaus in der Raimundstraße 100 in Ginnheim. Eine frische Brise war aufgekommen, und es war angenehm mild. Die Straße war verhältnismäßig leer, ein paar Jugendliche lungerten auf der Wiese herum, zwei ältere Frauen mit dick beladenen Tüten schlenderten gemächlich vom gegenüberliegenden Aldi-Parkplatz in ihre Richtung, irgendwo in einer der oberen Etagen keifte eine Mutter mit ihrem schreienden Kind. Typisches Ghetto, dachte Bertram verächtlich, hoffentlich hat der Cherokee nachher noch alle vier Reifen. Doch genau betrachtet war nicht das ganze Viertel schäbig, im Gegenteil, letztlich war es nur dieses eine in tristen braungrauen Farbtönen gehaltene Gebäude mit seinen achtzehn Stockwerken, eines wie das andere, Waschbetonfassade und zurückliegende Balkons, blickdicht zum jeweiligen Nachbarn. Wie viele Wohnungen es wohl gab, in denen sich Frauen für die verschiedensten Dienstleistungen bereithielten? Alexander Bertram schätzte die Zahl auf mindestens zehn, er war bereits öfter auf diese Kontaktadresse gestoßen. Doch die räumliche Nähe zu polizeilich relevanten Gebäuden hatte ihn bislang zögern lassen; direkt nebenan lag die iranische Botschaft, dann, etwas weiter südlich, die Bundesbank und, allem voran, keine fünf Fahrminuten entfernt, das Polizeipräsidium.

Bertram schloss den Wagen ab, schulterte einen Rucksack und folgte der Straße in nordwestlicher Richtung. Dabei fiel ihm auf, wie elegant im Vergleich zu dem Hochhaus die Wohnungen auf der gegenüberliegenden Straßenseite wirkten, es standen auch keine rostigen Autos herum, sondern eher jüngere Modelle der gehobenen Mittelklasse, ab und an auch ein Mercedes. Am Ende der Straße wartete die elegante Glasfassade eines weiteren Hochhauses, doch so weit ging Alexander Bertram nicht, er bog zwischen der Nummer 100 und dem niedrigeren Nachbargebäude nach links, vor seiner Nase erhob sich, wenige hundert Meter entfernt, der Ginnheimer Spargel, wie der schlanke Fernsehturm im Volksmund genannt wurde.

Vorbei an einem großflächigen Klingelschild, dessen Namen teils unleserlich und teils unaussprechlich waren, zwang er sich vorbei in die halboffen stehende Eingangstür. Vierte Etage, das gehe ich zu Fuß, entschied er, und kurze Zeit später stand er vor der Wohnungstür. Bertram drückte die Klingel, ein dunkler, sanfter Gong ertönte, und der obligatorische Türspion verriet kurz darauf eine Bewegung, es hatte beinahe etwas von Routine, nicht nur für die junge Frau im Inneren der Wohnung.

»Hallo, Leonard«, wisperte Vivien mit einem erotischen Augenaufschlag. Die Profilbeschreibung, wie Alexander noch vor seinem Gegengruß rasch überprüfte, war zutreffend: hellgrüne Augen mit feinen Wimpern, langes, braunes Haar, glatt, das etwa eine Handbreit über die Schulter hing. Zarte, sanft gebräunte Haut und unter dem cremeweißen Negligé große, natürlich wirkende Brüste, deren Brustwarzen sich abzeichneten.

»Hallo, Vivien«, erwiderte Alexander und nickte freundlich. Er folgte ihr in die Wohnung, es gab links eine verschlossene Tür, geradeaus, nach einem Durchgang, das Wohnzimmer mit Zugang zum Balkon, eine weitere Tür links, angelehnt, und rechts eine weitere verschlossene. Um die Ecke führte eine offen stehende Tür zum Badezimmer.

»Hübsch hier«, kommentierte Alexander, während Vivien zum Wandregal ging und eine Klapptür öffnete.

»Möchtest du etwas trinken, Schatz?«, fragte sie und klapperte mit zwei Gläsern. Alexander sträubten sich die Nackenhaare.

»Hör bloß auf!«, zischte er, und das Mädchen fuhr erschrocken herum. »Ich bin weder dein Schatz noch Bärchen oder Honey oder sonst was. Wozu habe ich einen Namen?«

Vivien setzte einen belemmerten Blick auf und antwortete mit piepender Stimme: »Tut mir leid, also okay, Leonard, ich wollte dich nicht verärgern.«

»Schon gut.«

»Wollen wir noch einmal von vorn anfangen?« Ihr Blick erhellte sich, und es war nicht zu übersehen, dass sie versuchte, ihn mit devoter Schulmädchenmimik zu bezirzen.

»Na klar. Wäre doch schade drum. Aber wollen wir nicht zuerst das Geschäftliche hinter uns bringen?«

»Setz dich doch. Da, auf die Couch, oder wo es dir gefällt. Was hast du dir denn vorgestellt, ich meine, es steht ja alles im Profil.«

»Was glaubst du denn, worauf ich stehe?«, provozierte Alexander sie und ließ sich zwischen die beiden herzförmigen Polster der rot-weiß gestreiften Couch fallen. Es knarrte, wahrscheinlich die Abnutzungserscheinungen regelmäßiger Benutzung, war aber recht bequem. Die Vorstellung, wie

Vivien hier im Wochenendakkord einen oder mehrere Kerle bediente, reichte aus, um den Ekel wiederzuerwecken, den Alexander tatsächlich für einen Augenblick vergessen hatte.

»Hm, ich weiß nicht«, überlegte Vivien unsicher. »Girlfriendsex vielleicht, oder auch spanisch, ich kann das nicht so gut einschätzen.« Offenbar hatte sie Angst, etwas Falsches zu sagen, daher griff sie mit der Hand nach seinen Genitalien, massierte sie sanft und raunte dabei: »Blasen magst du bestimmt, du bist ja schon ganz geil, soll ich dir zeigen, was ich mit meiner Zunge alles kann?«

»Wir sind noch immer beim Geschäftlichen«, entgegnete Alexander kühl.

»Dann sag mir halt, ob du besondere Wünsche hast«, seufzte Vivien und zog die Hand zurück. »Kennst doch den Katalog. Anal mag ich nicht, das kostet extra, die meisten Sachen sind inklusive, auf Schmerzen stehe ich auch nicht. Wachsspiele gegen Aufpreis, Blasen ohne Gummi gegen Aufpreis. Hundert Euro für eine Stunde, Zeit beginnt bei Zahlung, eine weitere Stunde noch mal hundert. Über drei Stunden gehe ich dann etwas runter, hast du hoffentlich gelesen, ist aber heute nicht drin. Nur nach vorheriger Vereinbarung.«

»Wieso, hast du noch was vor?«

»Vielleicht. Das musst du schon mir überlassen.«

»Gut. Dann habe ich hier jetzt drei große Scheine, damit dürften wir bis gegen Mitternacht rumkommen.« Alexander zog ein gerolltes Bündel Geldscheine aus der Hosentasche, löste das Gummiband und zog drei Hunderter heraus. Ihm entging nicht der gierige Blick der Hure auf die noch immer beachtliche Rolle. »Na, doch noch Lust auf ein bisschen mehr?«, fragte er, zog die Augenbrauen hoch und wackelte lockend mit dem Geld.

»Kommt drauf an«, sagte Vivien misstrauisch.

»Worauf?«, bohrte er weiter.

»Na, du weißt schon. Ich bin für so kranke Sachen nicht zu haben, schau mal, ich bin fünfundzwanzig und habe echt keine Lust …«

»Dann hast du also beim Profil gelogen?«

»Wieso?«

»Ich habe dich mit dem Filter 18 bis 21 gefunden.«

»Also das ist bestimmt …« Vivien geriet ins Stottern.

»Erklär's mir!«, forderte Alexander.

»Na, weil man das Alter ja nur einträgt beim Anmelden«, sagte sie schnell. »Nicht den Jahrgang, weißt du?«

Gut gekontert, dachte Alexander anerkennend, auch wenn es wohl gelogen war.

»Schon okay«, lächelte er. »Ich will nichts Perverses von dir, ich hätte es auch vielleicht am Telefon fragen sollen, aber damit habe ich keine guten Erfahrungen gemacht. Ich wäre jedenfalls bereit, dir das Doppelte zu zahlen, ja, ich würde da sogar noch etwas mit mir handeln lassen.«

»Und was willst du dann Besonderes?«

»Ich möchte dich oder, besser gesagt, uns dabei filmen«, erklärte Alexander, und bevor Vivien reagieren konnte, fügte er schnell hinzu: »Ein kleines Homevideo, nichts Besonderes, und Gesichter erkennt man dabei auch kaum. Ich würde es dir sogar hinterher zeigen, und wenn dir etwas nicht gefällt, können wir es schneiden oder löschen.«

Ihre Begeisterung hielt sich in Grenzen, so zumindest deutete Alexander ihren Gesichtsausdruck, als sie mit gerunzelter Stirn ein leises »Ich weiß nicht so recht« verlauten ließ.

Warum gab es in all den Hurenforen denn auch keine entsprechende Rubrik? War ein bisschen Filmen so ungewöhnlich?

Die ganzen sogenannten Edelhuren taten es doch auch, ungefragt wohlgemerkt, warum also dieses Theater? Alexander
Bertram machte sich bereit, die Sache anders anzugehen, als
Vivien weitersprach. »Und du würdest mir garantieren, dass
ich es mir ansehen und dann entscheiden darf?«

»Aber natürlich«, sagte er rasch und setzte das vertrauensse-
ligste Lächeln auf, das er auf die Schnelle hinbekam. »Ist doch
Ehrensache.«

»Und das Geld bekomme ich vorher?«

»Gerne. So eine Art Pfand?« Gar nicht dumm, die Kleine. Er
zog das Bündel heraus und entnahm ihm weitere Scheine.
»Hier hast du noch mal dreihundert.« Bertram machte eine
theatralische Pause und ließ das Bündel langsam wieder verschwinden. Er erhob sich, ging zu dem Getränkeschrank und
sagte mit einem lässigen Blick über die Schulter: »Wenn mir
das Video gefällt, wäre mir der ganze Abend sogar siebenhundertfünfzig wert.«

Er musterte den Bestand, es waren die üblichen Wodka- und
Whiskeymarken, eine Flasche Kräuterschnaps, Gin und Dop-
pelkorn. Vermutlich befanden sich in der Küche Erdbeer-
schaumwein, weißer Sekt und Cola und Saft zum Mischen
von Longdrinks.

»Du bist gut sortiert«, kommentierte er und wusste, dass Vivien sich ihm näherte, angespornt von der Aussicht auf einen
höchst lukrativen Abend, denn wann bekam eine Hure wie
sie schon die Gelegenheit, für ein-, zweimal Beinebreitma-
chen siebenhundertfünfzig Euro zu kassieren. Sie würde sich
vor ihm räkeln, ihn nach Strich und Faden verwöhnen, und
tatsächlich spürte er bereits ihren Atem im Nacken und ihre
Hände an seiner Brust und im Schritt.

»Komm, wir machen es uns drüben bequem«, flüsterte sie.

»Ja, ich mache uns noch einen Drink. Was darf es denn sein, hast du Zitrone oder so im Haus? Dann bekommst du einen erstklassigen Whiskey Sour von mir.«

»In der Küche ist Limette. Kannst also sogar Caipirinha machen. Ich kann aber auch …«

»Nein, ich kümmere mich da gerne drum. Erwarte du mich mal lieber im Schlafzimmer, so langsam komme ich in Stimmung.«

Kein Widerwort. So hatte Alexander Bertram es gerne: Einer Autorität hatte man Gehorsam zu leisten, andernfalls wurde man sanktioniert. Nichts anderes hatte er als Kind gelernt. Er ging in die Küche und fand nach kurzem Suchen zwei grüne Limetten. Eine davon schnitt er auf und prägte sich dabei genau ein, welche Küchenbereiche er mit den Händen berührte. Ein paar Euro extra, und sie lässt mich hier überall herumlaufen, dachte er, als er das Messer in die Spüle legte. Niemals hätte er es zugelassen, dass jemand bei ihm zu Hause unbeaufsichtigt herumstöberte, aber so sind sie, die Huren, wenn der Preis stimmt, bekommst du alles.

Mit einem Teelöffel rührte er das Flunitrazepam in einen der Drinks, feines, hellblaues Pulver, dessen unangenehmer Geschmack unter der Säure der Limette verschwinden würde. Die Pharmaindustrie versetzte das streng kontrollierte Betäubungsmittel schon seit geraumer Zeit mit Farb- und Bitterstoffen, doch es war noch immer eines der besten Mittel für einen zuverlässigen Knockout.

Eine halbe Stunde später rollte Alexander Bertram das gefüllte Kondom von seinem noch immer pulsierenden Geschlechtsteil, verstaute es in einer kleinen, verschließbaren Plastiktüte und wischte sich mit seinem T-Shirt den Schweiß von Stirn und Nacken. Er achtete penibel darauf, dabei den Fokus der Kamera zu umgehen, die auf ihrem Stativ ruhte und das cremefarbene Satin des Doppelbetts aufnahm, in dessen Mitte Vivien auf dem Rücken lag, nackt, mit gespreizten Schenkeln, den Kopf auf ein Kissen gebettet, damit man ihr Gesicht gut sehen konnte. Ihre Mundwinkel waren zu einem seltsamen Lächeln verzogen, weder verursacht durch Erregung noch durch die Vorfreude auf das viele Geld; es war auch nicht der glückliche, verklärte Gesichtsausdruck nach einem Orgasmus. Vivien lächelte, weil die wohldosierte Droge ihre Wirkung entfaltet hatte. Sie war zunächst hemmungslos geworden, hatte dann recht überschwenglich begonnen, sich mit ihrer losen Zunge an Alexanders Lenden abzuarbeiten, danach hatte sie sich ihm hingegeben, und er hatte bei jedem Stoß gewusst, dass es ein perfektes Video werden würde, ein freiwilliger sexueller Akt mit einer schönen Brünetten, das sollte sein persönlicher Bonus sein.

Doch nun rief die Arbeit. Bertram kniete sich auf den Boden und zog ein rotes Brecheisen und eine dünne schwarze Plane aus dem Rucksack, die er auf dem Teppich ausbreitete. Über ihm atmete Vivien flach und langsam, eine Nebenwirkung des Sedativums. Er überlegte kurz, ob er mit Zoom arbeiten solle, entschied dann aber, dass er dies im Nachhinein noch genauso gut konnte. Wie in der Technikbranche allgemein, hatten sich auch die digitalen Camcorder in den letzten zwei Jahren um ein Vielfaches verbessert. Ein prüfender Blick auf die Anzeige, dann bewegte Bertram sich langsam auf Vivien zu. Mit ihrem auffordernd weiten Becken, den weichen, natürlichen Brüsten, die sich entspannt und mit flachen Brustwarzen im Rhythmus des Atems hoben und senkten, der teilrasierten Scham und dem in wilden Strähnen um den Kopf liegenden braunen Haar wirkte sie genau so, wie er sie haben wollte. Dazu kamen die geöffneten Augen, das war besonders wichtig, die großen Pupillen; das schillernde Grün der Iris würde auf dem Video nicht verraten, dass sie sich nur in einem Wachschlaf befand.

Alexander Bertram hob das Brecheisen, verharrte einen Moment in jener drohenden Pose, dann ließ er es kräftig, aber nicht mit aller Gewalt auf den Kopf der jungen Frau hinabsausen. Ein dumpfer Schlag, die Stirn platzte auf, Blut quoll hervor und rann zwischen den Augen hinunter, an der Nase vorbei und über die Wange in Richtung Kopfkissen. Vivien atmete stoßweise, ansonsten blieb der Körper fast regungslos. Alexander Bertram entfernte sich aus dem Bild, legte das Brecheisen auf die Plane und öffnete ein neues Kondom.

Der Abend hatte nun erst so richtig begonnen.

MITTWOCH

MITTWOCH, 9.55 UHR

Peter Kullmer stöhnte und ließ den Kopf genervt nach unten fallen. Seit beinahe zwei Stunden schlug er sich mit dem sichergestellten Material aus Carlo Stieglers Keller herum, doch nichts brachte ihn weiter. Er hatte ein paar Telefonnummern gewählt, die auf den Karten und Notizen aus Stieglers Keller zu finden gewesen waren. Dabei hatte er die Abwesenheitsansage eines Pizza-Lieferdiensts erreicht, eine Computerfirma und schließlich die Bandaufzeichnung einer Erotikvideothek auf der Frankfurter Sündenmeile. Vielleicht ein Ansatzpunkt, schloss Kullmer, doch werktags öffnete die Filiale nicht vor zwölf. Er hatte also noch Zeit. Des Weiteren hatte er mit der Computerabteilung gesprochen, die Auswertung von Carlos Rechner war dürftig, nichts als Referate, zwei unvollendete Hausarbeiten sowie einiges Material zur internationalen Rechtsprechung.

»Selbst die installierte Software – ein leistungsstarkes Grafikprogramm und das neueste Office-Paket – ist allesamt legal«, hatte IT-Experte Schreck verlauten lassen. »Ebenso wie die restlichen Applikationen. Der hat sich sogar das Betriebssystem gekauft.«

»Vielleicht gibt es doch noch Hoffnung für die deutsche Justiz«, hatte Kullmer lachend erwidert. Dabei wäre es ihm weitaus lieber gewesen, hätte das Notebook verwertbare Hinweise enthalten. Doch Fehlanzeige, es war nicht einmal ein E-Mail-Programm installiert, vermutlich hatte der Student seine Korrespondenz ausschließlich über ein oder mehrere Freemail-Konten abgewickelt. Oder an der Uni, da waren Hellmer und Kaufmann gerade. Kullmer hatte jedoch wenig Hoffnung, dass sie das weiterbrachte.

»Na, mein Liebster, was bedrückt dich?«, flüsterte es da an seinem Ohr. Er spürte, wie sich Doris' Hände sanft auf seine Schultern legten.

»Hey, auch schon da?«, gab er lächelnd zurück und wandte sich ihr zu.

»Ja, ich dachte mir, verlässt du mal die kalte Wohnung und tankst ein wenig Dienststellenklima«, antwortete sie grinsend. Die Luft war mal wieder zum Schneiden, das hatte auch Kullmer bemerkt, als er um acht Uhr im Präsidium eingetroffen war.

»Gute Idee, mein Schatz.« Er wischte sich demonstrativ über die Stirn. »Selbst vom Rumsitzen bekommt man hier Schweißausbrüche.«

Doris trat neben ihn und ließ den Blick über die Papiere auf dem Schreibtisch wandern. Peter schaute auf ihren Bauch, wenn man überhaupt von so etwas sprechen konnte. Zärtlich fuhr er mit dem Zeigefinger über die Bluse, dort, wo er den Nabel vermutete.

»Was macht denn mein Stammhalter heute?«, fragte er sanft.

»Du meinst unsere kleine Prinzessin?«, erwiderte Doris kess.

»Alles ruhig, alles bestens.«

Die beiden wussten nur allzu gut, dass es im Kollegium völlig normal wäre, eine Wette am Laufen zu haben über das Geschlecht des Kindes, und sie hatten auch kein Problem damit. Gewissheit würde es frühestens in vier Wochen geben, beim nächsten regulären Ultraschall, denn trotz eindringlicher Empfehlung ihrer Frauenärztin hatte Doris eine Fruchtwasseruntersuchung abgelehnt.

»Alles ruhig, so könnte ich meinen Vormittag hier auch bezeichnen«, seufzte Kullmer. »Hier ein Band, da ein Anrufbeantworter, man könnte fast meinen, außer uns arbeitet keiner mehr am frühen Vormittag.«

»Was ist mit dem Handy?«

»Genauso dürftig. Die Nummer ist prepaid, also schwierig, da mal eben so einen umfangreichen Einzelverbindungsnachweis zu bekommen. Und das Gerät selbst ist nicht auffindbar.«

»Liegt wahrscheinlich irgendwo Nähe Osthafen im Main«, mutmaßte Doris.

»Vermute ich auch. Aber wahrscheinlich würde uns das auch nichts bringen. Wir haben es hier offensichtlich mit einem ganz braven Muttersöhnchen zu tun. Ich meine, wer lebt denn mit achtundzwanzig noch bei Mama im Keller, oder?«

»Wahrscheinlich mehr, als wir denken«, sagte Doris, »die Zeiten sind eben anders heutzutage.« Ihr Blick wurde nachdenklich, schien sich in weiter Ferne zu verlieren. Kullmer ahnte, woran sie dachte.

»Wie das wohl mit unserem Kleinen mal wird«, sagte er leise.

»Mit unserer Kleinen«, gab Doris zurück und streichelte ihm über den Kopf, »mit unserem kleinen, süßen Mädchen.«

Dann entfernte sie sich in Richtung ihres Arbeitsplatzes. Peter Kullmer öffnete das Fenster der Suchmaschine und gab nacheinander zwei Adressen ein. Den Pizzadienst klammerte er aus, davon versprach er sich nichts, aber bevor er seine Zeit hier sinnlos vertrödelte, konnte er ja einen Umweg über die City machen, bevor er die Videothek aufsuchte. Er öffnete seinen Posteingang und rief eine E-Mail aus der Computerabteilung auf, an die ein elektronisch verbessertes Profilbild von Carlo Stiegler angehängt war. Er drückte auf Drucken, wählte sicherheitshalber zwei Exemplare und meldete sich dann von seinem Benutzerkonto ab.

Zehn Minuten später parkte Kullmer seinen Dienstwagen auf einem Anwohnerparkplatz in der Spohrstraße, gegenüber einer Buchhandlung. Zwischen zehn und sechzehn Uhr durften auch Fremde hier ihre Autos abstellen, Glück gehabt, dachte Kullmer. Er überquerte die Kreuzung mit der Nordendstraße, passierte eine Kneipe, einen Discounter und einen fast leerstehenden Fahrradparkplatz. Es waren nicht viele Menschen unterwegs, vorwiegend Mütter mit Kindern und ein paar alte Leute, die ihren Spaziergang oder Einkauf vor der Mittagshitze erledigt haben wollten. Vor dem glasverkleideten Eingangsbereich des Gebäudes, dem sich Kullmer nun näherte, standen ein paar junge Männer, rauchend und mit fröhlichen Gesichtern. Vermutlich Studenten, schätzte Kullmer, der Verdacht lag zumindest nahe. Das sogenannte BCN, *Büro Center Nibelungenplatz*, beherbergte unter anderem ein Lernzentrum für Studierende der gegenüberliegenden Fachhochschule.

Kullmer betrat das mit Glas verkleidete Hochhaus, stieg eine Treppe hinauf und ging zum Fahrstuhl. Er zog einen Notizzettel aus der Hosentasche und runzelte die Stirn. Neunzehnte Etage. Er drückte den entsprechenden Knopf, und mit einem Ruck setzte die Kabine sich in Bewegung.

»Möchten Sie einen Kaffee?«

»Danke, nein.«

Peter Kullmer hatte die Büros der Firma iTeX24 problemlos gefunden. Das Zimmer des Chefs war angenehm klimatisiert, ein Zimmerspringbrunnen plätscherte sanft und schuf gemeinsam mit einer großblättrigen Zimmerpflanze, wie Kullmer sie noch nie zuvor gesehen hatte, eine besondere Atmosphäre. In einem Regal standen zwischen den Aktenordnern einige Fußballtrophäen. An den beiden Seitenwänden hingen zwei Bilder von Salvador Dali, sie zeigten brennende Giraffen und eine nackte Frau, über dessen Körper zwei Tiger schwebten. Kaulbach, wie sein Gastgeber sich ihm vorgestellt hatte, hatte offenbar einen etwas exzentrischen Geschmack. Die beiden saßen einander gegenüber, Kaulbach griff zu einer Wasserkaraffe und schenkte sich ein. Auch Kullmer zog sich ein Glas herüber.

»Läuft gut, Ihre Firma, vermute ich?«

»Ich kann mich nicht beklagen. Aber Sie wissen ja, wie das in der Branche ist. Mit Computerkram möchte sich niemand auseinandersetzen, aber alle sind davon abhängig. Netzwerke, Server, der ganze Kram eben. Na ja, da habe ich mir das Hobby zum Beruf gemacht. Interessieren Sie sich für die Materie? Ich führe Sie gerne herum.«

»Nein, vielen Dank«, wehrte Kullmer ab. Er entschied, dass er Kaulbach nicht leiden konnte. Leute wie er – Anfang dreißig, selbstverliebt und arrogant – waren ihm schon immer ein Greuel. Lag es daran, dass er selbst – erheblich älter, aber mit deutlich geringerem Gehalt – seine Karriere im Vergleich als wertlos empfand? Oder war es einfach nur ein wenig Midlife-Crisis angesichts dieses jungen, vor Energie strotzenden Hengstes, der ihm da gegenübersaß. Kullmer vertrieb seinen

Frust, immerhin konnte er sich durchaus noch sehen lassen und stand finanziell nicht unbedingt schlecht da. Eine exotische Pflanze und ein bisschen Feng-Shui machen einen Mann noch lange nicht zum Vorbild, zum Rollenmodell, wie es in der Erziehungswissenschaft so schön hieß. Oh, was war nur aus dem alten Gigolo geworden …

»Wie ich eingangs bereits sagte«, setzte Kullmer an, »ermitteln wir in einem Mordfall.« Er schob das Foto von Carlo Stiegler über die Tischplatte. »Ihre Kontaktdaten fanden wir bei dem Toten zu Hause, genau gesagt in dessen Arbeitszimmer.«

Er beobachtete die Reaktionen seines Gegenübers, spähte nach verdächtigen Zuckungen, einem Stirnrunzeln, vor Schreck geweiteten Pupillen oder Ähnlichem. Doch es geschah nichts, was von einer normalen Reaktion abwich. In Kaulbachs Gesicht spiegelten sich, wenn überhaupt, nur Mitgefühl, Neugier und Aufmerksamkeit.

»Schreckliche Sache«, begann er. »Und wie, sagten Sie, hieß der junge Mann?«

»Stiegler, Carlo Stiegler. Wohnhaft im Riederwald.«

»Ah, bei der Eintracht«, lächelte Kaulbach, und Kullmer wusste sofort, worauf er anspielte. Seit fast zwei Jahren wurde auf dem alten Vereinsgelände emsig gebaut, und in ein paar Wochen sollte das neue Sportleistungszentrum eingeweiht werden.

»Spielen Sie auch?«, wollte Kullmer wissen.

»Habe dieses Jahr aufgehört«, antwortete Kaulbach mit wehleidigem Blick. »Knieverletzung.«

»Verstehe. Aber eigentlich meinte ich die andere Straßenseite, in dem Wohnviertel in der Motzstraße.«

»Ich kann das gerne nachprüfen«, sagte Kaulbach, »aber eigentlich kenne ich die meisten unserer Kunden. Dieses Gesicht allerdings«, er deutete auf das Foto, »habe ich hier noch nie gesehen.«

»Was ist mir Ihren Mitarbeitern?«

»Frage ich sofort, kein Thema.« Er drückte auf eine Kurzwahltaste, es dauerte einen Augenblick, dann sprach er in den Hörer: »Kommt ihr bitte mal in mein Büro? Kurze Besprechung, muss aber sofort sein. Danke.«

Kaum dreißig Sekunden später öffnete sich die Tür, ein junger Mann trat ein, klein, Brille, Sommersprossen, struppiges, rotblondes Haar, blaues Hemd, Stoffhosen und Turnschuhe. So sahen für Kullmer typische Computerfuzzis aus. Unmittelbar darauf folgte ein weiterer Mann, ebenfalls zirka Mitte zwanzig, größer als der erste, hager, dunkle Haare und Augen.

»Thomas, Mike, das ist Kommissar Kullmer«, stellte Kaulbach seinen Besucher vor, »er hat ein paar Fragen. Kommt Alex auch?«

»Der ist nicht da«, erwiderte der Dunkelhaarige.

»Hm. Gut.« Kaulbach runzelte die Stirn. »Dann sind wir erst mal komplett. Herr Kullmer, das sind Thomas Petersen und Kai-Michael ›Mike‹ Hausmann.«

»Guten Tag, Peter Kullmer vom K 11. Es geht um diesen Mann hier«, Kullmer stand auf, nahm das Foto und hielt es den beiden vor die Nase. »Carlo Stiegler. Sagt Ihnen das was?«

Kopfschütteln, Schulterzucken. Beide Männer verneinten und zeigten ebenso wie ihr Chef keine verdächtigen Regungen im Gesicht. Wieder eine Sackgasse.

»Danke, dann war es das schon wieder. Sie können weiterarbeiten, eventuell komme ich nachher noch einmal bei Ihnen vorbei, bitte halten Sie sich also zur Verfügung.«

»Okay«, murmelte der dunkelhaarige Mike, Thomas nickte.

»Moment«, sagte Kaulbach, »was ist denn mit Alex? Der hat doch auch einen Stamm an Privatkunden.«

Mikes Blick verdüsterte sich. »Der hätte längst hier sein sollen, wir wollten heute an der PeNI-Datenbank arbeiten«, murrte er. »Habe keine Lust, das alles alleine zu machen.«

»Hat er sich krankgemeldet?«

»Nein, zumindest nicht bei mir.«

»Hm, das ist eigenartig«, wunderte sich Kaulbach. »Habt ihr es mal bei ihm probiert?«

»Ja, geht aber nur die Mailbox dran«, reagierte Thomas mit einem ratlosen Schulterzucken.

»Haben Sie eine aktuelle Adresse von Ihrem Angestellten?«, warf Kullmer ein. »Wenn ich Sie richtig verstanden habe, besteht noch die Chance, dass unser Mordopfer zu seinem Kundenstamm gehört.«

»Ja, das wäre zumindest die einzige Erklärung, warum unsere Nummer bei dem Opfer auftauchte. Die Möglichkeit einmal ausgeklammert, dass es überhaupt noch keinen persönlichen Kontakt gab. Vielleicht war dieser Carlo ja bislang nur an unserer Dienstleistung interessiert, hatte aber noch keinen Kontakt hergestellt.«

»Das finden wir schon raus«, lächelte Kullmer. »Verraten Sie mir nur einmal die Anschrift und vor allem den vollständigen Namen Ihres dritten Angestellten.«

»Kein Problem«, erwiderte Kaulbach. »Er kommt aus Unterliederbach und heißt Alexander Bertram.«

Bertram.

Kullmer durchlief ein kurzer Schauer. Seine Befragung in der noblen Villa, das hieb- und stichfeste Alibi, all dies lief in rascher Bilderfolge noch einmal vor seinem geistigen Auge ab. Sie hatten den jungen Studenten damals schnell als Tatverdächtigen ausgeschlossen, aber nun lagen die Dinge möglicherweise anders. Bertrams Verbindung zu einem weiteren Mordopfer war die erste erfolgversprechende Spur in diesem Fall.

Er machte auf dem Absatz kehrt, stürmte aus dem Büro und vernahm im Hinauseilen nur noch die verdutzte Stimme Kaulbachs: »Moment! Ich habe hier noch die genaue Anschrift ...«

Doch Kullmer wusste längst, wohin er zu fahren hatte.

MITTWOCH, 11.18 UHR

Mit Stirnrunzeln lauschte Julia Durant Kullmers Ausführungen. In knappen Sätzen und mit erregtem Zittern in der Stimme hatte er von seinem Besuch im alten Shell-Hochhaus berichtet, triumphierend den Namen Alexander Bertram erwähnt und stand nun bereits in den Startlöchern für einen Hausbesuch.

»Gemach, gemach.« Julia kratzte sich mit dem Finger die Stirn. »Ich krieg das noch nicht zusammen. Die Visitenkarte der Computerfirma befand sich in Carlo Stieglers Unterlagen, korrekt? Wir wissen aber noch nicht präzise, ob er Kontakt zu Alexander Bertram hatte.«

»Zumindest hatte er keinen Kontakt zu den anderen Mitarbeitern«, erwiderte Kullmer. »Bleiben also nicht viele Möglichkeiten.«

»Dem stimme ich ja zu, es wäre wirklich ein großer Zufall, wenn die beiden in keiner Verbindung zueinander stehen.

Aber wenn ich das dem Staatsanwalt präsentieren möchte, muss das auf sicheren Füßen stehen. Hattest du nicht noch einen Termin in diesem Porno-Laden?«

»Erotik-Videothek«, korrigierte Kullmer mit einem kurzen Lachen, das Julia Durant jedoch nicht erwiderte. Sie wusste nur allzu gut, dass die Porno-Industrie ein unerbittliches Geschäft war, im stetigen Boom einerseits, aber auch in harter Konkurrenz. Mochte es noch ein legaler Beruf sein, Pornodarstellerin zu werden, so war es kein Geheimnis, dass viele osteuropäische Frauen ihre Hoffnungen darauf setzten, durch dieses Hintertürchen die gewöhnliche Prostitution zu umgehen. Doch die Erniedrigung blieb, spätestens dann, wenn man sich von zwei oder drei Männern gleichzeitig besteigen ließ. Es gibt eben doch einige Vorzüge der Mordkommission gegenüber der Sitte, resümierte Julia Durant. Dann wandte sie sich wieder an Kullmer.

»Wie auch immer, für mich bleibt es ein Porno-Laden.«

»Der erst in einer Dreiviertelstunde aufmacht«, ergänzte Kullmer. »Ich hätte also durchaus Luft, um noch einen Schlenker zur Villa Bertram zu machen.«

»Spricht im Prinzip nichts dagegen, nur möchte ich, dass du jemanden mitnimmst«, antwortete Julia. »Kurz vor deinem Anruf hatten sich Frank und Sabine gemeldet, die sind jetzt fertig an der Uni, könnten also auch schnell rüberfahren. Ich gebe ihnen Bescheid, dann könnt ihr euch vor Ort treffen.«

»Ja, ist okay für mich«, stimmte Kullmer zu.

»Und Peter?«

»Ja?«

»Keine Alleingänge, bitte, ich verlass mich darauf!«

Eine Viertelstunde später verließ Kullmer die A66 an der Ausfahrt »Kelkheim, Jahrhunderthalle«, unterquerte die Autobahn in Richtung Liederbach und folgte der Ortsumgehung, die ihn am Freibad vorbei südlich um das sogenannte Vogelviertel herumführte. Grasmückenweg, Drosselweg, Nachtigallenweg – und überall elegante Häuser, protzige Villen, ein schön gelegener Tennisplatz, kaum Verkehr und jede Menge schattiger Bäume. Kullmer musste an die alte Arbeitersiedlung am Riederwald denken, wo Frau Stiegler lebte, ein echter Kontrast, aber dort war es irgendwie lebendiger gewesen. Er parkte seinen Wagen unter einer Platane, diese Bäume standen auch hier in Reih und Glied, waren jedoch deutlich jünger als jene im Riederwald. Ohne Hast lief er eine mit Efeu überrankte Mauer entlang, fast schulterhoch, die das dahinterliegende Anwesen schützend umgab. Das Metalltor war massiv, ohne Klinke oder Knauf, zu bedienen nur mit einem Infrarotsensor vom Wagen aus oder über eine videounterstützte Gegensprechanlage vom Inneren des Hauses. Offenbar wusste man im Vogelviertel, sein Eigentum und seine Privatsphäre zu schützen. Peter Kullmer erinnerte sich, wie stolz Wolfgang Bertram, ein angesehener ehemaliger Bundeswehrgeneral, damals sein hauseigenes Warn- und Schließsystem gelobt hatte.

Einige Häuser weiter, direkt vor der Bertram-Villa, glänzte ein frisch polierter BMW in der Sonne. Erst beim zweiten Hinsehen erkannte Kullmer, dass es sich um Hellmers Wagen handelte.

»Mensch, da hat man einmal nen Einsatz im Bonzenviertel, und du kommst ohne den Porsche daher!«, rief Kullmer lachend.

»Hatte ja auch schon einen Termin an der Uni«, entgegnete Hellmer, der bereits ausgestiegen war. Er ließ die Tür zufallen und ergänzte dann: »Da wäre ich wohl selbst mit nem Dienstwagen vom Präsidium aufgefallen.«

Sabine Kaufmann stieg ebenfalls aus und lächelte Kullmer freundlich zu. »Grüß dich, Peter. So schnell sieht man sich wieder. Wolltest du nicht eigentlich auf die Sündenmeile?«

»Da erreicht man ja um diese Zeit noch niemanden. Außerdem möchte ich mir einen weiteren Besuch im Hause Bertram ungern entgehen lassen. Ich bin mächtig gespannt, was der uns zu erzählen hat.«

Hellmer klopfte seinem Kollegen auf die Schulter.

»Na, dann lass uns mal reingehen. Julia hat uns schon vorgewarnt, dass wir auf keinen Fall ohne dich anfangen sollen.«

»Wartet ihr schon lange?«

»Ein paar Minuten.«

Sabine fügte hinzu: »Lange genug, um den Nachbarn aufzufallen und um zu sehen, dass sich in der Bertram-Villa nichts regt.«

»Sind die Vögelein also alle ausgeflogen«, ulkte Kullmer.

»Na, werden wir ja sehen.«

Sie öffneten das schmale Tor neben der Einfahrt, ein altes, vor nicht allzu langer Zeit frisch gestrichenes Eisengitter, das auf zwei verwitterten, gut gefetteten Scharnieren lag und fast geräuschlos aufschwang. Die Pfosten waren aus Naturstein gemauert, gelblich roter Taunusquarzit, dazwischen ein nicht allzu hoher Gitterzaun. Alles in allem wirkte die Villa einladender als das Anwesen, welches Kullmer zuerst passiert hatte. Er lief voran und ließ den Blick den Gehweg entlanggleiten, die Fichtenstämme hinauf und über die dicht wachsenden Büsche. Wilder Wein kletterte die Seitenfassade der Villa hinauf. Es gab nichts, was Kullmer irritierte. Alles schien genauso zu sein wie damals, im September 2008, als er zum ersten Mal hier gewesen war. Er stieg die Stufen hinauf, wandte sich zu seinen beiden Kollegen um und legte mahnend den Finger an die Lippen. Dann betätigte er die Türklingel, ein versilberter Knopf inmitten eines auf Antik gemachten Silberornaments unterhalb einer weißen Metallplatte, in der sich ein Codefeld, ein Kartenleser und eine Kamera befanden. Gebannt lauschte er, ob sich im Inneren des Hauses etwas tat. Sabine reckte den Hals in Richtung Panoramafenster, und Hellmer ließ seinen Blick über die anderen Fenster wandern, nach einer halben Minute trafen sich die Blicke der drei wieder.

Kopfschütteln. Alles ruhig.

Kullmer läutete noch einmal, klopfte anschließend laut.

»Da ist keiner da!«

Erschrocken fuhren Hellmer und Kullmer herum, auch Sabines Kopf flog in Richtung der Straße, von wo die fremde Stimme gekommen war. Es war eine Frau Mitte sechzig, vielleicht sogar schon weit darüber, das ließ sich bei der Menge an Schminke, dem eleganten Auftreten und den zweifelsohne frisch gefärbten Haaren nur schwer einschätzen. Elf Uhr durch, dachte Kullmer verächtlich, und Madame haben sich wahrscheinlich nur zum Postholen so in Schale geworfen. Womöglich besaß sie sogar einen maßgeschneiderten Bademantel.

»Danke für die Information«, nickte Kullmer und zwang sich zu freundlicher Höflichkeit. Er eilte die Treppenstufen hinab auf die Dame zu, die am Tor stehen geblieben war und keine Anstalten machte, das Grundstück zu betreten. Er zog seinen Dienstausweis hervor, nahm ihn in seine Linke und streckte der Frau, die beinahe ebenso groß war wie er selbst, die rechte Hand entgegen.

»Kommissar Peter Kullmer, Kriminalpolizei. Das dort oben sind meine Kollegen.«

»Das habe ich mir bereits gedacht. Ich wusste das gleich, als ich Ihre Kollegen im Auto sitzen sah«, antwortete die Frau spitz. »Nicht, dass ich den ganzen Tag die Straße beobachten würde«, fügte sie schnell hinzu.

»Nein, natürlich nicht«, bekräftigte Kullmer schnell. »Im Gegenteil, wir wären ja froh, wenn alle Nachbarn so wachsam wären. Aber darf man fragen, wieso Sie gleich an die Polizei dachten?«

»Ach, es geht mich ja nichts an«, erwiderte die Nachbarin und verzog das Gesicht. »Aber so nachlässig, wie dieser junge Bertram mit allem umgeht, ich weiß ja nicht. Mein Rüdiger jedenfalls war in diesem Alter schon …«

»Entschuldigen Sie, dass ich Sie unterbreche«, hakte Kullmer nach, »aber was meinen Sie mit nachlässig?«

»Ach, Sie wissen schon, die jungen Leute heutzutage eben.« Sie winkte verächtlich ab. »Den ganzen Tag in der Bude, kümmert sich nicht ums Haus, aber abends dann geht es los und erst frühmorgens wieder heim. Wenn das die Eltern wüssten.«

»Was ist denn mit den Eltern?«, fragte Kullmer vorsichtig. Er erinnerte sich daran, dass Frau Bertram unter Asthma litt, aber so alt waren die Bertrams nun auch wieder nicht.

»Die sind in Island. Reizklima, Sie wissen schon. Für mich wäre das ja nichts, also nicht im Hochsommer …«

Während die Nachbarin weiter vor sich hin plapperte, über ihren letzten Urlaub, den verkommenen Garten, ihren Sohn Rüdiger und den Verfall der Gesellschaft, hatte Kullmer sich längst mit einem Lächeln ausgeklinkt.

»Danke vielmals, Sie haben uns sehr geholfen«, lächelte er die verdutzte Frau an, die mitten in einem Satz war, und streckte ihr erneut die Hand entgegen. »Würden Sie mir noch Ihren Namen verraten? Nur für den Fall, Sie wissen schon.«

»Äh, natürlich, Klara von Diethen, schräg gegenüber.«

Sie deutete mit dem Zeigefinger auf ein klobiges Haus, zweifelsohne eines der neueren Objekte, wenig Schnörkel, keine Jugendstilelemente und zur Straße hin hauptsächlich schmale Fenster, die an Schießscharten erinnerten. Ein echter Beobachtungsbunker, dachte Kullmer, ungemütlich, abgeschottet und kalt. Die elegante Bertram-Villa dagegen hätte er sofort bezogen; und Doris bestimmt auch.

»Dann gebe ich Ihnen noch meine Karte und würde Sie bitten, sich zu melden, sollte Ihnen etwas Ungewöhnliches auffallen. Oder falls Alexander Bertram zurückkehrt.«

»Ja, danke«, erwiderte Klara von Diethen. Dann, wieder mit spitz gezogenem Gesicht, ergänzte sie: »Aber ich kann mich jetzt nicht den ganzen Tag hinsetzen und hier hinüberschauen.«

»Natürlich nicht«, wehrte Kullmer ab. »Das erwartet auch niemand von Ihnen.«

Obwohl ich meinen Arsch drauf verwetten würde, dass du genau das tun wirst.

Nachdem auch das dritte Klingeln keinen Erfolg gebracht hatte, umrundeten Hellmer und Kaufmann das Haus, während Peter Kullmer in seinem Handy die Nummer von Julia Durant suchte. Mist, schon wieder verkehrt, rügte er sich, nachdem er bereits auf »Wählen« gedrückt hatte, und brach den Vorgang ab. Wenn man Julia im Büro erreichen wollte, musste man auf Bergers Kurzwahl drücken, diesen Fehler hatte er vor einer Stunde schon einmal begangen.

Also noch mal, Kurzwahl »Berger, Büro«, drei Freizeichen, dann erklang Julias Stimme. »Durant?«

»Grüß dich, ich bin's, Peter.«

»Hallo. Na, was gibt's?«

»Keiner zu Hause in der Bertram-Villa. Die Eltern sind im Urlaub, von Alexander nichts zu hören und nichts zu sehen. Angeblich haut er sich die Nächte um die Ohren, zumindest, wenn man dem Hausdrachen von gegenüber Glauben schenken darf.«

»Hmmm, okay«, dachte Julia laut und machte eine kurze Pause. »Dann können wir momentan nicht viel machen.«

»Wie bitte?«, entfuhr es Peter Kullmer ungläubig. »Schick uns einen Schlüsseldienst rüber, und wir stellen die Bude auf den Kopf!«

»Sachte, sachte«, wehrte die Kommissarin ab. »Aufgrund welcher Sachlage soll ich das denn anordnen?«

»Na, immerhin haben wir einen flüchtigen Verdächtigen, was brauchst du denn noch?«

»Wessen verdächtigst du den jungen Bertram denn? Und sag jetzt bloß nicht: ›Weil er den Stiegler ermordet hat‹!«

»Aber wir müssen doch alle Möglichkeiten prüfen!«, hielt Kullmer verärgert dagegen und bereute schon, Durant überhaupt angerufen zu haben. Diese Chefallüren passten überhaupt nicht zu ihr.

»Peter, ich kann sehr gut nachvollziehen, dass du am liebsten die Tür eintreten würdest, glaub mir, das ginge mir an deiner Stelle ganz genauso. Aber bevor Bertram nicht vierundzwanzig Stunden vermisst wird, ist da leider nichts zu machen.«

Insgeheim wusste Peter Kullmer, dass Julia recht hatte. Sie hatten nichts in der Hand außer einer vagen Verbindung, die sich noch immer als reiner Zufall herausstellen konnte. Die Visitenkarten von iTeX24 waren bestimmt über die ganze Stadt verteilt. Aber in just diesem Moment verlangte es Kullmer nach einer Erklärung, und er beendete das Gespräch mit einem unguten Bauchgefühl.

»Abflug, Leute«, sagte er zerknirscht.

»Wie jetzt?«, fragte Sabine Kaufmann ungläubig, und auch Hellmer zog fragend die Augenbrauen hoch.

»Wir bekommen keinen Durchsuchungsbefehl. Noch nicht zumindest.«

»Hätte ich mir ja denken können«, empörte sich Sabine. Sie machte ein strenges Gesicht, erhob den Zeigefinger und sagte in besserwisserischem Ton: »Die Rechtsgrundlage ist nicht ausreichend für eine Durchsuchung.«

Kullmer grinste kurz, hatte sie Julias Mimik und Gestik doch recht gut getroffen, aber Hellmer stieß ihn sofort in die Seite.

»Hört auf damit! Wir sind schließlich nicht diejenigen, die hinterher den Kopf dafür hinhalten müssen.«

»Da warst du aber damals noch anders drauf«, konterte Sabine, »du weißt schon, was ich meine.«

Selbst Peter Kullmer wusste, dass sie auf Julias Entführung anspielte. Letzten Endes hatte eine nicht genehmigte Durchsuchung in Alina Cornelius' Praxis die beiden auf die Zielgerade geführt.

»Wir kriegen die Genehmigung ja auch«, sagte er mit einer beruhigenden Handgeste. »Nur eben nicht jetzt.«

MITTWOCH, 13.25 UHR

In roten Lettern prangte auf gelbem Untergrund der Name EROS VIDEOTHEK auf Kullmer herab, nicht unbedingt die einfallsreichste Bezeichnung, wie er fand, dafür umso greller. Überall sonst versuchten die Videotheken, ein familienfreundliches Image aufzubauen, weg von der schmierigen Atmosphäre, und ihre Erwachsenenbereiche befanden sich in streng abgetrennten Räumen. So verlangte es das Jugendschutzgesetz, doch diese Notwendigkeit bestand im Bahnhofsviertel nicht. Wer zu EROS kam, der wollte keine Disney-Filme oder Blockbuster.

Die beiden Schaufenster links und rechts der Eingangstür waren mit gelber Folie verklebt, rote Herzen säumten oben und unten den Rahmen. Links waren Schlagworte in roten Buchstaben aufgeklebt, es gab DVDs bereits ab 50 Cent pro Tag, es gab An- und Verkauf. Rechts im Fenster waren unter dem Hinweis »Wir führen« einige namhafte deutsche Erotikproduzenten genannt, immerhin erkannte Kullmer ein halbes Dutzend davon.

Auf der nach außen offen stehenden Tür lachte ihm ein bis auf den Slip nacktes Busenwunder entgegen, es war die Newcomerin des Jahres, wie der Werbeschriftzug verriet, in ihrer Hand hielt sie das Cover ihres neuesten Filmes. *Ab sofort hier erhältlich* stand darunter. Kullmer trat durch den bunten Glasperlenvorhang nach innen. Die Luft war stickig, und es roch nach kaltem Rauch, ein nikotingelber Ventilator drehte sich langsam an der Decke, ohne einen merklichen Effekt zu erzielen. Regale mit DVD-Covern standen an drei Seiten des Raumes, inklusive der Fensterzeile, dazwischen drei weitere mannshohe Regalreihen, die beidseitig vollgestellt waren. Kullmer versuchte zu überschlagen, wie viele DVDs sich wohl auf den schätzungsweise fünfunddreißig Quadratmetern des Ladenlokals befanden, kam aber zu keinem Ergebnis. Hatte draußen nicht etwas von zweitausendfünfhundert Filmen gestanden? Zwischen den Regalen, schräg gegenüber des Eingangs, befand sich ein drei Meter breiter Tresen, dahinter, nach einem Durchgang mit ausgehängter Tür, der Lagerbereich, in dem sich zweifelsohne die DVDs zu den ausgestellten Covern befanden. Wie in den meisten Videotheken üblich, musste der Kunde einen Anhänger mit der Filmnummer abgeben und erhielt dann ein Cover mit dem Logo des Ladens und der Filmscheibe. Neben dem Tresen befand sich ein weiterer Durchgang, »Betreten verboten«, stand auf der geschlossenen Tür. Aus einem kleinen Fernseher neben der Registrierkasse drangen seltsame Musik und Schreie.

»Tag«, nuschelte der Angestellte und öffnete zischend eine Dose mit einem Energydrink. »Schon Kunde hier?«

Kullmer schätzte ihn auf Anfang dreißig, er hatte lange, ungepflegte Haarsträhnen, dunkelbraun, trug einen Dreitagebart, ein schwarzes Muscleshirt, ein dickes Silberkettchen, die freiliegenden Oberarme waren tätowiert. Im rechten Ohr baumelte ein silberner Totenkopf, die dunkle Augenbraue des linken Auges war von einer Narbe durchzogen. Auch wenn Kullmer nicht mehr von ihm sehen konnte, hätte er sich zugetraut, auch den Rest des Körpers beschreiben zu können. Eine protzige Gürtelschnalle von Jack Daniels oder Harley Davidson, verwaschene, aufgerissene Bluejeans und schwere Bikerstiefel. Er trat auf den Tresen zu und nickte freundlich.

»Nein, ich bin noch kein Kunde.«

»Brauchst nen Ausweis, um hier leihen zu können«, erwiderte sein Gegenüber. »Oder nen Hunderter Kaution.«

»Am Ausweis soll es nicht scheitern«, lächelte Kullmer und zog seinen Dienstausweis hervor. Die Augen des Angestellten weiteten sich, er fing sich aber sofort wieder.

»Hätt ich mir denken können«, knurrte er.

»Warum?«, fragte Kullmer, betont unbedarft.

»Na, weil hier keiner mittags reinkommt, einfach mal so, der so rausgeputzt aussieht.«

»Wieso, weil ich nicht untersetzt und bierbäuchig bin? Ich dachte, das wäre ein Gerücht. Bei den Umsätzen der Pornoindustrie jedenfalls sollte man das meinen.«

»Wie auch immer.«

»Kommen keine Kunden aus den schicken Büros und so?«

»Schon, aber die lassen sich erst abends hier blicken.«

»Was ist mit jungen Leuten? Studenten?«

»Wird das hier jetzt ne Fragestunde?«

Offensichtlich genervt, zog der Mann einen Tabakbeutel hervor, entnahm ihm Filter und Papier und begann gemächlich, sich eine Zigarette zu drehen.

»Ich frage bestimmt nicht aus privatem Vergnügen«, kommentierte Kullmer. Er entfaltete das Foto von Carlo Stiegler und schob es über die stumpfe Oberfläche des Tresens, auf dem sich zahlreiche runde, klebrige Abdrücke befanden. Vermutlich schwingt er im Laufe des Tages von Energydrink auf Dosenbier um, dachte Kullmer.

»Wir suchen Informationen über diesen jungen Mann, ein Student, der hier vielleicht Kunde war.«

Er ließ sein Gegenüber nicht eine Sekunde unbeobachtet, hoffte auf ein verräterisches Signal, ein Zucken, ein Zwinkern, doch der Blick blieb gelangweilt. Die einzige Reaktion bestand in einem Schulterzucken.

»Kann sein, weiß nicht.«

»Können Sie denn seinen Namen im Kundenverzeichnis überprüfen?«

»Ja.«

»Gut, dann tippen Sie mal ein: Carlo Stiegler. Carlo mit C, Stiegler wie der Stieglitz.«

Doch Kullmer bezweifelte, dass der schmierige Typ vor ihm wusste, dass es einen solchen Vogel überhaupt gab. Vielleicht gab es ja in Unterliederbach eine Stieglitzstraße oder einen Distelfinkplatz, dachte er amüsiert, während er dem langsamen Tippen lauschte. Ein weiterer Grund, noch einmal hinzufahren.

»Kein Stiegler hier drinnen.«

»Mist«, entfuhr es Kullmer, dann aber kam ihm eine Idee. »Was ist mit Bertram? Alexander Bertram.«

Wieder unerträglich langsames Tippen, dann endlich: »Nö, auch nicht.«

»Okay, danke trotzdem«, sagte Kullmer und packte das Foto wieder ein. »Gibt es hier noch weitere Angestellte?«

»Ich hab ne Aushilfe für die Tagschichten«, nickte der Mann, »die ist aber krank. Ansonsten bin immer ich da, lohnt sich sonst nicht.«

Kullmer begann zu verstehen. »Ach so, dann sind Sie hier der Chef?«

»Jap. Mir gehört die Bude.«

»Da habe ich Sie falsch eingeschätzt«, gestand der Kommissar. »Ich habe Sie für einen Angestellten gehalten.«

Er zögerte kurz, wollte den Ausdruck wieder hervorziehen, entschied sich dann aber anders. »Können Sie mir den Namen Ihrer Aushilfe verraten? Ich würde sie gerne ebenfalls befragen.«

»Ja, ich such's raus. Moment.«

»Und Ihren Namen hätte ich auch gerne.«

»Steht doch draußen angeschrieben, was haben Sie dort denn die ganze Zeit gemacht? Der Kleinen auf die Möpse geschaut?«

Kullmer erinnerte sich. Irgendwo hatte eine Notiz auf den

Inhaber hingewiesen, darunter die Telefonnummer, er hatte sie aber nicht beachtet.

»Wenn ich es wüsste …«, begann er, leicht gereizt.

»Lukas Wandraschek. Man nennt mich Luke.«

»Okay, Herr Wandraschek, dann nur noch die Daten Ihrer Angestellten. Hat sie sich krankgemeldet oder so?«

»Oder so.«

Mit diesen Worten schob Luke einen Notizzettel mit der Anschrift seiner Aushilfe über den Tresen, bereits auf den ersten Blick fiel Kullmer auf, dass er »Strase« mit nur einem S geschrieben hatte. Evelyn Krause, las er weiter. Die Adresse lag in Bornheim, eine Telefonnummer war ebenfalls vermerkt.

»Danke«, sagte Kullmer. »Gleich können Sie Ihren Fernseher wieder laut drehen. Was schauen Sie da eigentlich?«

»Gesichter des Todes.«

Kullmer erinnerte sich, darüber gelesen zu haben. In dem berüchtigten Film, der bereits Ende der siebziger Jahre gedreht worden war, waren echte Gewalt- und Todesszenen zu sehen, ein Schocker, der nach wie vor in vielen Ländern auf dem Index stand oder sogar verboten war.

»Verstehe. So gesehen auch ne Form von Hardcore, richtig?«

Wandraschek verzog keine Miene, glotzte Kullmer nur an. Der Kommissar vermochte nicht zu sagen, ober er über eine Antwort nachdachte oder nicht, aber schließlich zuckte sein Gegenüber mit den Schultern und starrte wieder auf den Fernseher.

»Kann ja nicht den ganzen Tag die Bumserei laufen lassen. Da verblödest du ja irgendwann von, das geht gar nicht.«

Sicher, dachte Kullmer und verkniff sich ein ironisches Lächeln, das dürfen wir auf keinen Fall riskieren.

Der Boden des Konferenzzimmers glänzte, und die Tische standen fein säuberlich zu einem riesigen Sechseck zusammengeschoben in der Mitte des Raumes. Vermutlich hatte am Vorabend eine wichtige Versammlung stattgefunden, ein Arbeitskreis vielleicht, jedenfalls hatte irgendwer aus dem Präsidium irgendwen beeindrucken wollen. Der Raum verfügte über eine elektrische Leinwand, vier Meter breit und drei Meter hoch, die man aus der Deckenkassette hinablassen konnte, ein paar Meter entfernt hing ein Videobeamer. Die Anschlüsse erreichte man bequem über einen entsprechenden Port am Boden, von wo aus die Kabel versteckt weiterliefen. Ein riesiger, unnötiger Aufwand, wie Julia Durant bei ihrem ersten Rundgang durch das neue Präsidium kommentiert hatte, aber eigentlich auch ganz nützlich, wie sie mittlerweile eingestand. Sie saßen zu fünft zusammen, hatten einen Durchgang in die Tischformation geschoben, so dass zwei nach innen gehen konnten. Doris saß rechts neben Julia, ihr gegenüber Peter, neben ihm Sabine und ihr wiederum gegenüber Hellmer. Die Szene hatte etwas Verschwörerisches. Nach einem kurzen Austausch über die Sackgasse in der Uni – Hellmer und Kaufmann hatten zwar einen von Carlo Stieglers Professoren getroffen, aber nichts Brauchbares in Erfahrung bringen können –, hatten sie über iTex24 debattiert und spekulierten nun, welcher Art die Verbindung zwischen Alexander Bertram und Carlo Stiegler gewesen sein könnte. Dazu notierte Doris auf einen leeren Papierbogen zwei Spalten, über die sie zuerst *C. Stiegler* und dann *A. Bertram* schrieb. Darunter vermerkte sie einige Daten:

28 Jahre
Uni, Jura
Riederwald (vorher Marburg)
wohnt bei Mutter (verwitwet, einfache Verhältnisse)

26 Jahre
FH, Informatik, Abschluss Sommer 2009
Anstellung bei iTex24, Webhosting und Softwareent-
wicklung (Nibelungenplatz, gegenüber FH)
Unterliederbach
wohnt im Elternhaus (Familie wohlhabend, Mutter
krank)

»Eher dürftig, oder?«, fragte sie in die Runde. »Außer dem
Geschlecht und dem Alter gibt es da nicht viel.«
»Höchstens die schwache Mutterfigur«, feixte Hellmer.
»Vielleicht sollten wir Alina hinzuziehen.«
»Bleib mal auf dem Teppich«, lachte Julia und stieß ihn mit
dem Ellbogen in die Seite. »Vielleicht sollten wir zunächst
einmal alle Unterschiede ausklammern und danach sehen,
was uns dazu einfällt.«
»Okay, wer schreibt mit?«, fragte Hellmer.
»Bin doch eh dabei«, sagte Doris und beugte sich nach vorne,
um ihm einen strengen Blick zuzuwerfen.
»Gut«, begann Julia Durant. »Dann betrachten wir mal das
Mordopfer. Carlo Stiegler ist etwas älter als Bertram, hat aber
noch studiert. Das kann auch allein am Fach gelegen haben,
Jura dauert schließlich ne Weile. Er ist zu seiner Mutter gezogen, hat seinen Studienstandort von Marburg nach Frankfurt
verlegt. Wann genau war das?«
»Moment.« Sabine blätterte eifrig in ihren Unterlagen. »Ah,

hier ist es. Er ist eingeschrieben seit dem Sommersemester 2008. Dürfte also spätestens März 2008 gewesen sein.«

»Passt ja«, dachte Hellmer laut. »Zu diesem Zeitpunkt waren auch Riva und Mason schon hier.«

»Ja, mag sein. Aber weiter im Text. Carlo kommt hier in Frankfurt an, kniet sich laut Mutter voll ins Studium, hat nirgends verdächtige Materialien, keine Freundin, eine mögliche Homosexualität hat Frau Stiegler vehement bestritten. Besuch von diesem Unbekannten bekam er aber schon recht früh, oder?«

»Wobei weder das eine noch das andere etwas heißen muss«, gab Kullmer zu bedenken.

Julia nickte. »Allerdings wäre das ohnehin keine Verbindung zu Bertram. Irre ich mich, oder hegte der damals nicht Gefühle für Jennifer Mason?«

Murmeln, Schulterzucken, dann nickte Kullmer. »Es hatte zumindest den Anschein.«

»Wäre ja eigentlich Grund genug, den damals Inhaftierten mal auf die Pelle zu rücken«, grübelte Julia laut.

»Ich weiß nicht.« Doris wippte den Kopf hin und her. »Das stelle ich mir wenig erfolgversprechend vor. Schau mal, Simmons und Taubert beteuerten jeweils ihr Unwissen und schoben es auf ihren Erinnerungsverlust. Das klassische Gefangenendilemma, ihr wisst schon, bei zwei Verdächtigen rechnet es sich am meisten, wenn jeder dichthält.«

»Na, das ist aber eine recht großzügige Interpretation, oder?«, lachte Hellmer. »Rechnerisch gesehen wäre es besser gewesen, wenn Taubert gegen Simmons ausgesagt hätte.«

»Nur wenn er sich zu hundert Prozent darauf hätte verlassen können, dass Johnson auch weiterhin schweigt«, erwiderte Doris, die sich nach vorne gebeugt hatte, um Hellmer in die Augen blicken zu können.

»Stopp, wir haben hier keine Philosophiestunde«, unterbrach Julia die beiden. »Fakt ist, dass der Richter die beiden aufgrund der Indizien zur Höchststrafe verurteilt hat, und nicht wegen irgendwelcher Aussagen oder gar Rechenspielchen. Da werden wir wohl kaum auf große Bereitwilligkeit zur Kooperation stoßen, nehme ich an.«

»Auch bei Helena Johnson habe ich da meine Bedenken«, ergänzte Kullmer. »Die beiden Mädels kamen ja nicht viel besser weg, zwölf und acht Jahre, wenn ich mich recht entsinne.«

»Ja, dürfte hinhauen«, nickte Julia. »Dann bleibt also, wenn überhaupt, diese Italienerin. Riva hieß sie, stimmt's? Sie hat damals besonders heftig auf die Urteilsverkündung reagiert und schmort ja nun schon seit bald zwei Jahren. Meint ihr, es könnte sich lohnen, dort einmal anzusetzen?«

Eigentlich wollte die Kommissarin noch etwas hinzufügen, doch dann bemerkte sie, wie betreten die Gesichter von Sabine und Peter wurden, und auch Frank und Doris schauten mit gepressten Lippen trübsinnig nach unten.

»Okay, Leute, was ist los?«, platzte es aus ihr heraus, als sie das Herumgedruckse nicht länger ertrug. »Ihr tut ja gerade so, als würde ich von euch verlangen, Hannibal Lecter zu befragen.«

Nach einem kurzen Blickwechsel mit seinen Kollegen war Frank Hellmer es, der leise antwortete: »Tut mir leid, Julia, dass du es offenbar noch nicht wusstest, aber Adriana Riva ist nicht mehr am Leben.«

Julia Durant überlief ein kalter Schauer.

»Scheiße«, hauchte sie und versuchte verzweifelt, ihre Fassung wiederzuerlangen. Endlich gelang es ihr, und sie fragte: »Wann und wie?«

»Selbstmord«, antwortete Sabine, die ihrem Blick auswich.
»Ist noch gar nicht lange her, es muss kurz vor der WM gewesen sein, ich weiß nicht einmal, ob Berger eine offizielle Meldung bekommen hat. Frank hat es mir gestern erzählt, vorher hatte ich auch keinen Plan. Man hat Adriana Riva in ihrer Zelle gefunden, erhängt, sie hat das Bett in ihrer Zelle hochkant gestellt und ihr Stoffhemd benutzt. Klassischer Selbstmord also«, fügte sie mit einem Schulterzucken hinzu.

»Mist, verdammt, das hätte nicht passieren dürfen«, knurrte Durant.

»Kann ja nicht jedes Gefängnis so sicher sein wie unsere«, kommentierte Kullmer. »Ich meine, das war in Süditalien, heiße Sommer, alte Zellen ...«

»Moment, Italien?«, hakte Julia nach, doch dann erinnerte sie sich wieder. »Ach nein, vergesst es«, winkte sie hastig ab. Adriana Riva hatte verschiedene Anträge gestellt, darunter auch einen auf Haftverbüßung im Heimatland. Diesem war Anfang des Jahres stattgegeben worden, dies war die letzte Meldung, an die Julia Durant sich in Verbindung mit dem damaligen Fall erinnern konnte. Doch es war ja ohnehin nicht *ihr* Fall gewesen, sie hatte auch oft genug versucht, die trüben Gedanken an ihren Wiedereinstieg zu verdrängen. Aber wie das sprichwörtliche Damoklesschwert schien der Fall Mason sich stets wieder drohend über ihrem Haupt zu formieren.

»Was soll's«, seufzte die Kommissarin resigniert. »Machen wir mal weiter mit der Tabelle.«

Alle konzentrierten sich wieder auf die beiden Spalten mit den wenigen Details über Carlo Stiegler und Alexander Bertram.

»Okay, was haben wir noch?«, fuhr Julia fort. »Carlo lebte am einen Ende der Stadt, in einem einfachen Viertel, Alexander hingegen in einer Villa am anderen Ende. Der eine studierte an der Fachhochschule, der andere an der Uni. Dann zur technischen Ausstattung. Carlo Stiegler besaß zu Hause einen einfachen Internetzugang, wie ihn mittlerweile jeder hat, keine Specials, also rein gar nichts, wofür man eine Computerfirma bräuchte.« Mal abgesehen davon, dass du ja selbst zu blöd bist, um einen Monitor einzuschalten, dachte Julia insgeheim und schmunzelte leicht. »Warum also hatte er dann diese vermaledeite Visitenkarte bei sich zu Hause?«

»Vielleicht war es ja Wurfwerbung?«, schlug Sabine vor. »Er hatte schließlich auch diesen Flyer von der Pizzeria. Die legen ihren Bestellungen doch immer gerne Werbung von benachbarten Geschäften bei.«

»Verdammt!« Kullmer schlug auf den Tisch. »Warum habe ich das nicht gleich gecheckt?«

Er riss den Flyer hoch und studierte dessen Rückseite. *Pizza-Muli: auch in Deiner Nähe* warb die kleine Restaurantkette. Darunter lachte ein Esel mit Schürze und Bäckerhut. Es waren drei Filialen verzeichnet, eine davon im Ostend, an der Hanauer Landstraße, eine weitere in der Nähe des Hauptbahnhofs und die dritte an der Friedberger Landstraße, in unmittelbarer Nähe zur Fachhochschule und dem BCN-Hochhaus.

»Hast du nicht heute früh die Nummer gecheckt?«, fragte Doris.

»Klar«, erwiderte Peter, »die erste von den dreien. Das ist die Nummer von der Hauptfiliale an der Hanauer, zumindest ging da dann das Band an.«

»Hmmm, das wertet die Spur natürlich wieder ab, oder?«, überlegte Sabine mit einem Stirnrunzeln. »Wenn es nämlich im Ostend eine Filiale gibt, kann Carlo den Flyer natürlich auch von dort haben. Ist ja relativ nahe am Riederwald, aber man würde dort wohl keine Werbung für eine Firma im Nordend verteilen.«

»Ganz sicher nicht«, stimmte Kullmer zu. »Mist.«

»Alles halb so wild«, sagte Julia. »Das lässt sich doch wenigstens mit relativ geringem Aufwand nachprüfen. Klemmt sich nachher jeder ans Telefon und fragt eine der drei Filialen nach der Adresse, und in den beiden Läden an der Hanauer und Friedberger zeigen wir Stieglers Foto herum.«

»Wenn wir schon dabei sind«, warf Kullmer ein, »der dritte Laden liegt nicht allzu weit von dem Porno-Schuppen entfernt. Nur so am Rande.«

»Porno-Schuppen?«, fragte Julia Durant mit hochgezogenen Augenbrauen. »Ich erinnere mich da an ein gewisses Telefonat, da klang das noch ganz anders.«

Sie lächelte Kullmer auffordernd an.

»Na ja«, sagte er leise, »du hast schon recht. Ist eine ganz schön schmierige Bude gewesen, und man sollte echt nicht meinen, was die Leute für Geschmäcker haben.«

»Na, pack schon aus!«, forderte Hellmer mit neugierig leuchtenden Augen. »Wenn wir schon in der Branche ermitteln, dann lass wenigstens mal ein paar Details springen.«

»Ach«, winkte Kullmer ab, »das war echt ne üble Nummer. Von draußen ganz dezent natürlich, vom lebensgroßen Pappaufsteller einer dieser Porno-Queens mal abgesehen. Drinnen ging es aber dann gleich richtig los, erst kommen die klassischen Hardcoretitel, *Harter Ausritt*, *Unartige Schulmädchen*, so ein Kram halt.« Er lachte kurz auf. »Ach ja, *Nonnen auf Abwegen* gab es natürlich auch, und dann so eine ulkige Reihe *Fred Hitch's Cock: Die Vögeln* oder *Durch die Betten von Nizza ...«*

»Mensch, Peter, komm doch mal zur Sache, bitte«, unterbrach Doris ihren Lebensgefährten. Dann aber, ganz unvermittelt, wechselte sie zu einem versöhnlichen Schmunzeln und fügte hinzu: »Das ist doch kein Männerstammtisch hier.« Hellmer kicherte, auch Kaufmann verzog amüsiert den Mund, und selbst Julia konnte ihr Amüsement nicht verbergen. »Du hast es gehört, Peter«, sagte sie. »Da musst du wohl oder übel Folge leisten.«

»Oder du schläfst heute Nacht auf der Couch«, ergänzte Hellmer.

»Ach, leck mich!«, konterte Kullmer und winkte ab, konnte ein Lächeln aber nicht verbergen. »Ihr habt ja recht, ich beuge mich der Mehrheit. Ich ging jedenfalls durch die Regale, erst noch halbwegs normal, dann kamen aber ganz schnell die richtig perversen Sachen, so mit Natursekt und Kaviar, also Vollpinkeln und Anscheißen, für die Unbedarften unter euch, und dann eben ne Menge Folterkram, Bondage, SM, eben wie der ganze Mist so heißt.«

Mattes Ächzen von Doris, dazu ein Seufzen von Sabine.

»Und es ist nicht nur das«, fuhr Kullmer mit erhobenem Finger fort. »Ich meine, Erotik mag ein guter Markt sein, das kann man ja anhand der Umsätze deutlich erkennen. Aber dieser abgerissene Rocker, dem der Schuppen gehört, hat mir am Schluss dann noch die ganzen Specials erklärt, also nicht nur Schwulenpornos, sondern ganz abartige Dinge wie Sex mit Tieren, reale Vergewaltigungen und eben Kinderpornographie.«

»Na, der hatte ja anscheinend ein gutes Bild von dir«, ulkte Hellmer. »Du hattest ihm wohl vergessen zu sagen, dass du von der Kripo bist, wie?«

»Nein, eben nicht«, entgegnete Kullmer und kratzte sich am Ohr. »Im Gegenteil, das schien ihn, wenn ich es mir so recht überlege, nicht im Geringsten beeindruckt zu haben. Immerhin gäbe es so einen Kram bei ihm nicht, sagte er, und ich glaub's ihm sogar. Außerdem hat er mir ohne Mucken die Daten seiner Aushilfe aufgeschrieben, so eine Tussi aus Bornheim, ich habe gleich angerufen, aber die war genauso verpeilt wie er. Wenn ihr mich fragt, dann bin ich mir so gut wie sicher, dass dem Typen einfach nur langweilig war und er nicht wirklich etwas zu verbergen hat. Mal ganz ehrlich«, fügte er lächelnd hinzu und tippte sich mit dem Zeigefinger an die Stirn, »der schien mir auch nicht besonders helle zu sein, wenn ich das mal so sagen darf. Also eher unwahrscheinlich, dass der im Keller einen geheimen Verteilerring illegaler Pornos unterhält.«

»Ich unterbreche ja nur ungern«, sagte Julia Durant. »Aber wie kamen wir eigentlich so schnell von der Pizza-Bude auf den Porno-Laden?«

»Weil die eine der drei Muli-Filialen ganz in der Nähe liegt«, kam es sofort von Hellmer. »Die wäre mir übrigens am liebsten, wenn ich es mir raussuchen darf«, fügte er mit einem Blick auf seine Armbanduhr hinzu. »Wenn ich schon Bereitschaft schiebe, hätte ich sie gerne aufgewertet durch eine Extraportion Salami-Schinken-Pilze.«

»Kein Problem für mich.« Julia erhob sich.

»Vermutlich wirst du am Nibelungenplatz vorbeifahren wollen«, sagte sie dann zu Sabine, die das mit einem Nicken bestätigte.

»Prima, dann übernehmen wir das Ostend«, sagte Doris. »Mir ist gerade nach Spinat-Gorgonzola-Sardellen.«

»Pfui Spinne«, entfuhr es Peter, der sich damit einen vernichtenden Blick einfing und seiner Lebensgefährtin sogleich reumütig den Arm streichelte.

»Paragraph eins: Den Gelüsten einer Schwangeren ist unmittelbar Folge zu leisten«, lachte Hellmer, und Sabine stimmte mit ein.

Julia Durant schob ihre Papiere zusammen, und gemeinsam verließ die Gruppe das Konferenzzimmer. Da fiel ihr noch etwas ein.

»Eines noch, Kollegen«, sagte Julia laut, und alle verharrten und drehten sich aufmerksam zu ihr. »Ich habe eine Beschreibung von Alexander Bertram herausgegeben. Offiziell wird morgen früh ab neun Uhr nach ihm gesucht, das ist die früheste Frist, die ich als Ende der vierundzwanzig Stunden festsetzen konnte.«

»Mutig«, kommentierte Kullmer, »ich war doch erst gegen elf Uhr bei ihm im Büro.«

»Aber er hätte heute um halb zehn bereits dort sein müssen«, erklärte Julia mit einem unschuldigen Gesichtsausdruck, »und wurde bereits vorher zu Hause von der Nachbarin nicht gesehen. Damit wären wir bei zirka neun Uhr, richtig?«

»So betrachtet hätten wir auch acht Uhr nehmen können, oder sogar Mitternacht«, meinte Hellmer, doch Kullmer schüttelte mit zusammengekniffenen Augen den Kopf.

»Nein, wir sollten das nicht überreizen, oder?«

»So sieht's aus«, nickte Julia. »Parallel zur Fahndung liegt dann hoffentlich auch die Genehmigung vor, in die Villa zu gehen, ich kümmere mich noch um einen Schlüsseldienst und diese Alarmfirma. Sabine, Peter, übernehmt ihr das dann morgen?«

»Klar«, antwortete Kaufmann.

»Gerne sogar«, bekräftigte Kullmer.

Verdammt noch mal, dieses dreckige, kleine Luder«, fluchte Holger Kellermann und warf sein Handy wütend auf den Beifahrersitz. Er hasste es, versetzt zu werden, besonders in solchen Situationen, in denen das Timing eine besondere Rolle spielte. Schweißperlen standen auf der Stirn des Fünfundvierzigjährigen, als er mit zerknirschtem Gesichtsausdruck sein neues Fahrziel in den Bordcomputer eintippte.

Kellermann war Außendienstmitarbeiter einer großen Firma im Ruhrgebiet – Verbindungselemente, Einzelbauteile für mechanische Anlagen, also Verkaufskram, den man Außenstehenden nicht so einfach beschreiben konnte. Aber es interessierte ohnehin niemanden, und Holger hatte sich längst abgewöhnt, seinen Beruf schillernd zu umschreiben. Schicker Firmenwagen, klimatisiert, hundertsiebzig PS, lag auf der Straße wie eine Eins, hinten zwei Hemden zum Wechseln und ein paar Musterkoffer. Daneben die obligatorische Reisetasche, Unterwäsche für ein paar Tage, je ein Paar bequeme und schicke Schuhe, Rasierer und Waschutensilien, eben alles, was man auf Reisen so benötigte. Holger Kellermann kam von einer Großbaustelle in Frankfurt, sein nächstes Ziel lag im Osten, morgen früh, irgendwo in der Nähe von Halle, und am selben Tag würde er aufbrechen in Richtung München. Mit etwas Glück endete dann seine Reise durch die Republik, und er durfte noch am Donnerstagabend oder eben am Freitag zurück nach Gelsenkirchen fahren, den Wagen abstellen und ein langes Wochenende mit Elena und den Kindern verbringen.

»Voraussichtliche Ankunft um ein Uhr sechsundfünfzig«, teilte die Computerstimme mit.

Verdammt und zugenäht, da krieg ich doch niemals mehr nen Termin, dachte Kellermann und überlegte kurz, ob er vielleicht doch aussteigen und einfach mal nach oben fahren sollte. Doch er entschied sich dagegen. Wenn die A5 frei war, wovon um diese Uhrzeit auszugehen war, konnte er in zwei Stunden in Nordhausen sein. Dort waren solvente Besucher auch unter der Woche bis Mitternacht willkommen, er durfte dann allerdings auch keine weitere Sekunde mehr verschwenden.

Time is cash, time is money heißt es doch bei BAP so treffend, erinnerte sich Holger Kellermann.

Tja, Pech gehabt, Vivien, dachte er und trat aufs Gas.

DONNERSTAG

DONNERSTAG, 7.15 UHR

Julia Durant hatte eine ausgesprochen kurze Nacht hinter sich und fühlte sich wie gerädert. Gerade rechtzeitig zu den Nachrichten war sie am Vorabend nach Hause gekommen, klitschnass, denn ein heftiges Gewitter entlud sich über der Stadt. Wenigstens kühlt es dann etwas ab, hatte sie gedacht und es sich mit einer Feierabendzigarette und einem eiskalten Bier auf der Couch gemütlich gemacht. Nach zweieinhalb Stunden Dokus und Talkshows, durch die Julia sich wahllos zappte, um dabei festzustellen, dass ein überdimensionaler Flachbildschirm manche Sendung nur noch überflüssiger erscheinen ließ, hatte sie den Computer hochgefahren und ihre E-Mails abgerufen. Keine Nachricht von Susanne, schade, dann vielleicht telefonieren? Allerdings hatte ein Blick auf die Uhr die Kommissarin schlussendlich davon abgehalten, zum Apparat zu greifen.

Nicht mehr heute, war ihr müdes Urteil ausgefallen, morgen ist auch noch ein Tag.

Gegen Mitternacht schließlich, nach einem weiteren Bier, aber dafür keiner zweiten Zigarette, hatte Julia sich ins Schlafzimmer verzogen. Alleine, wie üblich, aber sie hätte sich derzeit auch niemanden vorstellen können, mit dem sie das Bett hätte teilen wollen.

Dann war ihr Alina in den Sinn gekommen, ihre gute Freundin und geduldige Psychologin, wobei die beiden Frauen sich in diesem speziellen Fall auf die Bezeichnung »Coach« geeinigt hatten. Und ja, sie waren hin und wieder mehr als nur Freundinnen gewesen, aber nie in diesem Bett, und man konnte ihre erotischen Begegnungen noch an einer Hand abzählen. Das letzte Mal, es war erst einige Wochen her, hatte Julia selbst die Initiative ergriffen. Es war eine jener Phasen gewesen, in denen sie selbst mit ihren Beklemmungen zu kämpfen hatte und Bergers bevorstehender Bandscheibenvorfall sich durch einen launischen, genervten und kränklichen Chef bereits ankündigte, was im Büro ziemlich auf die Stimmung schlug. Es waren Zeiten wie diese, in denen Julia schwermütig feststellte, dass die wichtigsten Menschen nicht greifbar waren, ihr Vater in München und Susanne in Frankreich. Zeiten, in denen sie es nervte, wenn Hellmer und Kaufmann lachend im Büro saßen wie verliebte Schulkinder, und dann war da ja auch noch die Sache mit Doris' Schwangerschaft. Kurzum: Sie fühlte sich ausgebrannt und einsam, eben wie jemand, dem der letzte Zug vor der Nase weggefahren war.

Früher wäre dies kein Problem gewesen, schon gar nicht in Sachsenhausen; rein in ein enges Top, welches ihre üppigen Kurven betonte, und ab in die nächste Kneipe, wo sie sich einen gutaussehenden Kerl aussuchen konnte, dessen Name sie am Morgen danach längst wieder vergessen hätte. Aber das Verlangen nach Männern war getrübt, beschmutzt und verletzt durch Thomas Holzer, dem Julia Durant mehr als ein Mal gewünscht hatte, dass er im Knast am eigenen Leib zu spüren bekäme, was er ihr angetan hatte. Sie durfte sich sogar sicher sein, dass er das würde, aber im Grunde brachte sie das nicht weiter. Wenn sie körperliche Nähe suchte, ein wenig Geborgenheit, wer blieb ihr denn schon außer Alina? Aber im Gegensatz zu ihrer Freundin war Julia Durant nicht lesbisch, sie war sich ja noch nicht einmal sicher, ob sie sich bereits als bisexuell bezeichnen sollte. Und ob sie das überhaupt wollte.

Lange bevor der Radiowecker um sechs Uhr fünf zum rockigen Morgenappell ertönte – Julia hatte die Zeit extra so eingestellt, dass sie nicht von den Nachrichten geweckt wurde –, war sie bereits auf den Beinen gewesen, hatte lange und ausgiebig geduscht, eine große Tasse Kaffee getrunken und zwei Aufbackbrötchen in den Ofen geschoben. Beim Schminken hatte Julia Durant sich genau gemustert, du siehst ganz schon zerschlagen aus, meine Liebe, hatte sie sich dabei gesagt, an den Mundwinkeln und neben den Augen entdeckte sie außerdem einige neue Falten, denen sie unbedingt mit einer Gesichtsmaske zu Leibe rücken musste. Alles in allem jedoch hätte Julia für ihre siebenundvierzig Jahre weitaus älter aussehen können, sie musste sich weiß Gott nicht verstecken, selbst wenn sie sich nach der vergangenen Nacht wieder einmal um zehn Jahre gealtert fühlte. In solchen Situationen, diesen Floh hatte Susanne ihr ins Ohr gesetzt, dachte Julia Durant an bekannte Persönlichkeiten, die ebenfalls Jahrgang 1963 waren.

»Nimm doch zum Beispiel Emmanuelle Béart«, hatte Susanne damals gesagt, doch Julia hatte nur unwissend die Stirn gerunzelt und den Namen der Schauspielerin erst einmal heimlich über die Bildersuche im Internet recherchiert. Eine äußerst adrette Französin, wie sie fand, doch konnte sie tatsächlich einen Vergleich mit ihr wagen?

»Unbedingt«, lautete Susannes klares Urteil.

»Na ja«, hatte Julia weitaus weniger überzeugt geantwortet.

Dann war sie auf Helen Hunt gestoßen, ebenfalls 1963 geboren, und dieser Name war ihr auch ohne ausgiebige Recherche ein Begriff. Mit ihr konnte sie sich allemal messen, und das, obwohl die Schauspielerin mit Sicherheit über einen eigenen Kosmetiker und Trainer verfügte. Es bestand also noch Hoffnung.

Gegen sieben Uhr war die Kommissarin bereits mit allem fertig, Morgenzigarette inklusive. Sie entschloss sich, das Auto zu nehmen, da der Himmel noch immer bedeckt war und sie nicht ein weiteres Mal bis auf die Knochen durchnässt nach Hause kommen wollte. Eine Viertelstunde später parkte sie den Peugeot auf ihrem Parkplatz des Präsidiums, lauschte noch einigen Takte Nena im Radio, lächelte kurz und dachte: Jahrgang 1960, die hat ihren Fünfzigsten bereits elegant hinter sich gebracht.

Julia Durant schloss den Wagen ab und spazierte in Richtung Eingang, als sie das Handy piepen hörte. Hektisch kramte sie in ihrer Tasche, bis sie das Gerät endlich in der Hand hielt, und nahm den Ruf an, ohne aufs Display zu schauen.

»Durant?«

»Und hier ist Hellmer, na, wobei habe ich dich denn gestört?«

»Gar nicht. Habe das Handy nur nicht schnell genug herausgekramt. Was liegt an?«

»Ich befürchte, deine Morgentoilette wird etwas kürzer ausfallen müssen, liebe Chefin, wir haben eine Tote. Gleich hier in der Nachbarschaft.«

»Okay, ich bin in einer Minute bei dir.«

»Wer's glaubt«, lachte Hellmer, »wohl eher in einer halben Stunde.«

»Ich würde an deiner Stelle nicht drauf wetten«, sagte Julia lächelnd und beendete das Gespräch.

»Mensch, bist du aus dem Bett gefallen?«, fragte Hellmer ungläubig, als seine Kollegin nur Minuten später vor seinem Schreibtisch stand.

»So in etwa. Ich bekam ab fünf oder so kein Auge mehr zu. Aber das hat Zeit, jetzt rückst du erst einmal mit ein paar Details raus. Was heißt denn hier ›Nachbarschaft‹?«

»Raimundstraße 100, sagt dir das was?«, erwiderte Hellmer. »Dieses Hochhaus in Ginnheim, gleich um die Ecke.«

Julia Durant überlegte kurz. Ginnheim, dazu fiel ihr zuallererst der Ginnheimer Spargel ein, Frankfurts Fernsehturm, der jedoch genau genommen nicht mehr innerhalb von Ginnheim stand. Dann gab es den Niddapark, ein beliebtes Naherholungsziel, wo Julia ab und an joggen ging, wenn sie etwas anderes sehen wollte als den Holzhausenpark oder den Grüneburgpark. Außerdem gab es in Ginnheim noch das riesige Siedlungsareal auf dem Gelände, wo früher die Soldaten der US-Army gewohnt hatten. Eine Menge Lebensraum für junge Familien; die Oberen der Stadt hatten vor ein paar Jahren ausdrücklich für das Quartier geworben, zugleich gab es aber auch Jugendbanden, Dealerei und die übliche Kleinkriminalität.

»Na, was ist?«, unterbrach Hellmer Durants Gedanken. »Frauenleiche im vierten Stock, Anfang zwanzig, sieht wohl übel aus. Eine Streife sichert den Tatort. Der Anruf kam übrigens anonym rein, wurde aber aufgezeichnet.«

»Hm, schon wieder ein anonymer Hinweis auf eine Leiche?«, warf Julia ein. »Mir schwant nichts Gutes.«

»Geht mir ähnlich«, brummte Hellmer. »Aber lass uns endlich aufbrechen. Ich habe lange genug am Telefon gehangen, bis ich die Spusi und jemanden aus der Rechtsmedizin an der Strippe hatte. Eigentlich nicht unbedingt das, was ich mir für meinen ursprünglich freien, entspannten Vormittag mit Nadine erhofft hatte.« Er gähnte herzhaft und räkelte sich, bis die Wirbel knackten.

»Dafür kriegst du jetzt einen aufregenden Morgen mit Julia«, setzte diese sarkastisch dagegen und nickte mit dem Kopf in Richtung Aufzug. »Wollen wir?«

»Wie könnte ich mir das entgehen lassen!«, lachte Hellmer, sprang auf und griff nach dem verknitterten Leinensakko, das über der Stuhllehne hing.

»Ich fahre«, sagte Julia, als sie den Fahrstuhl betraten, und verlieh ihren Worten mit einem angriffslustigen Blick Nachdruck. Wie erwartet stieg Hellmer darauf ein.

»Ist klar, hier steht ein bequemer BMW auf dem Hof, und ich muss mich in deine kleine Knutschkugel zwängen!«, protestierte er.

»Na, unartig gewesen?«, stichelte Julia weiter. »Hat Nadine dir den Porsche abgenommen, oder hast du nur ein paar Tage BMW-Arrest?«

»Bist ganz schön schräg drauf heute, ich seh schon«, beschwerte sich Hellmer. »Aber wirst sehen, was du davon hast, wenn ich als Nächster wegen Rückenbeschwerden ausfalle.«

»Ha! In welcher Karre reibt man sich denn den Hintern auf dem Asphalt?«, gab Julia zurück. »Und zum Aussteigen braucht es dann nen Hubkran. Sicher nicht in meinem Kleinen!«

Hellmer schien darauf nichts Schlagfertiges einzufallen, er blickte nur amüsiert zu seiner Kollegin hinab, die ihn noch immer anblitzte, aber nicht feindselig, sondern irgendwie vertraut.

»Mann, Julia«, sagte er leise, »mal abgesehen davon, dass das wahrscheinlich gleich ein ganz übler Hausbesuch werden wird, find ich's toll, mal wieder mit dir loszuziehen.«

»Was glaubst du, warum ich nach so einer Nacht plötzlich so ausgelassen bin«, gab Julia ein wenig verlegen zurück. Bevor sie weitersprechen konnte, trat der große, starke Frank Hellmer einen Schritt auf sie zu, nahm sie wortlos in den Arm und drückte sie so fest, dass ihr schier die Luft wegblieb.

»Uff, jetzt ist aber gut«, keuchte sie, während sie die Umarmung erwiderte. Dann ertönte der elektronische Gong des Aufzugs, und sie lösten sich schnell voneinander.

Der Tag würde vielleicht doch nicht so übel werden. Zu diesem Ergebnis kam Julia Durant, als sie höchst zufrieden neben ihrem ehemaligen Partner herlief, der ein unbeschwertes Pfeifen aufgesetzt hatte. Widerstandslos trabte er an seinem BMW vorbei und wartete neben der Beifahrertür des Peugeot darauf, dass Julia die Tür entriegelte.

DONNERSTAG, 7.42 UHR

Die Haustür ließ sich ohne Schlüssel öffnen, das Treppenhaus war muffig und schlecht beleuchtet, aber es war wenigstens nicht verkommen oder übermäßig schmutzig. Im Gegenteil, Julia hatte nach dem äußeren Anschein des Hochhauses weitaus Schlimmeres erwartet. Wortlos verständigte sie sich mit Hellmer darüber, die Treppe zu nehmen, und fragte sich im Stillen, wie viele dieser tristen Hochhäuser sie im Laufe ihrer Dienstzeit bereits besucht hatte. Fast alle, dachte sie zynisch, und doch kommt immer wieder ein neues dazu.

Sieht wohl übel aus. Etwa so hatte Hellmer sich ausgedrückt, ein mulmiges Gefühl stieg mit jeder Stufe ein wenig höher in ihr auf. Hellmer hingegen wirkte recht entspannt, er ging schweigend voran, nicht übereilt, vermutlich steckte ihm die Nacht Bereitschaft ganz schön in den Knochen. Vielleicht ist er deshalb so lässig, mutmaßte Julia.

Im vierten Stock angelangt, durchquerten sie einen Gang, an dessen Seiten sich jeweils drei Türen befanden. Hinten rechts erwartete sie ein Uniformierter, ein zweiter stand vor der halb geöffneten Tür schräg gegenüber und sprach leise mit einer Frau, die den mit Lockenwicklern beladenen Kopf neugierig hinaussteckte.

Julia hatte Hellmer überholt, sie nickte dem Beamten und der Fremden zu, deutete auf ihren Dienstausweis und lief weiter zur hintersten Wohnungstür. Sofort fiel der Kommissarin der Türspion ins Auge, dazu das unbeschadete Türblatt, aha, dachte sie, sie hat ihren Mörder also freiwillig hineingelassen. Oder hat er sie auf dem Gang abgepasst? Na, warten wir mal ab.

»Guten Morgen, Berger und Durant vom K 11«, begrüßte sie den anderen Uniformierten, der ihr freundlich zunickte. Sie zeigte mit dem Daumen auf die angelehnte Wohnungstür. »Schon jemand drinnen?«

»Drei Mann von der Spurensicherung und Doktor Sievers von der Rechtsmedizin«, war die Antwort, und Julia musste unwillkürlich schmunzeln. Andrea Sievers, sie hätte es sich denken können. Immer schnell vor Ort, wenn es eine entstellte Leiche zu begutachten gab.

»Ach, wen haben wir denn da?«, ertönte es aus dem Inneren der Wohnung auch schon. »Ich dachte, du würdest jetzt nur noch auf Chefin machen in deinem neuen Büro.«

Sievers' Stimme klang wie immer freundlich, heute sogar richtiggehend erfreut. Abgesehen von der einen oder anderen

Konferenzschaltung, hatten die beiden Frauen in der letzten Zeit kaum Kontakt gehabt. Julia folgte der Stimme in den Wohnungsflur, wo die Pathologin gerade ihre letzten Haarsträhnen unter einer Schutzhaube verbarg.

»Ich wünsche auch dir einen guten Morgen, liebe Andrea«, entgegnete Julia und betonte die Worte überspitzt höflich.

»Scheint, als wärst du auch noch nicht lange da, wie?«

»Ja, ich kostümiere mich noch, wie du siehst«, bestätigte Sievers und verdrehte die Augen. Dann wandte sie den Kopf in Richtung Schlafzimmer und ergänzte: »Ohne Schürze und Lätzchen lässt mich Platzeck nicht an die Schlachtplatte.«

»Schlachtplatte?«

»Ich hoffe, die Mühe lohnt sich auch«, nickte Andrea und deutete mit dem Finger an sich hinunter und dann wieder hinauf. Tatsächlich trug sie heute die gesamte Spusi-Kleidung und nicht einfach nur die üblichen Gamaschen, Handschuhe und das Haargummi.

»Müssen wir etwa auch?«

Hellmer war hinter sie getreten, begrüßte Andrea mit einem lächelnden Nicken und blickte die beiden Frauen fragend an. Aus dem Schlafzimmer erschien das Gesicht Platzecks, zumindest nahm Julia das an, sie erkannte zunächst nur die Augen eines Mannes. Dann aber zog Platzeck den Mundschutz zur Seite und winkte die Ermittler zu sich.

»Guten Morgen miteinander. Bitte Schutzüberzug an die Schuhe, dann natürlich Handschuhe, nur zur Sicherheit, versteht sich, Anfassen ist verboten. Laufen bitte nur innerhalb des abgesteckten Korridors.«

»Ja, wir machen schon nichts kaputt, keine Angst«, murrte Hellmer.

»Mit Sicherheit nicht«, entgegnete Platzeck mit einem gleichgültigen Schulterzucken. »Kaputter geht wohl kaum. Hier«, er zog einen Personalausweis aus seiner Tasche, »das dürfte Sie interessieren.«

»Danke«, sagte Julia und nahm das laminierte Papier an sich. Janine Skorzy, geboren am 23. Mai 1987 in Dessau. Halb so alt wie ich, dachte Julia schwermütig, und eine ganz Hübsche noch dazu. Der Blick des Mädchens war friedvoll, ihre Augen wirkten nachdenklich, sie lächelte schmal. Platzecks Kommentar unterbrach Julias Gedanken.

»Noch etwas, bevor Sie ins Schlafzimmer kommen«, sagte er trocken. »Zum Kotzen bitte wieder in den Flur gehen!«

Während Julia und Frank sich aus dem bereitstehenden Koffer die angeforderte Einwegkleidung heraussuchten, verschwand Andrea Sievers bereits im Raum.

»Jesus, Maria und Josef!«, hörte Julia ihren entgeisterten Ausruf. »Das sieht hier ja aus wie bei Jeff Dahmer.«

Beinahe wäre Julia Durant über die eigenen Füße gestolpert, als sie sich hastig, die rechte Ferse noch in der Luft, in Richtung Schlafzimmer wandte.

»Ich versteh nur Bahnhof, Andrea, lass mich doch erst mal …«
Was sie dann sah, verschlug ihr die Sprache.

Auf dem Bett und neben dem Bett lagen Körperteile, hier ein abgetrennter Arm, da ein Bein, und überall war Blut. Der Torso, ohne Kopf und Extremitäten, thronte schaurig inmitten des verkrusteten Lakens, das Blut war weitgehend getrocknet. Zwischen den Kissen lag der Kopf, daneben ein Brecheisen, das Gesicht war nach unten gedreht. Braune, lange Haare in verklebten Strähnen, am Fuße des Betts eine gebogene Astsäge mit grünem Plastikgriff. Wie Gespenster wirkten inmitten dieser grausamen Szene die drei Kollegen der Spurensicherung.

Julia Durant wurde kreidebleich, taumelte kurz, sah sich hilfesuchend nach Hellmer um, dem es offenbar nicht besser ging. Sie schluckte zweimal, der Würgereiz ließ nach, doch sie ließ sich Zeit, bis sie es wagte, einen weiteren Blick zu riskieren. Julia achtete auf ihre Atmung, *dreimal ein, dreimal aus, du bist ganz ruhig.*

»Wer um alles in der Welt richtet so etwas an?«, hauchte sie entsetzt.

»Ein abscheuliches, perverses Schwein«, gab Hellmer zurück. Von Andrea Sievers war nichts zu hören, sie kniete noch immer zwischen den Leichenteilen. Dann erhob sie sich, im Hintergrund näherte sich einer der Männer in Weiß mit der Kamera, es blitzte und klickte.

»Ich messe jetzt die Temperatur«, erklärte sie. »So, wie es aussieht, dürfte ich mit der Leber eine einigermaßen brauchbare Schätzung hinbekommen. Viel mehr kann ich aber erst sagen, wenn ich die Teile gereinigt und zusammengesetzt habe. Ich meine, es ist ja alles möglich, ich muss nachprüfen, ob etwas fehlt, ihr wisst schon, Kannibalismus und so …«

»Danke, ist schon gut«, winkte Julia Durant ab. »Mach du nur deinen Job, ich glaube, wir haben genug gesehen.«

Hellmer hatte gerade mit Platzeck getuschelt und nickte nun bestätigend. »Ja, wir können wieder raus. Gott sei Dank. Das kann ja keiner ertragen. Die halten alles mit der Kamera fest. Kein Grund, dass wir uns da länger als unbedingt nötig reinstellen.«

»Dann schauen wir uns in der übrigen Wohnung um«, sagte Julia matt.

Sie durchsuchten das Wohnzimmer, fanden ein ausgeschaltetes Handy, welches sie in eine Beweismitteltüte steckten, natürlich erst, nachdem die Fundstelle abgelichtet war. Genauso verfuhren sie mit dem Notebook. Ein Festnetztelefon gab es nicht, die Küche und das Wohnzimmer waren picobello aufgeräumt, es schien, als sei die gesamte Wohnung grundgereinigt worden.

»Was denkst du?«, fragte Hellmer seine Partnerin leise, als sie vor dem Spirituosenschrank standen.

»Ich denke, dass ich mir am liebsten einen genehmigen würde«, entfuhr es Julia, die sich daraufhin am liebsten auf die Zunge gebissen hätte. Blöde Kuh, schimpfte sie sich innerlich, doch Hellmer schien ihr Kommentar unberührt zu lassen. Trotzdem hätte sie sich in dieser Beziehung besser unter Kontrolle haben müssen, immerhin wusste kaum jemand besser als Julia, wie nahe Hellmer mit seiner Sauferei am Abgrund gestanden hatte. Von einer guten Freundin, wie Julia es war, brauchte er mit Sicherheit keine Sprüche dieser Art.

»Hör zu, Frank, ich wollte das eben nicht …«, stammelte sie schuldbewusst, doch Hellmer tätschelte ihr kurz den Arm und schob die Schranktür wieder zu.

»Ist schon gut, Julia«, sagte er. »So was höre ich ständig, da muss ich drüberstehen. Aber glaub mir«, seufzte er, »in Momenten wie diesen ist es hart, völlig unabhängig, ob es ausgesprochen wird oder nicht.«

Andrea Sievers eilte in den Raum. »Okay, ich bin wohl erst einmal durch.«

Sie riss sich den Haarschutz hinunter, dann schlüpfte sie aus dem Overall, der an den Ärmeln und dem Oberkörper einige dunkle Flecken abbekommen hatte, und entledigte sich zum Schluss der Handschuhe.

»An eine herkömmliche Leichenuntersuchung ist hier ja nicht zu denken«, kommentierte sie. »Das kann ich dann alles auf dem Seziertisch machen, sobald mir Platzecks Leute die Puzzleteile eingetütet und frei Haus geliefert haben. Vorerst muss Folgendes reichen: Das Mädchen ist seit mindestens vierundzwanzig Stunden tot, leider kann ich es im Moment nicht präziser eingrenzen. Ein brauchbares Polaroid konnte ich den Jungs auch nicht abringen, das Gesicht muss erst gereinigt werden. Wenn ihr wollt, fange ich damit an, der Fall bekommt jedenfalls oberste Priorität, da muss Professor Bock mir halt den Rücken freihalten.«

»Ja, das wäre wichtig«, nickte Hellmer. »Wir haben bisher in der Wohnung keine Fotos gefunden, überhaupt macht das alles einen recht funktionalen Eindruck hier. Aber das sollen die Kollegen noch mal genauer prüfen. Ein aktuelles Porträt wäre also hilfreich, das Bild auf dem Perso taugt da nicht viel.«

»Okay, ich arbeite mich dann also von Kopf bis Fuß durch«, kommentierte Sievers sarkastisch. »Stück für Stück, wenn man so will.«

»Andrea!«, tadelte Hellmer sie, grinste aber selbst ein wenig. Er entledigte sich seiner Handschuhe und Gamaschen, Julia tat es ihm gleich. Dabei erinnerte sie sich an etwas, was Andrea vorhin gesagt hatte, und sie rief die Rechtsmedizinerin noch einmal zurück. »Andrea, warte. Bevor ich ins Schlafzimmer kam, erwähntest du irgendeinen Namen. Kannst du das bitte noch mal wiederholen?«

Andrea runzelte kurz die Stirn. Endlich erhellte sich ihr Blick. »Ach so, ich habe vorhin Jeff Dahmer erwähnt, richtig? Sorry, das war nur so ein Spruch. Pathologen-Spaß. Wenn irgendwo ein Blutbad angerichtet ist, vergleichen wir die Szene manchmal mit dem Schema bekannter Serienkiller. Na ja, und angesichts dieses Gestückels fällt mir dazu als Erstes Jeffrey Lionel Dahmer ein. Wäre jetzt aber eine arge Bildungslücke, wenn du den nicht kennen würdest.«

Natürlich wusste Julia Durant, wer sich hinter diesem Namen verbarg. Jeffrey Dahmer war bekannt geworden als das Milwaukee-Monster und für den Tod von etwa zwanzig Menschen verantwortlich, die er zerstückelt, verbrannt oder mit Säure zersetzt hatte. Mitte der neunziger Jahre war Dahmer im Gefängnis ermordet worden. Julia erinnerte sich deshalb daran, weil sie um diese Zeit gerade zur Frankfurter Kripo gewechselt war.

»Hmmm, an dir ist ja eine echte Profilerin verlorengegangen«, sagte Julia mit einem ironischen Unterton. »Wenn irgendwo eine Leiche liegt, dann ab in die passende Schublade eines Serienkillers. Wird schon passen.«

»Na ja, du kannst nicht leugnen, dass die meisten Serienmörder sich von Vorgängern inspirieren ließen. Das hatten wir doch erst vor ein paar Jahren …«

»Natürlich, gebe ich ja zu«, räumte Julia ein. »Aber für eine Serie bräuchte es erstens mehr als eine Leiche, und zweitens posaunen wir das in einem so hellhörigen Haus nicht schon am Tatort hinaus.«

»Gut, Botschaft angekommen«, lachte Andrea und fuhr sich mit den Fingern über die Lippen. »Ich werde fortan schweigen wie meine Klienten.«

»Könntest du als Zweites einen Blick auf das Brecheisen und diese Säge werfen?«, fragte Hellmer. »Ist schon eigenartig, dass der Kram einfach am Tatort liegengeblieben ist, oder?«

»Weiß nicht.« Andrea zuckte mit den Schultern. »Aber sieht mir nicht unbedingt nach teurem Präzisionswerkzeug aus.«

»Kann man denn überhaupt mit so einer Säge ein Bein vom Körper schneiden?«, hakte Julia interessiert nach.

»Nicht ohne eine immense Sauerei, aber die haben wir ja auch. Allgemein gesprochen: Ja. Das Sägeblatt ist fein genug, das geht da relativ gut durch. Splitter gibt es trotzdem eine Menge, das muss aber wirklich warten, bis ich die Teile im Labor auf dem Tisch untersuchen kann. Was mich beunruhigt«, fuhr sie fort, »ist etwas anderes. Diese Utensilien – also ein Brecheisen, diese Astsäge und ein bisschen Schutzkleidung wegen der heillosen Sauerei – kann man überall kaufen. Ich meine, schau dir unsere Overalls an. Im Baumarkt, Abteilung Malen und Lackieren, da gibt es solche Dinger zum Beispiel. Keine medizinische Qualität, klar, aber reicht durchaus, wenn man vorsichtig ist. Keine zehn Euro legst du dafür hin. Dasselbe in Grün mit der Astsäge und dem Brecheisen. Ich sage euch: eben noch ein Heimwerker, und plötzlich macht's Klick, und er beschließt, dass er ja mal, statt den Zaun zu streichen, eine Frau zersägen könnte. Das nötige Werkzeug gibt's gleich um die Ecke, direkt an der A661, Schutzbrille und Reinigungsmittel inbegriffen.«

»Gut, das ist jetzt sicher etwas an den Haaren herbeigezogen«, zweifelte Hellmer, »aber prinzipiell ist klar, dass wir über die Tatwerkzeuge wohl keine Erfolge erwarten dürften. Es sei denn, wir bekämen einen Kassenbon mit allen passenden Artikeln.«

»Wobei der Bon, wenn wir ihn im Baumarkt bekommen, ja nicht die Fingerabdrücke des Täters hätte«, ergänzte Julia.

»Stimmt. Aber wir hätten wenigstens den Markt und eine Kassiererin, die sich vielleicht an etwas erinnern kann.«

»Na, viel Spaß, dann schicken wir den KDD mal auf die Pirsch«, seufzte Julia, ohne auch nur die geringste Hoffnung auf Erfolg zu sehen.

»Dir ist schon klar, was ich jetzt brauche?«, fragte Julia ihren Partner Hellmer auffordernd, als sie draußen waren. Die beiden hatten entschieden, dass sie dringend eine Portion frische

Luft brauchten, außerhalb der beklemmenden Tatortatmosphäre. Außerdem störten sie Platzecks Team, das sich nun auch die anderen Räume vornehmen wollte.

»Aber hallo!«, nickte Hellmer mit zustimmendem Blick und zog eine zerknitterte Packung Zigaretten aus der Tasche.

Eine junge Mutter zwängte sich an ihnen vorbei, offensichtlich schlecht gelaunt, was daran liegen mochte, dass sowohl das Kleinkind im Buggy als auch der Vierjährige, den sie im Schlepptau hatte, lautstark quengelten. Hellmers Blick traf Durants, beide lächelten schmal, die Filter in den Mundwinkeln. Julia ahnte, was ihr Partner dachte. Sie blickten der Frau schweigend nach, bis sie um die Ecke verschwunden war. Das Krakeelen der Kinder hörte man noch immer.

»Wer von den beiden, meinst du, wird nächstes Jahr um diese Zeit so durch die City ziehen?«, fragte Julia.

»Ganz klar Peter«, gab Hellmer zurück.

»Wie kommst du darauf?«

»Schau dir die zwei doch mal an. Da ist klar, wer die Hosen anhat, oder nicht?«

»Ich weiß nicht. Könnte doch auch sein, dass Doris so viel Mamainstinkt entwickelt, dass wir sie die nächsten drei, vier Jahre nicht mehr zu Gesicht bekommen. Babybesuche mal ausgenommen.«

»Stimmt. Dann wird es nicht Peter sein, der so herumläuft.«

»Doris aber auch nicht«, erwiderte Julia. »Erstens ist es ihr absolutes Wunschkind, das wird sie wohl von dem jungen Ding eben unterscheiden. Dann ist es nur eines, und es gibt einen festen Partner, ich meine eine stabile Beziehung, das ist ja heutzutage eher selten. Außerdem ist Doris bestimmt doppelt so alt, die beiden sind materiell abgesichert, kann man also alles gar nicht vergleichen.«

»Trotzdem eine lustige Vorstellung«, beharrte Hellmer, »dass Peter Kullmer, der alte Macho, seiner wie am Spieß schreienden Tochter die Windeln wechseln muss, mitten auf der Zeil, schweißgebadet und unter Zeitdruck.« Er kicherte.

»Bist aber auch fies«, sagte Julia, ebenfalls kichernd. Sie sah sich nach einem Aschenbecher um, doch es gab nur einen rotlackierten, zerbeulten Mülleimer, aus dem eine prall gefüllte Plastiktüte quoll. Julia ließ ihre Zigarette auf den Boden fallen und zertrat sie.

»Hast du noch eine?«, fragte sie leise.

»Auf Kette, wie?«, entgegnete Hellmer und nahm dabei seinen letzten Zug. »Versaust du dir damit nicht den Schnitt?«

»Ich zähl nicht mit, nicht an solchen Tagen«, gestand Julia. »Aber andererseits hat mein Päckchen in der Küche fast zwei Wochen gehalten, heute Morgen habe ich die letzte rausgenommen. Also, was ist?«

Hellmer zog zwei weitere Glimmstengel aus dem Karton, es verblieb eine letzte darin, wie Julia sehen konnte.

Julia inhalierte den ersten Zug, stieß den Rauch aus und seufzte.

»Andere Leute essen stattdessen, haben immer irgendwelche Riegel oder Bonbons einstecken. Aber mal ehrlich: Könntest du nach so einer Szene irgendwas zu dir nehmen?«

»Sicher nicht. Außerdem wäre das kein guter Ersatz, glaub mir.« Er klopfte sich auf die Hüften. »In unserem Alter legt man doch jedes Gramm Süßes sofort zehnfach auf die Rippen.«

»Vielen Dank auch!«, erwiderte Julia lakonisch.

»Egal, Themawechsel«, sagte Hellmer versöhnlich. »Was machen wir jetzt?«

»Du fährst nach Hause, nimmst eine Mütze Schlaf oder so, damit du später wieder fit bist. Ich warte im Präsidium auf

Ergebnisse von Andrea, telefoniere mir die Finger wund und sorge dafür, dass Schreck & Co. sich mit voller Hingabe dem Handy und dem Laptop widmen.«

»Und es gibt noch die Aufnahme, vergiss das nicht.«

»Den Anrufer meinst du?«, fragte sie stirnrunzelnd. »Das prüfen die in der Leitstelle doch sowieso, also die Herkunft und all das.«

»Dachte nur, ich sag's noch mal«, gab Hellmer zurück. »Immerhin auch hier wieder eine anonyme Quelle. Muss natürlich nichts heißen, aber wer weiß …«

Julia wurde hellhörig. »Du meinst doch nicht etwa, dass es hier eine Verbindung gibt, oder?«

»Eigentlich nicht«, verneinte Hellmer. »Nein, wenn du so fragst, es gibt da wohl wirklich keinen Zusammenhang. War nur so ein Impuls, es hat mich halt gewundert, warum jemand einen Leichenfund anonym melden sollte. Ich meine, wenn es einfach nur einer der Nachbarn war, zum Beispiel.«

»Wir werden es herausfinden«, sagte Julia Durant.

DONNERSTAG, 9.25 UHR

Mit einer speziellen Codekarte deaktivierte ein Mitarbeiter des zuständigen Sicherheitsunternehmens das Alarmsystem der Villa. Er war erst vor wenigen Minuten eingetroffen, außer Atem und mit einer missmutigen Entschuldigung auf den Lippen. Sabine Kaufmann und Peter Kullmer hatten bereits ungeduldig im Nachtigallenweg auf ihn gewartet. Unweigerlich, dessen war Kullmer sich sicher, waren sie dabei der wachsamen Nachbarin aufgefallen, die sich jedoch bislang nicht hatte blicken lassen. Genau genommen war er nicht sonderlich böse darum.

»So, Sie können hinein«, murrte der Wachmann, ein junger Kerl, kaum älter als dreißig, dunkler Kurzhaarschnitt, stämmig und mit breiten Schultern. Er trug eine Art Uniform, eine dunkelblaue Kombi, die Hose war einige Zentimeter zu kurz, auf der Weste prangte das gestickte Logo der Firma, einmal vorn auf der Brust, ein zweites Mal in großen Lettern auf dem Rücken.

»Schafft man es nicht zur Polizei, dann geht man zur Security und bekommt ein so fesches Outfit, dass man sich fühlt, als gehöre man zum FBI«, hatte Kullmer seiner Kollegin zugeraunt, als der junge Mann aus seinem Wagen gestiegen war.

»Danke«, wandte er sich nun zu ihm. »Wie läuft das nachher mit dem Wiederverschließen?«

»Kommt drauf an, wie lange Sie brauchen«, erwiderte der Wachmann mit gleichgültiger Miene.

»Gute Frage«, dachte Kullmer laut. »Warten Sie doch bitte ein paar Minuten hier draußen, wir geben Ihnen Bescheid, sobald wir Genaueres wissen.«

»Hm-hm.« Der Wachmann trollte sich die Treppe hinab, nahm auf der untersten Stufe Platz, klackte kurz darauf ein Benzinfeuerzeug auf und entzündete sich eine Zigarette.

»Wollen wir?«, fragte Kullmer und stieß die Tür auf.

»Ladies first!«, antwortete Kaufmann und drängte sich an ihm vorbei.

»Pass bloß auf«, zischte Kullmer. Immerhin war er der Mann im Team, und er kannte das Haus bereits. Aber Sabine stand bereits staunend in der Halle.

»Wow!«, flüsterte sie, als ihr Kollege hinter sie trat. »Schicke Bude.«

»Mir ist das etwas zu protzig.«

Dem Protokoll der Security zufolge war das Alarmsystem seit Dienstag nicht mehr deaktiviert worden, um 19.48 Uhr war es über die Konsole der Haustür scharf geschaltet worden. Zugang hatten neben Alexander Bertram lediglich dessen Eltern und eine Reinigungsfirma, wobei diese über einen speziellen Code verfügte, damit man deren Zugänge separat erfassen konnte. Da die Eltern am anderen Ende Europas weilten und das Reinigungspersonal erst für kommende Woche wieder eingeplant war, bestand kein Zweifel daran, dass Alexander Bertram persönlich das Haus verlassen und verschlossen hatte. Ebenso sicher erschien es also auch, dass sie niemand im Inneren erwartete, dennoch hatte Kullmer zur Vorsicht gemahnt.

»Wir gehen da systematisch gemeinsam durch«, war seine Ansage gewesen, und Kaufmann hatte keinerlei Einwände gehabt.

Es war angenehm kühl, die Luft roch allerdings ein wenig abgestanden. Vermutlich wird er hier unten nicht lüften, dachte Kullmer. Er erinnerte sich daran, dass sich Alexander Bertrams Räumlichkeiten im oberen Stock des Hauses befanden, eine eigene Etage unter dem Dach.

Unten hatte sich seit 2008 offenbar kaum etwas verändert, sie öffneten nach und nach jede Tür, einzig der Zugang zum Keller unterhalb des Treppenaufgangs war verschlossen. Kullmer nickte fragend nach oben, Kaufmann bejahte, dann stiegen sie die Stufen hinauf. Den kleinen Sensor bemerkten sie nicht, Alexander hatte ihn viel zu gut getarnt; schließlich musste er nicht nur vor seiner gutherzigen Mutter verborgen bleiben, sondern auch den Argusaugen des wachsamen Generals standhalten. Die schlampige Putzkolonne mal außen vor gelassen.

»Keine Menschenseele hier«, stellte Sabine fest, nachdem sie den Kopf in Bertrams Schlafzimmer gesteckt hatte. Kullmer hatte sich im Bad umgesehen, war zum gleichen Ergebnis gekommen, und für einen kurzen Augenblick standen sie nun unschlüssig am oberen Treppenabsatz.

»Ich schlage vor, wir beginnen hier.« Sabine sah ihren Kollegen fragend an. »Immerhin ist das ja sein Reich, oder?«

»Offensichtlich.« Schon vor zwei Jahren hatte sich Kullmer darüber gewundert, dass ein junger Mann wie Alexander Bertram noch immer zu Hause wohnte. Das Zimmer war nicht klein, sicherlich, aber es war auch keine voll ausgestattete Wohnung. Essen bei Mutti und allabendliches Scharfmachen der Alarmanlage durch den Vater, na, ich weiß nicht, ich wäre da mit achtzehn wohl schon durchgedreht.

»Wir müssen dem Wachmann noch Bescheid geben«, ergänzte er seinen knappen Kommentar. »Ich gehe schnell mal runter.«

»Ist okay, ich verschaffe mir derweil einen ersten Überblick.« Vorsichtig stieg Peter Kullmer die von Bohnerwachs glänzenden Holzstufen hinab, durchquerte den Eingangsbereich und trat blinzelnd hinaus ins Tageslicht. Es mochte trüb sein, doch erst jetzt stellte er fest, wie dämmrig es in der Villa gewesen sein musste. Von dem Wachmann fehlte jede Spur, Kullmer reckte den Hals und versuchte, die abgestellten Autos zu erspähen. Doch er konnte nichts erkennen. Er verließ das Grundstück, wandte sich nach rechts, da nahm er eine Bewegung auf der anderen Straßenseite wahr. Oh nein, bitte nicht jetzt, flehte er in Gedanken. Ein weiteres Gespräch mit Klara von Diethen war so ungefähr das Letzte, was er nun brauchte.

Wegen der mit Folien beklebten Scheiben des Firmenwagens sah Kullmer erst im letzten Moment durch den Außenspiegel, dass tatsächlich ein Mann hinter dem Steuer saß. Dann roch er auch schon den Tabakrauch, der aus dem heruntergelassenen Fenster stieg. Er trat neben den schwarzen Audi Kombi, der Wachmann blinzelte ihm gelangweilt entgegen. »Und?«

»Wir werden noch ein Weilchen brauchen«, erklärte Kullmer. »Am besten wird sein, wir verständigen Sie wieder telefonisch.« Er überlegte kurz. »Oder können wir die Anlage selbst wieder scharfmachen?«

»Schon«, sagte der Wachmann. Ein weiterer klassischer Einwortsatz, über den Kullmer sich gerade aufregen wollte, als der Mann fortfuhr: »Sie können das per Code erledigen, den kann ich Ihnen aufschreiben. Ist so ne Art doppelter Boden, wissen Sie, wenn man mal die Karte nicht hat oder so. Wird ja ohnehin alles elektronisch erfasst.«

»Ja, das würde uns helfen«, nickte Kullmer mit amüsiert hochgezogenen Mundwinkeln. Jetzt hast du ihn dort erwischt, wo er Fachmann ist, dachte er. Manchmal brauchte es eben den richtigen Impuls, um jemanden aus der Reserve zu locken.

Der Wachmann kritzelte vier Ziffern auf einen gelben Notizzettel, 9-1-7-3.

»Hier, bitte. Ein Klassiker«, grinste er.

»Wieso?«

»Na, stellen Sie sich doch mal ein Tastenfeld vor. 9-1-7-3, das sind die Ziffern in den vier Ecken. Ergibt ein X, wenn man sie in der Reihenfolge eintippt, kleiner Insider unter Kollegen. 8-2-4-6 ist das Gegenstück, ein Plus, Sie glauben gar nicht, wie viele Systeme diese Symbole verwenden.«

»Kann man sich zumindest gut merken«, lächelte Kullmer anerkennend, wobei er sich eingestehen musste, dass ihm die vermeintlich tiefere Bedeutung von X und Plus für »zu« und »auf« wohl niemals aufgefallen wäre.

»Stimmt«, nickte der Wachmann, »aber wenn jeder sie verwendet, dann ist das so ziemlich das Dümmste, was man machen kann. Da kann das System noch so teuer sein und die besten Log-Dateien anlegen. Ich meine, beim Schließcode ist es ja nicht so schlimm, und den anderen hat der alte Bertram sofort geändert.«

»Alter Haudegen, nicht wahr?«, kommentierte Kullmer.

»Ja, dem macht so schnell keiner was vor.«

Sie verabschiedeten sich, und der Kommissar kehrte wieder zur Villa zurück.

Im oberen Geschoss stand Sabine Kaufmann über die Schublade einer dunklen Kommode gebeugt, ein altes Möbelstück im Kolonialstil, zweifelsohne keine jener billigen Repliken, die man heutzutage im Onlineversand erwerben konnte. Hinter der Doppeltür befanden sich T-Shirts, ein Kapuzenpulli und zwei Bluejeans, in den darüberliegenden Schubfächern Unterwäsche, auf der einen Seite, paarweise ineinander gestülpt, alles von weißen Tennissocken bis hin zu dunklen Kaschmirstrümpfen, im rechten Fach Boxershorts und Slips. Ein ordentlicher junger Mann, dachte Kaufmann anerkennend, denn ebenso wie die Strümpfe waren auch die T-Shirts und Unterhosen akkurat einsortiert. Nun, es gab bestimmt Hauspersonal, vielleicht wurde dem jungen Mann diese Arbeit ja auch abgenommen. Dabei wäre es ihr sehr viel lieber gewesen, anstatt einer Kommode voll sauberer Wäsche eine Spur zu finden, einen Hinweis, eben *irgendetwas*, was ihr verriet, wo sich der vermisste Alexander Bertram aufhielt. Sanft schob sie die Schublade zurück, tastete dabei aus einem Impuls heraus und ohne große Erwartung über den Unterboden, doch außer einem rauhen Nagel spürte sie nichts.

»Also weiter«, seufzte sie leise und wandte sich dem Kleiderschrank zu. Ein ganz schönes Monstrum, grübelte die Kommissarin mit zusammengekniffenen Augen und kratzte sich am Kinn. Irgendwie wirkte alles hier oben so unverhältnismäßig, es gab kaum persönliche Gegenstände, okay, neben dem Bett lagen zwei Bücher, aber ansonsten glich der Raum mehr einem Hotelzimmer denn einem seit Jahren bewohnten Raum. Der Wandkalender war noch von 2009, es gab keine Papiere, ein einziges rotstichiges Foto, das offenbar die Eltern Bertram mit ihrem etwa fünfjährigen Sohn zeigte, das Bett war ordentlich gemacht, und es lagen weder Schuhe noch andere Kleidungsstücke herum. Kaufmann erinnerte sich, im Bad eine silberne Armbanduhr gesehen zu haben, aber auch dort war ansonsten alles picobello.

Die schwere Holztür knarrte ein wenig, jedoch weitaus leiser, als Sabine es erwartet hätte. Der Schrank war massiv, aus dem vorletzten Jahrhundert, wie sie schätzte, und roch ein wenig nach Mottenpulver. Fein säuberlich auf Kleiderbügeln hingen links einige Sakkos, in den Fächern daneben lagen Handschuhe, Schals, Tücher und zwei beige Baseball-Kappen. Rechts ein Mantel und eine helle Jacke, in der Mitte außerdem ein dunkler Dreiteiler, der elegant und teuer wirkte. Sabine hatte eher das Gefühl, in einer Kleiderboutique als im Wohnbereich eines jungen Mannes zu stehen. Sie wollte den Schrank gerade wieder schließen, da vernahm sie ein Geräusch. Unmittelbar darauf erklang die Stimme Kullmers durch das Haus.

»Sabine? Bin wieder da!«

Eine Viertelstunde später schaltete Kullmer das Licht in Alexander Bertrams Zimmer aus. Gemeinsam mit seiner Kollegin hatte er alles abgesucht, sie hatten die Matratze angehoben, unter den Schrank und hinter den Spiegel geschaut, ja sogar das Familienfoto aus dem Rahmen gezogen. Im Badezimmerschrank hatten sie geprüft, ob es dort Medikamente gab, mit gerümpfter Nase hatten sie außerdem den kleinen Mülleimer untersucht, in dem sich neben einer leeren Tube Zahnpasta, einigen Einwegrasierern und benutzten Wattepads nichts Außergewöhnliches fand.

»Okay, Abmarsch nach unten«, seufzte Kullmer und ließ seiner Kollegin mit einer entsprechenden Handgeste den Vortritt zur Treppe. Da hörte auch er ein Geräusch.

»Scht!«, zischte er und hob die Hand. Sabine hielt inne und blickte ihn fragend an, er reckte den Hals und lauschte. Nichts.

»Ich könnte schwören, dass da eben etwas war«, erklärte Kullmer mit gerunzelter Stirn.

»So eine Art Pfeifen?«, fragte seine Kollegin mit erhelltem Blick.

»Ja, genau. Nur eben ganz kurz. Hast du's auch gehört?«

»Vorhin vielleicht, ich weiß nicht genau.« Sie schüttelte den Kopf. »Unmittelbar, bevor du wieder hochgekommen bist, aber seitdem nichts mehr.«

»Hmmm, seltsam.« Kullmer verdrehte nachdenklich die Augen. »Es kann ja nicht sein, dass wir beide Halluzinationen haben, oder?«

»Nein, es wird schon nicht bei uns beiden piepen.« Sabine Kaufmann tippte sich an die Stirn, dann wurde sie wieder sachlich: »Aber wer weiß schon, was es in diesem Haus alles für Installationen gibt. Warmwasserboiler, Zeitschaltuhr oder, was am schlimmsten wäre, die Alarmanlage schaltet sich wieder scharf.«

»Nein, dafür braucht es einen Code«, gab Kullmer zurück.
»Aber lass uns das mal analytisch angehen. Angenommen, es piept oder fiept oder pfeift hier irgendwo … In diesem Zimmer hier kann es ja wohl nicht sein, oder?«

»Wüsste beim besten Willen nicht, wo«, bestätigte Sabine.

»Bleibt also das Bad, vielleicht liegst du mit dem Boiler ja gar nicht so falsch«, schloss Kullmer.

»Gut, lass uns nachsehen.«

Sie eilten ins Bad, schweigend, in der Hoffnung, das Geräusch noch einmal zu hören. Sabine untersuchte den Spiegelschrank, prüfte, ob sich etwas dahinter befand. Peter ließ seinen Blick über die Wände wandern. Über der Badewanne schließlich, seitlich unter der Deckenschräge, befand sich eine Zugangsklappe, sie war fachmännisch überkachelt und kaum zu sehen, wenn man nicht danach suchte. Er schätzte die Maße auf sechzig Zentimeter Höhe und vierzig Zentimeter Breite; sechs rechteckige Fliesen in zwei Reihen. In einer von ihnen befand sich ein Loch, er steckte den Finger hinein und zog. Längst war Sabine neben ihn getreten und lugte ihm neugierig über die Schulter. Mit einem Knacken löste sich der magnetische Schließmechanismus, doch die Kommissare wurden enttäuscht. Hinter der Klappe fanden sich, neben Unmengen von Spinnweben, lediglich ein Wasserabsperrventil und einige isolierte Leitungen.

»Mist«, entfuhr es Kullmer enttäuscht, und er blickte nach hinten zu seiner Kollegin. Kaufmann zuckte mit gepressten Lippen die Schultern, beide seufzten resigniert, und Peter klappte die Luke wieder zu.

Dann aber fuhren die Kommissare plötzlich zusammen. Da war es wieder, ein gedämpftes Piepen, nur ein Mal, aber ganz deutlich.

»Ha!«, rief Kullmer und sprang auf.

»Also doch keine Einbildung!«, kommentierte Kaufmann.

»Es ist nicht hier im Raum, dafür war es zu dumpf«, überlegte Kullmer.

»Also nebenan? Aber wo denn? Das hätten wir doch viel deutlicher hören müssen.«

»Keine Ahnung, finden wir's raus!«

Sie wechselten hinüber in Alexanders Schlafzimmer, verharrten dort in der Mitte des Raums, wachsam lauschend, bei nicht eingeschaltetem Licht.

»Es muss irgendein Intervall geben«, flüsterte Kaufmann.

»Ein einmaliges Signal kann es nicht sein, dafür kam es schon zu oft, ein regelmäßiges Piepen im Minutentakt wäre uns hingegen viel früher aufgefallen. Deaktiviert haben kann es theoretisch auch niemand, die Chancen stehen also gut, wenn wir nur lange genug abwarten.«

»Ich rühre mich hier keinen Millimeter weg«, erwiderte Kullmer. Viel zu groß war seine Hoffnung, dass es sich vielleicht um den Signalton eines Handys handelte, das seinen Besitzer penetrant dazu aufforderte, den auf Reserve stehenden Akku zu laden.

Piep!

»Dort, im Schrank!«, rief Kaufmann, und Kullmer schaltete das Licht ein, während sie auf das Möbelstück zusprang.

»Klingt genauso dumpf wie im Bad«, murmelte er. »Vielleicht ein Handy in irgendeiner Jackentasche?«

Gemeinsam untersuchten sie Kleidungsstück für Kleidungsstück, Sabine entnahm zuerst die Sakkos, dann die Jacke, Kullmer tastete die Taschen ab und deponierte die untersuchten Sachen auf dem Bett.

»Letzte Chance«, verkündete seine Kollegin, als sie ihm den Mantel reichte. Doch noch bevor er mit der Hand in die Taschen fahren konnte, piepte es erneut.

»Es ist dort drinnen«, entfuhr es Sabine, und sie deutete aufgeregt in den ausgeräumten Schrank. »Ich krabbel da jetzt rein, das gibt es ja gar nicht, wir sind doch keine Anfänger!« Sie bückte sich, Kullmer beobachtete sie angespannt, und ihm entging dabei nicht, dass Sabine Kaufmann ein äußerst knackiges Hinterteil präsentierte. Konzentration, rügte er sich. Seine Kollegin setzte ihre Hände ins Innere auf den Holzboden, schob den Oberkörper hinein und fummelte dann ihr Handy hervor.

»Da brauchst du einmal eine Taschenlampe«, hörte Kullmer sie schimpfen, als das großflächige Display ihres Telefons aufglomm und das Schrankinnere in einen bläulichen Schimmer tauchte. »Na ja, fürs Erste langt es auch so.«

»Soll ich noch mal ans Auto gehen?«

»Nein, geht schon«, keuchte sie. »Der Boden ist genauso picobello wie der Rest des Zim... Moment mal!« Kaufmanns Stimme bekam einen energischen Klang.

»Was ist denn?« Kullmer zwängte sich neben das Hinterteil seiner Kollegin und versuchte, einen Blick zu erhaschen. Kaufmann drehte sich zu ihm und deutete mit dem Finger auf die Rückwand.

»Sieh mal hier.« Sie klopfte mit dem Knöchel des Zeigefingers über das dunkle, unebene Holz. Es klang dumpf, aber nicht außergewöhnlich.

»Was meinst du?«

»Warte.«

Sabine klopfte weiter und wechselte immer wieder die Position. Tatsächlich erkannte Peter nun einen unterschiedlichen Klang. Ein absurder Gedanke huschte vorbei, als ein erneutes Piepen die beiden Kommissare aufschreckte. Beinahe wäre Sabine mit dem hochschnellenden Kopf gegen Peters Kinn gestoßen. Der Ton war eindeutig näher und klarer, aber dennoch wie aus weiter Ferne. Noch bevor Peter Kullmer sich den Kopf darüber zerbrechen konnte, wie unwahrscheinlich es wohl wäre, dass sich hinter dem Wandschrank ein verborgener Raum befände, stieß Sabine Kaufmann die Luke zu Alexander Bertrams geheimem Zimmer auf.

DONNERSTAG, 11.40 UHR

Sie befanden sich alle in Bergers Büro, ausgenommen Frank Hellmer, den Julia Durant entgegen seines Widerstands nach Hause geschickt hatte.

»Du kannst ja später mal anrufen«, war ihr entgegenkommender Vorschlag gewesen, als sie ihren Wagen auf dem Parkplatz des Präsidiums abstellte. »Ich schick dir meinetwegen auch eine E-Mail. Aber wage ja nicht, vor morgen früh hier wieder aufzutauchen!«

Hellmer hatte sich längst geschlagen gegeben, müde genug war er allemal.

»Okay, ich habe verstanden, du bist der Boss.«

Dann hatte er die Beifahrertür des kleinen Peugeot zufallen lassen und war direkt zu seinem BMW getrottet, das war etwa zwanzig Minuten her.

Nach einem Blick auf die Uhr entschied Julia, dass sie Andrea Sievers wenigstens noch bis um zwölf Uhr Zeit geben sollte, und selbst das war vermutlich noch viel zu kurzfristig. Professor Bock hatte bestimmt Zeter und Mordio geschrien, als seine abgebrühte Kollegin die Einzelteile des Mädchens in der

Rechtsmedizin ausgepackt hatte. Vermutlich direkt neben ihrer Brotdose, dachte Julia trocken, aber nein, selbst Andrea Sievers hatte ihre Grenzen. Extreme Berufe erfordern eben entsprechenden Stressabbau, das wusste die Kommissarin ja selbst allzu gut. Entweder wurde man sarkastisch, oder man stumpfte auf andere Weise ab, aber solange Andrea einen exzellenten Job machte, und das tat sie für gewöhnlich, konnte Julia mit ihren exzentrischen Seiten gut leben. Mit Professor Bocks launenhaften Ausbrüchen hatte sie sich ja auch längst arrangiert.

»Okay, eines noch«, schloss die Kommissarin ihren Bericht, »der anonyme Anruf konnte einem Anschluss im selben Haus zugeordnet werden. Es handelt sich ebenfalls um eine junge Frau; vermutlich eine Freundin des Opfers, die aus irgendwelchen Gründen im Hintergrund bleiben möchte. Ihre Stimme auf dem Band klingt besorgt, daher diese erste Einschätzung. Die Hintergründe überprüfen wir später vor Ort. So weit fürs Erste, ich weiß, es ist abscheulich und krank, aber wir müssen jetzt unbedingt am Ball bleiben.« Julia Durant ließ ihren Blick langsam über die Gesichter ihrer Kollegen wandern. Doris war kreidebleich, blieb aber regungslos auf ihrem Stuhl sitzen, Peter hatte den Arm um sie gelegt. Sabine sah ins Leere, stellte sich vermutlich vor, wie es am Tatort ausgesehen haben musste. Es dauerte eine Weile, bevor jemand etwas sagte, und es war Peter Kullmer, der das Wort ergriff.

»Mensch, so ein Gemetzel hatten wir lange nicht.«

»Allerdings«, murmelte Doris. Julia vermutete, dass die Schwangerschaft schuld daran war, dass ihre Kollegin so sensibel war. Doris Seidel war alles andere als zart besaitet, hatte in ihrer Laufbahn so manches perverse Schwein zur Strecke gebracht, aber momentan wirkte sie beinahe wie ein verängstigtes Mädchen, hilflos und schockiert, wie schlecht die Welt um sie herum doch war. Eine Welt, in die sie bald ein noch viel hilfloseres und zarteres Geschöpf setzen würde.

»Sag mal, möchtest du lieber nach Hause gehen?«, fragte Julia freiheraus. »Wir stemmen das auch so, keine Frage, und ich kann mir jederzeit Verstärkung organisieren.«

»Nein, geht schon, danke«, lächelte Doris. »Ich will jetzt endlich hören, was Peter und Sabine gefunden haben.«

»Ich allerdings auch«, bekräftigte Julia Durant. Mit einem auffordernden Blick in Richtung der beiden anderen sagte sie: »Na, dann schießt mal los!«

Sie staunte nicht schlecht, als Kaufmann und Kullmer abwechselnd von ihrer Suche berichteten.

»Ein ›Durchbruch‹ im eigentlichen Wortsinne, könnte man sagen«, kommentierte die Kommissarin lächelnd, als Sabine berichtete, wie sie den verborgenen Zugang zu dem Geheimzimmer entdeckt hatte.

»Allerdings. Das und eine Menge Glück, anders kann man es nicht sagen. Schuld daran, dass wir überhaupt noch einmal im Zimmer nachgesehen haben, war einzig und allein das Piepen der Klimaanlage.«

»Könnt ihr mir das noch mal erklären, bitte?«, bat Doris.

»Klar, pass auf«, sagte Peter schnell. »Dieser Raum hat keine Fenster oder so, ist also ein heißes und stickiges Loch. Drinnen lief eines dieser kleinen Standklimageräte, du weißt schon, diese ständig brummenden Teile, der Abluftschlauch war an einen alten Kaminschacht angeschlossen. An und für sich gut durchdacht, wenn ich das mal so sagen darf, allerdings haben diese Geräte eben auch den Effekt, dass sie die Luft entfeuchten. Und so ein Wassertank ist irgendwann mal voll, dann ist's vorbei mit der Klimatisierung, weil das Gerät sich dann automatisch abschaltet und alle paar Minuten einen Pieps von sich gibt, so lange, bis man den Wassertank ausgeleert hat. Das Gebläse läuft weiter, bringt aber nichts mehr, demnach muss der Tank wohl schon ein Weilchen voll gewesen sein, denn in dem Raum war es mächtig warm. Klar so weit?«

»Ja, danke«, nickte Doris. »Da habt ihr aber wirklich Schwein gehabt.«

»*Das* Schwein zu haben wäre uns lieber gewesen«, setzte Sabine nach. »Denn eines ist sicher: Der Bertram mag zwar nach außen hin das brave Muttersöhnchen abgeben, aber ich sage euch, der hat Dreck am Stecken bis zu den Ohren.«

»Gut, gut«, versuchte Julia Durant ihre Kollegin zu bremsen, »das sollten wir jetzt aber auch in der richtigen Reihenfolge besprechen, auch wenn das eine oder andere schon zwischen Tür und Angel erwähnt wurde. Ihr habt also den Geheimraum gefunden, das Klimagerät und eine High-End-Computerausrüstung.«

»Einen Arbeitsplatz mit zwei Monitoren, um genau zu sein«, ergänzte Kullmer, »dazu eine Videoausrüstung mit allem Pipapo, ein brandneues Notebook, scheinbar unbenutzt, und sogar einen kleinen Wandtresor, verrammelt natürlich. Aber den kriegt der Typ vom Wachschutz schon auf, und die Spurensicherung sammelt dann alles ein – die werden sich bestimmt bald melden.«

»Habt ihr einen der Rechner angeschaltet?«, fragte Julia.

»Nein, wir haben es natürlich versucht, aber da kam noch vor dem Systemstart eine Passwortabfrage.«

»Ein verdammter BIOS-Schutz«, kommentierte Kaufmann stirnrunzelnd.

»Aber dafür haben wir den Camcorder«, lächelte Kullmer. »Der war nämlich an den PC angeschlossen, zumindest steckte das USB-Kabel noch drinnen. Das bedeutet, es wurden Daten von der Speicherkarte oder dem internen Speicher übertragen. Üblicherweise löscht man diese während oder spätestens nach dem Übertragungsvorgang – der Speicher jedenfalls ist komplett leer. Aber solange keine neuen Aufnahmen getätigt werden, dürften diese Daten sich ohne große Probleme wiederherstellen lassen.«

»Und genau aus diesem Grund liegt das gute Stück bereits unten in der IT«, ergänzte Kaufmann lächelnd.

»Prima, dann gibt es wenigstens hier in absehbarer Zeit ein paar Ergebnisse«, nickte Julia. »Bis dahin würde ich gerne noch erfahren, was eure Besuche in den Pizza-Läden ergeben haben.«

»Hat lecker geschmeckt«, kam es sofort von Kullmer, »aber ansonsten keine nachweisbare Verbindung. Wir haben denen Stieglers Foto dagelassen mit der dringenden Bitte, es den beiden Kollegen zu zeigen, die gestern Abend freihatten.«

Julia nickte nachdenklich. Etwas Vergleichbares hatte sie auch am Morgen von Hellmer berichtet bekommen, natürlich mit weitaus mehr Details über das Essen ...

»Das deckt sich mit Franks Besuch im Bahnhofsviertel«, berichtete sie den anderen. »Auch hier kein Erfolg. Bleibt also die Filiale an der Friedberger.« Erwartungsvoll richteten sich alle Blicke auf Sabine Kaufmann. Doch auch sie schüttelte den Kopf.

»Sorry, Leute, erwartet da jetzt bloß nicht zu viel. Ich habe erst ein wenig gut Wetter gemacht und Essen bestellt, den großen Salat mit Thunfisch kann ich empfehlen.«

»Wenn man ihn nicht ohne Dressing, Eier und Tomaten bestellt, bestimmt«, murmelte Kullmer mit gehässigem Grinsen, woraufhin Doris Seidel ihn mit dem Ellbogen stieß.

»Hey«, sagte Julia genervt. Der Tag war bislang nicht so gewesen, als dass sie zum Scherzen aufgelegt wäre. Es pochte in ihren Schläfen, sie fühlte sich abgeschlafft und sie war wenig zuversichtlich, was den Fortgang des Tages betraf.

»Zurück zum Text, Verzeihung«, entschuldigte sich Sabine schnell, »ich habe ebenfalls mit dem Foto gewedelt, keine Reaktion, habe dann aber noch gefragt, ob sie vielleicht an das Büro dieser Computerfuzzis liefern. Tatsächlich konnte sich der Chef, oder zumindest jemand, der so aussah, als hätte er dort etwas zu sagen, daran erinnern, dass hin und wieder in die neunzehnte Etage des BCN-Hochhauses geliefert wird. Eine Kooperation mit iTeX24 in Sachen Werbung oder so gibt es aber nicht.«

»Immerhin«, antwortete Julia. »Hast du auch nach Alexander Bertram gefragt?«

»Ich hatte kein Foto, leider, aber es hätte auch nichts gebracht, da der Lieferant der Mittagsschicht schon Feierabend hatte. Der Chef hat ihn aber telefonisch erreicht, und ich konnte zumindest in Erfahrung bringen, dass die Bestellungen immer mindestens für zwei Personen waren, also über fünfundzwanzig Euro. Beim Bezahlen wurde stets auf Studentenrabatt bestanden, das ist so eine Art Bonusprogramm von ›Pizza-Muli‹.«

»Ist unter den Mitarbeitern bei iTeX24 denn noch ein Student?«, fragte Kullmer zweifelnd.

»Nein, nicht dass ich wüsste«, erwiderte Durant. »Aber wer weiß, ob sie das nicht einfach behauptet haben.«

»Das geht nicht so einfach«, warf Kaufmann kopfschüttelnd ein. »Zumindest nicht, wenn man kontrolliert wird. Sowohl die Uni als auch die FH haben kleine Chipkarten, auf denen das Logo der Hochschule, ein Foto und das Nahverkehrsticket für das laufende Semester abgebildet sind. So wie der Pizzabote klang, hat er das jedes Mal vor die Nase gehalten bekommen.«

»Na, du kennst dich ja aus«, sagte Julia mit einem anerkennenden Nicken. »Wenn also keiner der vier Angestellten mehr ein Student war, müssen sie einen anderen vorgeschoben haben. Ob es Carlo Stiegler ist, wird sich zeigen. Ich schlage vor, das überprüfen wir sofort.«

»Kein Problem«, erwiderte Kaufmann, »der Bote ist heute ab dreizehn Uhr im Laden.«

»Moment mal, nicht so schnell, bitte.« Kullmer hob mit nachdenklicher Miene die Hand. »Ich stecke gedanklich noch bei diesen Chipkarten. Wie lange gibt es die schon?«

»Ach, schon ewig.« Kaufmann winkte ab. »Wieso?«

»Nur so ein Gedanke.« Kullmer runzelte nachdenklich die Stirn. »War die Grundlage von Bertrams Alibi nicht ein S-Bahn-Ticket?«

»Verdammt noch mal, ja!«, entfuhr es Julia, und sie schlug mit der Handfläche auf den Tisch. »Damals war er auf jeden Fall noch immatrikuliert, eingeschrieben an der Fachhochschule. Mensch, da hätte er mit dem Zug quer durch Hessen tingeln können, ohne je ein Ticket zu kaufen.«

»Quod erat demonstrandum«, kommentierte Kullmer mit einem breiten Lächeln. Julia Durant musste unwillkürlich schmunzeln, nicht wegen des lateinischen Zitats selbst, sondern weil sie zu wissen glaubte, woher ihr Kollege Peter Kullmer diese Weisheit hatte. Julia würde jede Wette darauf eingehen, dass sich unter dem Stapel von Fachjournalen in seinem Schreibtisch mindestens ein Asterix-Heft befand. Aber warum auch nicht? Gott sei Dank gab es für sie nicht nur den Job.

Julia zwang ihre Gedanken zurück zum Fall, zurück zu Kullmers Kommentar. »Was zu beweisen war« bedeutete das lateinische Zitat, und in der Tat wurden die Hinweise auf Alexander Bertram immer eindeutiger.

»Nach allem, was wir bis jetzt zusammengetragen haben: Wie wahrscheinlich ist es, dass Bertram auch das Alarmsystem der Villa überlistet hat?«, hakte die Kommissarin nach.

»Nach Aussage des Wachmanns wohl immer noch schwierig«, erwiderte Kullmer. »Allerdings gibt es bestimmt noch einige Hintertürchen, die ein Informatiker wie Bertram locker herausfinden würde.«

»Glaube ich auch«, pflichtete Kaufmann bei, doch bevor sie weitersprechen konnte, läutete das Telefon. Im Display stand »IT Schreck«. Wie passend, dachte Julia mit einem Schmunzeln. »Wo wir gerade beim Thema sind«, sagte sie und betätigte den Freisprechknopf.

»Hallo, Herr Schreck. Genau im richtigen Moment, wir sitzen hier alle und sinnieren über die Möglichkeiten der Computerkriminalität. Außerdem warten wir schon gespannt auf Ihre Neuigkeiten.«

Schreck räusperte sich. »Äh, fein, dann guten Tag zusammen. Wir sprechen beide über die Kamera, nehme ich an?«

»Ja, auch. Meine Kollegen haben uns bereits mitgeteilt, dass Sie dieses Beweisstück vorrangig behandeln sollten.«

»Na ja, hier stapeln sich bald die Laptops, mit denen Sie uns so großzügig versorgen«, entgegnete Schreck, »da war so eine kleine Sechzehner SD doch mal ne nette Abwechslung.«

»Eine *was?*«

»Eine Secure Digital Memory Card«, erklärte Schreck geduldig. »16 Gigabyte Speicher, Class 4, durchaus geeignet für eine ansehnliche Menge hochauflösenden Videomaterials.

Leider, leider«, seufzte er dann, »hat der Eigentümer die Daten ziemlich gewissenhaft gelöscht.«

»Was genau heißt das?«

»Nun, er hat die Dateien wahrscheinlich auf den PC verschoben, das zumindest vermuten ja Ihre Kollegen, weil das USB-Kabel noch angeschlossen war. In der Regel löscht man den Kameraspeicher dann, weil man ja Platz für die nächsten Aufnahmen braucht. Gelegentlich empfiehlt es sich, eine Karte neu zu formatieren, speziell dann, wenn man sichergehen will, dass niemand auf die gelöschten Daten zugreifen soll.«

»Und das ist hier der Fall?«

»Es sieht so aus. Auch wenn offenbar kein Tool wie ›Kill-SSD‹ oder so eingesetzt wurde, war es mir so ad hoc nicht möglich, die Videodaten zurückzuholen oder …«

»Gar nicht möglich?«, unterbrach Julia ihn mit niedergeschlagener Stimme.

»Warten Sie doch ab«, sagte Schreck. »Ich konnte eine Sequenz von einigen Sekunden retten, das wird Ihnen auch bestimmt erst einmal weiterhelfen, aber für eine gründliche Datenrettung braucht es einiges mehr an Zeit.«

Hoffnung blitzte in Julia Durants Augen auf. »Schicken Sie es hoch?«

»Kann ich machen.«

»Das wäre prima. Noch etwas: Für wie wahrscheinlich halten Sie es, dass jemand ein computergesteuertes Alarmsystem manipuliert, ohne dass es jemand bemerkt?«

»Hm. Hat dieser Jemand Computererfahrung?«

»Ja, und das nicht zu knapp. Informatikstudium an der FH und tätig in einer IT-Firma. Die Hälfte des Materials auf Ihrem Tisch gehört ihm, die Kamera eingeschlossen.«

»Wenn das so ist«, entgegnete Schreck, »dann sollte ein Hausalarm ihm keine nennenswerten Probleme bereiten. Ich meine, die meisten Systeme werden ohnehin überbewertet, und wenn man sich einigermaßen auskennt und gezielt danach sucht, findet man übers Internet irgendwann eine brauchbare Lösung.«

»Danke, Sie sind ein Genie!«

»Und ein vollkommen vereinsamtes noch dazu«, seufzte es aus dem Lautsprecher zurück. »Das nächste Mal könnten Sie ruhig mal wieder hier unten vorbeischauen, Sie wissen doch, wir beißen nicht.«

Doch Julia Durant hatte ihre Gründe, warum sie die Computer-Abteilung der KTU mied. Nestroy … Doch das war eine andere Geschichte aus einer anderen Zeit.

»Sobald Sie sich durch die Computer gekämpft haben, komme ich höchstpersönlich vorbei«, versprach die Kommissarin herzlich, »und das dürfen Sie nun gerne als Ansporn nehmen.«

Das sympathische Lachen von Herrn Schreck erklang, im Hintergrund vernahm sie Tastengeklapper, dann verabschiedete er sich mit den Worten: »Okay, da nehme ich Sie mal beim Wort und spute mich. Übrigens: Sie haben Post.«

Kaum zwei Minuten später starrte die Kommissarin entgeistert auf ihren Monitor. Doris, Peter und Sabine hatten sich neugierig um sie geschart und gebannt auf den dezenten Klang des Posteingangssignals gewartet. Julia hatte die E-Mail mit Doppelklick geöffnet, sie enthielt außer der Standardsignatur der Computerforensik keinen Text, lediglich das Symbol einer Büroklammer im Mailfenster verriet, dass sich eine Datei im Anhang befand. Ein weiterer Doppelklick, auf dem

Bildschirm erschien das Fenster des Abspielprogramms. Nach kurzem Flimmern und einigen Störungen, bei denen Teile des Bildausschnitts nur schwarze und pinkfarbene Quadrate zeigten, erkannte Julia Durant die ersten Details. Offenbar handelte es sich um eine Standaufnahme, der Bildmittelpunkt war ein breites Bett, Julia schätzte es auf eins sechzig, mit einem dunklen Metallrahmen und einem Gitter an der Kopfseite. Alt oder auf alt gemacht, das konnte sie von der Aufnahme her nicht beurteilen, viel wichtiger jedoch war die Person, die mit Handschellen an die Gitterstäbe gefesselt war. Eine junge Frau, bestimmt noch unter fünfundzwanzig, lag auf dem weißen Laken, nackt, die Arme mit den fixierten Handgelenken über Kopf, die Oberschenkel krampfhaft aneinandergepresst, so zumindest vermutete Julia. Ihre Bewegungen wirkten langsam, fast wie in Trance, den Gesichtsausdruck vermochte die Kommissarin nicht mehr einzuschätzen, denn das Bild fror abrupt ein, und im nächsten Augenblick zeigte der Mediaplayer wieder einen schwarzen Hintergrund.

»Was war denn das?«, wisperte Kullmer.

»Elf Sekunden purer Horror«, kommentierte Kaufmann. »Spiel es noch mal ab, Julia, und klicke da unten auf den Doppelpfeil. Dann wiederholt sich das Video, anstatt abzubrechen.«

Julia Durant klickte mit dem Cursor auf die entsprechenden Buttons, dann betrachteten sie die beklemmende Szene erneut. Während des dritten Durchlaufs steuerte Julia die Pausenfunktion an, und das Bild blieb bei Zeitindex 00:08 stehen. Das Gesicht des Mädchens war etwas unscharf, aber dennoch war eindeutig, dass in ihrer Mimik Angst lag.

»Kann man das irgendwie heranzoomen?«, fragte Julia unsicher.

»Schon, aber dadurch wird die Qualität nicht besser. Darf ich mal?«

Julia machte ihrer eifrigen Kollegin Platz und bewunderte Sabine nicht zum ersten Mal für ihren sicheren Umgang mit dem PC. Mit wenigen routinierten Handgriffen erstellte sie einen Snapshot von einer geeigneten Stelle des Videos, öffnete dieses Bild in einem neuen Fenster und vergrößerte den Bereich mit Oberkörper und Kopf des Mädchens auf die gesamte Bildschirmgröße. Langes, dunkles Haar rahmte ein makelloses Gesicht ein, volle Lippen, eine zarte Nase und große Augen, kurzum: eine wunderschöne Frau. Und tatsächlich stand in ihren Augen ein Ausdruck von Panik.

Julia Durant hatte dieses Gesicht noch nie zuvor gesehen. »Wäre ja auch zu einfach gewesen«, seufzte sie zerknirscht. Bereits beim ersten Durchlauf hatte sie die Hoffnung aufgeben müssen, dass es sich bei der Aufnahme um das zerstückelte Opfer des Vormittags handeln könnte. Doch wenigstens eines der bekannten Gesichter hätte es ja sein können, vielleicht sogar eine aus dem Dutzend junger Frauen, die im Rhein-Main-Gebiet als vermisst galten. Doch so einfach sollte es nicht sein.

»Wie sieht es mit euch aus?«, fragte Julia in die Runde. »Kommt jemandem das Gesicht bekannt vor?«

Doch sie sah nur verhaltenes Kopfschütteln und griff daraufhin zum Telefon.

»Hallo, Herr Schreck, hier noch mal Durant. Können Sie uns aus einem Standbild ein aufbereitetes Porträt erstellen? – Ja, genau, zum Abgleich mit den Datenbanken. Konterfei bis Halsansatz genügt. – Danke, das ist nett.«

Danach wandte sie sich an ihre Kollegen, die wieder vor dem Schreibtisch Platz genommen hatten: »Okay, in zehn Minuten bekommen wir ein brauchbares Erkennungsfoto, ich leite es sofort weiter an die Vermisstenstelle und das BKA.«

»Ja, und die sollen das Suchraster ruhig über das gesamte Spektrum laufen lassen«, warf Kullmer ein, »inklusive Entführung, Lösegeldforderungen und diese ganze Sparte eben. Einschränken können wir noch immer.«

»Wir sollten ohnehin zurückhaltend sein mit irgendwelchen Theorien«, stimmte Julia ihm zu. »Denn uns fehlt eine gemeinsame Komponente. Lasst uns mal rüber an die Tapete gehen, Schrecks Foto wird ja noch ein bisschen dauern.«

Sie wechselten ins Konferenzzimmer und versammelten sich vor dem Whiteboard. Julia griff sich einen der dicken Filzstifte.

»Schreiben wir erst mal hierauf, dann können wir es verändern. Tapezieren können wir immer noch.«

Nacheinander notierte sie die Namen Alexander Bertram, Carlo Stiegler und Janine Skorzy in drei Ecken des Boards, dann, etwas zögerlich, noch den Namen Jennifer Mason.

»Okay, was haben wir also vorliegen«, begann sie nachdenklich. »Wir vermuten, dass Bertram und Stiegler sich kannten.«

Sie zog eine gestrichelte Linie zwischen beide Namen.

»Und Bertram und Mason kannten sich definitiv«, ergänzte Kaufmann.« Diese Verbindungslinie zog Julia durchgehend.

»Bei Stiegler und Mason spielte ›Stairway to Heaven‹«, überlegte Julia, nahm einen blauen Marker und verband die beiden Namen mit einer entsprechend beschrifteten Linie.

»Was ist denn mit diesem Kommentar von Andrea?«, hakte Kullmer nach und spielte damit auf die Erwähnung Dahmers an.

»Keine Ahnung, wie das hier reinpasst«, schüttelte sie den Kopf.

»Eine Gemeinsamkeit mit Stiegler vielleicht?« Kullmer blieb

hartnäckig. »Ich meine, wenn wir wegen dieser Led-Zeppelin-Geschichte mal von einer Serie ausgehen …«

»Na gut, notieren wir es mal«, sagte Julia.

»Bertram hat ein mutmaßliches Gewaltvideo auf der Kamera«, fuhr Sabine Kaufmann fort, »und einen offensichtlich geheimen Verschlag mit High-Tech-Equipment. Das gefilmte Mädchen passt vom Alter her sowohl zu Mason als auch zu Skorzy.«

»Das Eis wird dünner«, kommentierte Julia, als sie zwei weitere Linien auftrug. Sie entschied sich, sie gepunktet zu zeichnen.

Nachdenklich betrachteten alle das Board.

»Der gemeinsame Nenner ist noch immer Bertram«, folgerte Doris Seidel. »Zu ihm führen die meisten Verbindungen.«

»Und zwar über das Medium Video«, ergänzte Sabine Kaufmann.

»Es sind aber vor allem hypothetische Linien, die wir da konstruiert haben«, gab Julia zu bedenken. »Vielleicht sollten wir als Erstes versuchen, diese Video-Komponente auszuklammern oder, was natürlich besser wäre, sie auf ein hieb- und stichfestes Fundament zu stellen.«

»Vielleicht sollten wir uns in diesem Zusammenhang mal über einen ganz bestimmten Ansatz unterhalten«, schlug Sabine Kaufmann vor. »Es ist mir eben wie Schuppen von den Augen gefallen. Überlegt doch mal, könnte es vielleicht sein, dass wir es hier mit Snuff-Videos zu tun haben?«

»Snuff-Videos?« Julia Durant runzelte die Stirn.

»Ja, ich bin drauf gekommen, als ich an die Videothek dachte, die Szene in der Filmsequenz, Bertrams Ausrüstung und natürlich die Musik«, erklärte Kaufmann. »Hat denn jeder von euch eine Ahnung, was mit ›Snuff‹ gemeint ist?«

Sie griff sich ein gelbes, ovales Tonpapier und kritzelte den Begriff in Großbuchstaben darauf. Dahinter setzte sie ein Fragezeichen und plazierte die Notiz mit einem Magneten mitten auf das Board. Danach blickte sie fragend in die Runde. Julia Durant kramte in ihrem Gedächtnis, Snuff ...

»Das sind doch diese Filme, in denen jemand stirbt, richtig?«, dachte sie laut und vernahm ein zustimmendes Murmeln.

»Ja und nein«, erwiderte Kaufmann. »Setzen wir uns noch mal, dann erzähle ich was darüber.«

Die kleine Gruppe nahm an einem nahe stehenden Doppeltisch Platz, jeder an einer Kante.

»Übersetzt bedeutet ›Snuff‹ so etwas wie ›jemanden auslöschen‹«, fuhr Sabine fort, »das ist ein umgangssprachlicher Jargon. Es ist richtig, dass es sich bei Snuff-Videos in der Regel um Filme handelt, in deren Verlauf eine Person live vor der Kamera getötet wird. So zumindest hat man das in den siebziger Jahren klassifiziert, aber damals gab es schließlich noch kein Internet, und selbst die Nachrichtenmedien hielten noch gewisse ästhetische Grenzen ein. Erinnert ihr euch an die Aufnahmen aus Abu Ghraib?«

»War das nicht dieses amerikanische Gefängnis?«, überlegte Kullmer.

»Im Irak, ich erinnere mich«, nickte Julia. »Dürfte um die fünf, sechs Jahre her sein.«

»Ja, das meine ich«, bestätigte Sabine. »Seitdem es Handys mit Videofunktion gibt und beinahe jeder mit einer Kamera umherrennt, ist eine ganze Flut von Gewaltvideos entstanden. Kommt so etwas an die Öffentlichkeit, ist der Skandal gewöhnlich groß. Andererseits zeigt das Fernsehen mittlerweile kaum weniger brutale Bilder, sei es nun in Spielfilmen oder Reportagen. Folter, Gewalt und Tod alleine machen natürlich noch keinen Snuff-Film aus.«

»Sonst wäre diese Handy-Aufzeichnung von Saddams Hinrichtung ja auch einer gewesen, oder?«, warf Doris ein.

»Gutes Beispiel«, murmelte Sabine. »Für *Gesichter des Todes* wäre es mit Sicherheit das passende Material gewesen.« Dann, entschlossener, fügte sie hinzu: »Der entscheidende Unterschied liegt in der fehlenden sexuellen Komponente. Diese Abgrenzung ist so wichtig, weil das Internet ja überquillt vor Gewaltvideos.«

»Ja, grauenvoll«, bestätigte Kullmer. »Weißt du noch, Doris, dieser Artikel letztens über ›Happy Slapping‹? Da waren doch vor den Ferien wieder ein paar Vorfälle. Mensch, das sind Kinder, vierzehn, zwölf, wenn's überhaupt reicht!«

»Allerdings! Unfassbar, was bei manchen Kids so abgeht«, bestätigte Seidel. Julia Durant erinnerte sich ebenfalls. Als »Happy Slapper« wurden in der Regel Schüler bezeichnet, die ihre Gewaltexzesse gegenüber anderen, meist jüngeren Mitschülern per Handy aufnahmen und sich mit diesen Videos dann im Internet profilierten; und das alles geschah hier, direkt vor der Haustür, denn solche Videos entstanden nicht nur in L. A. oder irgendwelchen fernen Großstädten. Es gab sie auch in Frankfurt. Sabine Kaufmann räusperte sich.

»Okay, ich mache jetzt aber wieder beim Thema ›Snuff‹ weiter, wenn's recht ist. In einem Snuff-Porno wird also ein Opfer, das zunächst ahnungslos ist und daher meist freiwillig vor der Kamera agiert, im Laufe des Films überwältigt. Beim Sex gibt es da ja jede Menge Möglichkeiten, etwa durch Fesseln, Handschellen oder Ähnliches. Möglich ist natürlich auch ein spontanes Umschwenken des Täters, also zuerst Blümchensex und dann plötzlich Dominanz und Kontrolle. Das ist dann der erste Schlüsselmoment, eine sehr begehrte Szene, wenn das Opfer entsetzt feststellt, dass es überrumpelt wird und seinem Gegenüber nun ausgeliefert ist.«

»Oh Gott«, klagte Doris, »ich ertrag's bald nicht mehr, glaube ich.«

»Es geht aber leider noch weiter«, sagte Sabine. »Dem fassungslosen Gesichtsausdruck, eventuell panischem Zappeln und dem Schrei nach Hilfe folgt die nächste Sequenz. Je nach Vorlieben des Täters und abhängig davon, ob er den Film für sich selbst oder für einen Personenkreis Gleichgesinnter anfertigt, folgen nun die verschiedensten Formen von Qual und Demütigung, seien es intime Folter oder abartige Sexpraktiken. Auch hier steht das Sexuelle im Vordergrund, denn Snuff-Täter gewinnen ihre Lust ja durch diese Form der sexuellen Dominanz und Kontrolle.«

»Snuff-Konsumenten auch, richtig?«, kommentierte Kullmer.

»Natürlich«, bestätigte Kaufmann.

Julia Durant rieb sich angestrengt die Schläfen. In ihrem Kopf waren plötzlich Bilder erschienen, Erinnerungen, die sie im Moment überhaupt nicht gebrauchen konnte. Ein altes Gefängnis aus der napoleonischen Zeit, steile, ausgetretene Steinstufen, unten ein beklemmendes Gewölbe voller Zellen. Eine hochmoderne Schließanlage, schallgeschützt, videoüberwacht ... Julia zwang sich, sich wieder aufs Hier und Jetzt zu konzentrieren.

»Und irgendwann folgt das obligatorische Töten«, sagte sie schnell.

»Richtig«, bestätigte Sabine. »Ich habe ein paar Videos gesehen, sicher waren auch Fälschungen darunter, aber eines ist sicher: Egal, ob nach fünf Minuten oder einer Stunde, es folgt eine weitere Szene, in der das Opfer erkennt, dass es sterben wird. Diesen Blick, diese Angst, diese panische Gewissheit – das kann niemand überzeugend spielen. Die Videoaufnahme eines Menschen, der sich von einem Moment auf den anderen seines unmittelbar bevorstehenden Todes bewusst wird, ist mit das begehrteste Material überhaupt. Und bevor jemand Einspruch erhebt: Ein zum Tode Verurteilter zählt nicht, ebenso wenig wie irgendwelche Massaker in Afrika. So zynisch das auch klingen mag: In Krisenregionen oder wenn man im Todestrakt sitzt, ist der Tod bereits gegenwärtig. In einem Schlafzimmer aber, womöglich eingelullt durch ein romantisches Vorspiel, ist es der größtmögliche Schock.«

Einige Sekunden lang erfüllte betroffenes Schweigen das Konferenzzimmer. Julia war davon überzeugt, dass jeder ihrer Kollegen seine persönlichen Urängste hatte. Sabine Kaufmanns Vortrag wühlte nicht nur bei ihr die Emotionen auf. Doch eines war sicher: So deutlich wie bei Julia Durant lief das Kopfkino nirgendwo ab.

»Scheiße«, flüsterte sie irgendwann. »Wie abgebrüht muss jemand sein, der sich selbst beim Vergewaltigen und Töten aufnimmt und das am Ende anderen zeigt.«

»Na ja, es gibt ja Videoschnitt und so«, sagte Kullmer mit einem fragenden Blick zu Kaufmann. Diese bestätigte seinen Gedankengang, indem sie ihn fortsetzte.

»Erstens das und zweitens ist beim Täter davon auszugehen, dass er Profi genug ist, um dem Fokus der Kamera nicht zu viel von sich preiszugeben. Vergesst nicht, so düster das auch klingen mag, der eigentliche Star eines Snuff-Videos ist das Opfer.«

»Okay, ich denke, wir haben uns nun genug über die Materie informieren lassen«, sagte Julia, »vielen Dank, Sabine.« Sie lächelte ihrer Kollegin freundlich zu, blickte anschließend zu Kullmer, dann zu Seidel und sprach in einem auffordernden Tonfall weiter: »Jetzt mal Tacheles. Wie wahrscheinlich ist es, dass diese Snuff-Theorie auf Alexander Bertram passt?«

Angespanntes Schweigen, schnelle Blicke wurden gewechselt, doch keiner der Anwesenden schien einen Anfang machen zu wollen. Es war Sabine Kaufmann, die sich schließlich dazu aufraffte.

»Ich wollte mich eigentlich noch zurückhalten«, sagte sie, »denn ich stecke in dem Thema schon von früher her drin und bin vielleicht nicht ganz objektiv.«

»Objektivität gibt es ohnehin nicht«, warf Julia Durant ein. »Keiner von uns kann einen Sachverhalt bewerten, ohne dass unsere persönlichen Erfahrungen damit in Wechselwirkung stehen.«

»Es sei denn, wir beschäftigen einen Autisten als Profiler«, ulkte Peter, hob aber sofort beschwichtigend die Hände. »Nicht wieder mosern, war nur ein Scherz. Also los, Sabine, ich bin gespannt.«

»Okay, ihr wollt meine ehrliche Meinung, dann bitte sehr: Für mich hat die Snuff-Theorie nicht nur eine Wahrscheinlichkeit von neunzig Prozent, so weit lehne ich mich jetzt mal aus dem Fenster, für mich ist es auch die einzige Theorie, die drei oder sogar vier einzelne Fällen in einen Gesamtzusammenhang stellen kann.«

»Das war eindeutig«, kommentierte Julia, die in ihrer Einschätzung weitaus vorsichtiger gewesen wäre, vielleicht fifty-fifty, aber letzten Endes klang die Theorie durchaus überzeugend. Mehr als alles andere wollte sie Sabines optimistischer Einschätzung Folge leisten, rief sich dann aber zur Vernunft.

»Ich hätte es noch nicht so hoch angesetzt, aber das ist ja auch momentan mein Job«, lächelte sie. »Es braucht in einer Runde schließlich Zweifler. Ich hoffe jedoch, dass diese Zweifel baldmöglichst ausgeräumt werden. Was ist mit euch, Peter, Doris?«

»Siebzig – dreißig«, antwortete Kullmer sofort. »Die nächsten Daten von Schreck werden möglicherweise die bestehenden Zweifel ausräumen.«

»Aber eine Videosequenz hat er uns ja schon gegeben«, gab Seidel zu bedenken, »und zwar eine recht eindeutige. Solange es also keine anderen Hinweise gibt«, fuhr sie fort, »würde ich auf achtzig – zwanzig gehen. Mindestens.«

Julia Durant erhob sich langsam und sah erneut auf die Uhr.

»Gut, dann haben wir das fürs Erste geklärt. Mittlerweile dürfte wohl auch der bearbeitete Bildausschnitt aus dem Video vorliegen. Ich schlage also vor, wir lassen die Fahndungsmaschinerie dann mal ihren Dienst tun. Bis die ersten Ergebnisse eintrudeln, dürfte es etwas dauern. Sabine, du wendest dich bitte in der Zwischenzeit an die Sitte, prüfst dort gezielt in Richtung Snuff, du kannst dir auch ruhig noch jemanden dazuholen.«

Dann rieb Julia sich die Schläfen und fügte leise hinzu: »Ich für meinen Teil werde mir die Anrufe nach Hause umleiten lassen, mir platzt der Schädel, ich muss mal dringend ein, zwei Stündchen die Füße hochlegen, wer weiß, wann ich wieder dazu komme, wenn es hier richtig losgeht.«

»Hoffentlich bald«, murmelte Seidel, »bevor es das nächste junge Mädchen erwischt.«

Etwas lauter und mit einem warnenden Unterton verabschiedete sich Julia Durant.

»Gut, ich bin dann mal weg, aber ich erwarte, über jede Neuigkeit umgehend informiert zu werden!«

Viertel nach fünf, nicht übel, dachte Julia Durant, als sie die Augen aufschlug und ihr Blick suchend zur Uhr wanderte. Sie fühlte sich ausgeruht, einzig der Nacken bereitete ihr etwas Kummer, denn sie war auf der Couch eingenickt und hatte dabei keine rückenfreundliche Schlafposition eingenommen. Das Möbelstück mochte elegant und sauteuer sein, aber davon wurde es nicht zwingend zum bequemen Schlafsofa. Julia tastete nach ihrem Handy, fand es schließlich neben sich zwischen der Rückenlehne und ihrer Hüfte, es war warm, offenbar hatte sie darauf gelegen. Das Display blieb dunkel. Mist, sie musste es versehentlich ausgeschaltet haben. Sie startete das Telefon neu, erhob sich, tippte die PIN ein und trottete dann in Richtung Küche. Ihr trockener Mund sehnte sich nach einer Cola, eiskalt und am besten aus der Dose. Sie öffnete den Kühlschrank in der bangen Hoffnung, fündig zu werden, und sie hatte tatsächlich Glück. Zischend zog die Kommissarin die Aluminiumlasche nach hinten, prüfte das Gemüsefach auf eine aufgeschnittene Zitrone und träufelte anschließend einige Tropfen Saft in die Dosenöffnung. Koffein und Vitamin C, das beste Mittel zur Vorbeugung von Kopfschmerzen. Wenn halb Südamerika darauf schwor, konnte die Kombination wohl nicht so verkehrt sein. Julia schloss den Kühlschrank wieder und setzte die Dose genussvoll an ihre Lippen, als das Handy vibrierte und mit einem nervigen Ton den Eingang einer SMS verkündete.

Mailbox-Info: 1 neue Sprachnachricht, empfangen am 22.07. um 16:31 Uhr, las Julia auf dem Display. Eine Dreiviertelstunde her, dachte sie missmutig, warum haben sie es denn nicht auf dem Festnetz probiert?

Sie drückte die Kurzwahl zur Mailbox und lauschte der Aufzeichnung. Die unbekannte Stimme gehörte einem Claus Hochgräbe, ebenfalls vom K 11, allerdings in München. Die Kommissarin lauschte gebannt und angenehm berührt von dem dezenten, aber unverkennbaren bayerischen Akzent. Der Beamte beendete seinen Text mit den Worten: »Bitte rufen Sie mich zurück, dringend, ich bin jederzeit erreichbar.« Danach noch seine Durchwahl und eine unverbindliche Abschiedsfloskel. *Jederzeit erreichbar* – Julia glaubte beinahe, einen Vorwurf in dieser Aussage zu erkennen, und ärgerte sich über ihre Nachlässigkeit. Rasch schob sie diesen unangenehmen Gedanken beiseite. Sie hörte die Nachricht noch einmal an, notierte sich die Rufnummer und tippte diese dann hastig ein.

»Hochgräbe?«, meldete sich der Beamte nach vier Freizeichen.

»Julia Durant, Kripo Frankfurt«, erwiderte die Kommissarin. »Sie haben mich versucht zu erreichen?«

»Ah, Frau Durant!« Die Stimme klang noch immer sehr sympathisch, alles andere als vorwurfsvoll und noch sehr viel netter als aus der Konserve. »Ich nehme an, Sie haben meine Nachricht erhalten, dann können wir uns die Vorstellungsrunde ja sparen.«

»Ist mir recht«, stimmte Julia zu, obwohl sie nur allzu gerne ein wenig über München geplaudert hätte, wenigstens ein, zwei Sätze.

»Nur so viel vorab: Das LKA hat uns informiert, dass Sie möglicherweise Hinweise auf einen nicht abgeschlossenen Fall haben könnten.«

»Möglicherweise«, antwortete Julia, »wobei mich die Geschwindigkeit schon beeindruckt. Wir haben das Material erst heute Mittag eingestellt. Aber erzählen Sie doch mal: Was hat unser vermisstes Mädchen denn ausgerechnet mit der Kripo in München zu tun?«

Hochgräbe räusperte sich. »Darf ich Sie zunächst darum bitten, mir etwas darüber zu verraten, wie Sie an diese Aufnahme gelangt sind? Ihre Begleitinfos waren, sagen wir einmal, etwas dürftig.«

»Dürftig?«, schnaubte Julia. »Wir haben das Bildmaterial aus einer akribisch gelöschten Kamera entnommen, sichergestellt im Zuge einer Hausdurchsuchung. Würden wir mehr wissen, hätten wir auch mehr dazu schreiben können!«

»Bitte entschuldigen Sie. So habe ich das nicht gemeint. Sie dürfen sicher sein, dass meine Kollegen und ich außerordentlich erstaunt waren, dass unser Mädchen auf einem Video in Frankfurt auftaucht. Sie sehen, es gibt offenbar eine Menge unbeantworteter Fragen.«

»Tja, viel mehr gibt es von unserer Seite aus leider nicht«, seufzte Julia. »Wir haben nach einem Vermissten gesucht, der uns im Zusammenhang mit einer laufenden Mordermittlung aufgefallen ist. Er war uns bereits aus einem alten Fall bekannt, wir wollten sein Alibi und eine mögliche Verbindung zum Opfer prüfen, doch der Mann ist verschwunden. Wir verschafften uns also Zutritt zu seinem Haus, dem Elternhaus, um genau zu sein, und fanden dort eine Art geheimen Verschlag mit jeder Menge teurer Technik, darunter die besagte Kamera. Aus deren Speicher konnten wir bislang lediglich eine kurze Videosequenz retten, entnahmen dann daraus das besagte Standbild, um die junge Frau zu identifizieren. Wir fahndeten bundesweit, da ihr Gesicht zu keinem der regionalen Fälle passt.«

»Danke, das ist doch schon eine ganze Menge mehr, wenn man es persönlich erklärt bekommt.«

»Gern geschehen, und jetzt sind Sie dran«, konterte Julia sofort. »Ich will den Namen des Mädchens, und sagen Sie mir bitte, dass sie wohlauf ist.«

»Bedaure«, klang es leise aus dem Lautsprecher. »Natalia Ebert ist bereits seit einem halben Jahr tot.«

Der Kommissarin, die während des Gesprächs im Wohnzimmer auf und ab geschritten war, wurden die Knie weich, und sie sank kraftlos auf die Couch.

»Nein, verdammt, das darf doch alles nicht wahr sein«, hauchte sie entsetzt.

»Tut mir leid, ich hätte Ihnen gerne etwas anderes gesagt, das können Sie mir glauben.« Hochgräbes Stimme klang warm und fürsorglich, doch was nutzte ihr ein mitfühlender, aber wildfremder Kollege – und das auch noch in dreihundert Kilometern Entfernung? Wieder spürte Julia den dicken Kloß in ihrem Hals und starrte noch Minuten nach dem Telefonat mit Tränen in den Augen ins Leere. Bloß raus hier, dachte sie endlich, als sie wieder einen klaren Gedanken fassen konnte.

Zwanzig Minuten später saß die Kommissarin in Bergers Büro und beobachtete den Monitor ihres PCs während des Startvorgangs. Sie rief E-Mails ab, schaltete die Rufweiterleitung aus und überlegte, wer von den Kollegen sich außerdem noch im Präsidium aufhielt. Doris und Peter hatten um 17 Uhr Feierabend gemacht, Sabine Kaufmann war unterwegs. Eine Notiz informierte sie darüber, dass bislang weder aus der Gerichtsmedizin noch aus der Computerforensik neue Erkenntnisse vorlagen. Sowohl Sievers als auch Schreck hätten aber versichert, so lange Überstunden zu machen, bis sich etwas Brauchbares ergeben würde. Die Notiz trug Kullmers Handschrift, er hatte den letzten Satz mit einem Smiley versehen, wohl in der Gewissheit, dass auch Julia eine Zusatzschicht einlegen würde. Darunter hatte er außerdem vermerkt: *P.S.: Ruf an, wenn du mich brauchst!*

Doch Julia hatte etwas anderes im Sinn. Sie wählte die Nummer der Rechtsmedizin, wie immer in der Hoffnung, dass Andrea direkt ans Telefon ging. Sosehr die Kommissarin gelegentlich die intellektuellen Schlagabtausche mit dem kauzigen Professor Bock schätzte – zumal sie ihm mittlerweile recht gut Paroli bieten konnte –, heute wünschte sie sich so wenige Widerstände wie möglich.

»Sievers?«

»Grüß dich Andrea, hier Julia.«

»Ah, da bist du ja. Ich wollte dich schon als vermisst melden«, stichelte Andrea. »Sonst lässt du mich doch auch keine drei Handgriffe tun, ohne mir hinterherzutelefonieren.«

»Nicht ohne Grund«, erwiderte Julia. »Du weißt genau, dass die ersten vierundzwanzig Stunden die wichtigsten sind.«

»Da sind wir aber schon ein ganzes Stück drüber«, entgegnete die Gerichtsmedizinerin. »Die Kleine ist seit Dienstagnacht tot, bei einer genauen Uhrzeit tu ich mir aber schwer, schätzungsweise war es zwischen Mitternacht und dem frühen Morgen. Die Verwesung ist wegen der Zerstückelung halt schon ganz gut im Gang, dazu kommen die sommerlichen Temperaturen. Wenn's dir also reicht, dann sage ich Mittwoch früh, zwei Uhr, plus minus zweieinhalb Stunden.«

»Reicht mir dicke«, seufzte Julia. »Unser Verdächtiger ist ohnehin flüchtig, da ist die Festlegung einer präzisen Tatzeit zweitrangig. Mich interessieren noch mal die genaue Todesursache und der Tathergang, wenn möglich.«

»Hypothetisch kannst du das alles haben. Lückenlos beweisen kann ich es aber noch nicht, dafür fehlen mir DNA-Er-
gebnisse und diverse Spuren. Aber vielleicht eines vorab: Die
Kleine wurde sediert, sogenannte K.o.-Tropfen, wahrscheinlich in ein Getränk gemischt. Ansonsten keine Hinweise auf
Drogen. Todesursache war nicht der Schlag mit dem Brecheisen, dieser führte nur zu einer tiefen Bewusstlosigkeit. Ich
gehe davon aus, dass sie verblutet ist, als der Täter sie zersäg-
te. Möglicherweise ging dem ein Schnitt in die Halsschlagader
voraus, das ist nach dem Abtrennen des Kopfes nicht mehr zu
erkennen. Aber die Blutmenge auf dem Laken spricht dafür.«
»Betäubt, vergewaltigt, Halsschlagader«, wiederholte Julia
abgehackt. Das alles kam ihr so überaus bekannt vor.
»Ja, das trifft den Nagel auf den Kopf«, bestätigte Andrea.
»Damit muss ich meinen Kommentar bezüglich Jeffrey Dahmer revidieren, da habe ich euch wohl versehentlich einen
Floh ins Ohr gesetzt. Peter Kullmer hat das vorhin am Tele-
fon nämlich schon erwähnt, den Zahn musste ich ihm dann
aber leider gleich ziehen.«
»Okay, also kein Nachahmungstäter«, sagte Julia zerknirscht.
»Nein, *das* habe ich nicht gesagt«, gab Andrea zurück. »Das
Schema passt nur nicht auf Dahmer. Brünette Frauen, sediert
und missbraucht, den Schädel eingeschlagen, anschließend in
Stücke zerteilt und entsorgt … Na, klingelt's? Das spiegelt
doch eins zu eins den guten alten Ted Bundy wider.«
Julia dachte für einen Moment angestrengt nach.
Theodore Bundy, ein studierter junger Mann, redegewandt
und attraktiv, hatte in den USA vierzig oder sogar fünfzig
Frauen ermordet. Die Medien hatten ihn als »Mr. Nice Guy«
dargestellt, doch sein Vorgehen war alles andere als nett gewesen. Seine Zielgruppe – junge, dunkelhaarige Frauen – hatte

Bundy meist einvernehmlich zu sich locken können, erst dann überwältigte er sie, betäubte und vergewaltigte sie. Irgendwann hatte er damit begonnen, sie zu zerstückeln und die Leichen erneut zu schänden. Ein Schauer überlief die Kommissarin, aber auch Ted Bundy war seit über zwanzig Jahren tot, hingerichtet auf dem elektrischen Stuhl.

»Hmmm«, setzte Julia schließlich an, »Serienkiller hin oder her, wir haben genau genommen nur ein Opfer, das diesem Schema entspricht. Mason und Stiegler zum Beispiel – als männliches Opfer einmal mit eingerechnet – weichen von diesem Bild ja völlig ab, oder?«

»Natürlich, das muss ja auch gar nichts bedeuten«, rechtfertigte sich Andrea Sievers. »Ich wollte nur meinen ersten Gedanken korrigieren und klarstellen, dass es nicht zu Dahmer passt. Noch weniger als zu Bundy jedenfalls. Weißt du, Julia«, seufzte sie dann, »das Faible für Serienkiller hab ich nun mal, ist vielleicht eine Berufskrankheit. Zwischen den ganzen alltäglichen Schießereien und Messerstichen oder den verlorenen Seelen aus dem Drogenmilieu, die mit Anfang zwanzig die Konstitution eines Sechzigjährigen haben, da dürstet es einen schon mal nach einem spektakulären Fall.«

Julia Durant bemühte sich, das zu verstehen, konnte es aber in diesem Fall nicht nachvollziehen. »Na ja, gar keine Gewaltverbrechen wäre wohl auch etwas zu viel verlangt, ich sitze ja schließlich nicht gerne im Büro und drehe Däumchen. Aber in diesem Fall … ich meine, nach der x-ten toten Frau habe ich schon mal die Schnauze voll und wünschte mir, diese jungen Dinger hätten noch glücklich weiterleben dürfen.«

»Ob es so glücklich war, weiß ich nicht.«

»Wieso?«

»Nun, es gibt einige Hinweise – wohlgemerkt, bisher nur Indizien –, die uns vermuten lassen, dass die Kleine sich prostituiert hat.«

»Und die wären?«

»Na, mal abgesehen von der Wohnung – du weißt schon, das ganze Ambiente und so –, macht der Vaginal- und Analbereich der Kleinen den Eindruck, als habe dort regelmäßiger Verkehr stattgefunden. Über das Maß einer glücklichen Beziehung hinaus, würde ich sagen. Das kann nicht alles in einer Nacht entstanden sein, Klammer auf: persönliche Einschätzung, Klammer zu, ich werde das aber noch gezielt untersuchen. Leider ist das bei dem Zustand nicht ganz einfach.«

Das nächste Telefonat führte Julia Durant wieder mit Hochgräbe von der Kripo in München.

»Dachte mir schon, dass wir uns bald wieder hören«, klang dessen Stimme durch den Lautsprecher. »Haben Sie die Akte schon eingesehen?«

»Sitze gerade davor«, antwortete Julia und blätterte sich mit einigen Mausklicks durch den Anhang der entsprechenden E-Mail. Der Fall Natalia Ebert hatte die Behörden offenbar intensiv beschäftigt, wie sie anerkennend feststellte. Nur allzu oft wurden junge getötete Frauen als ungeklärte Gewaltverbrechen ad acta gelegt, viel zu oft geschah es, dass man sie als Kollateralschaden des organisierten Handels mit osteuropäischen Mädchen betrachtete und nicht einmal ihre Identität in Erfahrung zu bringen vermochte. Natalia Ebert gehörte nicht zu diesen Mädchen, war aber offenbar in verschiedenen Internetforen angemeldet gewesen und hatte dort sexuelle Dienstleistungen angeboten. Von Sabine Kaufmann wusste Julia, dass diese Form der Prostitution in den letzten Jahren stark zugenommen hatte, unter Bezeichnungen wie »Taschengeldluder« oder »Hobbyhuren« boten Frauen sich feil; völlig legal. Es war kein Geheimnis, dass viele von ihnen einen Zuhälter hatten, einen sogenannten Beschützer, der zugleich den Löwenanteil ihrer Einkünfte abgriff, jedoch arbeitete ein nicht unerheblicher Teil dieser Frauen auf eigene Rechnung und eigenes Risiko. Natalia Ebert hatte dies mit ihrem jungen Leben bezahlt, sie war gerade einmal dreiundzwanzig Jahre alt geworden.

»Das Problem bei diesen Mädels ist, dass es keinerlei Aufzeichnungen gibt, also auch nicht elektronisch«, erklärte Hochgräbe. »Der Kontakt kommt über eine Internetplattform zustande, auf der zwar die Frauen Accounts haben, nicht aber die Besucher. Das Beste, was uns dabei passieren kann, ist, wenn der erste Kontakt über ein Formularfeld hergestellt werden muss, dann hat man wenigstens die IP-Adresse.«

Julia überlegte schnell: »IP«, die Kennung eines Computers im Netzwerk. Herr Schreck hatte ihr das einmal recht anschaulich erklärt.

»Leider benutzen potenzielle Freier meist entsprechende Software, um ihre Adressen zu verschleiern, oder gehen gleich ins Internetcafé«, fuhr Hochgräbe fort. »Natalias Computer gab da auch überhaupt nichts Brauchbares her. In der Regel stellt man einen Kontakt direkt über die Handynummer her, die Mädchen lassen sich anrufen. Dabei gilt wohl die Regel, dass man nicht mit unterdrückter Nummer anrufen darf. Aber Sie wissen ja, Prepaid, heutzutage schafft man sich für solche Fälle einfach ein Zweithandy an.«

»Abgründe, nichts als Abgründe«, kommentierte Julia, die es sehr zu schätzen wusste, dass Hochgräbe sich die Zeit nahm, so ausführlich über die Ermittlung zu berichten. Dann piepte es in der Leitung, ein zweiter Anruf klopfte an, und Julia Durant suchte nervös das Tastenfeld ab, unsicher, wie sie das Gespräch annehmen konnte.

»Warten Sie bitte kurz«, sagte sie hastig, »das ist die IT-Abteilung, ich muss da rangehen. Wenn ich Sie jetzt abwürge, rufe ich gleich zurück, okay?«

»Nur kein Stress«, lachte Hochgräbe, und Julia Durant war es überaus peinlich, dass sie technisch so unbegabt war. Andererseits, dachte sie, ist das hier ja auch Bergers Reich und nicht mein eigener Platz. Die Scham blieb, löste sich erst, als sie den richtigen Knopf fand und die Leitung zu Herrn Schreck aufgebaut wurde.

»Sie kommen wie gerufen«, sagte Julia schnell, »ich habe nämlich noch ein paar Punkte, die ich gerne mit Ihnen besprechen würde.«

»Nur her damit, nicht dass ich mich langweile«, kam es trocken zurück. »Aber vielleicht darf ich zunächst meine ersten Ergebnisse loswerden?«

»Ja, natürlich, Verzeihung. Was haben Sie denn?«

»Ich bin mit dem Handy von dem Mädchen durch«, begann Schreck, »die letzten Anrufe kamen gestern Abend rein. Sie hat zwar keine aktive Mailbox, die Nummern werden aber trotzdem aufgezeichnet und als SMS zugesendet. Eines davon ist eine Festnetznummer aus demselben Haus, von da aus hat es jemand den ganzen Tag über mehrmals versucht, dann dreimal eine Mobilfunknummer gegen Nachmittag und Abend. Textnachrichten gab es auch, aber älteren Datums. Die Adressen bekommen Sie wieder per Mail.«

»Danke, das ist nett, nützt mir aber nur bedingt«, antwortete Julia. »Der Todeszeitpunkt lag nämlich bereits in der Nacht von Dienstag auf Mittwoch, ich brauche also die restlichen Nummern auch noch.«

»Kriegen Sie. Hätten wir sowieso gemacht, ich arbeite mich immer von hinten nach vorne durch, so lange, bis ich gesagt bekomme, dass es reicht. Bis zum Vormonat dürfte das bei diesem Provider wohl kein Problem sein.«

»Konzentrieren wir uns auf den Wochenbeginn«, gab Julia zurück. »Wir gehen davon aus, dass es sich bei den meisten Kontakten um Freier handelt. Haben Sie auch schon den Laptop untersucht?«

»Teilweise. Kaum persönliche Daten auf der Festplatte, nichts von offensichtlicher Bedeutung zumindest, leider auch kein Mailclient oder …«

»Kein *was?*«

»Kein Mailclient. Frau Durant, machen Sie mich nicht schwach! Ich glaube immer mehr, dass ich seinerzeit darauf hätte bestehen müssen, mit Ihnen einen Computerkurs zu machen.«

»Herr Schreck, ich habe das Münchener K 11 auf der anderen Leitung und habe jetzt wirklich keine Lust auf solche Diskussionen«, blockte Julia gereizt ab, »würden Sie mir also bitte kurz erklären, was es mit diesem Client auf sich hat?«

»Schon gut.« Schreck klang enttäuscht. »Sie benutzen das täglich, es ist schlicht und ergreifend das Programm, mit denen Sie Ihre Mails auf dem PC empfangen und abspeichern. Kontakte, Anhänge, Termine: All das kann ein guter Client verwalten.«

»Und so ein Programm hatte unser Opfer nicht?«

»Nein, sie hat sich vermutlich online eingeloggt, der Internetverlauf lässt darauf schließen, dass sie zwei verschiedene Freemail-Anbieter genutzt hat. Wir müssen aber auf die Zugangsdaten warten, ich habe mein Glück zwar versucht, aber ohne Erfolg.«

»Dann bleiben Sie dran, ganz wichtig wäre mir aber nach wie vor auch der Fortschritt bei dem Video. Können Sie da schon eine Prognose stellen?«

»Nicht wirklich«, seufzte er. »Es gibt zwar eine neue Sequenz, sechs weitere Sekunden, ich konnte allerdings die Bildinformationen noch nicht wiederherstellen. Das erfordert einiges an Rechenzeit, ich lasse das parallel laufen.«

»Gut, halten Sie mich weiter auf dem Laufenden«, schloss Julia das Gespräch. Sie wechselte zurück zur ersten Leitung, tatsächlich stand die Verbindung zu Hochgräbe noch immer, wie sie erleichtert feststellte.

»Danke fürs Warten«, sagte sie freundlich.

»Kein Problem. Es hat sich ja immerhin gelohnt.«

Julia überhörte den charmanten Unterton und entgegnete nur: »Wie man's nimmt, zumindest erhärtet sich der Verdacht, dass es sich auch bei einem unserer Fälle um eine private Prostituierte handelt. Sie passt zumindest ins Schema, ich kläre das noch mit meiner Kollegin, aber ich denke, wir sollten über eine gezielte Fahndung in diese Richtung nachdenken.«

»Klingt gut, melden Sie sich einfach wieder, es gibt keine falsche Zeit, um mich zu erreichen.«

Noch jemand, der kein Privatleben hat, dachte Julia trocken. Oder zumindest vorgibt, keines zu haben.

FREITAG

Wieder hatte sich die kleine Gruppe der Ermittler zusammengefunden, saß im Konferenzzimmer um eine kleine Tischgruppe verteilt, die von einer Besprechung übrig geblieben schien. Zwei leere Kaffeebecher standen darauf, ein halbes Dutzend angetrockneter, beigefarbener Ringe verriet, dass sich dort noch einige mehr befunden hatten. So knapp wie möglich hatte Julia berichtet, was sie in Erfahrung gebracht hatte. Links von ihr saß Frank Hellmer, zu ihrer Rechten Doris Seidel. Ihr gegenüber war Peter Kullmer, und daneben schien Sabine Kaufmann bereits unruhig darauf zu warten, endlich selbst etwas zu erzählen.

»Okay, Sabine, jetzt darfst du«, lächelte Julia. »So nervös, wie du bist, verspricht es ja interessant zu werden.«

Sabine räusperte sich und legte sich im Geiste die richtigen Worte zurecht.

»Okay, fange mal etwas anders an als geplant«, begann sie. »Gestern habe ich mich ja in Sachen Snuff an die Sitte gewandt, es gab da ein paar Dinge, denen ich nachgehen wollte, doch dazu später. Mir ging diese Videothek nicht mehr aus dem Kopf, der Rockertyp, ihr wisst schon, von dem Peter uns berichtet hat. Mir kam da so eine Erinnerung an meine Anfangszeit bei der Sitte, allerdings war ich da noch ganz neu und nicht direkt involviert ...«

»Egal, weiter«, nickte Julia ungeduldig.

»Na ja, damals lief doch eine großflächige Ermittlung gegen die ›Black Wheels‹ beziehungsweise gegen einzelne Mitglieder dieses Rocker-Clubs. Das Problem bei solchen Vereinigungen ist ja immer, dass die alle dichthalten, keiner verpfeift da den anderen, aber sowohl wir als auch die Staatsanwaltschaft wussten von mindestens einem Pornokino, zwei illegalen Bordellen und ein paar Zwischenfällen, die in Verbindung mit dem Club standen. Der Verein wurde jedenfalls aufgelöst, es gab auch ein paar Verhaftungen, alles nicht sonderlich spektakulär. Wir waren uns sicher, dass wir mit den Verhaftungen den Vertriebsweg von sehr speziellen Videos empfindlich gestört hatten, es tauchte aber nur wenig nennenswertes Material auf, noch konnten wir weitere Hintermänner aus der Reserve locken. So ist es eben in diesem Metier«, seufzte Sabine. »Schlägt man dem Untier irgendwo einen Kopf ab, wachsen andernorts gleich zwei neue.«

»Ist ja meistens so«, murmelte Kullmer.

»Leider«, bestätigte Julia kurz, wandte sich dann aber wieder an Sabine: »Okay, um was für spezielles Videomaterial handelte es sich denn nun?«

»Ach so, sorry«, antwortete diese und seufzte. »Ich hatte gehofft, nicht mehr so bald damit in Berührung zu kommen, aber das Leben ist ja kein Wunschkonzert. Es waren teilweise ganz normale Pornos, mal in Anführungszeichen gesprochen, denn wir waren uns schnell einig, dass es sich bei den Darstellerinnen zumeist nicht um volljährige Mädchen handelte. Aber keine Kinderpornos«, erklärte sie schnell, »es nennt sich ›Lolita-Porn‹, also eben junge Mädchen, die sich in der Pubertät befinden, aber eben noch nicht achtzehn sind. ›Sweet Sixteen‹ sagt man auch dazu, wobei die Mädchen auch erst dreizehn sein können.«

»Heilige Scheiße«, entfuhr es Hellmer, der, wie Julia zu wissen glaubte, nicht zum ersten Mal im Verlauf dieses Gesprächs an seine Töchter dachte.

»Aber das sind auch eigentlich gar nicht die Videos, auf die ich hinauswill«, entschuldigte sich Sabine. »Es gab da nämlich ein Band, von dem meine Kollegen behaupteten, es wäre eine echte Snuff-Aufnahme. Zu sehen war eine Frau, die ans Bett gefesselt war, die Qualität war nicht besonders gut, man konnte auch ihre Augen nicht erkennen, aber sie schien dort nicht freiwillig zu liegen. Es kamen drei, vier maskierte Kerle und vergingen sich an ihr, einer nach dem anderen, ejakulierten auf ihren Körper, einer schlug ihr während des Akts mit dem Gürtel auf Bauch und Brüste. Dann kam ein Schnitt, ein wenig Rauschen, wieder das Bild der Frau, offenbar unverändert, sie bewegte sich aber nicht mehr. Um ihren Hals lag ein Gürtel, zugezogen, dann wackelte die Kamera – und das war's.«

»Grauenerregend«, hauchte Doris Seidel, deren Gesicht eine blasse Farbe angenommen hatte, und erhob sich. »Entschuldigt mich, aber ich muss mal raus hier.«

Mit bestürzter Miene wollte Kullmer ebenfalls aufspringen, doch Doris winkte ihrem sorgenvollen Partner matt lächelnd zu. »Bleib, Peter, es geht schon. Ich brauche nur einen Schluck Wasser und ein paar Schritte Bewegung.«

Julia Durant fuhr sich durch die Haare, auch sie war angewidert von dem, was sie soeben gehört hatte. Vor allem, wenn sie daran dachte, dass diese Natalia Ebert womöglich dasselbe Schicksal ereilt hatte. Immer wieder dasselbe Spiel, dachte sie, das starke Geschlecht dominiert seine Überlegenheit am gefügigen Sexobjekt.

»Du sagtest, nur deine Kollegen wären davon überzeugt gewesen, dass es sich um ein Snuff handelte?«, hakte sie nach.

»Nun, wir haben es analysieren lassen«, erklärte Kaufmann, »und es ist beides möglich. Dieser Schnitt könnte ein Indiz dafür sein, dass die Tötung gestellt wurde, zumal man den eigentlichen Vorgang ja auch nicht sieht. Streng genommen kein Snuff, die Experten haben es schlussendlich als Foltervideo aus einem Kriegsgefangenenlager klassifiziert, von denen gibt es in den russischen Staaten ja zuhauf.«

»Macht es für die Frau nicht besser«, knurrte Hellmer. »Was haben die Rockertypen denn dazu gesagt?«

»Gar nichts. Weder über Vertriebswege noch über die Dimension des illegalen Videohandels konnten brauchbare Erkenntnisse gewonnen werden.«

»Nun, wie auch immer«, winkte Julia ab, »wir haben ja nun gehört, dass es hier im digitalen Zeitalter keine Grenzen mehr gibt, für jeden kranken Wunsch gibt es irgendwo auf der Welt jemanden, der ihn erfüllt. Das kennen wir von Kinderpornos aus Holland, man muss sich ja heutzutage nicht mal mehr in den Flieger setzen und um die halbe Welt reisen.« Ungeduldig trommelte sie mit den Fingerkuppen auf die Tischplatte. »Das Problem hierbei ist aber noch ein anderes. Einmal angenommen, wir können tatsächlich eine Verbindung von unserem aktuellen Fall zu Hochgräbes Fall herstellen, könnten wir Bertram schon mal hierauf festnageln. Wo aber, Sabine, liegt deiner Meinung nach der Schlüssel zu Carlo Stiegler beziehungsweise Jennifer Mason? Gibt es den überhaupt?«

»Mehr bei dem Mädchen als bei Stiegler, wie ich zugeben muss«, erwiderte Sabine. »Als junge Frau passt sie natürlich besser ins Bild als der Student. Einen gemeinsamen Nenner bekommen die beiden erst wieder durch die Melodie. In dem beschlagnahmten Film der Wheels«, erklärte sie weiter, und Julia wurde hellhörig, »gab es nämlich etwas Ähnliches.«

»Inwiefern?«, fragte die Kommissarin schnell.

»Dort spielte die ganze Zeit über so eine bekannte russische Orchestermelodie, ihr wisst schon, die kennt ihr alle, sie klingt so ähnlich wie bei *Star Wars*.«

»Tschaikowsky?«, fragte Julia mit einem ungläubigen Stirnrunzeln. Zugegeben, es war ein Schuss ins Blaue, aber sie kannte nur diesen einen russischen Komponisten. Sie meinte sich zu erinnern, dass ihr Vater einige Schallplatten von ihm besaß.

»Ich dachte eher an Wagner«, erwiderte Hellmer. »Dürfte der Walkürenritt sein, den du meinst.« Er summte die bekannte Sequenz, und Julia lächelte, als sie sie erkannte. »Oh ja, richtig. Das klingt eindeutig nicht nach den Tschaikowsky-Platten meines Vaters.«

Auch Sabine nickte eifrig. »Ja, genau dieses Stück meinte ich. Eine düstere Atmosphäre und auch absolut zynisch, das als Untermalung einer Mehrfachvergewaltigung zu nehmen.«

»Allerdings«, stimmte Kullmer zu, der in der Sekunde zuvor noch lächelnd zur Tür geblickt hatte, in der seine Doris erschienen war. Sie setzte sich schweigend neben Julia. Diese knetete sich das Kinn und dachte laut: »Wörtlich genommen könnte man das Spielen von Stairway to Heaven als genauso zynisch betrachten.«

»Genau. Weil es übersetzt so viel wie *Treppe zum Himmel* bedeutet«, ergänzte Sabine. »Ich muss zugeben, dass es wieder die Musik war, die mich auf diesen Gedanken gebracht hat.«

»Was machen wir also?«, fragte Hellmer mit einem Aufblitzen in den Augen. »Sollen wir bei den Wheels mal ordentlich auf den Putz hauen?«

Sabine schüttelte den Kopf. »Da wirst du kein Glück haben, fürchte ich. Erstens haben wir die nicht mehr auf dem Radar, es gab zwar noch eine kurze Observierung von Einzelpersonen nach den Verhaftungen, die ist aber bald eingestellt worden, weil nichts dabei rumkam. Und zweitens ist die Gruppe spätestens nach der Auflösung des Vereins auseinandergegangen.«

»Außerdem passen ein paar alte Rocker und Schlägertypen nicht zu den Studenten, mit denen wir es vor zwei Jahren zu tun hatten, oder?«, warf Doris ein. »Ich meine, das waren immerhin zu hundert Prozent Akademiker, da treffen doch zwei Welten aufeinander.«

»Das denke ich auch«, nickte Julia zustimmend. »Konzentrieren wir uns auf die Ringfahndung nach Alexander Bertram. Parallel dazu kümmere ich mich um eine bundesweite Suche nach Fällen, die in unser Raster passen. Sabine«, wandte sie sich an ihr Gegenüber, »hierbei könnte ich deine Unterstützung brauchen. Es wäre mir außerdem lieb, wenn du deine ehemaligen Kollegen bei der Sitte noch mal auf diesen Video-Heini ansetzen könntest. Nur um auf Nummer sicher zu gehen, du weißt schon.«

Zehn Minuten später öffnete sich die Aufzugstür, und Kaufmann und Durant standen in einem langen, taghell erleuchteten Gang mit dem üblichen grau gesprenkelten Boden und unzähligen Türen.

»Warst du schon mal hier unten?«, fragte Julia ihre Kollegin. Sabine überlegte kurz, dann schüttelte sie den Kopf.

»Nein, also nicht direkt«, sagte sie schnell, »jedenfalls nicht in der Computerabteilung. Hat sich irgendwie noch nicht ergeben.«

»Na, ich bin mal gespannt«, lächelte die Kommissarin, »du wirkst ja schon ganz aufgeregt.«

»Wieso?«

»Weil du mir hier eine dreifache Verneinung auf eine ganz simple Frage präsentierst. Ein Nein hätte es auch getan, es ist keine Schande, diese Etage selten oder gar nicht zu besuchen.« Die Kommissarin erinnerte sich an ihren eigenen ersten Kontakt mit den beeindruckenden Räumlichkeiten der Kriminaltechnik. »Es ist zur einen Hälfte wie bei *CSI* oder irgendeiner dieser Krimiserien … aber dann doch wieder ganz anders.« Ein Schatten legte sich über ihr Gesicht, ein kurzer, rabenschwarzer Moment der Erinnerung.

»Was ist?«, fragte Kaufmann, der das plötzliche Stocken in Julias Schilderung nicht entgangen war.

»Ach, ich bin selbst eine ganze Weile nicht mehr hier gewesen«, wich die Kommissarin aus.

»Und?«, bohrte Sabine. »Jetzt bist offenbar du diejenige, die plötzlich auf geheimnisvoll macht, wie?«

»Ach, was soll's, sonst weiß es ja auch jeder«, seufzte Julia. Sie beschloss, Sabine die Geschichte zu erzählen, bevor es jemand anderes tat, und war sogar irgendwie froh, dass die damaligen Ereignisse offenbar kein wiederkehrendes Tagesgespräch im Präsidium waren.

»Vor ein paar Jahren, es war vor deiner Zeit bei uns, da hatten wir es mit einer Mordserie zu tun – vielleicht sagt dir ja der Name ›Ripper‹ sogar etwas.«

»Jack the Ripper?«

»Genau«, nickte Julia schnell, »nur, dass es sich dabei um die Fortsetzung der damaligen Prostituierten-Morde in London zu handeln schien. Der Ripper, wie wir ihn bald nannten, war ein perverses Schwein, und ein erbärmliches Würstchen noch dazu, er sendete mir E-Mails mit den Fotos seiner ausgeweideten Opfer, grauenhaft, kann ich dir sagen.«

»Ich glaube, jetzt erinnere ich mich«, kombinierte Kaufmann. »E-Mails, Computerabteilung, ein Mörder aus den eigenen Reihen … Das ging damals um wie ein Lauffeuer.«

»Obwohl wir alles versucht haben, es weitgehend aus der Öffentlichkeit zu halten«, ertönte eine tiefe Männerstimme, und die beiden Frauen zuckten zusammen. Julias Herz schlug bis zum Hals, bis sie die Person erkannte, die hinter ihnen mit einem dampfenden Becher Kaffee in der Hand aus einem kleinen Nebenraum auf den Gang getreten war.

»Mann, haben Sie mich erschreckt«, entfuhr es Julia, als sie sich wieder gefasst hatte.

»Tja, der Name ist eben Programm«, grinste Herr Schreck und streckte die Hand mit einem Augenzwinkern in Sabines Richtung aus. »Wir wurden uns noch nicht vorgestellt, angenehm, Schreck, Computerforensik. Tut mir leid, ich habe nur zufällig mitbekommen, worüber Sie sich unterhalten haben.«

»Kaufmann, Sabine Kaufmann«, erwiderte Durants Kollegin mit einem warmen Lächeln. Neidisch registrierte Julia, dass Sabine sich weitaus schneller gefangen hatte als sie selbst, nun, immerhin hatte Schrecks ehemaliger Kollege sich ja auch nicht vor ihren Augen das Hirn weggepustet.

»Kommen Sie deshalb so ungern zu uns?«, fragte Schreck, als hätte er ihre Gedanken erraten.

»Jetzt bin ich ja da«, wich Julia aus. »Und ich hoffe, es lohnt sich auch.«

»Da können Sie aber mal Gift drauf nehmen«, lächelte Schreck und hob mit einem verschwörerischen Gesichtsausdruck die buschigen Augenbrauen. »Folgen Sie mir unauffällig«, winkte er den beiden zu und betrat die Kriminaltechnik. Julia erinnerte sich, dass Schrecks Arbeitsplatz sich irgendwo im hinteren Bereich befand, und sie beobachtete beim Durchqueren des Raumes ihre Kollegin, die den Blick ehrfürchtig über die teuren Gerätschaften wandern ließ.

Auf einer breiten Schreibtischplatte lag ein aufgeschraubter PC, verschiedene Kabel, die aus einem grauen Kabelkanal auf der Rückseite des Tisches quollen, führten in das Gehäuse hinein. Rechts davon lag ein Notebook, Julia vermutete, dass es sich um Bertrams Gerät handelte, es lag auf dem Kopf, und die Bodenplatte war entfernt. Hinter dieser Technikbaustelle ragte ein überdimensionaler Flachbildschirm hervor, dessen Bildschirmschoner den Schriftzug »Ich komme wieder« in wechselnden Farben über den schwarzen Hintergrund wandern ließ. Ein Filmzitat von Arnold Schwarzenegger, wie Julia sich erinnerte. Es gab immer wieder etwas Neues zu entdecken an Herrn Schreck, ein sympathischer Kollege, trainiert, dunkelbraunes Haar, markantes Gesicht und bestimmt zehn Jahre jünger als sie. Doch viel mehr interessierte sich die Kommissarin für die Fenster hinter dem Bildschirmschoner. Das ist mein Schicksal, gestand sie sich zerknirscht ein, an erster Stelle steht bei mir nun mal der Job, da kann ich nichts dran drehen.

»Ganz schönes Chaos«, kommentierte Kaufmann und deutete auf die aufgeschraubten Gehäuse.

»Leider war es damit auch noch nicht getan«, entgegnete Schreck. »Sehen Sie, die meisten denken, wenn Sie einen BIOS-Schutz einrichten, sei damit alles sicher. Doch das ist natürlich Quatsch …«

»*BIOS-Schutz?*«, fragte Julia dazwischen, genervt, dass sie offenbar die Einzige war, die mit diesem Begriff nichts anzufangen wusste. Sabine hatte nicht eine Miene verzogen.

»Verzeihung«, entschuldigte Schreck sich schnell, »bitte sehen Sie mir das nach. Das ist so, als ob Sie mir etwas über Verhörmethoden erzählen, da würde ich bestimmt nur Bahnhof verstehen. Aber sehen Sie, ich habe jeden Tag mit diesem Kram zu tun.«

»Schon gut.«

»Ich erklär's Ihnen schnell, ist gar kein Hexenwerk. Jeder Computer verfügt über ein BIOS, ein integriertes Programm, durch das beim Einschalten des Computers das Betriebssystem gestartet wird. Man kann dort ein Passwort anlegen, ohne dessen Kenntnis ein Fremder den PC gar nicht erst hochfahren kann.«

Passwort – System – hochfahren. Im Geist versuchte Julia Durant, das eben Vernommene in einen für sie schlüssigen Zusammenhang zu setzen.

»Okay, weiter«, nickte sie dann.

»Einerseits eine gute Strategie«, erklärte Schreck, »denn im Gegensatz zu den Windows-Benutzerkonten gibt es hier kaum ein Hintertürchen. Das Problem hierbei ist: Das BIOS übt keinerlei Schutz auf die Hardware aus, will sagen, wenn ich die Festplatte einfach ausbaue, nützt das beste Passwort nichts mehr.«

»Hmmm, verstehe«, nickte Julia, »deshalb haben Sie hier eine solche Großbaustelle.«

»Genau. Der Laptop von Janine Skorzy zum Beispiel war einfach, der hatte so einen Schutz nicht. Dieser Bertram hingegen, da merkte man schon, dass der wusste, was er tat.«

»Informatikstudent eben«, kommentierte Kaufmann knapp.

»Das erklärt einiges«, nickte Schreck.

»Kommen wir nun einmal bitte zu den Inhalten«, drängte Julia. Ihr behagte es überhaupt nicht, hier unten zwischen all der Hightech zu sitzen, während draußen dieses kranke Schwein vielleicht schon das nächste Opfer anvisierte. Offenbar war Bertram ja ein reisefreudiger Mensch, diese Natalia aus München war das beste Beispiel dafür.

»Gut, fangen wir mit dem Notebook an. Das ist komplett sauber, er hat dort weder persönliche Daten noch Mediendateien gespeichert. Ein paar Projekte im Verzeichnis dieser Firma, iTeX24, ein entsprechender Internetzugang, das war es auch schon. Wenn überhaupt, dann ist das einzig Bemerkenswerte, dass er relativ viele Netzwerkprofile gespeichert hat. Man könnte fast meinen, dass er öfter mal auf schwarzer Welle gesurft ist.«

»Schwarzer *was?*«

»Das ist umgangssprachlich. Gemeint ist damit, wenn sich jemand in ein fremdes Drahtlosnetzwerk einloggt. Das kann passieren, wenn in einem Ballungsraum, zum Beispiel ein dichtes Wohnviertel oder ein Hochhaus, zahlreiche Funknetzwerke existieren. Ein Router mit Funkmodul steht ja beinahe in jedem Haushalt, und viel zu oft werden nur simple Passwörter vergeben oder schlimmstenfalls gar keines. Man muss kein Profi sein, um sich da einzuloggen, die Beweggründe können vielfach sein.«

»Zum Beispiel?«

»Datenklau, das wohl in erster Linie«, überlegte Schreck, »und dann natürlich die Verschleierung der eigenen Person. Die sicherste Methode, unerkannt auf illegalen Seiten zu surfen, ist es, sich bei jemand anderem einzuloggen. Huckepack sozusagen, besonders die Besuche in den Portalen der Kinderpornographie werden gerne über diese Wege erledigt. Wer weiß schon, wer heutzutage alles mitliest.«

Offenbar noch immer nicht genügend wachsame Augen, dachte Julia zerknirscht.

»Okay, kommen wir zum PC«, fuhr Schreck fort. »Hier war Bertram sehr ordentlich, das muss man ihm lassen. Leider bedeutet das für uns: warten, warten, warten.«

»Worauf warten wir genau?«

»Darauf, dass unsere Entschlüsselungssoftware die Archive knackt, die er akribisch angelegt hat. Beten Sie schon mal, dass er nicht für jeden Unterordner ein eigenes Zufallspasswort kreiert hat. Dann sitzen wir wohl noch bis Weihnachten dran.«

»Verdammt«, entfuhr es Sabine Kaufmann. »Von welchem Zeitraum sprechen wir denn?«

»Drei Tage Minimum«, gestand Schreck.

»Das darf doch nicht wahr sein«, entfuhr es Julia.

»Tut mir leid, aber jede andere Prognose würde falsche Hoffnungen wecken, die wir dann hinterher nicht erfüllen könnten. Ich kann das übers Wochenende durchlaufen lassen, kein Problem«, fügte er hinzu, »aber Zaubern können wir nicht.«

»Dann ist das eben so«, warf Sabine beschwichtigend ein. »Sehen wir uns also noch die neue Videosequenz an.«

»Ja, gerne.« Schreck bewegte die Maus, der Bildschirm baute sich auf, und Julia erkannte einige Fenster, deren Inhalt sie nicht verstand. Das Design sah völlig anders aus als auf Bergers PC und ihrem eigenen Laptop, vermutlich hatte Schreck ein völlig anderes System. Noch immer enttäuscht, wie wenig der Besuch in der Computerforensik letzten Endes gebracht hatte, beobachtete die Kommissarin ihren attraktiven Kollegen beim schnellen Klicken und Tippen. Seine Haare dufteten angenehm, nicht nach Stylinggel oder billigem Haarspray. Konnte es sein, dass er Parfüm aufgetragen hatte? Für ein Kellerkind, verloren in der unteren Etage des Präsidiums, machte Herr Schreck wahrlich eine gute Figur. Manch einer der Kollegen aus den höheren Etagen könnte sich davon mal etwas abgucken, dachte Julia mit einem kurzen Lächeln. Dann drehte Schreck am Regler des Lautsprechers, einer anthrazitfarbenen, zwanzig Zentimeter hohen Box, die rechts vom Monitor plaziert war, und richtete den Zeigefinger auf. »Voilà«, sagte er, als der Mediaplayer den Film wiedergab.

Fassungslos starrten Julia Durant und Sabine Kaufmann auf das Video, dessen Qualität auf dem großflächigen Bildschirm zwar etwas weniger scharf war – dafür in diesem Format umso beklemmender. Der rückwärtslaufende Zeitindex verriet, dass es sich nun um fast eine Minute Filmmaterial handelte.

Julia hatte sich ursprünglich darauf konzentrieren wollen, welche Szene sie bereits kannte und was neu war, doch dann drang die Musik aus dem Lautsprecher:

> ... *and when she gets there*
> *she knows if the stores are closed*
> *with a word she can get what she came for*
> *and she's buying a stairway to heaven ...*

FREITAG, 11.21 UHR

Na, Sie haben sich ja Zeit gelassen«, sagte Klara von Diethen spitz und fügte mit gerümpfter Nase hinzu: »Wir haben für halb eins einen Tisch im Golfclub bestellt, und ich komme ungern zu spät.«

»Tut mir aufrichtig leid«, entschuldigte sich Kullmer und verbarg dabei geschickt seine schlechte Laune. Vor etwa einer Stunde hatte Doris an seinem Platz ein Gespräch angenommen. Es war Klara von Diethen, jene penetrante Nachbarin der Bertrams, die wahrscheinlich den ganzen Tag am Fenster hing – aber eher würde die Hölle einfrieren, als dass sie das zugäbe.

»Seidel, Apparat Kullmer«, war Doris' Begrüßung gewesen.

»Ich möchte Herrn Kullmer sprechen«, hatte von Diethen gefordert.

»Herr Kullmer ist gerade nicht am Platz, Sie müssen leider mit mir vorliebnehmen.«

»Kommissar Kullmer hat gesagt, ich solle *ihn* anrufen, wenn mir noch etwas einfallen würde. Wenn ich nur die 110 anrufen sollte, hätte er mir wohl nicht *seine* Karte gegeben.«

»Ich bin seine Partnerin«, hatte Doris geantwortet. Damit hatte sie gleich doppelt recht, doch Frau von Diethen war stur geblieben. Schließlich hatte sie sich dazu überreden lassen, dass Peter Kullmer sie baldmöglichst zurückrufen würde, das hatte er dann auch getan, sie hatte auf einem persönlichen Termin bestanden, und nun stand Kullmer also in Unterliederbach und musste sich auch noch anpflaumen lassen. Na danke.

»Gehen wir hinein, aber treten Sie sich die Schuhe ab!«

Kullmer folgte ihr schweigend.

»Ich hätte Ihnen ja einen Tee angeboten oder eine kalte Limonade, angesichts der Hitze, wobei mein Arzt sagt, dass warme Getränke bei solchen Temperaturen viel erfrischender wirken«, plapperte Klara von Diethen. Dann verfiel sie wieder in ihren vorwurfsvollen Ton. »Aber jetzt ist es dafür viel zu spät, setzen wir uns halt kurz, ein Glas Wasser könnte ich vielleicht rasch holen. Mein Mann kommt um Viertel nach zwölf vom letzten Green, da ist er sehr penibel. Ich muss also in spätestens zwanzig Minuten los.«

»Frau von Diethen, ich werde Ihre Zeit nicht länger in Anspruch nehmen als nötig«, bekräftigte Kullmer. Worauf du Gift nehmen kannst, du zickige alte Wachtel. »Ich weiß es außerdem sehr zu schätzen, dass Sie sich noch einmal bei uns gemeldet haben.«

»Das schien nicht jedem so zu gehen in Ihrer Abteilung«, kam es pikiert zurück.

»Frau Seidel ist meine Partnerin«, erklärte Kullmer geduldig. »In so einem Fall arbeitet ein ganzes Team von Ermittlern an derselben Sache, da weiß man also voneinander Bescheid.«

»Wie auch immer«, erwiderte von Diethen, »ich möchte nicht noch zig andere Polizisten hier herumspringen haben. Wie sieht das denn aus? Da sind Sie mir noch der Angenehmste.« Sie lächelte. »Nehmen Sie nur den Kollegen mit dem protzigen BMW. Was war denn das für einer, Ihr Chef? Und dann diese andere, die junge. Das war doch nicht etwa diese Frau Seidel, oder?«

»Nein, nein«, wehrte Kullmer ab und musste unweigerlich lachen. »Frank Hellmer und Sabine Kaufmann, zwei hervorragende Kollegen. Aber Sie haben recht, ich stecke von allen am tiefsten drin, wenn man es so sieht. Ich war ja vor zwei Jahren schon einmal bei den Bertrams.«

Kullmer versuchte zu erkennen, ob der aufmerksame Blick seines Gegenübers etwas darüber verriet, vielleicht, ob sie auch damals schon das Nachbarhaus beobachtet hatte. Aber Fehlanzeige, Klara von Diethen hatte ein Pokerface aufgesetzt.

»Hier treiben sich eine Menge bemerkenswerter Personen herum, wenn ich das mal so sagen darf«, antwortete sie nur.

»Können Sie das konkretisieren?«

»Nun, wir haben dieses Haus im Nachtigallenweg jedenfalls nicht gekauft, damit es hier zugeht wie im Taubenschlag. Mal abgesehen von Ihnen, diesem Helbert oder wie er heißt mit seinem BMW und dem Handwerker der Wachfirma. Es ist hier sonst ruhig, kein Durchgangsverkehr, einmal am Tag ein Zeitungsjunge, mittags der Postbote, ab und an ein Gärtner oder Reinigungspersonal. Man kennt die Leute aber mit der Zeit, verstehen Sie?«

»Noch nicht so ganz«, gestand Kullmer.

»Nun, wenn dann tagelang immer wieder ein fremdes Auto aufkreuzt und so unmöglich vor dem Zaun parkt, dann fällt das eben auf. Nichts gegen Sie, aber Sie haben sich einfach vor die Kron-Villa gestellt. Ich meine, nicht dass es hier eine Parkordnung gäbe, schließlich haben wir ja alle unsere Garagen, aber trotzdem. Das ist ein ungeschriebenes Gesetz, eine Frage der Etikette, wissen Sie?«

Kullmer entschied sich, beim Wesentlichen zu bleiben und sich auf keine Diskussion über das öffentliche Parken in Wohngebieten einzulassen, die er ohnehin nicht gewinnen würde.

»Und Sie haben einen fremden Wagen beobachtet, der regelmäßig in der Nähe der Bertram-Villa aufkreuzte?«

»In unserer aller Nähe«, korrigierte von Diethen.

»Das meinte ich ja. Und Sie vermuten einen Zusammenhang mit dem Verschwinden von Alexander?«

»Das müssen Sie schon selbst herausfinden. Ich weiß nur, dass es sich um keinen Wachdienst, Gärtner oder eine Putzkolonne handelte, so viel ist sicher.«

»Können Sie den Wagen beschreiben?«

»Natürlich, es war eine Limousine, ein grauer BMW, Münchener Kennzeichen. Nicht so wuchtig wie der Ihres Kollegen, aber definitiv ein BMW. Wissen Sie, bevor wir den Jaguar erwarben ...«

»Danke«, unterbrach Kullmer die Hausherrin schnell, »das war eine sehr hilfreiche Information. Ich würde gerne noch wissen, ob Sie auch etwas über den Fahrer sagen können, ist der vielleicht ausgestiegen oder sogar im Haus gewesen?«

»Nein, weder noch. Ich meine, ich habe das ja auch nur zufällig mitbekommen, Sie wissen ja, ich habe Besseres zu tun, als den ganzen Tag am Fenster zu stehen.«

Fragt sich nur was, dachte Kullmer, war aber gleichzeitig auch irgendwie dankbar, dass es wachsame Menschen wie Klara von Diethen gab. Er erhob sich langsam.

»Wir werden dieser Spur nachgehen, und ich weiß es wirklich zu schätzen, dass Sie extra deswegen angerufen haben. Ich hoffe, Sie kommen deshalb nicht zu sehr in zeitlichen Verzug.«

»Na ja, man hilft, wo man kann«, sagte die Dame großmütig und stand ebenfalls auf. »Ist ja auch im Interesse der Nachbarschaft, wenn die Gegend dadurch wieder sicherer wird.«

Ihr habt Sorgen, dachte Kullmer verächtlich, als er durch den Hausflur schlenderte, dessen hohe Wände mit teuren Gemälden behangen waren. In zwei Seitennischen standen außerdem zwei hüfthohe braune Vasen, hässlich wie die Nacht, aber wahrscheinlich unglaublich wertvoll. Er überlegte, wie er sich am schnellsten und zugleich am diplomatischsten verabschieden konnte, da erklang bereits Klara von Diethens Stimme. »Herr Kullmer?«

Was zum Teufel denn noch? Kullmer drehte sich mit einem gezwungenen Lächeln um.

»Ja bitte? Ist Ihnen noch etwas eingefallen?«

»Nein, aber Sie haben etwas vergessen. Wollen Sie sich nicht vielleicht noch das Kennzeichen dieses BMW notieren?«

»Äh, natürlich«, stammelte Kullmer verdutzt.

»Warten Sie, ich habe hier den Zettel«, sagte Frau von Diethen und zog die Schublade eines antiken Sekretärs aus hellem Kirschbaumholz heraus. Während Kullmer die Ziffern abschrieb, fragte er: »Wie kamen Sie eigentlich darauf, dass der Wagen in Verbindung mit dem Verschwinden Alexander Bertrams stehen könnte?«

»Weil er, seit Sie das erste Mal hier waren, nicht wieder aufgetaucht ist.«

FREITAG, 13.50 UHR

Du willst damit sagen, dass diese alte Wachtel in ihrem Bunker hockt, Kennzeichen notiert und wer weiß was über ihre Nachbarn in Erfahrung bringt, aber dann hinterher nicht die Chuzpe hat, es zuzugeben?« Hellmers Stimme klang ungläubig, beinahe schon gereizt.

»Na, wenn ich's doch sage«, erwiderte Kullmer. »Wenn ich ihr bei meinem persönlichen Besuch nicht das Gefühl gegeben hätte, etwas Richtiges zu tun, hätte sie es ums Verrecken nicht gemeldet. Dass sie angerufen hat, ist an sich schon ein kleines Wunder.«

Gemeinsam mit Hellmer stand er in Bergers Büro, Julia saß am Schreibtisch und war gerade im Begriff, eine Anfrage aus dem Ruhrgebiet zu beantworten. Kripo Bochum, die Abteilung dort hieß KK 11. Wenn das so weitergeht, hatte Julia vor ein paar Minuten noch gedacht, dann können wir hier bald eine Zweigstelle des BKA aufmachen. Oder, was noch schlimmer wäre, das BKA würde sich den Fall komplett unter den Nagel reißen. Doch das war eher unwahrscheinlich, und zumindest die Ermittlungen in Frankfurt würden weiterhin Aufgabe ihres Teams bleiben. Abgesehen davon, glaubte sie nicht, dass die Anfrage aus Bochum mit ihrem Fall zu tun hatte. Ein neunjähriger Junge, auf dem Schulweg verschwunden, das passte noch weniger ins Schema als die bisherigen Toten. Vermutlich war es ein verzweifelter Versuch der dortigen Beamten, eine Spur zu finden. In solchen Momenten war Julia Durant heilfroh, keine eigenen Kinder in diese Welt gesetzt zu haben, ein Gefühl, das nicht immer vorherrschte, wie sie sich eingestehen musste. Sie schob die Tastatur beiseite und konzentrierte sich auf ihre Kollegen. Kullmer war aufgeregt ins Präsidium zurückgekehrt mit einer ominösen Geschichte zu einem grauen BMW, der sich im Unterliederbacher Vogelviertel verdächtig gemacht haben sollte.

»Spätestens, als ihr mit dem Schlüsseldienst dort aufgelaufen seid, hätte sie aber mal was sagen können, finde ich«, kommentierte sie Kullmers Bericht stirnrunzelnd.

»Schon«, nickte dieser. »Sie hat sich halt irgendwie damit rausgeredet, dass sie gerne früher angerufen hätte, ihr Mann es aber nicht wollte. Wer weiß, was die in ihren heiligen Hallen so alles zu verbergen haben. Steuerhinterziehung, Schwarzarbeit ... In solchen Kreisen geht es ja oftmals hoch her, nicht wahr, Frank?« Er stieß Hellmer mit einem verstohlenen Blick an.

»Blödmann. Was soll das denn schon wieder mit ›solchen Kreisen‹? Bin ich etwa eines dieser versnobten Arschlöcher, die tagsüber einen auf wohltätigen Gönner machen und später daheim ihre Frau verprügeln oder nachts in die Kinderzimmer schleichen?«

»Nimm's doch nicht persönlich«, versuchte Kullmer ihn zu beschwichtigen. »So war das nicht gemeint. Ich wollte damit nur sagen, dass es hinter den edlen Fassaden oft große und kleine Geheimnisse gibt und wir vielleicht deshalb nicht gleich kontaktiert wurden.«

»Mag ja sein«, knurrte Hellmer missmutig, »aber so weit waren wir doch längst.«

»Wie auch immer, wir gehen diesem Hinweis nach«, hakte Julia Durant ein. »Immerhin wäre das schon die zweite Spur, die nach München führt.«

Als Peter zu seinem Schreibtisch zurückkehrte, wartete bereits Doris Seidel auf ihn, einen Computerausdruck in der Hand.

»Das ist aber eine nette Überraschung«, lächelte er sie verliebt an, wie er es in den vergangenen Wochen wieder öfter tat. Zumindest war das Julia Durants persönlicher Eindruck. Seit der Bekanntgabe der Schwangerschaft schienen die beiden wieder unzertrennlich zu sein. Doch das war okay, denn Profis genug, um ihre Beziehung nicht die Arbeit belasten zu lassen, waren sie allemal.

»Ich bin nicht allein zu deiner persönlichen Freude da«, gab Seidel ihrem Partner zurück. »Hier«, sie wedelte mit dem Papier, »schau dir das an! Das hättest du mit einem einzigen simplen Anruf bereits auf dem Rückweg ins Präsidium haben können.«

Neugierig überflog Kullmer die wenigen Zeilen, es war eine Übersicht verschiedener Münchener Adressen, jeweils mit einigen Namen und mindestens einer Telefonnummer. Eine Zeile war mit grünem Textmarker hervorgehoben.

»Eine Autovermietung?«, las er ungläubig.

»Genau, und zwar direkt am Münchener Flughafen«, ergänzte Doris nickend. »Die Halterabfrage war eindeutig, ein Anruf in der Hauptzentrale, und sie wussten genau, um welchen Fahrzeugtyp und welche Station es sich handelte.«

»Respekt«, nickte Kullmer beeindruckt.

»Na ja, die meisten Autovermietungen benutzen bei ihren Fahrzeugen ganz typische Kennzeichenkombinationen, meist stehen diese in Verbindung mit dem Standort ihres Hauptfirmensitzes. Außerdem, so heißt es, gibt es dann noch die Regel, dass nach der Ortskennung immer zwei Buchstaben und vier Zahlen verwendet werden, angeblich sind das die ästhetischsten Kennzeichen, aber das sind Feinheiten, die nicht hierhergehören.«

»Stimmt, mich interessiert auch momentan viel mehr, wer den Wagen in den letzten Tagen gefahren hat«, erwiderte Hellmer mit hochgezogenen Augenbrauen.

»Das, mein Lieber«, zwinkerte Doris, »darfst du unter der markierten Telefonnummer gerne selbst herausfinden.«

Eine freundliche Frauenstimme piepste routiniert den Namen und Standort der Autovermietung ins Telefon.

»Guten Tag, Kullmer, Kripo Frankfurt. Es geht um eine Auskunft bezüglich eines Ihrer Fahrzeuge.«

»Wie war bitte der Name?«

Schon klang die Stimme nicht mehr ganz so freundlich. Das gezielte Kundenkontakt-Training, welches die Dame mit Sicherheit absolviert hatte, war gegenüber Behörden wohl nicht nötig. Wahrscheinlich ist sie sogar froh darüber, einmal nicht gekünstelt freundlich sein zu müssen, dachte Kullmer und wiederholte geduldig seinen Namen.

»Peter Kullmer, Kriminalpolizei Frankfurt am Main. Wir wenden uns an Sie, weil wir einen Ihrer Wagen überprüfen, ein BMW 1er Coupé, grau.«

»Und woher weiß ich, dass Sie wirklich von der Polizei sind?« Mittlerweile klang die Stimme richtiggehend unfreundlich und überhaupt nicht mehr piepsig. Zugegeben, die zahlreichen Aufklärungskampagnen zur Telefon- und Internetkriminalität schienen ihr Ziel erreicht zu haben. Die Menschen ließen sich allein durch das Nennen gewichtiger Behördennamen nicht mehr blindlings zur Herausgabe ihrer persönlichen Daten locken, zumindest die meisten, aber ein derartiges Misstrauen war ihm noch nie entgegengeschlagen.

»Entschuldigen Sie, Sie können mich gerne hier im Präsidium zurückrufen, oder ich schicke Ihnen ein Fax, sagen Sie mir einfach, wie ich mich legitimieren kann.«

Schweigen. Schließlich antwortete die junge Dame: »Ich rufe Ihre Zentrale an und lasse mich durchstellen. Geben Sie mir die Durchwahl, bitte!«

Drei Minuten später, die Zeit erschien ihm wie eine Ewigkeit, läutete sein Apparat, und er riss ungeduldig den Hörer ans Ohr. Es meldete sich eine fremde Männerstimme, tief und mit deutlichem Dialekt.

»Hier ist Joseph Lindner, grüß Gott, ich bin der Leiter dieser Station.«

Erneut stellte Kullmer sich vor und schilderte sein Anliegen. Lindner blieb freundlich und kooperativ.

»Herr Kullmer, das ist kein Problem«, sagte er mit rollendem R, und Kullmer versuchte sich vorzustellen, wie Lindner einen Kundendialog auf Englisch führte. »Sehen Sie«, erklärte sein Gesprächspartner weiter, »unsere Mitarbeiter sind dazu angehalten, keinerlei persönliche Daten herauszugeben, Sie können sich die Gründe hierfür wahrscheinlich denken.«

»Eifersüchtige Ehepartner?«, riet Kullmer spontan.

»Zum Beispiel«, lachte Lindner. »Chefs, die ihre Mitarbeiter kontrollieren, Konkurrenten, die ihre Widersacher ausspionieren wollen, die Liste ist länger, als man glaubt.«

»Ich brauche jetzt aber keine richterliche Anordnung, damit ich den Namen des Mieters bekomme, oder?«, hakte Kullmer argwöhnisch nach.

»Nein, nein«, wehrte Lindner ab, »den bekommen Sie so. Verraten Sie mir das Kennzeichen?«

»Klar.«

Kullmer gab ihm die Information durch und vernahm unmittelbar darauf, wie sein Gesprächspartner sie auf seiner Computertastatur eintippte.

»Der Wagen wurde noch nicht zurückgegeben.«

»Er ist noch unterwegs?«, wiederholte Kullmer aufgeregt.

»Warten Sie!« Im Hintergrund tippte eine Tastatur. »Ja, ist noch unterwegs. Mietbeginn war am 28. Juni, Mietdauer flexibel.«

»Was heißt das?«

»Vermerkt wurde, dass der Kunde einen Monatstarif mit Option auf frühere Rückgabe haben wollte. Na ja, und verlängern kann man natürlich immer. Das sind diese Engländer«, seufzte Lindner, »die legen sich nie gerne fest. Na, mir soll es ...«

»Engländer?«, entfuhr es Kullmer.

»Äh, ja, hatte ich das noch nicht gesagt? George Sinclair heißt er, ich schicke Ihnen die Kopie des Passes zu. Brauchen Sie auch eine Durchschrift des Mietvertrags?«

»Schaden kann es nicht, gerne.«

»Verraten Sie mir denn auch, weshalb Sie auf der Suche nach diesem Sinclair sind?«

»Ach, es geht um einen laufenden Fall, zu dem wir seine Aussage als möglicher Zeuge benötigen«, wich Kullmer aus. Er wollte Lindner nicht vor den Kopf stoßen, aber auch nicht irgendeine Lügengeschichte erfinden. »Mehr darf ich dazu nicht sagen, Sie wissen ja: laufende Ermittlung und so.«

»Schon gut, es hat mich nur interessiert, warum die Frankfurter Polizei jemanden aus München sucht. Betrifft uns ja immerhin auch.«

»Sie meinen wegen des Wagens?«

»Genau. In dem Mietpaket sind genügend Inklusivkilometer, dass Sinclair einmal an die Nordsee und zurück fahren kann, darum geht es nicht. Aber zu wissen, dass der Wagen in Frankfurt unterwegs ist und für eine Ermittlung von Interesse, das ist schon spannend.«

»Werden wir sehen«, sagte Kullmer. »Erst einmal müssen wir ihn finden.«

»Sie schießen aber nicht gleich auf ihn, oder?«

Kullmer war sich für einen Moment lang nicht sicher, ob Lindner die Frage ernst meinte.

»Wir sind hier nicht bei *Cobra 11*, keine Angst«, erwiderte er daher und fuhr schnell fort: »Soll ich Ihnen eine Faxnummer oder die E-Mail-Adresse geben?«

»Beides, sicher ist sicher. Ich lasse Ihnen die Unterlagen umgehend zukommen, Frau Golde ist ja jetzt im Bilde, und sie wird Ihnen auch gerne für weitere Fragen zur Verfügung stehen.«

Eine Viertelstunde später betrachtete Julia Durant nachdenklich die Unterlagen. Der britische Reisepass war aufgeklappt und kopiert worden, mäßige Qualität, aber man konnte alles lesen.

Surname: SINCLAIR
Given names: GEORGE ADAM
Nationality: BRITISH CITIZEN
Date of birth: 04 DEC 1980
Place of birth: LONDON

Auf dem Foto war nicht viel zu erkennen, das Gesicht kam der Kommissarin nicht bekannt vor. Sie überflog die weiteren Angaben und verglich die beiden Unterschriften auf dem Mietvertrag und dem Pass. Sie stimmten überein.

»So ein Bockmist!«, schimpfte sie. »Jetzt dürfen wir uns auch noch mit den Inselbehörden rumschlagen.« Hoffnungsvoll blickte sie zu Doris Seidel auf, die mit Kullmer gemeinsam das Büro betreten hatte.

»Doris, wäre das nichts für dich?«, lächelte sie. »Du hast so eine Engelsgeduld und sprichst doch auch so ein tolles Englisch.«

»Gib schon her!«, erwiderte Seidel, streckte die Hand aus und setzte lachend nach: »Ich hätte es übrigens auch ohne diese Bauchpinselei gemacht.«

»Gut zu wissen«, konterte Durant, »dann kriegst du von jetzt an nur noch Dienstanweisungen im Befehlston.«

»Dagegen wüsste ich ein paar nützliche Tipps«, zischte Hellmer, der gerade das Büro betrat, in Doris' Richtung, aber so, dass jeder es hören konnte. Dann grinste er breit in die Runde und sagte: »Hat bei mir ja auch geholfen, nicht wahr, Chefin?«

»Du hast mir gerade noch gefehlt«, stöhnte Julia und fuhr sich dramatisch seufzend über die Stirn.

»Bin schon wieder weg«, sagte Hellmer und wollte bereits auf dem Absatz kehrtmachen, als Julia ihn zurückrief.

»Stopp, du kannst dich ans Telefon hängen und die Fahndung nach dem BMW anleiern. Und tritt den Kollegen mal auf die Füße, wir fahnden seit dreißig Stunden nach Bertram, das kann doch nicht sein, dass wir keinerlei Anhaltspunkte haben.«

»Geht klar«, nickte Frank.

»Außerdem müssen wir abklären, ob unter dem Namen George Sinclair jemand in Frankfurt abgestiegen ist, zuerst Hotels, vermutlich westliches Stadtgebiet, danach das Gebiet vergrößern und die ganzen Motels und Pensionen abklappern. Mann«, sie fuhr sich durchs Haar, »welch ein Aufwand. Hoffentlich führt das alles weiter. Besprechung um 17 Uhr, klingt das realistisch?«

»Besser 18 Uhr«, schlug Seidel vor. »Wir sind doch eh alle da.«

»Apropos«, Julia runzelte die Stirn, »wo ist denn überhaupt Sabine?«

FREITAG, 15.00 UHR

Kirchenglocken.

Alexander Bertram hatte den Klang nicht vergessen, er fühlte sich auf eine seltsame Art und Weise berührt. War es Geborgenheit? Das schwere, traurige Schlagen, wenn der riesige Klöppel zum ersten Mal auf den tonnenschweren Gussstahl traf, dann wieder und wieder. Schon als Kind hatte es ihn in Ehrfurcht versetzt, wenn schließlich aus Einzelschlägen eine Sinfonie entstand, die stets anders und doch vertraut klang.

Aber wie konnte es sein, dass er in diesem Augenblick den Stundenschlag seiner Heimatkirche vernahm?

Ein flüchtiges Bild entstand in Bertrams Kopf, ganz tief aus dem Unterbewusstsein formierte es sich, drängte heraus und fügte sich nach und nach zu einer Szene zusammen. Eine Erinnerung, lange her, bestimmt schon zwanzig Jahre. Ein kleiner Junge, schmächtig, mit dünnen, nackten Oberarmen und Beinen, nur mit einem Unterhemd und einer Unterhose bekleidet, kauerte im Halbdunkel eines Treppenhauses. Alexander erkannte die Stufen, die hölzerne Wandverkleidung, das Gefühl, mit feuchter Hose auf dem kalten Stein zu sitzen. Draußen schimpfte eine Männerstimme, ab und zu unterbrochen von einer verzweifelten Frauenstimme. Mama hält zu mir, dachte der Junge, kaum acht Jahre alt, und starrte in die bedrohliche Dunkelheit, die sich am unteren Ende der Treppe ausbreitete und langsam, immer wenn er nicht hinsah, ein Stückchen weiter zu ihm nach oben kroch.

»Mit deinem militärischen Drill erreichst du gar nichts«, wimmerte es, und prompt polterte es zurück: »Mit deinem Wischiwaschi-Stil ja offenbar auch nicht!« Es war Samstag, ein ganz normales Wochenende. Der Junge hatte, wie so oft ausgerechnet dann, wenn Vater zu Hause war, ins Bett uriniert. Als Konsequenz verbrachte er zwei Stunden auf der Kellertreppe, so lange, bis die Waschmaschine das von ihm selbst abgezogene Laken und den Schlafanzug gereinigt hatte. Danach durfte er sich waschen und anziehen, um halb eins gab es Mittagessen, dann hatte alles sauber und ordentlich zu sein. In der Ferne vernahm der Junge den ersten Glockenschlag der Kirchturmuhr. Zwölf Uhr, für heute war es beinahe ausgestanden. Wer weiß, was morgen kommen würde.

Und wieder schlug die Glocke. Bertram zwang seine Gedanken, aus der Trance zurückzukehren, hielt sich dazu an, wieder die Kontrolle über seine Sinne zu bekommen. Seine Hände, die Werkzeuge der Perfektion, seine Augen, der Blick für ästhetische Reinheit. Verzweifelt rief er seine fünf Sinne zur Ordnung.

Was rieche ich, fragte er sich als Erstes und sog die kühle Luft zwischen seine Nasenflügel. Kühle, feuchte Luft, doch es war noch etwas anderes dabei. Rauch, Alkohol, vielleicht ein Partykeller.

Der Geschmack war ähnlich, die Zunge trocken, möglicherweise war da eine metallische Nuance. Doch ich habe mich nicht betrunken.

Und höre ich wirklich diesen Glockenschlag?

Nun das Fühlen. Kopf und Glieder schmerzen, pochend, ich liege auf dem Rücken, es ist weich. Wahrscheinlich ein Bett, vielleicht träume ich ja nur. Doch als Alexander sich die Augen reiben wollte, spürte er, dass er die Hände nicht bewegen konnte. Die Handgelenke schon, korrigierte er, die Finger auch, aber plötzlich stellte er panisch fest, dass er weder die Position seiner Arme noch die seiner Beine zu verändern vermochte.

Gefangen!

Er verkrampfte sich und riss die Augen auf. Seine Lider waren verklebt, und die Pupillen brannten, dann gab das gedämpfte Licht seine Umgebung preis. Wie in Zeitlupe setzte sich ein Bild zusammen, dabei waren nur Sekunden vergangen.

Der dritte Schlag der Turmuhr klang noch nach, als Alexander Bertrams Blick die tiefgründigen Augen seines Gegenübers einfing. Er kannte diese strahlend blauen Augen, das nachdenkliche Lächeln, die schmale Nase und diese zarte, makellose Gesichtshaut mit dem hellen Teint.

Sein Atem stockte, und er brachte kaum mehr als ein kehliges Flüstern hervor, als er entsetzt ihren Namen hervorstieß.

»Jennifer Mason!«

FREITAG, 18.06 UHR

Sabine Kaufmann kam als Letzte ins Besprechungszimmer, außer Atem, aber bis über beide Ohren strahlend. Ihr Arbeitstag hatte genauso früh begonnen wie bei allen anderen auch, es war zudem eine schlauchende Woche, dennoch sah sie blendend aus. Enge Bluejeans, ein weißes Top, unter dessen straffem Stoff sich eine erstklassige Figur verbarg, das Make-up dezent und wie frisch aufgetragen. »Hallo zusammen!«

»Wieso gehst du nicht an dein Handy?«, fragte Julia Durant ungehalten.

»Sorry, ich hab das heute Mittag irgendwo liegenlassen. Herr Schreck war so nett und wollte es anpeilen, aber was nützt mir eine Peilung auf meine Adresse oder das Präsidium, wenn ich dadurch nicht weiß, in welchem Raum oder welcher Schublade ich es gelassen habe. Scheiße, ich hab echt drei Kreuze geschlagen, als ich es wiederhatte! Das kommt garantiert nicht mehr vor, ihr kennt mich ja … Ich ohne mein Handy, das geht gar nicht.«

»Angst, dass dir einer von Amors Pfeilen entgehen könnte?«, stichelte Hellmer, doch Sabine lächelte nur höflich und schwieg. Julia bemerkte diese Reaktion ebenfalls. Sabine Kaufmann, das unbekannte Wesen. Man wurde einfach nicht schlau aus ihr, es gab Bereiche, in die die adrette Kollegin partout keinen Einblick gewähren wollte. Vielleicht hat sie ihre Gründe, dachte Julia, ganz bestimmt hat sie die. Wenn das ganze Chaos vorbei ist, dann werde ich mir mal eine Gelegenheit suchen, um sie besser kennenzulernen.

Sabine wandte sich an Julia. »Du errätst nie, mit wem ich heute gesprochen habe«, sagte sie mit einem kessen Zwinkern und zog einen gelben Notizzettel aus ihrer Hosentasche.

»Spuck's schon aus«, grummelte Julia, noch immer ein wenig ungehalten, weil sie den ganzen Tag nichts von ihrer feschen Kollegin gehört hatte. Ob Berger sich damals auch so gefühlt hatte, wenn sie mal wieder auf Alleingang gewesen war? Mit Sicherheit, dachte sie und unterdrückte ein Lächeln. Gespannt musterte sie das zerknitterte Papier, zwei Telefonnummern waren darauf verzeichnet, eine kam ihr vage bekannt vor, sie begann mit der Vorwahl von Frankfurt, 069. Das andere war eine Handynummer, eine dieser langen zwölfstelligen Nummern, bei deren Eintippen man permanent kontrollieren musste, ob man nicht aus Versehen eine Ziffer vergessen hatte.

Sabine grinste. »Ich verrate nur so viel: Auf dem Festnetz wirst du um diese Zeit wahrscheinlich kein Glück mehr haben. Kommissare brauchen auch ihren Schönheitsschlaf, selbst in Offenbach.«

»Peter Brandt!«, entfuhr es Julia, als ihr mit einem Mal klarwurde, woher sie die Nummer kannte. Es war seine Durchwahl im Präsidium, sie warf einen prüfenden Blick auf die Uhr, nein, sie versuchte es besser gleich auf dem Handy.

»Ja?«, meldete sich die wohlbekannte Stimme des Offenbacher Hauptkommissars.

»Dreimal dürfen Sie raten«, erwiderte Julia Durant.

»Ach Mensch, die Frau Kollegin vom anderen Mainufer, guten Abend!«

»Ebenso. Ist ein Weilchen her, nicht wahr?«

»Allerdings. Drei Jahre bestimmt, oder? Nein, vier sogar. Habe gehört, Sie haben einen kleinen Karrieresprung gemacht?«

»Nur vertretungsweise. Berger hat eine üble Bandscheibengeschichte, er kommt aber wieder. Sie kennen mich doch, ich gehöre auf die Straße, unter die Menschen und nicht ins Büro.«

»Tja, aber die beste Polizeiarbeit spielt sich nun mal immer auch an der Tafel, in der KTU und am Telefon ab«, konterte Brandt. »Schauen Sie doch hin: Was tun wir denn gerade in diesem Moment?«

»Was Sie tun, weiß ich nicht«, gab Julia spitz zurück. »*Wir* haben gerade eine Besprechung, und dazu brachte meine Kollegin Ihre Telefonnummer mit.«

»Aufgeweckte junge Frau«, kommentierte Brandt anerkennend.

»Werde ich ausrichten. Aber Ihnen muss man ja auch gratulieren, wenn die internen Memos und Presseberichte stimmen.«

Julia Durant spielte auf das Neuendorf-Urteil an, ein in den Medien vielbeachteter Fall, bei dem es um Missbrauch in kirchlichen Heimen ging.

»Wie man's nimmt«, sagte Brandt, »gratulieren wäre vielleicht nicht ganz angemessen, weil es in dem Fall wahrlich keine Gewinner gibt.«

»Kenn ich nur zu gut«, seufzte Durant. »Aber kommen wir mal zum Grund unseres Telefonats.«

»Gerne, ich habe nämlich noch etwas vor.«

Julia Durant hätte ein Monatsgehalt darauf verwettet, dass Peter Brandts Abendplanung in irgendeinem Zusammenhang mit der Staatsanwältin Elvira Klein stand. Keine faire Wette, gestand sie sich ein, denn genau genommen drehte sich sein ganzes Leben irgendwie um diese Frau. Dienstlich arbeitete er als Kriminalbeamter der Staatsanwaltschaft zu und privat, nun, seit geraumer Zeit hatte Elvira Klein auch nach Dienstschluss ein gemeinsames Leben mit Brandt. Doch Julia Durant würde sich eher die Zunge abbeißen, als nachzufragen.

»Ich habe da so einen Fall, der ist mir wieder in den Sinn gekommen, als wir von Ihrer Fahndung erfuhren. Am neunten September 2008 wurde in Hanau-Steinheim eine Frauenleiche gefunden. Es gibt da so ein Doppelhochhaus an der Mainbrücke, zwielichtige Ecke, das Mädchen war nicht der erste Mord in dieser Saison. Wie auch immer, Sie fahndeten ja nach sogenannten ›Hobbyhuren‹. Im Übrigen, wenn Sie mich fragen, ein absoluter Hohn, denn diese Mädchen drücken die Kohle ebenso an ihre Beschützer ab wie normale Nutten. Verzeihung, Prostituierte«, korrigierte er schnell.

»Schon gut, nur weiter bitte.«

»Okay. Marita Welsch, 26 Jahre, stand mutmaßlich unter dem Schutz eines bekannten Zuhälters, es gibt hier immer wieder mal Konflikte, wenn ein neues Alphamännchen auftaucht und sich aufspielen will. Leidtragende sind in der Regel die Frauen, jedenfalls haben wir den Mord damals in diese Kategorie eingeordnet.«

»Klingt ja auch plausibel«, antwortete Julia.

»Auf den ersten Blick schon«, erwiderte Brandt, »wenn dann nicht Ihre Fahndung gekommen wäre. Ich habe mit der Sitte gesprochen, ein paar Punkte abgeglichen, und was soll ich sagen? Der Fall könnte durchaus in Ihr Schema passen.«

»Wir prüfen das in jedem Fall nach, danke für den Hinweis.«

»Was immer meine Aufklärungsquote verschönert, soll mir recht sein«, gab Brandt salopp zurück. »Ansonsten hätte ich nen Teufel getan, bei Ihnen da drüben anzurufen.«

»Schon klar«, lachte Julia, und die beiden verabschiedeten sich voneinander. Als sie das Handy auf die Tischplatte legte, bemerkte sie die neugierigen Blicke ihrer Kollegen.

»Peter Brandt«, erklärte sie.

»Der Lover von unserer Staatsanwältin«, flüsterte Hellmer verschmitzt, und Kullmer grinste.

»Ja, er hat vorhin in der Sitte angerufen, als ich mich gerade mit den dortigen Fahndungsergebnissen auseinandersetzte«, fügte Kaufmann hinzu. »Wäre ich nicht dort gewesen, wer weiß, wie schnell die es weitergeleitet hätten. Apropos Sitte: Soll ich kurz zusammenfassen?«

»Gleich«, nickte Julia Durant. »Passt auf, Leute, wir haben einen Mord in Kleinostheim, der möglicherweise ins Schema passt. Eine junge Prostituierte in ihrer Wohnung, auch so ein Hochhaus, bislang schrieben die Kollegen ihren Tod dem Kleinkrieg der Zuhälter zu, der dort immer wieder aufkeimt.«

»Klingst aber nicht überzeugt«, hakte Hellmer nach.

»Wie man's nimmt. Vom Typ her passt sie schon, aber Hinweise auf Led Zeppelin gibt es zum Beispiel keine.«

»Bei mir dafür schon«, meldete sich Kaufmann zu Wort, und alle Blicke richteten sich auf sie. Julia nickte ihr auffordernd zu. »Klär uns auf.«

»Ich habe gezielt recherchiert nach Snuff, musikalisch untermalten Szenen sexueller Gewalt und anderen künstlerischen Eigenarten …«

»Moment mal«, unterbrach Doris Seidel sie gereizt. »Du verwendest doch nicht ernsthaft den Begriff Kunst dafür, oder?

Künstler sind für mich Picasso oder van Gogh, na ja, ein bisschen schräg waren die beiden natürlich auch drauf, aber es ist ja wohl ein Unterschied, ob man sich in seinem Kämmerlein ein bisschen mit Absinth inspiriert oder ob einer loszieht und zum Sexualmörder wird, oder?«

»Hey, komm mal runter.« Sabine Kaufmann hob abwehrend die Hände. »Ich redete von künstlerischen Eigenschaften, keineswegs von Kunst! Aber schau mal auf ›youporn‹ oder selbst auf ganz normalen Videoportalen: Die meisten Filme haben irgendeine Art von Signatur. Nicht, dass wir Snuff auf den verbreiteten Videoplattformen finden würden, keine echten zumindest, aber gerade in diesem illegalen Sektor kann man ja nicht seine Adresse angeben oder so. Da arbeitet man mit unverkennbaren Stilmitteln, beispielsweise mit einer bestimmten Musik oder bestimmten Filmtechniken. Es gibt zum Beispiel Sexvideos aus Thailand, bei denen wie in alten Stummfilmen …«

»Schon gut, entschuldige bitte«, winkte Doris ab, »ich habe verstanden. Es ist nur so abartig, ich weiß gar nicht, was ich schlimmer finden soll. Den einen Irren, der die Mädchen vor der Kamera vergewaltigt und abschlachtet, nur um sich dann zu Hause am Bildschirm wahrscheinlich noch x-mal einen runterzuholen …«

»Oder die perversen Schweine, die einen Batzen Kohle dafür lockermachen, um sich in ihrem Kämmerlein daran aufzugeilen, während unten im Haus Frau und Kinder schlafen«, vollendete Kullmer ihren Satz. »Ich kann dich gut verstehen, allein die Vorstellung kotzt einen an.«

»Meine Frage ist, auf welchen Kanälen diese Videos verbreitet werden«, warf Julia in die Runde. »Offenbar gibt es einen Markt dafür. Und kommt mir jetzt bitte nicht mit der These, dass sich im Internet alle Perversen des Planeten auf wundersame Weise vereinigen, das weiß ich selbst. So ganz unbedarft bin ich ja nicht, auch wenn ich dem PC ganz gerne aus dem Weg gehe.«

»Nein, deine Frage ist durchaus berechtigt«, erklärte Kaufmann. »Wir haben natürlich nur sehr dürftige Hinweise, das ist die Crux bei Onlinekriminalität, aber die Sitte ist ziemlich gut vernetzt mit den internationalen Behörden. Ein Großteil der illegalen Videos, meist Kinderpornographie, wird über Holland ein- und ausgeschleust. Ein Vorteil für die ermittelnden Behörden ist, dass noch immer einiges an Videomaterial über Datenträger verschifft wird, anstatt irgendwo online abrufbar zu sein. Erst unlängst gab es eine ergiebige Razzia.«

»Wieso wird das denn noch gemacht?«, fragte Hellmer stirnrunzelnd.

»Ihr werdet lachen, aber es hat quasi etwas mit Urheberrechten zu tun«, fuhr Kaufmann fort. »Sobald ein Video im Netz verteilt wird, kann es ungehindert weiterkopiert werden. Bei einer DVD, entsprechend geschützt, kann ein Verkäufer wenigstens ein Mal richtig verdienen. Und er hält gleichzeitig die Spuren der Transaktion aus dem Netz, weil er das Geschäft gegen Bares abwickelt. Für den Kunden wiederum ist dieser Weg ein Risiko, da er seine Anonymität verlassen muss. Wir gehen daher davon aus, dass auch in der Snuff-Szene über Zwischenhändler gearbeitet wird.«

»Und das bedeutet im Detail?«, fragte Julia Durant.

»Da gibt es einige Möglichkeiten«, gab Sabine zurück und überlegte kurz. »Okay, nehmen wir einen realen Fall: Ein Kunde hat bestimmte Phantasien und wendet sich über einen einschlägigen Chatroom an Gleichgesinnte. Ein Kontakt kommt zustande, entweder direkt mit einem Anbieter des gewünschten Materials oder eben einer Person, die das Material vermitteln kann. Das Finanzielle wird besprochen, die Modalitäten geklärt. In dem Fall eines russischen Vergewaltigungsvideos bezahlte der Kunde bar an einen Mittelsmann, und auf der anderen Seite der Welt übergab ein anderer Mittelsmann dem Anbieter den entsprechenden Betrag. Binnen vierundzwanzig Stunden konnte der Kunde das Material über eine verschlüsselte URL abrufen.«

»Wahnsinn«, hauchte Julia Durant. Diese Strukturen gab es wirklich, jeden Tag wurden Geschäfte darüber abgewickelt, eine globale Mafia, in der das Angebot den Preis bestimmte. Eine neue Niere? Kein Problem, es gab genug elternlose Kinder in den südamerikanischen Slums. Eine Sexszene mit einer lächelnden Zwölfjährigen? Aber klar doch, kein Problem. In diesem Alter waren Mädchen besonders beliebt, kleine Lolitas mit sanft geschwungenen Brüsten. Und bitte keine Asiatin! Nein, es gibt genügend osteuropäische Anbieter. Die Kommissarin kämpfte gegen aufsteigende Übelkeit.

»Wenn ich das also richtig verstehe«, fuhr sie deshalb schnell fort, »dann hat Bertram hier entsprechende Filme produziert, und irgendwo anders auf diesem Planeten hat jemand dafür bezahlt?«

»So wird es gewesen sein«, nickte Kaufmann. »Wie viel war in seinem Tresor, dreihunderttausend?«

»327 100 Euro«, antwortete Hellmer nach einem kurzen Blick auf seine Notizen. Der Tresor, Julia erinnerte sich. Die Info war wohl hereingekommen, als sie in ihrer Wohnung gewesen war, doch was nützte es, sich nun darüber aufzuregen. Jetzt wusste sie ja Bescheid.

»Verwertbare Spuren auf dem Geld?«, fragte sie wie beiläufig.

»Wird noch untersucht«, seufzte Hellmer, »aber es sind ja alles gebrauchte Scheine. Hast du damals nicht auch diesen Bericht gesehen, was ein einziger Geldschein im Laufe seines Daseins so alles mitmachen muss?«

Julia Durant erinnerte sich. Einer italienischen Untersuchung zufolge hatte man auf über neunzig Prozent der untersuchten Zwanzigeuroscheine Spuren von Kokain gefunden, für die Reporter ein Beweis, dass mit jedem der Scheine gekokst worden war. Doch wie sich in Nachfolgestudien herausstellte – teilweise waren dort hundert Prozent der Banknoten kontaminiert –, waren Zählmaschinen, Portemonnaies und Hosentaschen daran schuld, alle Orte nämlich, an denen die Spuren von einer Banknote zur nächsten weitergegeben wurden. Ungeachtet dessen wanderte ein Hunderter im Laufe von zwei Jahren durch fünfzig bis fünfhundert verschiedene Hände und legte dabei oft eine Reise quer durch Europa zurück; keine Chance also, eine verwertbare Spur zum Herkunftsland oder zu verdächtigen Personen zu finden.

»Du hast ja recht«, seufzte die Kommissarin. »Was macht denn die Fahndung in den hiesigen Hotels?«

»Kein Glück bislang«, berichtete Kullmer. »Wir haben Kontakt zu den britischen Behörden aufgenommen, da dürfte bis morgen früh etwas zurückkommen, ansonsten sind nun die ganzen kleinen Absteigen fällig, es sei denn, wir warten damit auch noch bis morgen.«

»Nein, dieser Sinclair ist unsere einzige Spur, da bleiben wir dran«, sagte Julia bestimmt. »Du könntest aber mal im Riederwald nachhaken, vielleicht ist der BMW ja auch dort jemandem aufgefallen. Soweit ich mich erinnere, gibt es in dem Viertel fast ausschließlich Quell- und Zielverkehr, da dürfte so eine dunkle Karosse mit fremdem Kennzeichen doch jemandem auffallen, oder?«

Kullmer grinste schief. »Meines Wissens nach geht der Großteil der Riederwälder aber arbeiten, anstatt den lieben langen Tag am Fenster zu hocken und argwöhnisch auf die böse Welt herabzublicken.«

»Na komm, sei doch froh. In unserem Fall hat uns deine neue Freundin im Vogelviertel doch echt weitergebracht«, stichelte Doris. Offensichtlich konnte sie es kaum erwarten, wieder mal rauszukommen, und wenn es nur eine Nachbarschaftsbefragung war. Julia ahnte, dass ihre Kollegin die Aussicht, für das restliche Jahr an den Schreibtisch gefesselt zu sein, weitaus mehr mitnahm, als diese zugeben würde.

»Überprüft erst einmal den Häuserblock von den Stieglers, also die unmittelbaren Anlieger. Und vergesst nicht, die Kinder zu fragen. Diese Mietwagen sind doch meist mit einigen Extras ausgestattet, für Kinder und Jugendliche jedenfalls genug, um zwei Mal hinzusehen. Ich bleibe noch ein Weilchen hier«, schloss die Kommissarin ihren Satz, »ruft einfach an, wenn sich etwas ergibt.«

»Hängen wir uns dran?«, fragte Hellmer mit einem schnellen Blick zu Kaufmann.

»Klar, wieso nicht«, nickte diese.

»Privatleben gibt es sowieso erst wieder, wenn wir die beiden gefasst haben«, schmunzelte Hellmer.

»Netter Versuch«, gab Sabine zurück. »Doch ich muss dich enttäuschen. Mir entgeht heute nichts außer einer Dusche und einem italienischen Salat, weißt du, ich bin nämlich beim ›Muli‹ auf den Geschmack gekommen.«

»Was natürlich mit dem netten Lieferanten rein gar nichts zu tun hat«, zwinkerte Hellmer. Sabine wollte sich gerade mit gespielter Empörung vor Frank aufbauen, da rief Julia: »Raus jetzt mit euch, ihr beiden!«

Als sie alleine im Besprechungszimmer war, nahm sie das Handy vom Tisch und überlegte kurz. Susanne oder Alina? Sie entschied sich für die Erste von beiden und suchte den entsprechenden Eintrag im Telefonverzeichnis.

»Salut, Julia!«, erklang nach wenigen Augenblicken die angenehme Stimme ihrer Freundin.

»Hallo, Susanne«, antwortete Julia leise. »Schön, dass ich dich gleich beim ersten Versuch erreiche.«

»Na, da klingt aber jemand ganz schön geschafft.« Wie so oft bewunderte Julia Susannes siebten Sinn. Andererseits war es bei ihrem Job wohl nicht schwer, mit dieser Vermutung ins Schwarze zu treffen. Trotzdem, Susanne hatte ein gutes Gespür.

»Wir stecken in einem üblen Fall, ich will's auch gar nicht bei dir abladen, ich wollte nur mal wieder mit dir quatschen.«

»Das freut mich. Ich habe auch schon die ganze Woche dran gedacht, mich zu melden, aber du liest ja sowieso keine E-Mails.«

»Diese Woche war ich fast jeden Tag am Laptop«, sagte Julia schnell, »aber persönlich ist doch eh schöner.«

»Persönlich wäre es, wenn du deine Siebensachen packen würdest und hier runterkämst. Ich könnte hier schon mal eine angenehme Abwechslung gebrauchen, gerade jetzt, wo man das Gefühl hat, dass halb Deutschland hier unten am Strand hockt.«

»Offenbar die falsche Hälfte, wie?«, scherzte Julia. »Aber im Ernst, ich glaube, wenn ich diesen Klotz hier vom Bein habe, dann könnte ich eine Auszeit brauchen. Ich habe Bergers Vertretung, du weißt schon, er fällt jetzt für mehrere Wochen aus.«

»Für Wochen?« Susanne klang ungläubig. »Meine letzte Info ist, dass er sich ein paar Spritzen in die Wirbelsäule setzen lassen wollte.«

»Damit war es leider nicht getan«, seufzte Julia und dachte dabei angestrengt nach. War das letzte Telefonat tatsächlich schon so lange her?

»Nimm es als Vorgeschmack«, lachte Susanne unbeschwert. »In ein paar Jahren hast du den Job doch sowieso dauerhaft.«

»In ein paar Jahren ist das auch etwas anderes.«

»Ich persönlich glaube ja, dass es in ein paar Jahren kein bisschen anders sein wird als jetzt«, warf Susanne mit überzeugtem Unterton ein, beinahe schon ein wenig provokant, wie Julia fand.

»Quäl du mich auch noch!«

»Käme mir nie in den Sinn. Ich bin doch deine Oase, dein Jungbrunnen, du musst mich einfach nur regelmäßig besuchen. Du weißt doch: Hier unten bist du jederzeit ein willkommener Gast.«

»Das weiß ich ja, doch ich …«

»Und jetzt sag, wann kommt der Big Boss wieder zurück?«

Julia hasste es, ständig unterbrochen zu werden, selbst wenn Susanne die Person war.

»Jetzt lass mich halt mal einen Satz zu Ende reden«, entfuhr es ihr, »du bist ja schlimmer als ich heute.«

»Da siehst du mal, wie sehr ich mich freue. Also, was ist los?«

»Ach, mir steht es hier schon wieder bis über die Ohren«, begann Julia. »Ich brauche mal wieder ein normales Gespräch, ein bisschen was Neues von dir vielleicht, außerdem haben wir schon viel zu lange nicht mehr so richtig gequatscht.«

»Na, das ehrt mich ja«, entgegnete Susanne herzlich. »Warum machst du dir nicht einfach mal ein langes Wochenende und kommst hier runtergedüst? Muss ja nicht immer gleich für ein ganzes Jahr sein.« Sie kicherte kurz.

»Würde ich liebend gerne«, seufzte Julia, »aber solange hier alles kopfsteht, ist da nichts drin. Außerdem«, fügte sie nach einem kurzen Augenblick hinzu, »müsste ich wohl erst noch mal zu Paps nach München fahren, sobald ich etwas Luft habe. Nimm mir das nicht krumm, ja? Ich habe das Gefühl, mein Vater übernimmt sich da gerade ein wenig mit der Pflege seines Kollegen.«

»Passt irgendwie überhaupt nicht zu deiner Familie, dass jemand dazu neigt, sich zu übernehmen«, kommentierte Susanne ironisch. »Aber wegen deines Paps: Das ist doch völlig in Ordnung. Solange ich nicht nach München kommen soll …«

»Nein, keine Angst, du darfst bei deinen Franzosen bleiben«, lachte Julia. »Ich habe nur so eine Sehnsucht nach der Heimat, ich weiß auch nicht. Habe unlängst mit Papa telefoniert und dann wegen des aktuellen Falls mit der dortigen Kripo. Da ist mir eingefallen, dass ich mich vielleicht wieder öfter dort blicken lassen sollte, mal abgesehen davon, dass ich meinem alten Herrn über kurz oder lang diese langen Fahrten nach Frankfurt ersparen möchte.«

»Jesus, machst du dir viele Gedanken. Ich freue mich jedenfalls auch im Herbst auf dich«, sagte Susanne. »Oder frag deinen Paps doch mal, ob er sich über Weihnachten oder so loseisen will. Dann schlägst du gleich zwei Fliegen mit einer Klappe: Ihr seid zusammen, wir sind zusammen, und er springt nicht von einer Kanzel zur nächsten, weil es überall an Pfarrern fehlt.«

»Ich frage ihn mal«, versprach Julia.

Eine kleine Wagenkolonne näherte sich der alten Rieder-
waldsiedlung, vorbei am Ostpark und dem asphaltierten Frei-
gelände vor der Eissporthalle, wo in wenigen Wochen wieder
die »Dippemess« stattfinden würde, Frankfurts ältestes
Volksfest. Der Verkehr war dicht, floss jedoch relativ gut,
allen voran fuhren Peter und Doris in ihrer brandneu geleas-
ten Familienkutsche, einem beigefarbenen Ford Kuga, danach
folgte Sabine Kaufmann, die unbedingt alleine fahren wollte,
damit sie danach gleich in Richtung Bad Vilbel aufbrechen
konnte. Pflichtbesuch bei Muttern, wie Frank Hellmer kom-
biniert hatte, der mit seinem BMW das Schlusslicht bildete.

»Jetzt pass mal auf«, wandte sich Peter lächelnd an seine Beifahrerin, als sie den Torbogen am Eingang der Schäfflestraße
passierten und unter den Platanen hindurchfuhren. »Ich bin
ja mal gespannt, wie dir das Viertel hier gefällt.«

»Hmmm, sieht irgendwie altbacken aus«, war Doris' erster
Kommentar, als sie die langen Reihenhausbauten musterte,
deren Fassaden und Fensterfronten monoton an ihnen vor-
beizogen.

»Sind ja immerhin hundert Jahre alte Hütten dabei«, rechtfertigte Peter sich. »Dafür hast du hier kaum Verkehr.«

»Ich weiß nicht, wirkt auch ziemlich eng und hellhörig, oder?«

»Das stimmt. Nirgendwo in Frankfurt ist der Wohnraum enger bemessen als hier, im Schnitt sechzig Quadratmeter. Da
bräuchte man schon ein Doppelhaus.«

»Und das hättest du gerne oder wie?«, gab Doris zurück, die
offensichtlich längst verstanden hatte, worauf ihr Partner hinauswollte.

»Nein, nein«, wehrte Peter ab. »Ich habe mir nur beim letzten Mal so überlegt, die ganzen negativen Faktoren einmal außen vor, dass es für Kinder in einer Großstadt wohl kaum eine angenehmere Atmosphäre geben kann als hier. Ein Abenteuerspielplatz, ein eigenes Wäldchen, überall Tempo dreißig, viele Grünflächen – da vergisst man fast, dass man mitten in der Stadt ist, oder?«

»Ja«, entgegnete Doris nach kurzer Bedenkzeit, »das mag sein.« Dann lachte sie und ergänzte: »Eine Villa auf der anderen Stadtseite würde ich aber auch nicht verachten. Schon allein der wachsamen Nachbarn wegen.«

»Du bist doof«, beschwerte sich Peter, der den SUV routiniert um die Kurven manövrierte. »Zum Glück sind wir schon da, du musst dich also nicht weiter belatschern lassen. Ich wollte ja auch überhaupt nicht ...«

»He, mein edler Ritter«, säuselte Doris und streichelte ihm sanft den Arm. »Ich wollte dich nur ein bisschen aufziehen, ganz ehrlich. Ich finde es total süß, wie viele Gedanken du dir um alles machst.« Sie beugte sich zu ihm und küsste ihn auf den Mund. Dann öffnete sie die Tür und sagte beim Aussteigen: »Wenn mir das vor sechs Jahren jemand erzählt hätte, ich hätte ihn glatt für verrückt erklären lassen.«

»Wer ist verrückt?«, erklang draußen Sabines Stimme.

Na prima, dachte Kullmer. Jetzt betratschen die beiden gleich taufrisch, was ich für ein Weichei bin.

Er beeilte sich, seine Tür aufzustoßen, und rief: »Hier vorne wohnt gleich Frau Stiegler, ich schlage vor, zwei links, zwei rechts. Doris und ich sollten direkt bei ihr anfangen.«

»Schon gut, keine Hektik, ist noch drei Stunden hell«, sagte Hellmer, der bereits mit zusammengekniffenen Augen die Vorgärten begutachtete. »Jetzt können wir ja gleich mal prüfen, wie die Anwohner darauf reagieren, wenn eine ganze Wagenkolonne von Fremden angerollt kommt.«

»Wo er recht hat …«, sagte Kullmer leise zu Seidel. Diese verstand, was er meinte, lächelte und gab zurück: »Stimmt. Dezent sind wir hier nicht gerade aufgelaufen.«

Sie blickten Hellmer und Kaufmann hinterher, die geradewegs in den nächstliegenden Vorgarten marschierten, wo ein Holzkohlegrill rauchte. Ein junger Mann, kahlköpfig, kaum über dreißig, eine hübsche, dunkelblonde Frau im Bikini, darüber trug sie nur ein knappes Shirt, und zwei blondschöpfige Kinder in Badehosen, etwa drei und fünf Jahre alt, die ein Planschbecken belagerten. Für eine zweifache Mutter eine straffe Figur, dachte Kullmer und hatte keinen Zweifel, dass seine Doris auch nach einem halben Dutzend Kinder noch genauso adrett aussehen würde.

»Wir kommen von der Kriminalpolizei, guten Abend«, vernahm Kullmer die Stimme seines Kollegen, als er sich mit Doris der Haustür von Frau Stiegler näherte. »Wir möchten Sie nicht lange stören, aber wir suchen nach Zeugen für einen dunklen BMW, Münchener Kennzeichen. Ist Ihnen in den vergangenen drei, vier Wochen vielleicht ein solches Fahrzeug hier im Viertel aufgefallen?« Kullmer drückte die Klingel, vernahm nur noch, dass der Glatzkopf träge den Kopf schüttelte und das ältere der beiden Kinder sich neugierig den beiden Beamten näherte.

»Herr Kullmer!« Er zuckte zusammen. Die Haustür hatte sich geöffnet, Helga Stiegler stand mit überraschtem Blick vor ihm. Ihre Augen waren gerötet, vermutlich hatte sie geweint.

»Guten Abend, Frau Stiegler«, erwiderte Kullmer schnell, »das ist meine Partnerin, Frau Seidel.« Er deutete mit dem

Daumen auf Doris, die schräg hinter ihm stand. »Entschuldigen Sie bitte die Störung, es wird nicht lange dauern, aber wir hätten noch eine Frage an Sie.«

»Äh, ja, kommen Sie doch bitte herein.« Mit einer einladenden Handbewegung trat Frau Stiegler beiseite, Doris nickte Peter zu, dass er vorangehen solle. In der Küche angekommen, schneuzte Helga Stiegler sich die Nase.

»Verzeihung, gerade läuft eine Vorabendserie, Anwälte, Sie wissen schon« – schnief –, »da habe ich an meinen Carlo gedacht, ach Gott ...« Sie schluckte und verharrte für einen Moment, gerade lang genug, dass Kullmer die Sprechpause nutzen konnte, um selbst etwas zu sagen.

»Frau Stiegler, unser aufrichtiges Mitgefühl, ich versichere Ihnen, wir arbeiten auf Hochtouren ...«

»Und was heißt das genau? Ich meine, Sie sprachen eben von einer Frage – einer einzigen? Bedeutet das, dass Sie bereits alles andere wissen?« Ihre Stimme bebte leicht, hatte einen hysterischen Unterton, beinahe so, als könne sie jeden Augenblick losschreien.

»Wir werden auch nach drei Dutzend weiteren Fragen nicht müde, das versichere ich Ihnen«, sagte Doris sanft. »Unsere Chefin, das kann ich Ihnen versichern, hat dieser Ermittlung oberste Priorität gegeben.«

»Und? Haben Sie schon irgendwelche Ergebnisse?«, fragte Helga Stiegler leise.

»Wir haben einige Spuren, denen wir nachgehen«, begann Kullmer, »und eine, nein sogar zwei Personen, nach denen wir konkret fahnden.«

»Zwei Mörder?«, entfuhr es Frau Stiegler.

»Zwei Personen, die wir befragen müssen«, korrigierte Kullmer und hätte sich am liebsten auf die Zunge gebissen. Keine

Details an Angehörige ausplaudern, mahnte er sich. Warum fiel es ihm bloß so schwer, sich daran zu halten?

»Kommen wir also zu unserer Frage«, sagte Doris Seidel. »Wir sind auf der Suche nach einem dunkelgrauen 1er BMW, Kennzeichen M, ein elegantes Coupé.«

»Ich habe nicht mal einen Führerschein«, wandte Helga Stiegler kopfschüttelnd ein. »Kenne mich auch überhaupt nicht aus mit Autos, tut mir leid. Was hat dieser Wagen denn mit meinem Carlo zu tun?«

»Genau das wollen wir herausfinden«, erläuterte Kullmer. »Und noch etwas.« Er zog ein Foto von Alexander Bertram hervor und legte es vor sich auf die Tischplatte. Dann drehte er es mit Daumen und Zeigefinger herum, so dass Frau Stiegler das Gesicht richtig herum erkennen konnte.

»Ist das der Bekannte Ihres Sohnes?«

Sofort weiteten sich ihre Augen.

»Ja, genau, das ist er«, nickte sie eifrig. »Was hat er Ihnen denn erzählen können, hat er meinen Jungen noch einmal gesehen?« Dann wurde ihre Stimme plötzlich so leise, dass sie kaum mehr wie ein ängstlicher Hauch klang. »Oder hat er etwas mit Carlos Tod zu tun?«

»Das würden wir ihn gerne fragen, dazu benötigen wir aber Hinweise auf den BMW«, sagte Kullmer. So viel durfte er wohl noch verraten.

»Bedaure. Ich habe Sie vorhin hier ankommen sehen, aber man bekommt hier sonst nicht jedes Auto mit. Die Wände sind zwar hellhörig, und das nicht zu knapp«, bekräftigte sie, »aber fragen Sie mal zwei Türen weiter, bei Elfriede Kramer. Seit ihrem Schlaganfall sitzt sie jeden Tag am Fenster, die Arme, sie hat ja auch niemanden.« Nach einem mitleidigen Seufzer ergänzte sie: »Allerdings kennt Frieda sich mit

Autos wohl noch weniger aus als ich. Wenn das überhaupt geht.«

»Danke, wir gehen dem nach«, lächelte Doris Seidel. »Unsere beiden anderen Kollegen sind bereits nebenan zugange, wie Sie vorhin bestimmt gesehen haben.«

»Ist mir nicht entgangen«, nickte Frau Stiegler. »Ich bin Ihnen sehr dankbar, dass Sie meinen Jungen nicht einfach als einen weiteren Mord in Ihrer Statistik behandeln.«

»Das tun wir nie«, versicherte Doris Seidel und reichte ihr die Hand. »Glauben Sie mir, das tun wir nie.«

Sie verabschiedeten sich von Helga Stiegler, die wie ein Häufchen Elend am Küchentisch sitzen blieb und mit leeren Augen das hölzerne Kruzifix fixierte, das neben der Küchenuhr hing.

Zwischen dem Eingang der Stieglers und dem von Elfriede Kramer lag eine weitere Wohnung, und Kullmer wechselte einen fragenden Blick mit Seidel.

»Da können wir zum Schluss immer noch hingehen«, schlug sie vor, und Peter nickte. Die beiden schlenderten an der Hecke entlang, immergrüne Eibe, die wie mit dem Lineal geschnitten wirkte, passierten die Einbuchtung mit den in Reih und Glied stehenden Mülltonnen und bogen in den mit Waschbetonplatten ausgelegten Zugangsweg. Zwischen den Fugen drangen Grasbüschel hervor, die Wäschespinne im Vorgarten war bemoost, und zwei der Seile hingen schlaff hinab. Der Rasen hatte einen neuen Schnitt bitter nötig, doch was hatte Frau Stiegler gesagt? Frau Kramer hatte wohl niemanden, der das für sie erledigte.

»Sagen Se bloß nix, is ne Schande, der Bengel«, klang eine tiefe, rauchige Stimme in Kullmers Ohr. Er zuckte zusammen, und sein Blick schnellte nach oben. Halb verborgen hinter einer schlank gewachsenen Zypresse, Kullmer schätzte den als Spalier geschnittenen Baum auf dreieinhalb Meter, saß eine Frau am Fenster. Die Kommissare traten näher, bis sie das mürrische Gesicht erkannten, welches haargenau zu ihrem Tonfall passte. Frau Kramer, denn wer sonst sollte es sein, war gut und gerne siebzig Jahre alt, hatte gelbgraues Haar, dessen auffällige Färbung sich Kullmer entweder mit mangelnder Pflege oder starkem Tabakkonsum erklärte. Sie trug eine hellblaue Kittelschürze, darunter ein weißes Unterhemd und lehnte im Fensterrahmen auf einem rosa Kissen, etwa in Kopfhöhe der Kommissare. Die Haut ihrer Unterarme war fleckig, an manchen Stellen aufgekratzt, doch am unheimlichsten wirkte das unnatürlich geformte Gesicht, dessen eine Hälfte nicht zur anderen zu passen schien. Schlaganfall, erinnerte sich Kullmer, vermutlich eine teilweise Lähmung der Gesichtsmuskeln.

»Guten Abend«, nickte er freundlich. »Frau Kramer, vermute ich?«

»Jo, sonst seh ich keinen hier. Hörn Se mal, nur weil das Gras nicht in der Reih ist, also ich würd dem Lump am liebsten ein paar mit dem Teppichklopfer geben, aber die Arthrose, na ja. Was wollen Sie eigentlich hier?«

Verdutzt über so viel Information nutzte Kullmer die Sprechpause der alten Dame und erwiderte rasch: »Kullmer von der Kripo, das ist meine Partnerin Doris Seidel.«

»Sagen Se mir nicht, dass Sie jetzt wegen dem Michi hier sind!« Frau Kramer hatte die Augen aufgerissen, sie wirkte plötzlich verängstigt. »Ach Gott, der bringt mich noch so früh ins Grab, dass der bald gar nicht mehr mähen braucht.«

»Nein, mit Ihrem Michi ist alles in bester Ordnung«, wiegelte Doris Seidel sie schnell ab, »wir sind wegen etwas ganz anderem hier.«

»Genau, wir befragen alle Nachbarn nach einem verdächtigen Fahrzeug, ein dunkelgrauer BMW, elegant, mit Kennz…«

»Na, mir is der aber net«, unterbrach Elfriede Kramer Kullmer unwirsch. »Im Fernsehen können die das auch prüfen, ohne vorbeizukommen.«

Kullmer zwang sich zur Gelassenheit. »Nein, es geht nicht darum, ob der BMW Ihnen gehört. Es geht darum, ob Ihnen ein solches Modell in den letzten Tagen oder Wochen hier aufgefallen ist.«

Elfriede Kramer schüttelte energisch den Kopf. »BMW, Mercedes, ich kann die ja nich mal auseinanderhalten.«

»Würde Ihnen ein Foto helfen?«, fragte Seidel und zog ihr Smartphone aus der Hosentasche. Drei Klicks, und sie hat ein passendes Foto, dachte Kullmer anerkennend. Doch Frau Kramer hatte offenbar noch immer Einwände.

»So nen Ding hat der Michi auch, da erkenn ich ma gar nix, diese unseligen Geräte, ach«, ein tiefer Seufzer entfuhr ihr, »es ist nicht schön, wenn ma alt wird und auf sich allein gestellt ist. Was solln der für ne Nummer gehabt haben?«

»Münchener Kennzeichen«, sagte Peter Kullmer.

»Also ein M«, ergänzte Doris.

»He, also blöd bin ich nicht«, bellte Frau Kramer und warf Doris einen bösen Blick zu. »War schon dreimal dort immerhin, nur weil ich keine Autos kenne, ach …« Sie winkte verächtlich ab. »Letzte Woche, ja, so nen paar Tage her, da könnte Ihr Wagen hier gewesen sein.«

»Echt?«, fragten Doris und Peter gleichzeitig.

»Nee, nur *vielleicht*. Dort drüben, da hat er ein, zwei Stunden geparkt, ich hab mich halt gefragt, wieso der auf der falschen Seite steht.« Sie deutete auf den Bordstein im Schatten der Bäume. Kullmer folgte ihrem Handzeichen. Die Motzstraße war eine Einbahnstraße, auf deren linker Seite hinter einem Maschendrahtzaun der Wald begann. An der gezeigten Stelle fehlten einige Meter Zaun. Geparkt wurde hier üblicherweise auf der rechten Straßenseite, ein Wagen außerhalb der Reihe fiel also unweigerlich auf.

»Und der betreffende Wagen hat hier nur ein Mal gestanden?«

»Keine Ahnung.«

»Aber er hatte Münchener Kennzeichen?«

»Mensch, wie oft denn noch? *Kann sein.* Ich weiß doch net, seh doch nicht mehr gscheit, kann mich zumindest nich drauf verlassen.«

»Okay, trotzdem danke«, seufzte Kullmer.

»Ei jo, mer tut, was mer kann.«

Im Präsidium hatte Julia Durant sich gerade eine kalte Cola aus dem Automaten geholt und schlenderte gemächlich über den Gang zu Bergers Büro. Jeden Tag fragte sie sich aufs Neue, ob es nicht einfacher wäre, von ihrem vertrauten Arbeitsplatz aus zu agieren. Die meisten Anrufe kamen doch von innerhalb des Präsidiums über Kurzwahl, und schon x-mal hatte sie daran erinnern müssen, dass ihr derzeitiger Anschluss der von Berger sei. Wenn es dann aber darum ging, dass irgendwelche Korinthenkacker und politische Winkeladvokaten sich in die laufenden Ermittlungen einmischen wollten, erreichte man sie stets sofort. Die enge Verknüpfung mit der lokalen Politik, der Staatsanwaltschaft und den internen Strukturen, die alles andere als harmonisch zueinander standen, war einer jener Arbeitsbereiche, um die Julia Durant ihren Boss noch nie beneidet hatte. »Chef sein heißt Diplomat sein«, hatte Berger ihr oft genug gesagt. Doch wenn dies bedeutete, akribische Ermittlungsarbeit zugunsten der öffentlichen Wahrnehmung zu verfälschen, würden sie sich auf Dauer jemand anderen für diesen Job suchen müssen.

Wie auf Kommando begann das Telefon zu läuten, penetrant wie immer, ein Anruf von draußen, wie der Klingelton verriet. Auf in den diplomatischen Kampf, seufzte Julia und beschleunigte ihre Schritte. Umso erstaunter war sie, als sich eine Kollegin vom Landeskriminalamt meldete.

»Schubert, LKA Wiesbaden, gut, dass ich Sie direkt erreiche. Es geht um Ihre Fahndung nach einem mutmaßlich britischen Staatsbürger.«

»George Sinclair, genau«, bestätigte die Kommissarin.

»Wir wurden vom Konsulat benachrichtigt, die waren ziemlich aufgescheucht dort. Ihren George Sinclair gibt es nämlich nicht.«

»Wie, es gibt ihn nicht?«, fragte Julia ungläubig.

»Sein Reisepass ist offensichtlich gefälscht«, erläuterte Schubert. »Anhand dieser Kopie war eine optische Untersuchung natürlich nicht möglich, aber die Ausweisnummer und Personendaten sind da ganz eindeutig. Es wurde weder am angegebenen Datum ein George Sinclair im Großraum London geboren, ja, noch nicht einmal auf der gesamten Britischen Insel.«

»Mist aber auch«, entfuhr es Julia. »Und jetzt?«

»Wir wissen nur so viel«, sagte Schubert, »dass es sich um eine gute Fälschung handeln muss. Der Pass hat mindestens eine Flughafenkontrolle bestanden, nämlich am ›Franz Josef Strauß‹ in München.«

Ein Funken Hoffnung regte sich in Julia. »Können Sie denn auch sagen, woher der Flug kam?«

»Klar, das haben wir gecheckt. Er kam aus Paris, ›Charles de Gaulle‹, mit Air France. Die Ankunft war …«

»Am 28. Juni«, vollendete Julia den Satz.

»Genau«, bestätigte Schubert. »Den Rest kennen wir ja nun, wir haben die Münchener Kollegen bereits angewiesen, in der Zentrale der Mietwagenfirma den Vertrag auf Fingerabdrücke zu überprüfen. Außerdem hoffen wir, auf der ersten Kopie das Foto besser erkennen zu können.«

»Sie informieren mich, sobald Sie Ergebnisse haben?«, hakte Durant nach. »Wir fahnden dringend nach Sinclair oder wie auch immer er heißen mag.«

»Na, wir werden auch ein Hühnchen mit ihm zu rupfen haben«, gab Schubert zurück. »Aber keine Angst. Ihre Ermittlung geht, was man so hört, über eine Urkundenfälschung hinaus. Und solange Sinclair nicht als terrorverdächtig eingestuft ist, dürfen Sie natürlich weiter dranbleiben.«

Wie überaus großzügig, dachte Julia bissig, nahm aber alle Freundlichkeit zusammen und sagte: »Danke, dann fahnden wir also nun mit vereinten Kräften.«

FREITAG, 22.18 UHR

Nur damit du's weißt, normalerweise gehe ich nicht so schnell mit einem Wildfremden aus«, lachte Sabine Kaufmann und kniff ihren Begleiter sanft in den Oberarm.

»Na, wildfremd wäre aber mittlerweile auch nicht mehr unbedingt die treffende Bezeichnung«, konterte dieser und setzte zu einem gespielten Gegenangriff an. Sabine aber war schneller und wehrte seine Hand ab.

»Ätsch, Pech gehabt! Da musst du schon früher aufstehen, mein Lieber, ich habe nämlich verdammt gute Reflexe!«

»In der Tat, körperlich zumindest.«

»Was soll das denn heißen?«, fragte sie empört und blieb stehen. Ihr Begleiter baute sich vor ihr auf, zog ein grimmiges Gesicht und deutete mit seinem Zeigefinger auf den angespannten Bizeps.

»Manche haben es eben hier«, begann er, hob den Finger und tippte sich auf die Stirn, »und andere eher hier.« Dann lachte er herzlich und ergänzte: »Deshalb fährst du ja schließlich auch morgens mit dem Fahrstuhl zu deinen Sheriffs und ich in die entgegengesetzte Richtung.«

»Ha! Dir werd ich aber mal zeigen, dass ich es nicht nur in den Armen habe«, erwiderte Sabine, »und zwar irgendwann, wenn du überhaupt nicht darauf vorbereitet bist.«

»Da bin ich ja gespannt«, grinste er. »Du weißt ja, wo du mich findest.« Er erhob die Hände, spreizte die Finger und wackelte mit ihnen, dass sie wie Spinnen aussahen, und sagte mit gruselig tiefer Stimme: »Von nun an werde ich der Schreck deiner Alpträume sein.«

»Das hättest du wohl gerne«, ulkte Sabine weiter. »Fürs Erste bleibst du mal lieber der Schreck aus dem Computerkeller.«

Sie wurden wieder ernster, setzten ihren Spaziergang durch die Altstadt von Bad Vilbel fort, über grauschwarzes, ausgefahrenes Kopfsteinpflaster, vorbei an Fachwerkhäusern, von denen keines wie das andere war.

»Ist es eigentlich immer noch okay für dich, dass wir niemandem etwas sagen?«, wollte Sabine wissen. Sie hatte den Besuch in der Computerabteilung am Vormittag noch lebhaft in Erinnerung, das plötzliche Auftauchen von Schreck aus dem Nebenzimmer und die angespannte Atmosphäre im Raum.

Es war allein dem Umstand zu verdanken, dass Julia Durant ein paar ganz eigene Erinnerungen an diese Abteilung hatte, dass es der Kommissarin entgangen war, wie Kaufmann und Schreck sich verschwörerische Blicke zugeworfen hatten, wann immer es ging. Die beiden hatten sich zufällig auf einem Vortrag kennengelernt, niemand wusste, dass sich daraus ein loser Kontakt entwickelt hatte, der irgendwann per E-Mail und Handy intensiver wurde. Heute Abend trafen die beiden sich zum zweiten Mal, ihre erste Verabredung lag schon beinahe zehn Tage zurück.

»Du kannst froh sein, dass ich mich überhaupt noch mit dir treffe«, lächelte Schreck sie gütig an, in seinem Ton schwang dennoch eine gewisse Unsicherheit. »Weißt du, Männer haben durchaus ein dünnes Fell, wenn sie dreimal in Folge einen Korb bekommen«, erklärte er weiter. Dann lachte er schnell und schloss mit den Worten: »Für heute Abend hatte ich deshalb schon vorgesorgt und mir gleich zwei Actionfilme mit Bruce Willis bereitgelegt. Einmal alt, einmal neu, der Gute hat's ja noch immer drauf wie in den Achtzigern.«

»Du Spinner«, lachte Sabine »Dafür haben wir aber doch stundenlang telefoniert, oder etwa nicht?«

»Klar, ist ja auch okay. Ich weiß, dass wir uns erst viel zu kurz kennen dafür, aber du klangst immer so kurz angebunden, und ich glaube, ich habe mir einfach Sorgen gemacht.«

Sabine Kaufmann seufzte. Genau das hatte sie vermeiden wollen, einen Kollegen, wenn er auch aus einer ganz anderen Abteilung war, der sich privat Sorgen um sie machte. Vielleicht …

»Hör zu«, durchbrach Schreck ihren Gedankengang. »Lass uns einfach den Abend genießen, sorry, wenn ich manchmal etwas verquer denke, aber so sind wir Nerds nun mal. Ich wollte dir einfach nur sagen, dass ich mich sehr gefreut habe, dass es heute geklappt hat.«

»Obwohl ich fast eine Stunde zu spät war?«, fragte Sabine schnell.

»Selbst wenn du zwei Stunden zu spät gewesen wärst«, bekräftigte Schreck. »Wobei sich dann fast schon einer der beiden Filme als Vorprogramm gelohnt hätte.«

»Kannst es nicht lassen, wie?«, lachte Sabine und kniff ihn erneut.

»Wieso auch?«, gab er zurück, und die beiden piesackten sich ein Weilchen, dann spürte Sabine eine Vibration in ihrer Tasche, unmittelbar darauf ertönte der Klingelton ihres Handys. Stirnrunzelnd zog sie den Apparat hervor und blickte auf das Display.

»Entschuldige mich bitte kurz«, sagte sie zu ihrem Begleiter und entfernte sich einige Schritte. Leise sprechend nahm sie den Anruf entgegen, erwiderte einige kurze Sätze und verabschiedete sich mit einem knappen: »Ich komme, so schnell ich kann.«

Sie erblickte Schreck, seine freundlichen, doch fragenden Augen, jene wunderbaren, dunkelbraunen Augen, die sie so in Bann zogen. Verzweifelt suchte sie nach einer Ausrede, um sich von ihm zu verabschieden, wollte ihm kein Märchen auftischen, doch die Wahrheit ging niemanden etwas an.

»Die Pflicht ruft, wie?«, fragte er mit einem traurigen Zucken in den Mundwinkeln.

»Ja, genau«, nickte sie schnell.

Und im Prinzip war das nicht einmal gelogen.

SAMSTAG

Julia warf sich unruhig in ihrem Laken hin und her. Bilder blitzten vor ihrem Auge auf, schnell, erbarmungslos und beklemmend. Zuerst die tote Jennifer Mason, nackt und blutend auf ihrem Bett. Danach die in sich zusammengesackte Helena Johnson auf dieser Bank im Günthersburgpark, aber dieses Mal saß sie nicht an Julias Seite, sondern ihr gegenüber. Plötzlich formte sie eine hässliche Fratze, und aus ihrem Mund drang ein hysterisches Lachen, dann verschwand das Bild und blendete über zu Adriana Riva, die röchelnd in ihrem Krankenhausbett lag, um den Hals ein brauner Ledergürtel, die Augen quollen ihr aus dem Schädel, verzweifelt und um Hilfe flehend streckte sie die Hände nach Julia aus. Doch Julia vermochte sich ihr nicht zu nähern, sie wollte rennen, immer größere Schritte machen, doch es war, als befände sie sich in einem langen Tunnel, der mit jedem Schritt nach vorne ein Stück länger wurde. Im Hintergrund dröhnte verwaschen hallend, so als hörte man Radio auf voller Lautstärke in einem engen Badezimmer, Wagners Walkürenritt, gespielt allerdings nicht von einem klassischen Orchester, sondern von einer Hardrock-Band, also schnell, laut und mit verzerrten Instrumenten. Als Julia mit letzter Kraft einen Sprung nach vorn wagte und tatsächlich einen Zipfel der Bettdecke zu fassen bekam, sackte der Kopf des Mädchens mit erloschenem Blick zur Seite.

Schweißgebadet schreckte die Kommissarin auf und tastete nach dem Lichtschalter. Ihr Atem ging schnell, sie hatte Angst zu ersticken, schnell, wie ging noch mal die Übung?

Ich bin ganz ruhig.

Ich bin ganz ruhig.

Dann noch einmal und ein viertes Mal und ein fünftes und ein sechstes.

»Das Schlimmste dabei ist das Liegen«, hatte Julia Alina einmal eingestanden. »Du liegst da, verspannt, wenn nicht sogar panisch, spürst das Herz in der Brust hämmern und manches Mal den eisernen Griff um den Brustkorb. In so einer Situation die Hand auf das Zwerchfell zu legen und sich vorzubeten, dass der Puls gleichmäßig, die Stirn kühl und die Atmung ruhig seien, ist ganz schön viel verlangt.«

»Deshalb übt man es ja auch in Zeiten, in denen man sich gut fühlt«, hatte ihre Freundin geduldig geantwortet, und Julia hatte vermutet, dass sie diesen Punkt schon dutzendfach mit ihren Patienten besprochen hatte. »Je routinierter man ist«, hatte Alina weiter erläutert, »desto leichter nimmt der verkrampfte Körper die Übung an, weil man im Inneren ja weiß, dass sich dadurch eine angenehme Verbesserung einstellen wird.«

»Und Glaube versetzt nun mal Berge, ich weiß«, war Julias flapsige Reaktion gewesen, obgleich sie es überhaupt nicht so gemeint hatte. Alinas Antwort kam prompt: »Ja, das tut er allerdings. Man muss ihn nur lassen. Aber vielleicht hilft es dir, wenn ich dir harte Fakten liefere, Untersuchungen zum

Beispiel, die unwiderlegbar beweisen, wie nachhaltig sich Entspannungstechniken auf das psychische und physische Wohlbefinden auswirken.«

Eine gute halbe Stunde nach ihrem panischen Aufschrecken – Julia hatte sich längst wieder unter Kontrolle, an Schlaf war jedoch nicht mehr zu denken – hörte sie das Handy vibrieren. Samstag und noch nicht einmal halb sieben, dachte sie kopfschüttelnd und gähnte herzhaft. In eine dünne beige Stoffdecke gewickelt, kauerte Julia mit angezogenen Beinen auf der Couch, im Hintergrund begann gerade das Frühstücksfernsehen. Vorher hatte sie ausgiebig geduscht, auf dem Tisch dampfte nun eine frische Schale Café au Lait.

»Weniger Koffein, mehr Milch, du wirst schon sehen, es wird dir guttun.« Die Kommissarin hatte Susannes Worte berücksichtigt, eine Teetrinkerin jedenfalls würde sie nie werden, aber wenn es der inneren Ruhe dienlich war, dann begann der Tag eben mit einer etwas weniger starken Mischung. Wahrscheinlich habe ich bis um zehn meine vierte Portion intus, dachte die Kommissarin, als sie sich aufrappelte und barfuß ins Schlafzimmer schlurfte, wo sie am Vorabend ihr Handy abgelegt hatte.

»Ich habe Berger jedenfalls nie um diese Zeit rausgeklingelt«, begrüßte sie ihren Gesprächspartner unwirsch, »und schon gar nicht am Wochenende.« Es war Frank Hellmer, mit ihm konnte sie so reden.

»Warum soll's dir besser gehen als mir? Ich habe meinen Anruf jedenfalls beim ersten Mal angenommen und nicht zweimal ignoriert.«

»Wie, hast du's schon mal versucht?«, fragte sie entgeistert.

»Sag ich doch.«

»War schon unter der Dusche, frag nicht, wieso, sondern sag mir lieber, was es so Dringendes gibt. Habt ihr den BMW oder diesen Engländer?«

»Viel besser«, tönte Hellmer. »Nun, na ja, eigentlich darf man das nicht so sagen. Denn in Wirklichkeit ist es keine gute Nachricht, sondern eher eine schlechte. Wir haben Bertram.«

»Ihr habt Bertram? Super, ich bin in zehn Minuten ...«

»Spar dir die Eile«, unterbrach Hellmer sie forsch. »Alexander Bertram läuft uns nicht mehr weg.«

SAMSTAG, 7.10 UHR

Der Morgen war diesig, die Sonne versteckte sich hinter einem Schleier, und es würde allem Anschein nach ein schwüler, drückender Tag werden. Die Kommissarin hatte sich nach ihrem kurzen Telefonat mit Frank Hellmer eine dunkle Jeans angezogen, außerdem ein schlichtes weißes Top, das ihre weiblichen Rundungen betonte. Sie schlüpfte dann in eine dünne graue Sportjacke, nicht gerade die Kleidung, die sie für einen Bürotag im Präsidium gewählt hätte, aber für die bevorstehende Tatortbegehung angemessen.

Hellmer hatte in kurzen Sätzen die Fakten geschildert: Ein Anruf war eingegangen, irgendwo in der Leitstelle, der Name Bertram war gefallen und dazu die Adressangabe Falkensteiner Straße, zwischen Kronberg und Königstein. Aufgrund der bestehenden Fahndung waren sofort zwei Streifenwagen losgeschickt worden, außerdem verständigte man das K 11.

Die erste Streife meldete, dass sich an der angegebenen Hausnummer in Königstein eine Gewerbeimmobilie befände, ein Fitnessstudio, ein Friseur, eine Praxis und so weiter. Um hier eine umfassende Durchsuchung einzuleiten, brauchte man ein halbes Dutzend weiterer Kollegen. Dann jedoch meldete die zweite Streife, dass es eine weitere Adresse gäbe, ein verlassenes Haus, frei stehend, auf einem Hügel direkt an der Bundesstraße 455. Vor fünfundzwanzig Jahren hatte es die Adresse Falkensteiner Straße 1 getragen, die Hausnummer trotzte noch immer auf einem rostenden Metallschild vor dem Zufahrtstor. Die Beamten hatten nicht lange suchen müssen, da hatten sie den Leichnam auch schon gefunden.

In der trüben Morgendämmerung dürfte das eine wahrhaft gespenstische Kulisse gewesen sein, dachte Julia Durant, als sie ihren Wagen zwischen Hellmers Porsche und einen Streifenwagen rangierte. Von der breiten, asphaltierten Zufahrt aus betrachtet, lag das Haus auf einer Anhöhe vor ihr, es wirkte, als blickte es drohend aus sie hinab. Gras, Löwenzahn und Disteln wucherten aus zahllosen Brüchen in der Bodendecke, die weiße Fassade war von Graffiti überzogen, die in dunkler Holzverkleidung eingelassenen Fenster waren teilweise zerschlagen. Schwer atmend näherte die Kommissarin sich dem Eingang, einer doppelten Stahltür mit ebenfalls weißer Lackierung, die in erstaunlich guter Verfassung schien.

»Hier herum!« Sie zuckte zusammen, realisierte erst dann, dass es Hellmers Stimme war, die sie rief. Winkend stapfte er durch kniehohes Gras um die Ecke.

»Guten Morgen, Frank«, lächelte sie. »Ganz schön gruselig, wenn ich das mal so nebenbei anmerken darf.«

»Dann wart mal ab, was da drinnen noch kommt!«

Sie durchquerten einen Raum, zugemüllt mit leeren Kanistern, rostigen Metallfässern und einem alten Lattenrost, bei dem jede einzelne Latte zerbrochen war. Zahllose Getränkedosen, meist Energydrinks, Cola und Bier, sowie Glasscherben und ein zerbrochenes Waschbecken lagen herum, dazwischen wucherte Unkraut, und durch die Löcher im flach abgeschrägten Dach hingen Stücke von Dachpappe hinab, auf denen Moos wucherte. Vom einstigen Boden war nicht mehr viel zu sehen. Sie traten geduckt durch einen Türrahmen. Die Tür, die sich einst dort befunden hatte, lag einige Meter weiter, zwei kopfgroße, von Splittern umrandete Löcher im Holz. Auf den Wänden waren unzählige Graffiti, hauptsächlich farbenfrohe, unleserliche Schriftzüge, hier und da das umkreiste A für »Anarchie«, Totenköpfe, die Zahl 666, außerdem die obligatorischen Hakenkreuze, mindestens jedes vierte falsch herum. Offenbar ein Eldorado für Vandalen, wie Julia im Vorbeigehen feststellte.

»Und jetzt geht's abwärts«, kommentierte Hellmer die in Sicht kommende Treppe, ein breiter Abgang aus dunkelgrauem Beton, in dessen Mitte pro Stufe drei braune Kacheln verlegt waren. Links daneben liefen Metallschienen hinab, wie man sie von öffentlichen Treppen kennt, die rollstuhlgerecht ausgestattet sind. Julia vermied es, das weiße durchrostende Metallgeländer zu berühren, konzentrierte sich auf jeden einzelnen ihrer Schritte, und bald hatten sie das Untergeschoss erreicht. Die Räume, an denen sie vorbeikamen, befanden sich in einem ähnlichen Zustand wie oben, Müll, zerstörtes Inventar wie etwa die orangefarbene Badezimmerkeramik oder ein paar herausgerissene Heizkörper. Trotz aufkommender Beklemmung war Julia erleichtert, dass es in den meisten Räumen Fenster gab, einer der Vorteile, wenn man ein Untergeschoss am Hang baut.

Aus dem letzten Raum des mit braunen Holzpaneelen vertäfelten Ganges vernahm die Kommissarin Stimmen, sie erkannte die von Andrea Sievers, vermutete außerdem, dass Platzeck und dessen Kollegen nicht weit waren. Hellmer beschleunigte seine Schritte, lief zielstrebig auf die Tür zu, deren Rahmen an einer Stelle gebrochen und aus der Wand gerissen war.

»Ach du heilige Scheiße«, entfuhr es Julia Durant, als sie in geduckter Haltung den Kellerraum betrat. Es roch nach Urin, dazu etwas modrig, was bei den feuchten, schimmelnden Wänden überall nicht verwunderlich war. Kein schöner Ort, um zu sterben, dachte sie zynisch, selbst für einen Perversen wie Bertram.

Der Raum, allem Anschein nach eine Kellerbar, war abgedunkelt, die Fenster mit Pappe verklebt. Ein notdürftig mit silbernem Gewebeband instand gesetzter Bettrahmen stand an der linken Wand, darauf lag eine fleckige Matratze. Durch die rostigen Gitterstäbe am Fußende des Rahmens erkannte Julia, dass die Matratze im unteren Bereich rot gefärbt war, vollgesogen mit Blut, wie sie schloss. Auf dem Bett lag ein nackter Mann, die Handgelenke mit Kabelbindern an den Rahmen gezurrt, die Füße mit Stricken an die unteren Pfosten gebunden. Julia Durant sah Andrea Sievers am Bettrand knien und in ihrem Koffer kramen. Sie blickte sich fragend zu Hellmer um, der ihr den Vortritt gelassen hatte.

»Ist die Spurensicherung schon fertig?«

»Gehen Sie nur, wir sind mit dem Zugangsbereich durch«, begrüßte sie ein Mann, dessen Gesicht Julia in seinem Schutzanzug nicht sehen konnte und dessen Stimme sie nicht kannte. Er hatte sich eben an Hellmer vorbei in den Raum gezwängt und eilte bereits weiter in die gegenüberliegende Ecke.

»Das war ja prompte Bedienung, wie?«, lächelte Hellmer matt und deutete in Richtung Bett. »Lass du dir ruhig von Andrea alles berichten, ich schaue mir mit Platzecks Jungs mal den Rest an.«

Die Kommissarin näherte sich, vermied es dabei, durch die Nase zu atmen, denn offenbar war es nicht nur Blut, das sich auf der Matratze befand.

»Hast du momentan nicht eigentlich einen Bürojob?«, hörte sie die Pathologin fragen, die ihren Blick nur kurz erhob, ein kurzes Lächeln aufsetzte und sich dann wieder ihrem Koffer widmete, bevor Julia antworten konnte.

»Soll ich wieder gehen?«, erwiderte sie deshalb schnippisch.

»Hey, war nicht so gemeint, warte kurz!« Andrea richtete sich mit einem kurzen Ächzen aus der Hocke auf und streifte die Handschuhe ab. »So, noch mal von vorn. Grüß dich, Julia, schön, dich zu sehen, darf ich vorstellen: Bertram, der Blutleere. Habe mir hier die ganzen Instrumente eingesaut, und das an meinem Shopping-Samstag.«

»Ich könnte mir auch eine schönere Wochenendbeschäftigung vorstellen«, entgegnete Julia. »Dann sehen wir mal zu, dass wir hier wieder rauskommen, oder? Sag mal an, was du hast, also Todeszeitpunkt, Ursache, Details und so weiter.«

Andrea Sievers schniefte, verzog dabei die Nase und deutete mit dem Daumen neben sich in Richtung Bett.

»Gemäß Lebertemperatur dürfte der seinen letzten Ablass gegen drei Uhr heute früh gehabt haben.«

»Ablass?«, wiederholte Julia Durant skeptisch, ahnte jedoch bereits, dass es wieder in einen von Andreas trockenen Kommentaren ausarten würde.

»Hast du nicht die Pracht gesehen?«, fragte diese zurück und deutete auf die dunkle Masse unterhalb der Genitalien. »Mit dem Tod lässt der Muskeltonus nach, und es kann zur spontanen Entleerung von Blase oder Darm kommen. Unser Kollege hier hat sich da nicht lumpen lassen.«

»Hm, ich dachte, das passiert nur im Fernsehen.«

»Da passiert es zumindest weitaus öfter als in Wirklichkeit oder wird so dargestellt, als gehöre das zwingend zum Sterben dazu. Stimmt nicht unbedingt, aber die Möglichkeit besteht natürlich bei jedem von uns, unabhängig von Alter und körperlichem Zustand.«

»Prima, genau diese Information wünscht man sich, wenn man an seine eigene Sterblichkeit denkt«, kommentierte Julia und deutete dann auf den Penis des Toten. Bei ihrem flüchtigen Blick auf die Fäkalien war Julia zunächst die unnatürliche Größe des Geschlechtsorgans aufgefallen, beim zweiten Blick die Tatsache, dass er von der Eichel bis zum Schaft gespalten war.

»Und was weißt du hierüber?«, fragte sie.

»Ein Fleischpenis, so viel ist schon einmal sicher«, begann Andrea mit ihrer Erklärung. »Im Gegenteil zum sogenannten Blutpenis, der seine Größe erst während der Erektion entfaltet, sind diese Exemplare auch in erschlafftem Zustand fast so groß wie erigiert. Dafür wachsen sie dann kaum mehr …«

»Hallo?«, unterbrach Julia ihr Gegenüber entnervt. »Bitte komm auf den Punkt.«

»Wart's doch ab«, erwiderte Sievers grinsend. »Der Penis wurde mit einem extrem scharfen Gegenstand zerteilt, in erigiertem Zustand, das zeigt der saubere Schnitt. Wenn es ein Blutpenis wäre, hätte das wohl anders ausgesehen. Das Ergebnis allerdings ist dasselbe: Der verletzte Schwellkörper hat Unmengen an Blut ausfließen lassen. Wie du siehst, fehlt hier zwar der Schnitt am Hals, die Todesursache ist aber eindeutig Verbluten.«

»Danke, *das* wollte ich wissen«, betonte Julia und schüttelte dann den Kopf. »Du bist manchmal schon irgendwie beängstigend mit deinem schrägen Tatort-Humor.«

»Da war nichts Lustiges dabei«, verteidigte Andrea sich. »Ich dachte mir nur, das mit den Penissen sollte man eben wissen. Kenne deinen Feind, sage ich immer, das erspart einem so manchen ernüchternden Moment.«

Die beiden Frauen grinsten kurz, dann ließ die Kommissarin den Blick erneut über Bertrams Leiche wandern. Auch sein Gesicht war blutverschmiert, die Augenhöhlen leer, genau wie auf den Tatortfotos, die Julia von Carlo Stiegler kannte. Die Tatorte, die Leichen – ein wiederkehrender Alptraum, ging ihr durch den Kopf. Sie wandte sich wieder an Andrea: »Mal abgesehen von Augen und Penis, wie sieht es ansonsten aus mit Folter, Betäubungsmitteln, Spuren und so weiter?«

»Frakturen und Hämatome gibt es einige, aber was genau sich hier abgespielt hat«, die Pathologin zuckte mit den Schultern, »kann ich dir erst nach der Autopsie sagen. Eines nur vorweg, aber das ist ja offensichtlich: Dieser junge Mann musste sehr lange, sehr heftige Schmerzen ertragen.«

»Julia, kommst du mal?«, erklang Hellmers Stimme, und die Kommissarin fuhr herum. Er stand fünf Meter entfernt, unweit der gegenüberliegenden Wand, und deutete auf einen Schriftzug, der zwischen zwei abgedunkelten Fenstern an ein etwa zwei Meter breites Stück Wand geschrieben war.

»Graffiti, na und?«, wunderte sie sich, während sie sich ihrem Partner näherte. »Die gibt es hier in rauhen Mengen.«

»Stimmt, aber das hier ist etwas ganz anderes als das herkömmliche *Philipp liebt Tina*«, kommentierte Hellmer. Mittlerweile hatte Julia ihn erreicht und betrachtete die dunklen, offenbar mit dem Pinsel gezogenen Buchstaben.

»Mein Gott«, entfuhr es ihr. »Ist das etwa Blut?«
»Ja, da bin ich ziemlich sicher«, nickte Hellmer langsam.
Julia las die Zeilen und grübelte einen Moment.

sometimes all of our thoughts are misgiven
and my spirit is crying for leaving
and a new day will dawn for those who stand long

»Dieser Text …«, begann sie langsam.
»Kommt einem bekannt vor, und man muss trotzdem ne ganze Weile grübeln«, bestätigte Hellmer. »Aber es sind definitiv drei Zeilen aus Stairway to Heaven. Einer der Spusi-Kollegen hat mir außerdem bestätigt, dass der Song hier unten lief, als die ersten Beamten eintrafen. Sie haben es dokumentiert und abgeschaltet, ohne dabei eventuelle Spuren zu vernichten.«
»Was will er uns damit sagen?«, rätselte Julia weiter und versuchte, die Worte in eine vernünftige Übersetzung zu bringen.

Manchmal sind alle Gedanken verschenkt – nein –
all unsere Gedanken sind böse Vorahnungen.
Und mein Geist sehnt sich danach, zu verschwinden.
Und ein neuer Tag dämmert für die, die bleiben – nein –
er bricht an für alle, die durchhalten.

Sie wiederholte die Sätze laut.
»Wenn ich in meinen wilden Jahren als langhaariger Rocker eines gelernt habe«, schmunzelte Hellmer, der damit maßlos übertrieb, »dann, dass man Stairway to Heaven besser nicht zu übersetzen versuchen sollte. Da sind schon ganz andere dran gescheitert, mal abgesehen davon, dass diese drei Zeilen in dem Song gar nicht direkt aufeinanderfolgen.«

»Trotzdem ein klares Statement, oder?«, gab Julia zu bedenken. »Ich meine, dieser Song ist doch überall präsent, aber so
deutlich war es noch nie. Die Frage ist, was er uns damit sagen
will.«

»Und vor allem, *wer*«, warf Hellmer ein. »Es war ja nun wohl
nicht Bertram, so viel ist sicher. Mal angenommen, Bertram
hat die jungen Frauen getötet, was ist dann mit Stiegler? Und
welche Rolle spielt Sinclair, der die beiden Männer ja nach-
weislich verfolgt hat? Kann ja eigentlich nur er sein, oder?«

»Moment, Moment, nicht so voreilig«, bremste Julia ihn mit
einer raschen Handbewegung.

»Na, dann warte mal ab«, bat Hellmer, »bis ich dir den Mit-
schnitt der Zentrale von dem Anruf heute Nacht vorgespielt
habe.«

Hellmer hielt sein Handy bereits in der Hand und tippte emsig auf das Tastenfeld. »Sekunde noch«, sagte er angespannt,
»wenn ich es richtig anstelle, dann sollten wir jetzt die Aufzeichnung hören … dieser Schreck … ein echtes Genie, was
der alles hinkriegt …«

Julia Durant war erstaunt, wie klar der Text aus dem
Handylautsprecher zu hören war.

»Alexander Bertram befindet sich in einem Haus in der Falkensteiner Straße 1 bei Königstein. Er folgte Carlo Stiegler,
wenn sein Weg auch etwas länger war.«

Die Nachricht wies ebenso wie die erste einige auffallende
Betonungen auf, hier waren es die Ortsnamen – sie klangen
wie »Falgenn-steyn« und »Könichs-steyn« –, die besonders
hervorstachen. Das »wenn« war eher fragend betont, dafür
ging das »auch« beinahe unter.

»Derselbe Sprecher beziehungsweise dieselbe Computerstimme«, folgerte sie.

»Ja, und der Täter stellt eine unmissverständliche Verbindung zu Stiegler her«, bekräftigte Hellmer.

»Allerdings.« Julia überlegte kurz. »Okay, dann haben wir also eine Computerstimme, die die reale Stimme des Anrufers verschleiern soll. Gleichzeitig teilt er uns mit, dass der zweite Tote dem ersten folgt und seiner Ansicht nach beide den Tod verdient haben.«

»Und dann diese blutigen Zeilen«, grübelte Hellmer. »Meinst du, der Täter möchte sich damit von uns verabschieden?«

»Wie kommst du darauf?«

»Nun, es klingt so endgültig.«

»Hm, Stiegler und Bertram«, grübelte Julia, »dazu Led Zeppelin, die auch auf den Videos spielen, und eine noch nicht zu bestimmende Anzahl toter Mädchen ... Wie sieht das für dich aus?«

»Zwei Täter?«, spekulierte Hellmer, und sie klatschte zufrieden in die Handflächen.

»Genau! Es kann nicht anders sein. Bertram tötete die Frauen, Stiegler war in irgendeiner Weise daran beteiligt, und nun bringt jemand die beiden um.«

»Also Rache?«

»Sieht danach aus«, nickte sie. »Wusstest du, dass das Heraustrennen von Augen in den verschiedensten Kulturen auf der ganzen Welt als Ritual verwendet wird, um der Seele den Austritt aus dem Körper zu verwehren?«

»Wenn du das sagst ...« Hellmer fuhr sich über die Stirn. »Ich dachte, die Seele wäre eine Erfindung von euch Christen, genau wie die Hölle.«

»Moment mal«, wehrte Julia ab, »wir haben vielleicht nicht alle dieselben Bezeichnungen, aber Paradies und Verdammnis, Schuld und Sühne oder die ganzen Prinzipien von

Opfer- und Läuterungsritualen gibt es wohl in jedem Kultur-
kreis.«

»Ja, ich glaube dir, lass gut sein«, beschwichtigte Hellmer sie
schnell. »Es klang nur zuerst etwas weit hergeholt.«

»Aber irgendwie auch logisch, oder?«

»Schon. Zumindest ist es neben den analen und genitalen
Verletzungen ein weiteres Indiz für eine lange und grausame
Hinrichtung. So etwas tut man nicht ohne Grund, jedenfalls nicht, wenn man halbwegs klar in der Birne ist. Warte
mal …«

Hellmer griff sich in die Jacke und zog sein vibrierendes Handy hervor. »Sabine«, kommentierte er rasch, bevor er den Anruf entgegennahm. Julia kniff die Augen zusammen und versuchte vergeblich, der Stimme ihrer Kollegin zu folgen.

»Warte mal, Sabine, ich stell dich laut«, sagte Hellmer in diesem Moment, und schon hörte die Kommissarin ein abge-
hacktes: »Ja, gut.«

»Guten Morgen, ich wusste gar nicht, dass du im Büro bist«,
begrüßte Julia ihre Kollegin.

»Frag nicht«, erwiderte Sabine, »aber es hat sich tatsächlich
gelohnt, hier steht das Telefon nicht mehr still.«

»Dann leg mal los«, forderte Julia Durant ungeduldig.

»Ich habe eine Meldung aus München reinbekommen«, begann Sabine eifrig. »Es wurde der Teilabdruck eines Zeigefingers gefunden, und zwar auf der Rückseite des Vertrags der
Autovermietung. Er hatte genügend Minuzien für eine Da-
tenbankabfrage.«

»Gut, es geht also voran«, kommentierte Hellmer.

»In großen Schritten, lieber Frank«, bestätigte Sabine. »Und
wenn du mich noch ein wenig fortfahren lässt, dann präsen-
tiere ich euch den absoluten Bringer.« Sie atmete einmal tief

durch und fügte hinzu: »George Sinclair ist niemand anderes als Jonas Mason.«

Mason, Mason … Fieberhaft durchforstete Julia Durant ihre Erinnerungen. Ihr fiel die ermordete Jennifer ein. Sicher, es gab in der Familie des Mädchens einen einflussreichen Vater, aber der hieß nicht Jonas. Doch dann dämmerte es der Kommissarin, offenbar zeitgleich mit ihrem Kollegen Hellmer.

»Jennifers Bruder?«, entfuhr es ihnen wie im Chor, und beinahe wäre Frank das Telefon aus der Hand gefallen.

SAMSTAG, 8.23 UHR

Sabine Kaufmann hatte den Kopf in den Händen vergraben und verharrte seit einigen Augenblicken in dieser Position. Das Büro war leer, niemand drohte sie in den nächsten Minuten zu stören, und die Kommissarin versuchte, sich zu sammeln. Doch es gelang ihr nicht, ihre Gedanken zu verscheuchen, gnadenlos drehte sich ein Bilderkarussell hinter den geschlossenen Augenlidern, immer schneller, immer quälender. Sie dachte an den gestrigen Abend, die viel zu kurze Zeitspanne zwischen dem Dienstbesuch im Riederwald und dem vernichtenden Handyanruf, der den angenehmen Sommerabend erbarmungslos beendet hatte.

Kaum zehn Minuten nachdem Kaufmann sich von Schreck verabschiedet hatte und mit eiligen Schritten zu ihrem Wagen gelaufen war, hatte sie das Auto bereits wieder geparkt. Noch immer in Bad Vilbel, jedoch weiter oben, im Stadtteil Heilsberg. Sie war an grauen, verbeulten Müllcontainern vorbeigeeilt, dahinter standen graue, zweistöckige Reihenhäuser, in Kastenbauweise und mit Flachdach, am Zugangsweg verriet ein blaues Straßenschild, dass es sich um die Alte Frankfurter Straße handelte. Es traf Sabine Kaufmann jedes Mal aufs Neue, wenn sie den mit Sperrmüll zugestellten Balkon erblickte, den nicht eine einzige Pflanze zierte. Ein unmissverständliches Zeichen dafür, dass es ihrer Mutter überhaupt nicht gutging. Sooft die Kommissarin es vermieden hatte, von sich aus die beklemmende Atmosphäre der engen, tristen Wohnung aufzusuchen, so häufig waren es diese Anrufe, die sie stets zum unpassendsten Moment aus der Fassung brachten.

»Warum nimmst du denn deine Medikamente nicht?« Wie oft hatte sie diese verzweifelte Frage schon gestellt. Doch Sabine Kaufmann kannte die Antwort selbst. Sie hatte sich mit Alina Cornelius besprochen, streng vertraulich natürlich, und diese hatte ihr erläutert, wie das Leben mit Schizophrenie zuweilen aussah.

»Geht es einem gut, denkt man, man braucht die Medikamente nicht. Setzt man sie ab, sinkt der Spiegel, und der nächste Schub wird umso schlimmer. Sind die Symptome dann da, weigert man sich, weil man überzeugt ist, dass man selbst normal ist und alle anderen krank sind.«

»Ganz schön … irre«, hatte Sabine dazu gesagt, und Alina hatte gelächelt und gemeint: »In der Tat, das trifft den Nagel ziemlich präzise auf den Kopf.«

Die Wohnung war abgedunkelt gewesen, und von Armin, dem obskuren Lebensgefährten, mit dem sich ihre Mutter seit einigen Jahren die Miete teilte, fehlte jede Spur. Wie so oft, wenn es ihr schlechtgeht, dachte Sabine zerknirscht. Doch

Armin, so viel wusste sie, hatte seine eigenen Probleme. Alkohol, Drogen, hin und wieder ein Totalabsturz – Gleich und Gleich gesellt sich eben gern. Sabines erster Schritt war es, zu dem großen Wohnzimmerfenster zu eilen, den Rollladen hochzuziehen und die beiden Flügel weit aufzureißen. Mutter hatte sich offenbar seit Tagen nicht nach draußen begeben, vor der Badezimmertür stapelte sich ungewaschene Wäsche, und ein Geruch von Schweiß und Urin hing in der Luft. In der Küche schimmelte Toastbrot, und es roch nach saurer Milch, außerdem flogen überall leere Weinflaschen herum, bestimmt ein Dutzend. Wenn es nicht die Krankheit war, dann würde der Alkohol ihre Mutter umbringen ...

Wie so häufig in den vergangenen drei Jahren hatte Sabine ihre Mutter in den Arm genommen, sie gehalten, ihre Wäsche in Ordnung gebracht und etwas zu essen bestellt. Einen Notarzt zu rufen hatte sie sich längst abgewöhnt. Sie hatte die Notfallrufnummer von einer regionalen Sozialeinrichtung, das Personal dort war kompetent und freundlich. Jederzeit, so war es vereinbart, konnte Mutter sich dorthin wenden. Doch es war stets nur Sabine, die dort anrief, und die Botschaft war immer wieder eindeutig: »Solange Ihre Mutter sich nicht selbst oder andere gefährdet, können wir sie nicht zwingen, sich helfen zu lassen.«

Sabine Kaufmann atmete schwer, sie hatte kaum geschlafen und wusste, dass sie beim nächsten Anruf von Schreck eine gute Erklärung für ihr plötzliches Verschwinden parat haben musste. Aber nicht heute, dachte sie und seufzte, im Gegensatz zu ihr hatte er frei. Und ans Handy würde sie nur gehen, wenn es dienstlich war ... oder Mutter.

Als hätte sie es kommen sehen, läutete es auch schon, und sie zuckte zusammen. Bitte nicht, dachte sie, doch es war der

Festanschluss, und das Display verriet, dass es sich um die Zentrale handelte.

»Kaufmann, K 11«, meldete sie sich und nahm die Informationen entgegen. Mit einem Kugelschreiber notierte sie rasch einige Stichpunkte, die sie murmelnd wiederholte: »... Roßmarkt ... im Parkhaus ... Hotelzimmer ...«

Unmittelbar nach dem Gespräch wählte sie zuerst die Handynummer von Kullmer, dann die von Julia Durant.

»Durant?«

»Hallo, Julia, ich bin's schon wieder«, sagte sie hastig. »Hör zu, wir haben Masons BMW, er steht im Parkhaus Hauptwache. Ein Team der Spusi ist schon unterwegs.«

»Super! Sie sollen mich über jeden Schritt auf dem Laufenden halten«, antwortete Julia.

»Es kommt noch besser«, sprach Sabine weiter, »der Wagen steht nämlich auf einem reservierten Parkplatz, das zugehörige Hotel ist hier gleich um die Ecke.«

»Gut, dass es endlich vorangeht«, sagte Julia erleichtert. »Fährst du hin?«

»Habe Peter und Doris abgefangen, die waren auf dem Weg hierher. Peter kümmert sich drum und meldet sich, sobald er kann, Verstärkung ist auch schon unterwegs. In den nächsten Minuten erhaltet ihr alle noch eine MMS mit dem Foto von Jonas Mason, ich habe die Daten jetzt online.«

»Gut, gut, Frank und ich sind hier auch bald durch, dann hältst du uns bitte so lange auf dem Laufenden.«

»Kein Problem, bis später«, schloss Sabine das Gespräch, froh, dass sie nun einige Telefonate zu erledigen hatte und sich von den trüben Gedanken an ihre Mutter ablenken konnte.

Da soll noch mal einer sagen, in der Stadt bräuchte man keinen Geländewagen«, keuchte Kullmer, auf dessen Stirn sich vor lauter Anspannung Schweißperlen bildeten. Er steuerte den Ford Kuga erst über die Fahrradspur auf einen Taxistreifen, weil dort aber kein Durchkommen war, riss er das Steuer herum und holperte auf der anderen Straßenseite den Bordstein hinauf. Unter einer kleinen Gruppe von Bäumen kam er zum Stehen, blickte sich um, kein Streifenwagen weit und breit. Eigentlich unüblich, dachte Kullmer bei sich, morgens um diese Zeit an der Hauptwache, einem der meistfrequentierten Orte Frankfurts. Aber gut, dann eben auf die altmodische Tour. Zwei Passanten gingen kopfschüttelnd an seinem Wagen vorbei, vermutlich hatten sie das Manöver beobachtet und keine Ahnung, dass es sich um einen Polizeieinsatz handelte. Wie sollten sie auch? Für Erklärungen war jetzt keine Zeit. Kullmer vergewisserte sich, dass kein Radfahrer von hinten heranfuhr, stieß seine Tür auf und stieg aus.

»Du bleibst mir schön im Wagen!«, befahl er Doris, die daraufhin die Augen verdrehte.

»Mensch, ich bin schwanger und nicht krank.«

»Und ich bin verantwortlich, dass unserem Kind nichts passiert«, beharrte Kullmer. »Ich mache die Anweisungen nicht, du hast aber nun mal Innendienst.« Dann lächelte er und ergänzte: »Das gilt auch für das Innere des Wagens.«

Sekunden später betrat er den Eingangsbereich des Hotels. Es herrschte geschäftige Betriebsamkeit, vermutlich ist gerade Abreisezeit, kombinierte Kullmer, als er an den Tresen trat. Er zog seinen Ausweis hervor und drängte sich neben einen geschniegelten Anzugträger, der ihn schweigend gewähren ließ und sich dem Blick nach zu urteilen seinen Teil dabei dachte. Armer Bulle, tust nur deine Pflicht, dann will ich mal großzügig sein, ich kann's mir ja leisten. Die elegante Dame auf der anderen Seite – das Gesicht kam ihm von irgendwoher bekannt vor – zeigte weniger Verständnis.

»Unerhört«, sagte sie pikiert und wandte sich kopfschüttelnd von ihm ab.

»Guten Tag, Kullmer, Kriminalpolizei«, nickte er der asiatischen Empfangsdame zu. Sie war höchstens eins sechzig groß, hatte ein hübsches Gesicht, schwarzbraune Augen und ebensolches Haar, fein säuberlich zu einem kleinen Zopf zusammengebunden. Genau wie ihr Kollege, der, blond und hochgewachsen, im absoluten Kontrast zu ihr stand, trug sie eine dunkelgrüne Weste des Hotels, darunter eine weiße Bluse. Unverbindlich, jedoch weniger freundlich als zu einem potenziellen Gast, erwiderte sie Kullmers Gruß.

»Guten Morgen. Sie wünschen?«

»Meinen Informationen zufolge ist bei Ihnen folgender Gast gemeldet, er hat seinen Wagen im Parkhaus auf Platz H18 abgestellt. Ich habe dieses Foto.« Er hielt ihr das Handy mit Masons Bild vor die Nase. »Er ist unter dem Namen Sinclair eingereist, benutzt nun aber offenbar eine andere Identität. Ich brauche dringend seine Zimmernummer, er ist ein gefährlicher Mann.«

»Moment bitte.«

Die Asiatin tuschelte kurz mit ihrem Kollegen, Kullmer sah ihn nicken, dann tippte sie etwas in den Computer.

»314«, teilte sie ihm mit und deutete schräg hinter sich. »In der dritten Etage, das Treppenhaus und den Fahrstuhl finden Sie dort hinten.«

»Der Schlüssel?«

Zögernd drehte die Angestellte sich um, prüfte zuerst etwas in einer breiten Schublade nach, griff dann neben den Computermonitor und reichte dem Kommissar eine weiße Plastikkarte mit schwarzem Magnetstreifen.

»Hier bitte«, sagte sie. »Damit kommen Sie auch rein. Der Gast ist nämlich noch oben.«

Kullmer bedankte sich, erreichte kurz darauf den Aufzug und drückte auf den silbernen Knopf am Bedienfeld neben der Schiebetür. Die rote Digitalanzeige verriet, dass die Kabine sich im sechsten Stock befand. Ungeduldig trat der Kommissar von einem Bein aufs andere und wartete darauf, dass die Anzeige sich veränderte. Sekunden später, die ihm wie eine halbe Ewigkeit erschienen waren, hatte sich noch immer nichts getan, vermutlich ein weiterer Trupp dekadenter Schnösel, die ihr Gepäck verluden, um auszuchecken. Was hatte die Kleine am Empfang gesagt, dritte Etage? Kullmer wandte sich kurzentschlossen nach rechts und eilte die Treppenstufen hinauf. Zugegeben, er war nicht mehr in derselben Form wie mit fünfundzwanzig, aber drei Stockwerke, das bedeutete einen Höhenunterschied von etwa zehn Metern. Vor ein paar Jahren hättest du gleich die Treppe genommen, dachte er, als er keuchend die letzte Biegung nahm. Nur noch zehn Stufen, er trieb sich an, sein Puls pochte stark, er atmete schnell, doch gleichzeitig fühlte Kullmer sich sehr lebendig. Links oder rechts, schon kam die nächste Entscheidung, die er fällen musste. Da entdeckte er die kleinen Messingschilder, die den Gästen am Eingang der beiden Gänge links und rechts des Treppenhauses verrieten, welche Zimmernummern sich darin befanden.

Der Fahrstuhl war mittlerweile im Erdgeschoss angekommen, wie Kullmer im Vorbeigehen der Anzeige entnahm. Der breite, von Halogenspots ausgeleuchtete Gang, an dessen Ende sich eine spitz zulaufende Nische ohne Fenster befand, war mit einem azurblauen Teppich ausgelegt, eine Farbe, an die Kullmers Augen sich erst gewöhnen mussten. Doch in das schlichte, moderne Ambiente passte er eigentlich ganz gut, die Bodenfliesen und die Wände waren in Cremeweiß gehalten, die Türen waren hellbraun, wahrscheinlich Birke. Zimmer 314 war gleich die zweite Tür rechts. Peter Kullmer schlich sich leise heran und legte das Ohr auf die kühle, glatte Holzoberfläche der Tür. Nichts. Er überlegte kurz, ob er anklopfen oder lieber gleich eintreten sollte, entschied sich dann für die erste Variante. Unten auf der Straße wartete kein Polizeiaufgebot mit Sirenen, Mason war also nicht vorgewarnt, und die aus amerikanischen Filmen hinlänglich bekannten Feuertreppen gab es hier nicht. Eine kinoreife Flucht aus dem dritten Stock oder das Durchsieben der Tür mit Maschinengewehrfeuer war also denkbar unwahrscheinlich, dennoch trat Kullmer einen Schritt zur Seite, bevor er mit dem Zeigefingerknöchel kräftig auf das Holz hämmerte. Keine Reaktion. Kullmer lauschte einige Sekunden, dann schob er die Codekarte in den Schlitz unter der Klinke. Eine grüne Leuchtdiode verriet ihm, dass das Schloss nun entriegelt war, völlig geräuschlos, wie er beeindruckt feststellte. Er drückte die Klinke hinunter und schob die Tür nach innen.

Das Zimmer war ebenfalls hell und modern eingerichtet, blauer Teppichboden, helle Holzmöbel, ein Schrank, zwei Nachttische, ein Doppelbett. Kullmer fiel sofort auf, dass das Bett unberührt war. Vor dem gekippten Fenster wehte ein dünner Vorhang in der sanften Brise, die Geräusche des Straßenverkehrs waren kaum zu hören.

Aber wo zum Teufel steckte Mason?

Kullmer stieß die Badezimmertür auf – leer.

Er öffnete den Kleiderschrank – leer.

Verdammt.

Dann läutete das Telefon, und der Kommissar zuckte erschrocken zusammen. Er sprang in einem großen Satz durch den Raum und riss den Hörer ans Ohr.

»Ja?«, bellte er.

»Herr Kullmer?« Es war die Stimme der kleinen Asiatin.

»Ja, wer denn sonst?«, erwiderte er aufgebracht. »Außer mir ist keiner hier!«

»Deshalb rufe ich ja an«, sagte die Hotelangestellte ruhig. Offenbar war sie bestens geschult für den Umgang mit cholerischen Gästen, sie ließ sich jedenfalls nichts anmerken. »Der Gast aus Zimmer 314 hat soeben unser Hotel verlassen.«

»Wie bitte? Er hat ausgecheckt?«

»Nun ja, wenn Sie das so nennen wollen. Er eilte vom Fahrstuhl her am Empfang vorbei, seine Karte segelte über den Tresen, er rief irgendetwas von ›leaving today‹, und dann war er auch schon verschwunden. Komisch, er hatte nämlich ursprünglich bis übermorgen bezahlt …«

Kullmer hörte den Rest des Satzes nicht mehr, er rannte bereits nach draußen auf den Gang und die Treppen hinunter. Nur aus den Augenwinkeln sah er den verdutzten Gesichtsausdruck der Hotelangestellten und ihres Kollegen, die ihm hinterherblickten, als er den Eingangsbereich durchquerte, um schnellstmöglich nach draußen zu gelangen.

Wo ist er hin?

Weit kann er nicht sein.

Doris!

Vielleicht hat sie ihn gesehen, wenn nicht, auch gut. Zumindest aber sollte sie die Kollegen herbeitrommeln. Kullmer rempelte einen Taxifahrer an, der rauchend mit zwei seiner Kollegen zwischen den Wagen stand, schnitt einen vorbeifahrenden Lieferwagen, der scharf bremsen musste und ihn daraufhin mit einem Hupen und einer Salve aufgebrachter italienischer Schimpfwörter bedachte, dann erreichte er seinen Wagen. Er riss die rechte Vordertür auf und erstarrte. Doris Seidel saß nicht mehr auf dem Beifahrersitz. Wie ein Blitz durchzuckte es den Kommissar, eine Mischung aus Angst und böser Vorahnung, das sich zu Panik aufzubäumen drohte, wenn er seine geliebte Partnerin nicht schnellstmöglich fand.

Verzweifelt sah er sich um. Überall liefen Passanten, junge, alte, große und kleine Menschen, keiner wie der andere und doch irgendwie alle gleich. Mancher kam alleine, manche kamen in Gruppen, aber man nahm sich gegenseitig nicht wahr. Auf Bänken lungerten ein paar Jugendliche herum, schienen aber zu beschäftigt mit ihren Skateboards, um etwas gesehen zu haben. In der Nähe der U-Bahn-Treppe kauerte ein schäbig gekleideter Mann, unrasiert, neben sich eine löchrige Plastiktüte mit seinen Habseligkeiten, zu seinen Füßen ein Kaffeebecher, in dem einige Centmünzen lagen. Als Kullmer sich ihm näherte, wusste er nicht, ob der Bettler ihn überhaupt wahrnahm, doch dann hob dieser den Kopf in seine Richtung. Die hellblauen Augen waren unerwartet klar und wachsam, zwischen dem zotteligen, dunklen Haar und der schmutzigen, gegerbten Haut ein echter Kontrast, der Kullmers Hoffnung weckte.

»Haben Sie gesehen, wo die Frau aus dem Wagen dort hingegangen ist?« Danach zog er sein Handy mit der Bildnachricht hervor, die Sabine Kaufmann ihm gesendet hatte. »Oder diesen Mann hier?«

»Kommt drauf an.«

»Hören Sie, keine Spielchen jetzt!«, zischte Kullmer. »Ich bin von der Kripo, und jede Minute zählt. Gehen Sie meinetwegen ans Handschuhfach, da liegen zwanzig Euro drinnen und eine Tafel Schokolade. Aber sagen Sie um Gottes willen, wenn Sie etwas gesehen haben.«

»Ich nehm Sie beim Wort.« Der Bettler deutete hinter sich. »Der Typ, keine Ahnung, aber die Braut, die hab ich mir angesehen.« Er lächelte breit, seine Zähne waren gelb, und es fehlten mindestens zwei in jeder Reihe. »Ist hier die Rolltreppe runtergelaufen, als wäre der Leibhaftige hinter ihr her.«

Kullmer rannte wieder los, umrundete die Betonmauer und das Geländer davor, wäre beinahe über einen dort angeketteten Fahrradrahmen gestolpert, dem beide Reifen und der Sattel fehlten. Ungeduldig bahnte er sich seinen Weg hinab in die unterirdische Welt der Hauptwache, einem Labyrinth mit zahllosen Ein- und Ausgängen, Zwischenebenen und verwinkelten Bereichen.

Warum ruft sie nicht an?

Hat er sie in seiner Gewalt?

Kullmers Gedanken rasten, hämmerten von innen an seine Schläfen. Unten angekommen, verschaffte er sich einen Überblick. Die Menschen verteilten sich in den Gängen und an den Ständen, irgendwo lärmte eine tragbare Stereoanlage, und es roch intensiv nach Zigarrenrauch, obwohl hier unten strenges Rauchverbot herrschte. Dazu kam der schwere Geruch nach Gummi und Abgasen. Links oder rechts? Am unteren Ende des Treppenabganges musste er sich schon wieder entscheiden. Links, beschloss Kullmer intuitiv, weil dorthin die meisten Wegweiser zeigten. An ihm vorbei jagten bunte Schaufenster und Fassaden, seine Schritte folgten dem hellen Linienmuster auf den glänzend grauen Bodenfliesen. Zum dritten

Mal drückte er nervös die Kurzwahltaste seines Handys, doch auch diesmal wurde keine Verbindung aufgebaut. Kullmer betete, dass es nur am Empfang liegen mochte oder der Akku leer war. Alles andere wagte er sich nicht auszumalen. Verzweifelt hielt er nach jeder Ecke, die er passierte, mit gestrecktem Hals nach Doris Ausschau. Sie maß kaum eins fünfundsechzig, inmitten der träge bummelnden Wochenendpassanten kein einfaches Unterfangen, aber plötzlich glaubte er, ihren blonden Schopf zu erkennen und darunter das markante, türkisfarbene Poloshirt, welches erst vorgestern von einem Versandhaus geliefert worden war.

»Doris!«, rief er durch seine wie ein Sprachrohr vor den Mund gehobenen Hände. Doch außer einigen verstörten Blicken vorbeieilender Personen erzielte er keine Reaktion. Der blonde Kopf verschwand in Richtung S-Bahn – hinterher! Kullmer rannte, so schnell er konnte, spornte sich zu Höchstleistungen an, er musste Doris um jeden Preis erreichen.

Mason sprang die Stufen hinab, gekonnt nahm er mit seinen langen, durchtrainierten Beinen dabei zwei auf einmal, ein Tempo, das Doris Seidel kaum halten konnte. Keuchend verharrte sie für einen tiefen Atemzug am oberen Absatz, weiße Sterne blitzten vor den Augenlidern auf, doch sie musste weiter, zwang sich zum Durchhalten. Eine Gruppe japanischer Touristen kam am unteren Ende um die Ecke gebogen, ein gutes Dutzend junger Menschen, lachend und ausgelassen plaudernd, mit bunten T-Shirts und Kameras oder Handys in der Hand. Euch schickt der Himmel, dachte Doris, als sie sich gegen die schmale Rolltreppe entschieden und die breiten Stufen wählten. Mason musste unweigerlich abbremsen, sich einen Weg durch die Menge bahnen.

»*Damn!*«, klang seine Stimme auf, dann kam Doris eine Idee. Wozu hatte sie einen schwarzen Gürtel in Karate, wenn sie ihre sportlichen Fähigkeiten nicht auch ausübte? Sie hatte von ihrer Beweglichkeit nichts eingebüßt, noch nicht ...

Schnell vergewisserte sie sich, dass niemand in ihrer unmittelbaren Nähe stand, dann streckte sie sich aus nach dem schwarzen Gummiband der Rolltreppe und schwang sich mit einem eleganten Satz über das Betongeländer auf die nach unten fahrenden Metallstufen. Mason hatte die kleine Menschentraube beinahe durchquert, doch er hatte noch mindestens fünf Schritte vor sich, während Doris das untere Ende der Rolltreppe schon so gut wie erreicht hatte. Keuchend hastete sie erneut um das Geländer, nahm drei Stufen in einem Sprung und stand dann Auge in Auge mit dem Feind, der auf der Stufe über ihr stand und sie um mindestens vierzig Zentimeter überragte.

Bevor sie etwas sagen konnte, spürte sie seine Handfläche auf ihrem Brustkorb, wie ein Prellbock musste er sie ausgefahren haben, und ihr blieb der Atem weg. Der zweite Schlag ging in den Solarplexus, nur Sekundenbruchteile später, und raubte ihr die Sinne. Sie verlor den Boden unter den Füßen, glaubte zu schweben und in der Ferne eine vertraute Stimme zu hören, die ihren Namen rief.

Erst viel zu spät realisierte Kullmer den Grund für die Ansammlung von Menschen, die sich um einen Punkt geschart hatten, den er von oben nicht einsehen konnte. Eine Menge junger Japaner, dazwischen eine Handvoll Einheimischer, von allen Seiten strömten Personen heran, um einen Blick zu erhaschen.

»Aus dem Weg, Kriminalpolizei«, sagte er zwei-, dreimal, bis er sich endlich zum Zentrum der Ansammlung vorgearbeitet hatte. Auf dem Boden lag eine blonde Frau in einem türkisfarbenen Poloshirt, die Augen waren geschlossen und das Gesicht blutig.

SAMSTAG, 9.13 UHR

Gottverdammt.«
Hellmer ließ zitternd die Hand mit dem Telefon von seinem Ohr herabsinken.
»Was ist denn?«, fragte Durant. Die beiden standen rauchend vor dem Geisterhaus, und Julia erschrak über Hellmers entgeisterten Blick, denn ihren Kollegen brachte in der Regel nichts so schnell aus der Fassung. Zumindest nichts Berufliches.
»Scheiße, Julia«, stammelte er. »Doris und Peter ... Wir müssen sofort ...« Er ließ die Zigarette fallen und wollte loslaufen in Richtung Einfahrt, doch Julia hielt seinen Arm fest. »Stopp!«
Ihr Herz begann schneller zu schlagen. »Würdest du mal in ganzen Sätzen sprechen, bitte?«, forderte sie energisch.
Hellmer wand sich und befreite seinen Arm, packte dann Julia an der Hand und zog sie mit sich.
»Komm mit, schnell, keine Zeit«, keuchte er, als sie den unebenen Weg hinabeilten. »Ich erklär's dir im Wagen!«
Mit quietschenden Reifen startete der Porsche durch, Kieselsteine und Moosfetzen stoben aus den hinteren Radkästen,

und Julia umklammerte angespannt den Innengriff der Beifahrertür.

»Okay, ich höre«, forderte sie erneut, als Hellmer über die Bundesstraße brauste. Wie gebannt starrte dieser auf die Fahrbahn, der Tachometer zeigte 135 Stundenkilometer an.

»Sie haben Mason im Hotel abgepasst«, presste er heraus. »Doris hat ihn offenbar gestellt, er hat sie niedergeschlagen und ist ...«

»Wie bitte?«, unterbrach Julia ihn. Ihr wurde übel. »Doris, was ist ... Ich meine, wie geht es ihr?«

»Weiß ich nicht. Hatte Peters Nummer auf dem Display, er war aber nicht selber dran, sondern irgendein Kollege.«

»Verdammt! Wie schnell können wir da sein?«

»Zwanzig Minuten vielleicht, kommt drauf an.«

»Was ist mit Mason? Haben die ihn erwischt?«

»Nein, offenbar nicht. Und jetzt frag mir keine Löcher in den Bauch, ich weiß doch auch nicht mehr!«

»Mensch, Frank, was soll ich denn sonst machen?«, herrschte Julia ihn an und wollte noch hinzufügen, dass weder Doris noch Peter damit gedient sei, wenn er den Porsche um den nächsten Baum wickelte, doch da meldete sich erneut das Handy.

»Geh ran!« Hellmer wippte mit dem Kopf nach rechts. »Untere Jackentasche.«

Julia nestelte das Gerät aus dem dünnen sandfarbenen Stoff.

»Peter Kullmer« stand in großen weißen Buchstaben auf dem Display.

»Peter?«, fragte sie aufgeregt, dann erst fiel ihr ein, dass es wahrscheinlich wieder nur der fremde Kollege war. Doch es meldete sich tatsächlich die vertraute Stimme ihres Kollegen.

»Hallo, Julia«, klang es leise.

»Mann, bin ich froh, dich zu hören, wie geht es Doris?«

»Wird gerade transportfertig gemacht«, antwortete Kullmer. Seine Stimme klang eigenartig ruhig, beinahe resigniert. Julia Durant biss sich auf die Zunge und verkniff sich jede weitere Frage.

»Weshalb ich anrufe«, fuhr Kullmer fort, »ist Folgendes. Ein Zeuge will gesehen haben, wie dieses Schwein sich in der S-Bahn davongemacht hat. Muss die S8 gewesen sein, warte mal kurz …« Julia hörte ein gedämpftes Tuscheln, dann wieder Kullmers Stimme, diesmal mit einem deutlichen Beben: »Du, ich muss jetzt los, wir fahren mit Doris hoch, ich geb dich weiter an den Kollegen.«

»Ich denk an euch!«

»Hallo?«, erklang eine fremde Männerstimme. Hoffentlich hatte Kullmer den letzten Satz noch gehört.

»Hallo. Hier Durant vom K 11, mit wem spreche ich?«

»Göde, 1. Revier. Ich hatte eben Kontakt zu einem Herrn Hellmer.«

»Kommissar Hellmer ist mein Kollege«, erläuterte Julia ungeduldig. »Was ist mit dem Flüchtigen? Ich hörte, er ist mit der S-Bahn entkommen?«

»Sieht ganz so aus. Laut einem Zeugen handelte es sich um die S8, aus Offenbach kommend.«

Julia überlegte schnell. Die S-Bahn-Linie 8 verkehrte zwischen Offenbach und Wiesbaden.

»Der Hauptbahnhof!«, entfuhr es ihr. Die zweite Station nach der Hauptwache und nur vier Fahrminuten entfernt lag ausgerechnet einer der größten und bedeutendsten Bahnhöfe des Landes.

»Wir haben alle Einheiten alarmiert, der Bahnsteig vor Ort ist dicht«, kommentierte Göde ihren Einwurf.

»Und Sie waren rechtzeitig in Position?«, fragte Julia argwöhnisch.

»Nicht am Ausstieg, wohl aber an den Zugängen«, bestätigte Göde, doch die Kommissarin war alles andere als überzeugt. Sie beobachtete aus dem Seitenfenster die vorbeirasenden Bäume und dann wieder die entgegenkommenden Fahrzeuge, die sich ihnen wie Überschallflieger zu nähern schienen.

»Nein!«, rief sie dann verzweifelt und hämmerte mit der Faust so hart auf die Türverkleidung, dass Hellmer für einen Moment seinen starren Blick vom Asphalt löste und ihr einen ungehaltenen Blick zuwarf. Dazu kam ein pochender Schmerz am äußeren Handballen, der erst weiß war und dann feuerrot wurde. Ihre Gedanken rasten: Mason – zwei Morde – falsche Identität – Einreise in München …

Er hat die beiden Morde vollbracht, für die er hergekommen war, was also würde er nun tun?

Dann zuckte die Kommissarin zusammen, ihr kam eine Idee, die auf den zweiten Blick schon deutlich weniger abwegig erschien. Sie warf einen prüfenden Blick auf die Fahrbahn, gerade rechtzeitig, wie sie feststellte.

»Rechts, rechts, rechts!«, schrie sie den verdutzten Hellmer an; sie passierten gerade das Main-Taunus-Zentrum, und er war etwas vom Gas gegangen, um sich auf die Zufahrtsspur der A66 in Richtung Frankfurt einzufädeln. Es fehlte nicht viel, da hätte Durant ihm ins Lenkrad gegriffen, doch als sie lauthals »Zum Flughafen!« rief, reagierte er sofort.

In Sekundenschnelle beschleunigte Frank Hellmer den Porsche auf zweihundert Sachen, Julia Durant schloss für einen angsterfüllten Moment die Augen, als der plötzliche Druck sie in das weiche Leder des Sitzes presste. Gott sei Dank war die A66 nur mäßig befahren.

»Sag mal an, wohin genau wir müssen«, sagte Hellmer, als der Porsche zwar etwas an Fahrt verloren hatte, doch noch immer mit atemberaubendem Tempo über die linke Spur dahinjagte. »Ich muss da vorne in Kriftel schon gleich wieder runter auf die B40.«

»Na der Bahnhof eben«, antwortete Julia schulterzuckend. »Aber nicht dieses überdimensionale Osterei, wo die ICEs halten, sondern der alte.«

Sie spielte auf das im Bau befindliche »AIRRAIL-Center« gegenüber dem Terminal 1 an, dessen nach und nach mit spiegelnden Flächen verkleidetes Gerippe an die Form eines riesigen Kreuzfahrtschiffs erinnerte. Durch das Untergeschoss des Centers führten fünf ICE-Gleise.

»Zum Regionalbahnhof also, okay, kein Problem«, nickte Hellmer. Dieser Bahnhof befand sich in der untersten Ebene von Terminal 1. »Gib mir fünf Minuten, wenn's gut läuft.«

Julia warf einen Blick auf die Uhr, 09:23. Sie kannte den Fahrplan nicht auswendig, wusste aber, dass die S-Bahn von der Hauptwache zum Flughafen etwa zwanzig Minuten brauchte, vom Hauptbahnhof, den sie ja bereits passiert hatte, war es kaum mehr eine Viertelstunde.

»Scheiße! Das wird knapp.«

Sie wählte Kullmers Nummer – natürlich war die Leitung zum Kollegen Göde längst unterbrochen – und war daher heilfroh, dass er dennoch an das fremde Handy ging.

»Was zum Teufel war das denn eben für eine Aktion?«, eröffnete er das Gespräch.

»Fluchen Sie nicht«, erwiderte Julia. »Mein Vater ist Pfarrer. Hören Sie, ich brauche Ihre Hilfe. Wir vermuten, dass der Flüchtige in Richtung Flughafen unterwegs ist. Sein richtiger Name ist übrigens Jonas Mason, gesucht wegen zweifachen

Mordes. Verständigen Sie die Kollegen am Flughafen, die Bundespolizei, den Sicherheitsdienst, ja meinetwegen sogar den verdammten Zoll! Wir sind in fünf Minuten vor Ort.«

»Betrachten Sie es als erledigt«, bestätigte Göde, »gute Jagd! Ach, übrigens …«

»Was denn noch?«

»Eben haben Sie selber geflucht.«

»Hast du deine Dienstwaffe dabei?«, fragte Hellmer, als er den Porsche auf den Airportring manövrierte, und klopfte sich dabei auf die linke Brust, unter der sich sein Schulterhalfter verbarg.

»Nein, natürlich nicht«, murmelte Julia bitter. »Ich übe ja derzeit rein administrative Tätigkeiten aus.«

»Verstehe«, grinste Hellmer. Er griff unter seine Jacke und zog den Revolver hervor, eine SIG Sauer P6. »Du kannst mir jetzt also entweder die Dienstanweisung erteilen, dir meine Waffe auszuhändigen, oder du bleibst ganz administrativ drei Meter hinter mir.«

»Schau auf die Straße und her mit dem Teil«, knurrte Julia grimmig. »Du fährst direkt vors Terminal, ich springe raus, jede Sekunde zählt.«

»Wird vielleicht ihr letzter Einsatz«, sagte Hellmer. Julia wusste, worauf er anspielte. Das Innenministerium hatte neue Dienstwaffen in Auftrag gegeben, es waren hochmoderne Heckler & Koch P30 mit fünfzehn Schuss pro Magazin, also doppelt so viel wie bei den bisherigen Modellen bei gleichbleibendem Gewicht. Sie hatte auf dem Schießstand bereits damit geschossen und war froh, dass die alten Knarren nach zwanzig Jahren endlich ausgemustert wurden. Und dennoch blieben es Waffen, tödliche Werkzeuge, die niemals mehr bedeuten durften, als das letzte Mittel zur Verteidigung des eigenen Lebens zu sein.

Mit einem Ruck kam der Wagen zum Stehen, und Julia sprang hinaus. Ohne auf Hellmer zu warten, eilte sie davon in Richtung S-Bahnhof, der sich einige Ebenen unter ihr befand.

SAMSTAG, 9.27 UHR

Als die Schiebetür des Waggons sich öffnete, musterte Jonas Mason in gewohnter Manier die Umgebung.

Gefahren, Fluchtwege, Tarnmöglichkeiten

Hunderttausendmal waren ihm diese Leitworte zur Analyse feindlichen Terrains eingebleut worden, bis es ihm in Fleisch und Blut übergegangen war. Während er den anderen Passagieren den Vortritt ließ, suchte er nach einer Personengruppe, der er sich anschließen konnte. Die Militärakademie und zwölf Monate Afghanistan hatten den Soldaten geprägt, er konnte sich tagelang in kargem Feld tarnen, mit den alltäglichsten Gegenständen die unmöglichsten Konstruktionen herstellen und sich in beinahe jeder Situation angemessen und unauffällig verhalten, um keine Aufmerksamkeit zu erregen. Er tastete die Brusttasche seines olivfarbenen Hemdes, ein Pass und zwei Flugtickets befanden sich darin. Im Gegensatz zu seiner geschickt getarnten Einreise würde er nun nicht das Risiko eingehen, wegen eines gefälschten Passes in Bedrängnis zu geraten. Nicht bei dem Sicherheitsstandard am Frankfurter Flughafen. Er entschied also, unter seinem richtigen Namen nach

Hause zu reisen, natürlich über Umwege. Seine beiden Tarn-
namen waren, auch wenn er es sich kaum erklären konnte, auf-
geflogen. Aber niemand konnte wissen, wer er wirklich war,
hatte er doch jedes Detail seiner Reise minutiös geplant. Ein
ganzes Jahr hatte er am Hindukusch darauf warten müssen,
endlich Rache an den beiden Männern zu nehmen, die den Tod
seiner geliebten Schwester mitverschuldet hatten. An die in
Deutschland Inhaftierten kam er nicht heran, aber in einigen
Jahren, wenn sie entlassen wurden, würde er zur Stelle sein.
Dass aber ausgerechnet die Drahtzieher noch immer unbehelligt auf freiem Fuß waren, hatte ihn am meisten schockiert.
Es war im Winter 2008 gewesen, in einem Ausbildungscamp
am Arsch der Welt, die Temperaturen waren weit unter dem
Gefrierpunkt, und auf der kleinen Party seiner Kameraden
flossen daher Unmengen von Alkohol, und es liefen heiße
Pornos. Zu fortgeschrittener Stunde, als nur noch der harte
Kern beisammensaß, hatte Jim Deveraux, ein Hüne mit Stier-
nacken, kurz geschorenem blonden Haar und rot glänzender
Haut eine DVD aus der Uniform gezogen und die Gemein-
schaft schwören lassen, dass sie nichts von dem, was sie nun
sehen würden, weitererzählten. Niemand hatte Einwände,
und schon bald saßen sie gebannt vor einer Sammlung von
Videoclips, die angeblich aus arabischen und russischen Gefängnissen oder asiatischen Bordellen stammten. Filme, in denen Menschen gequält und erniedrigt wurden und verzweifelt
um Gnade flehten. Zwei Kameraden übergaben sich, einer
verließ die Runde empört, der Rest aber grölte am Ende eines
jeden Clips nach mehr. Ein Mädchen wurde vergewaltigt, keine vierzehn Jahre alt, Grölen, klimpernde Bierflaschen, dann
der nächste Clip. Brandneu und allerbeste Qualität, wie Deveraux geheimnisvoll angekündigt hatte.

»Nicht wie der Schrott aus irgendwelchen Gefängnissen, bei dem man nicht einmal weiß, ob es nicht doch nur russische Laiendarsteller oder billige Fakes sind. Keine Asiatin, die blöde in die Kamera glotzt und in ihrer unverständlichen Sprache wimmert, sondern Mädchen, die aussehen wie hier, wie unsere eigenen Girls.«

Diese Worte sollte Mason nie wieder vergessen. Das Mädchen auf dem Video lag auf dem Rücken, offenbar betäubt, es wurde vergewaltigt von einem jungen Mann, dessen Gesicht man nicht zu Gesicht bekam, es wurde dort verletzt, wo auch Jennifer verletzt worden war, und starb schließlich auf dieselbe Weise, mit einem Schnitt durch die Halsschlagader. Ab und an war ein Stöhnen zu hören, lüstern von ihrem Peiniger, gequält, wenn es von dem Mädchen stammte. Doch noch unerträglicher war die Musik, die im Hintergrund lief, ruhig, entspannt und im grausamen Kontrast zu dem, was auf dem Bildschirm geschah.

Mason besaß Kopien aller Akten und hatte sich Informationen über die Familien der Verurteilten beschafft. Er kannte die Tatortfotos, wusste über die Ermittlungsdetails Bescheid, hatte die Arbeit der Beamten in Deutschland durch den Familienanwalt und eine Detektei bis ins Kleinste beobachten lassen. Vielleicht kam ihm deshalb diese Eingebung, er wusste es nicht genau, aber an jenem Winterabend ahnte, nein wusste Jonas Mason, obwohl die junge Frau in dem Videoclip nicht seine Schwester war, dass es mindestens einen weiteren Täter gab, der für Jennifers Tod zur Verantwortung zu ziehen war: den Filmer, den Produzenten, den Regisseur und den Marketingchef, wahrscheinlich alles ein und dieselbe Person. Was aber noch weitaus schlimmer war, war das Wissen um eine nicht bekannte Anzahl an solventen Kunden – auch auf dieser

Seite des Atlantiks –, die in ihrer kranken Gier Unsummen für solche Videos bezahlten. Die Nachfrage bestimmt den Preis, das war beim Sex nicht anders als bei Drogen und Waffen.

Langsam leerte sich der Bahnsteig, und Jonas Mason schloss sich einer kleinen Gruppe französisch sprechender Personen an, die zwar im Schnitt deutlich älter waren als er, deren Sprache er aber verstand und deren lässige Kleidung gut zu seinem schlichten Outfit passte. Als er die Schirmmütze zweier Bahnbeamter erblickte, sprach er eine Dame der Gruppe höflich an und fragte nach der Uhrzeit. Freundlich erteilte sie ihm Auskunft, dann erreichten sie auch schon die schmale Rolltreppe nach oben. Auf der Ladenebene angekommen, orientierte Mason sich neu. Er hatte den Flughafen vor zwei Wochen bereits aufgesucht, damals jedoch mit dem Taxi, und musste sich nun ins Gedächtnis rufen, in welcher Richtung sich der direkte Aufgang zur Abflughalle befand. Eingecheckt hatte er bereits gestern Abend, eine ausgesprochen weise Entscheidung, wie er nun feststellte. Wie aber war ihm die Polizei auf die Schliche gekommen, über diese Frage zermarterte er sich schon seit einer Viertelstunde das Gehirn.

Diese bescheuerte kleine Lady auf der Treppe, das hätte wirklich nicht zu passieren brauchen.

Julia Durant durchquerte die Abflughalle in Terminal 1, sie atmete schnell, ließ den Blick stetig von einer Seite zur anderen wandern. Das Fahndungsfoto hatte sich ihr eingebrannt, wie abgespeichert sah sie das Bild von Jennifer Masons Bruder vor sich. Dort drüben, nein, doch nicht. Weiter. Wo geht es zu den Gleisen? Bin ich zu spät? Julia Durant näherte sich einer Gruppe Reisender, ein Mann löste sich aus ihr. Und dann stand Jonas Mason direkt vor ihr, dieser große, muskulöse Mann mit denselben nachdenklichen Augen, die auch seine Schwester gehabt hatte.

»Mason!«, entfuhr es Julia, die beinahe mit ihm zusammengerempelt war. In diesem Moment, in dem es für einen Augenblick so schien, als würde die Erde sich aufhören zu drehen, wusste sie nicht, wer von beiden den größeren Schrecken durchlebte. Sie, die ihrem gesuchten Mörder von Angesicht zu Angesicht gegenüberstand, oder er, der sich wie ein Kaninchen in der Falle fühlen musste.

Doch weit gefehlt. Mit einer blitzschnellen Bewegung setzte Mason seine Hände zum Angriff ein, lange bevor Julia ihre Waffe in Anschlag bringen konnte. Mit einem schmerzhaften Schlag trafen seine Knöchel sie auf den Puls der rechten Hand, die Finger öffneten sich kraftlos, und die Dienstwaffe flog in einem hohen Bogen davon. Mit einem lauten, metallischen Krachen knallte sie auf den Steinboden und glitt mit einem leiser werdenden Schaben einige Meter weiter. Julia nahm all ihre Kraft zusammen, um die Arme des Mannes zu fassen, der bald zwei Köpfe größer war als sie. Aus den Augenwinkeln nahm sie wahr, dass sich eine aufgebrachte Menschenmenge bildete, konnte nicht aufhören, an die ungesicherte Waffe zu denken, die herrenlos auf dem Boden lag, und gleichzeitig sehnte sie sich nach ihrem Freund Hellmer, der ihr hoffentlich hinterhergerannt war, nachdem sie ihn so stiefmütterlich hatte sitzen lassen.

»Geben Sie auf, Mason«, zischte sie, »ich bin nicht alleine.«

Doch unter einem grauenvollen Schmerz drehte dieser ihr den Arm auf die Seite, überdehnte dabei die Muskeln, und Julia schrie auf, als sich das Schultergelenk auszukugeln drohte. Ihre Gedanken rasten, wollten noch immer nicht begreifen, dass sie hier gegen einen jungen Mann kämpfte, der unterm Strich vielleicht mehr Opfer als Täter war. Stellte sie sich deshalb so unfähig an? Nein, er war nur gut fünfzehn Jahre jünger und ein trainierter Soldat. Mit einem gezielten Stoß katapultierte Mason sie einen Meter von sich. Doris, dachte Julia sofort, und ihr Mitleid verschwand. Nicht mit mir! Mason setzte an loszurennen, doch die Kommissarin sprang auf ihn zu und riss ihn um. Mason schlug der Länge nach zu Boden, fing sich gerade noch mit den Händen ab, doch Julia, die nur seine Beine zu fassen bekommen hatte, arbeitete sich bereits nach oben. Mit ihrem ganzen Gewicht, was mindestens zwanzig Kilo weniger waren, als der sich unter ihr windende Mason aufzubieten hatte, presste sie das Gesäß auf seine Wirbelsäule und griff nach den rudernden Armen. Aber Mason war stärker, sie befürchtete, dass er jeden Augenblick die Oberhand gewinnen würde.

»Achtung, hier spricht die Polizei!«, hörte Julia in dieser Sekunde. Die Stimme kam aus einem Megaphon, klang daher etwas blechern und hallte nach. »Sie sind umstellt, ergeben Sie sich!«

Endlich, die Kavallerie, dachte Julia Durant erleichtert. In diesem Augenblick hebelte Mason sich mit einer ruckartigen Bewegung zur Seite und riss die Kommissarin herum. Bevor sie begriff, wie ihr geschah, keuchte er – mit triumphierendem Lächeln und hochrotem Kopf über ihr – keine zwanzig Zentimeter von ihrem Gesicht entfernt. In seinen Augen lag noch immer etwas Nachdenkliches, es war wirklich exakt wie bei Jennifer, und Julia erkannte, dass er ihr nichts tun wollte, dass er mit der Rache an Stiegler und Bertram sein Ziel erreicht hatte und dass er sich wahrscheinlich selbst Vorwürfe wegen Doris machte. All das lag in dem Blick des Mannes, der sie überwältigt hatte.

»Letzte Warnung, geben Sie die Beamtin frei!«, drang es wieder durch die Halle.

»Verdammt, Mason, Sie kommen hier nicht weg«, presste Julia hervor. Sein Knie drückte auf ihren Brustkorb, er hatte sich ein wenig aufgerichtet, sie erwartete jeden Augenblick, dass er hochschnellte und davonlief.

Tatsächlich spannte er unmittelbar darauf seine Muskeln an, die Kommissarin spürte es durch den kurzen, stärker werdenden Druck auf ihr Brustbein. Dann gellte ein Schuss.

Die nächsten Bilder spielten sich wie in Zeitlupe ab. Jonas Mason bäumte sich auf, sein Kopf schnellte nach hinten, es war eine unnatürliche, grauenhafte Verrenkung. Das linke Ohr explodierte, und Blut, Knochensplitter und Gehirnmasse spritzten aus dem handflächengroßen Loch. Der Oberkörper sackte nach links, Julia lag noch immer wie versteinert auf dem kalten Boden, dann hörte sie den dumpfen Schlag, mit dem Mason auf den blanken Stein knallte. Wo einst das rechte Auge gewesen war, befand sich ein Loch, aus dem Blut zu fließen begann, dann erst verstand die Kommissarin, was eben geschehen war: Der geplante Warnschuss in die Schulter hatte sich durch Masons plötzliche Bewegung in einen tödlichen Kopfschuss verwandelt, eine Ironie des Schicksals. Dann spürte Julia ein krampfhaftes Zucken, es war das Bein, das immer noch über ihrer Hüfte lag, und für einige unerträgliche Sekunden konnte sie nichts anderes tun, als das epileptische Krampfen eines sterbenden Körpers am eigenen Leib zu spüren. Endlich flaute das Zittern ab, und das aufgerissene linke Auge wurde trüb, starrte sie nicht mehr an, sondern verlor sich in der Unendlichkeit.

Julia Durant ließ den Kopf zur Seite fallen, in der Ferne glaubte sie, Hellmer heraneilen zu sehen. Sie verbarg ihr Gesicht unter den Händen und ließ ihren Tränen freien Lauf.

MONTAG

MONTAG, 15.20 UHR

Die ganze Abteilung schien wie leer gefegt, es drangen keine Stimmen aus den benachbarten Büros und keine hektischen Schritte trappelten über den Gang.

Saure-Gurken-Zeit, so nannte man die heißen Julitage in der Medienbranche, in denen man antriebslos auf einen Aufhänger hoffte, der einem ohne Zutun auf den Tisch flatterte. Oder man grub sich im kühlen Keller durch die Archive, um einen alten Reißer zu recyceln, oder, noch besser, man erfand einen neuen.

Sommerloch, so lautete die entsprechende Bezeichnung für jene Phase des Jahres in der Politik, im K 11 jedoch gab es diese Ruhephase nicht. Die Stille auf den Gängen, so wusste Julia Durant, hatte eine andere Ursache. Ungeduldig sah sie auf die Uhr, zum x-ten Mal in den letzten Minuten, verfolgte den Sekundenzeiger, der sich heute nur mit halber Geschwindigkeit zu drehen schien. Erst als Bergers Stimme sie mit einem energischen Unterton aus ihren weit außerhalb des Präsidiums schweifenden Gedanken riss, zuckte sie zusammen und erinnerte sich, dass sie sich gerade mitten in einem Rapport mit ihrem Chef befand.

»Entschuldigen Sie, ich war in Gedanken«, erwiderte sie

schnell und wechselte den Telefonhörer von einem Ohr zum anderen.

»Ist mir nicht entgangen.« Versöhnlich fügte Berger hinzu: »Kommen Sie, noch die letzten Details, dann verziehe ich mich zu meiner Fango-Packung.«

Berger, das hatte er ihr zu Beginn des Telefonats erläutert, war von seinem Arzt kurzfristig nach Blankenburg im Harz überwiesen worden. Physiotherapie, Massagen und osteopathische Behandlungen füllten dort seine Tage, es ginge ihm den Umständen entsprechend gut, möglicherweise ließ sich eine riskante Rückenoperation doch noch vermeiden.

»Ich fasse mich kurz«, versprach Julia, ganz im eigenen Interesse, denn sie wollte endlich raus aus dem Büro.

»Wir waren bei den Datenspeichern von Alexander Bertram stehengeblieben«, rief Berger in Erinnerung. »Herr Schreck hat die Verschlüsselung geknackt, und dann?«

»Nun, wir haben die verschlüsselten Archive wiederhergestellt und dazu den gesamten Posteingang«, nahm die Kommissarin ihren Bericht wieder auf. »Eine Menge Mails zwischen Bertram und Stiegler, aber leider keine Adressen von Dritten. Die beiden waren ein übles Gespann, zugegeben, das sah man ihnen nicht an, schon gar nicht diesem Stiegler.«

Sie wartete auf Bergers nächste Frage. Seit über einer Viertelstunde löcherte er sie bereits über den Fall »Mason II«, wie Hellmer ihn ironisch bezeichnet hatte.

»Hätte es etwas gebracht, wenn Schreck die Daten früher entschlüsselt hätte?«, wollte Berger wissen.

Gute Frage, schoss es Julia durch den Kopf. Aber im Prinzip …
»Nein, eigentlich nicht«, gab sie zurück. »Wir hätten zwar früher den Umfang der Verbindung zwischen Bertram und Stiegler erfassen können, aber auf Masons Spur hätte uns das

nicht geführt. Auch die Videos selbst wären – speziell bei diesem Punkt jedenfalls – keine Hilfe gewesen.«

»Sieben tote Frauen«, seufzte Berger, »darunter das Mädchen aus München und die Tote von Kollege Brandt, außerdem noch Jennifer Mason. Habe ich das richtig gezählt?«

»Ja, genau, und alles bis ins Detail auf Video. Wobei Jennifer Masons Tod die erste Aufzeichnung ist. Es lässt sich allerdings nicht erkennen, wer genau den tödlichen Schnitt gemacht hat, denn das Rohmaterial wurde zum Teil gelöscht.«

»Aber Simmons und Taubert haben …?«

»Ja. Simmons und Taubert hatten definitiv sexuellen Kontakt mit Jennifer, dazwischen auch Johnson. Der geschnittene Film mit der unterlegten Musik gleicht mehr einer Gruppensex-Szene als einem Snuff-Video. Vermutlich haben Stiegler und Bertram hier gleich zweimal die Hand aufgehalten, als sie das Material verhökerten.«

»Gute Überleitung«, kommentierte Berger, »denn über Stieglers Anteil haben wir noch nicht so ausführlich gesprochen. Welche Rolle spielte er denn nun, wenn Bertram doch die Technik verwaltete, das Geld bunkerte und schließlich auch die Taten alleine beging?«

»Carlo Stiegler war der Mann für den Vertrieb«, erklärte Julia Durant. »Er hatte ein weitreichendes Netz an zahlungskräftigen Kunden und kümmerte sich um die Kontaktaufnahme und die saubere Abwicklung. Das Ganze war aber nur äußerst schwer nachzuweisen, denn er hat seine Identitäten noch häufiger gewechselt, als Bertram es tat. Außerdem hat er sich nie von zu Hause ins Netzwerk eingeloggt. Schreck vermutet, dass er das Netzwerk der Uni oder eines der Nachbarschaft genutzt hat. Eben wie Bertram. Ein fleißig auf dem Notebook tippender Jurastudent, noch dazu in solch unauffälliger Erscheinung, das wirkte noch um einiges unverdächtiger als Bertram.«

»Und doch hat Mason beide enttarnt und erwischt«, warf Berger ein, »und zwar ohne die Videos zu kennen und ohne jemals zuvor in Deutschland gewesen zu sein.«

»Zumindest nicht unter seinem echten Namen«, gab Julia zögernd zu bedenken. »Alle offenen Fragen kann er uns leider nicht mehr beantworten«, seufzte sie dann.

»Dann sagen Sie mir wenigstens das, was wir wissen«, forderte Berger.

»Okay. Mason muss zumindest einen konkreten Verdacht gehabt haben, wenn nicht bereits 2008, dann irgendwann später. Er war in einer Eliteeinheit, er war in Afghanistan, so weit haben wir das recherchiert. Es besteht die Möglichkeit, dass es hierüber eine Verbindung zu den Snuff-Videos gab. Entsprechende Skandale in der Army – egal, ob Amerikaner, Franzosen oder Kanadier – gab es in den letzten Jahren ja zuhauf. Fakt ist, dass er unsere Ermittlungsakten vollständig eingesehen hat, und fragen Sie mich nicht, welche Verbindungen die Familie da hat spielen lassen. Das ist ein weiterer Punkt, zu dem uns keiner etwas sagen wird. Seine Familie, aber das nur am Rande, gab laut BKA übrigens glaubhaft zu Protokoll, dass sie nichts von seiner Reise nach Europa wussten.«

»Weiter bitte«, drängte Berger.

»Um keine Spuren zu hinterlassen, ist er über Paris nach München eingereist«, fuhr die Kommissarin fort. »Aber das hatten wir ja bereits. Was Sie noch nicht wissen, ist Folgendes: Ich hatte vorhin eine aufschlussreiche Mail im Posteingang, in der vermerkt war, dass ein gewisser George Sinclair drei Tage vor seiner Ankunft in München am Flughafen von Neapel auftauchte.«

»Italien?«, entfuhr es Berger erstaunt.

»Italien«, bestätigte Julia. »Seine Spur führte nach Süden, in Richtung Kalabrien, und dreimal dürfen Sie raten, wen er dort besucht hat.«

»Moment, Sie wollen doch nicht etwa sagen … Sie meinen doch nicht …«

»Ich *meine* überhaupt nichts«, erwiderte Julia, »sondern ich sage es Ihnen ganz konkret: Jonas Mason hat Adriana Riva im Gefängnis aufgesucht.«

Entgeistertes Schweigen. Nach einigen Sekunden, in denen nichts außer Bergers schwerem Atem zu hören war, ergriff dieser wieder das Wort: »Hat Riva ihm etwas verraten? Gibt es Protokolle? Hat er sie am Ende umgebracht?«

Leider konnte die Kommissarin keine der drei Fragen beantworten. »Möglich ist vieles«, sagte sie resigniert. »Die Entscheidung, in Italien aufzulaufen, zeugt aber von einer gewissen Weitsicht Masons. In Deutschland hätte er sich nicht so unbemerkt ins Gefängnis schleichen können, nun, zumindest wäre er nicht so lange unidentifiziert geblieben.«

»Na ja, ist doch besser als nichts«, schloss Berger. »So können Sie wenigstens die Hauptteile des Puzzles zu einem vernünftigen Bild zusammensetzen. Mit dem Rest werden wir wohl leben müssen.«

»Dass Sie das so einfach sagen können …«

»Was bleibt mir denn übrig, Frau Durant? Die Beteiligten sind alle tot. Ob mir das gefällt oder nicht, steht auf einem ganz anderen Blatt. Das FBI, Interpol und vielleicht ein paar findige Privatdetektive im Auftrag der Masons werden die Spuren der Videos verfolgen, wenn es da überhaupt etwas zu verfolgen gibt. Das liegt alles nicht in unserer Macht, ob Sie es akzeptieren wollen oder nicht, aber damit haben wir nichts mehr am Hut.«

»Ja, ja, schon kapiert«, gab die Kommissarin klein bei. »Trotz-dem muss mir das nicht gefallen. Schon gar nicht, weil die rich-tigen Perversen auch heute Abend wieder unbescholten mit der Hand in der Hose im stillen Kämmerlein sitzen dürfen.«

»Tja«, seufzte Berger, »das ist eben die Schattenseite unseres Jobs. Mir stinkt das genauso wie Ihnen, das können Sie mir glauben, auch wenn ich es nicht so an die große Glocke hän-ge. An manches gewöhnt man sich nie.«

Wie recht er damit hatte.

»Dann tauchen Sie jetzt mal endlich in Ihre Moorpackung«, forderte Julia mit einem weiteren Blick auf die Uhr. »Ich will nämlich auch los.«

»In die Klinik nehme ich an?«, fragte Berger leise, und Julia bejahte.

»Grüßen Sie sie bitte von mir.« Er legte auf.

Eine Viertelstunde später betrat Julia Durant das helle Kran-kenzimmer im Markus-Krankenhaus in Ginnheim, von des-sen Fenster man hinab auf die Schrebergärten blickte. Aus einigen der Parzellen stieg Rauch auf, es wurde gegrillt, bei anderen hingen Deutschlandflaggen schlaff von den Masten der Hütten, und überall, auf Liegestühlen oder in kleinen Planschbecken, aalten sich Menschen.

Das Bett am Fenster war nicht belegt, und schweigend warte-te Julia dort, bis die Krankenschwester ihre routinierten Handgriffe beendet hatte. Dann verabschiedete sich die jun-ge, äußerst attraktive Frau mit den Worten: »Das war es auch schon, wir sehen uns dann nachher zum Essen wieder.«

Ein osteuropäischer Akzent, dachte Julia bei sich, vermut-lich stammt sie aus Polen oder Litauen. Dann schnappte die Tür ins Schloss, und sie war allein mit der Patientin, ihrer lieben und langjährigen Kollegin Doris, deren Augen nur halb geöffnet waren. Um den Hals war eine breite, gepolsterte Stützmanschette mit einer grauen Hartschale gespannt, der rechte Oberarm und die Schulter waren eingegipst. Über die Stirn lief eine weiße Bandage, die nach hinten breiter wurde.

Bei diesen Temperaturen sicher eine zusätzliche Tortur, vermutete Julia und zog sich den Stuhl neben das Bett. Bevor sie sich setzte, beugte sie sich über das Bett, damit Doris sie auch wirklich erkannte, und strich ihr sanft eine Haarsträhne aus dem Gesicht.

»Hallo, Doris«, sagte sie leise, und sofort öffneten sich deren Augen ein Stückchen mehr.

»Julia.« Doris verzog die Mundwinkel zu einem angestrengten Lächeln.

»Schon gut, du brauchst nicht zu sprechen.« Julia setzte sich. »Ich wollte nur endlich mal selbst vorbeikommen und nach dir sehen.«

»Es geht schon. Ich brauche etwas länger und verdrehe vielleicht mal die Worte. Hat Peter euch denn so weit auf dem Laufenden ...«

»Ja, klar«, unterbrach Julia sie schnell und hob die Hände. »Peter hat uns hervorragend informiert, keine Frage, du musst mir nicht alles von Adam und Eva an erzählen.«

»Das ist gut«, seufzte Doris und hob ihre linke Hand gerade so weit, dass sie in Richtung Kopf deuten konnte. »Gedecktes, mittleres Schädelhirntrauma, im Klartext: kein Sprung in der Schüssel, aber ne Menge Brei drin.«

»Mensch, Doris«, rief Julia, die unwillkürlich auflachen musste, sosehr sie auch dagegen ankämpfte. »Was da alles hätte schiefgehen können! Wir waren fix und fertig, alle miteinander, das kannst du glauben. Ich lag in Terminal 1 auf dem Marmor – mich hat er ja auch erwischt, dann hat der Grenzschutz ihn abgeknallt, und er lag noch halb auf mir drauf –, und ich musste die ganze Zeit dran denken ...«, sie stockte kurz, »ich meine, du, Peter und, na ja ...«

Sie schwieg und deutete zögernd zur Mitte des Bettes, dort, wo sich unter der dünnen Decke der Unterbauch ihrer Kollegin abzeichnete.

»Greif mal neben dich – obere Schublade«, forderte Doris sie auf. »Ich kann mich rechtsseitig leider nicht bewegen, wie du siehst, Bruch im Oberarmknochen und Riss im Schulterblatt, das volle Programm.«

»Klingt langwierig.« Julia öffnete das Schubfach des Krankentisches mit einem unangenehmen, metallischen Schabegeräusch.

»Sechs Wochen, wenn es gut läuft«, kommentierte Doris, »und drei Monate, wenn es schlecht läuft. Aber Innendienst geht ja immer.«

»Hat man gesehen«, erwiderte Julia mit einem skeptischen Stirnrunzeln. Dann entdeckte sie den schwarzweißen Ausdruck auf Thermopapier, etwas kleiner als eine Postkarte, und rief verzückt: »Nein, ist es das?«

»Klar, was denn sonst?«, grinste Doris und stöhnte im nächsten Moment auf. »Verdammt, ich darf meine Gesichtsmuskeln nicht überdehnen. Fängt sofort an zu pochen und zu ziehen, und ich kann ja nicht eimerweise Tramal schlucken, auch wenn es manchmal echt übel ist.«

Sie fuhr sich mit der linken Hand über den Bauch und bekam einen verträumten Blick, den Julia allerdings nur aus den Augenwinkeln registrierte. Fasziniert begutachtete die Kommissarin das körnige, unscharfe Bild des Uterus: der Bildausschnitt glich der Form eines breiten Tortenstücks auf schwarzem Untergrund, in der Bildmitte erkannte sie in Weiß die deutlichen Konturen eines Kopfes, das Kinn lag offenbar auf dem Brustkorb, und der Körper schien eingerollt.

»Wow«, entfuhr es ihr. »Immer wieder ein Wunder.«

»Allerdings«, sagte Doris und lächelte schmal, aber voller Wärme, als Julia das Bild herabsinken ließ und die werdende Mutter nachdenklich ansah.

»Da habt ihr beiden wohl mehr als einen Schutzengel gehabt, wenn ich mir dich so ansehe.«

Sie deutete mit vorwurfsvollem Blick auf die Bandagen und die Halskrause.

»Er hat mir aufs Brustbein und den Solarplexus geschlagen, sehr präzise, mit den Handballen«, resümierte Doris. »Fünf Zentimeter tiefer und …«, ihre Augen wurden glasig. Julia nahm ihre rechte Hand, vorsichtig, um den fixierten Arm nicht zu bewegen, und drückte sie fest.

»Mein Gott, ich saß im Auto, Peter war noch im Hotel, und da rennt plötzlich der Typ vorbei, wegen dem den ganzen Vormittag schon ein Riesenaufhebens gemacht wurde. Dafür bin ich vielleicht zu lange Kommissarin, aber ich meine, hättest du da einfach im Auto sitzen können?«

»Wahrscheinlich nicht«, sagte Julia nur und lächelte. Nicht um alles in der Welt, dachte sie im Stillen.

»Außerdem«, fügte Doris in gespielt trotzigem Ton hinzu, »soll man während der Schwangerschaft auf Sport nicht verzichten. Ich will hinterher jedenfalls nicht aussehen wie ein zusammengefallener Hefeteig.«

»Jetzt hast du aber erst mal Sendepause, das ist sogar eine Dienstanweisung von ganz oben«, sagte Julia und hob den Zeigefinger. »Berger hat sich vorhin nach dir erkundigt, ich bin mal gespannt, wer von euch beiden zuerst wieder auf der Matte steht.«

»Oje, noch eine Wettkasse«, seufzte Doris.

»Wieso?«

»Du glaubst doch nicht allen Ernstes, ich hätte es nicht mitbekommen, dass die im Präsidium wie auf heißen Kohlen darauf warten, ob es nun ein Junge oder ein Mädchen wird!«, gab Doris zurück.

»Sollte ich mir das Foto eventuell noch mal genauer ansehen?«, grinste Julia fragend.

»No chance«, grinste Doris zurück. »So wie da die Beine liegen, würdest du nen Penis nicht mal erkennen, wenn er bis zu den Knien reichte.«

»Na gut, dann schreib ich meinen Fuffi mal besser ab«, lachte Julia, winkte dann aber ganz schnell und sagte: »Kleiner Scherz.«

»Schon klar. Aber ich kann dir alles andere erzählen, wenn du magst.«

»Gerne.«

»Die kleine Krabbe misst etwa zwölf Zentimeter, wiegt also schätzungsweise hundertzwanzig Gramm, und obwohl ich ganz schön benebelt war, konnte ich den Herzschlag schon deutlich hören.«

Schweigend legte Julia, nachdem sie sich mit einem kurzen Blick Doris' Zustimmung geholt hatte, ihre Hand neben die ihrer Kollegin und stellte sich vor, wie unter ihren Handflächen ein neues Lebewesen heranwuchs.

Schöpfung oder Evolution – ein Wunder blieb es allemal, und das ganz besonders jetzt, nach einer Woche voller Schmerz und Tod.

Sind nur noch wir beide übrig, wie?«, fragte Frank Hellmer und steckte sich eine Zigarette in den Mundwinkel. Er hielt Julia die Packung hin, doch sie lehnte mit einem Kopfschütteln ab. »Wenn ich jetzt wieder damit anfange, auch zum Genuss zu rauchen, dann komm ich gar nicht mehr los von den Dingern. Reicht schon, dass ich mich die letzte Woche über so schlecht im Griff hatte.«

»Ach komm«, winkte Hellmer ab, »man kann nicht an zu vielen Baustellen gleichzeitig arbeiten. Ein krasser Fall, dazu die ganzen Altlasten von ›Mason I‹, dann dieser Bertram … Ich meine, du rennst ja auch ständig durch den Park und hältst dich fit, oder? Da ist doch eine Stresszigarette mal drin.«

»Ja, wie auch immer.« Julia verspürte nicht die geringste Lust, sich die nächste Viertelstunde lang über die Vor- und Nachteile des Tabakkonsums zu unterhalten.

Nach ihrem Besuch in der Klinik hatte die Kommissarin noch nicht nach Hause gewollt, nicht so früh, denn dafür spukten ihr noch zu viele Dinge im Kopf herum. Also war sie wieder ins Präsidium gefahren, obgleich sie wusste, dass es dort nicht viel belebter sein würde. Sabine Kaufmann hatte sich nur kurz im Büro blicken lassen, hatte wohl einen Notfall in der Familie, über den sie partout nicht sprechen wollte. Peter Kullmer verbrachte seine Zeit hauptsächlich im Krankenhaus bei seiner Doris, was natürlich vollkommen verständlich war. In den anderen Abteilungen ging das Alltagsgeschäft unverändert weiter, eine neue Woche, neue Straftaten und neue Täter.

Ein Blinken neben dem Telefondisplay hatte verraten, dass es einen verpassten Anruf gegeben hatte, jedoch keine Nachricht und kein zweiter Versuch auf ihrem Handy. Offenbar nichts Wichtiges, schloss Julia Durant und drückte auf eine der Tasten, um sich den Anrufer anzeigen zu lassen. Es erschien kein Name, der Anrufer war also nicht im Telefon gespeichert, die Vorwahl begann mit den Ziffern 089, München. Julia betätigte eine weitere Taste, der Rückruf baute sich auf, es konnte ja eigentlich nur …

»Hochgräbe?«

Lächelnd, weil ihre Vorahnung bestätigt war, begrüßte die Kommissarin ihren bayerischen Kollegen.

»Schön, dass Sie noch zurückrufen«, hatte er gesagt.

»Bin eben immer neugierig, wenn die alte Heimat ruft.«

»Ach ja, richtig, Sie stammen von hier. Nun, ich wollte mich eigentlich nur noch einmal bedanken für die gute Zusammenarbeit. So reibungslos klappt das nicht mit jeder Dienststelle«, seufzte er kurz.

»Wir hatten ja auch beide was davon«, gab Julia freundlich zurück.

»Mag sein. Aber es ist auch immer gut zu wissen, wo man seine Landsleute sitzen hat«, lachte Hochgräbe.

»Oje, da bin ich aber keine repräsentative Vertreterin, befürchte ich. Ist lange her.«

»Das macht nichts«, schloss Hochgräbe. »Im Gegenteil«, fügte er schelmisch hinzu. »Wann immer Sie mal nach München kommen, rufen Sie mich an. Ich werde Ihnen dann die schönsten Winkel der Stadt in Erinnerung rufen.«

»Ähm, danke, ich überleg's mir«, sagte Julia, etwas überrumpelt. Für einige Minuten ließ sie ihre Gedanken treiben, dachte an ihren Heimatort, an ihren Vater, an Doris und an Berger und an all die Dinge, die noch zu erledigen waren. Aber immer wieder kehrten ihre Gedanken nach München zurück, und es fühlte sich auf eine angenehme Weise richtig an, Hochgräbes Angebot anzunehmen. Ich werde ihn anrufen, entschied Julia und widmete sich dann wieder ihrem Arbeitsplatz.

Irgendwann war Frank Hellmer aufgetaucht, er erzählte ihr, dass er sich lustlos durch einige Berichtsformulare getippt hatte. Es ging ihm also offenbar ähnlich, zu viel im Kopf und auf der Seele, aber immerhin hatte er eine Familie, die auf ihn wartete. Julia hingegen hatte all ihre Hoffnungen auf Alina Cornelius gesetzt, nach der sie sich für einen kurzen, aber innigen Moment ganz unwahrscheinlich gesehnt hatte. Diese befand sich jedoch auf einem spontanen Urlaubstrip – warum auch nicht, immerhin war Hauptreisezeit. Der »geistliche Beistand«, wie Hellmer im Scherz die Telefonate mit ihrem Paps einmal genannt hatte, war auf den nächsten Vormittag verschoben, denn heute Abend galt es, irgendwo eine Andacht zu halten, vertretungsweise, wie so oft. Und Susanne Tomlin, das hatte die Kommissarin sich ganz fest vorgenommen, sollte ihr nicht als Seelenmülleimer dienen. Susanne hatte sie für ein ganzes Jahr beherbergt, ihr Tag und Nacht zur Seite gestanden und als Krönung noch eine Wohnung geschenkt. Das genügte für ein Dutzend Freundschaften, so zumindest fand Julia, und sie würde geduldig warten, bis Alina wieder im Lande war.

Für heute Abend gab es also nur Frank Hellmer, ihren treuen Kollegen, mit dem sie so manches Tal durchwandert hatte. Sie saßen im Holzhausenpark auf einer Bank unter einer majestätischen Kastanie in der Nähe der Liegewiese, auf der sich noch einige Personen, meist junge Pärchen, befanden.

Keiner von beiden hatte sich bislang dazu durchgerungen, konkret über den abgeschlossenen Fall zu sprechen, sie hatten sich über Kullmer und Seidel unterhalten und ihrer immensen

Erleichterung Luft verschafft, dass dem Baby nichts passiert war.

»Verrückte Sache, nicht wahr?«, brach Hellmer schließlich das Schweigen.

»Was meinst du?«

»Alles, der ganze Fall. Man kann nur immer wieder staunen, was Rache doch für eine mächtige Triebfeder ist.«

»Schon«, nickte Julia, »aber war es das alles wert? Dafür zu sterben, meine ich?«

»Ich weiß nicht, ob Mason sich diese Möglichkeit vorher ausgemalt hat.«

»Na, er ist bestimmt nicht losgezogen, ohne in Betracht zu ziehen, dass er gefasst wird oder ihm sogar Schlimmeres passiert. Zugegeben, er hat alles dafür getan, seine Anwesenheit zu verschleiern, und beinahe wäre es ihm ja auch gelungen. Besonders dreist war auch diese Sache mit der Sprachsoftware. Den eigenen Akzent zu überspielen, indem man einen getippten Text zuerst ins Deutsche übersetzt und dann von einer Computerstimme vorlesen lässt ... Das zeigt, wie wenig er dem Zufall überlassen hat. Er wäre heimgekehrt, hätte den Tod seiner Schwester gerächt gehabt und wäre dabei laut Reisepass offiziell niemals auch nur in der Nähe von Frankfurt gewesen. Innerhalb der Familie hätte ihn wahrscheinlich keiner dafür zur Rechenschaft gezogen, doch letzten Endes hinterlässt er bei den Hinterbliebenen noch eine viel größere Lücke, denn nun haben sie alle beide Kinder verloren. Schlimmer noch: Er ist zum selben brutalen Mörder geworden wie die, die seine Schwester auf dem Gewissen haben. Ihn juckt's ja nicht mehr, aber das Leid ist unterm Strich durch seinen Rachefeldzug nicht gerade weniger geworden.«

»Hm, wenn man es so sieht«, brummte Hellmer. »Frau Stiegler, das Ehepaar Bertram und dann die eigene Familie, das stimmt schon. Aber es gibt auch noch die Kehrseite der Medaille: Die beiden Kerle quälen und töten immerhin keine jungen Frauen mehr.«

»Schwacher Trost«, kommentierte Julia trocken. »Dann tut's irgendein anderer. Ich meine, wir wissen zwar nicht, wann und wie genau Bertram und Stiegler sich als Partner in diesem schmutzigen Geschäft zusammengefunden haben, aber du glaubst doch nicht im Ernst, dass sie eine Lücke hinterlassen, die sich nicht ganz bald wieder schließen wird, oder? Die Nachfrage an diesem kranken Scheiß bleibt doch bestehen, so viel ist sicher.«

»War weder als Trost noch als Rechtfertigung gemeint«, beharrte Hellmer. »Aber so, wie ich dich kenne, ist das auch noch nicht der Knackpunkt, der dich wurmt, richtig?«

»Keine Ahnung, ich glaube, das weiß ich selbst nicht so genau«, gestand Julia mit einem Schulterzucken.

»Versuch's doch einfach mal. Oder soll ich?« Ohne auf eine Antwort zu warten, fuhr Hellmer mit seinem Resümee fort: »Wir köpfen ja selten einen Schampus, wenn wir mal wieder einen Dreckskerl dingfest gemacht haben – ich sowieso nicht«, ein kurzes Lächeln umspielte seine Mundwinkel, dann wurde er wieder ernst. »Aber was mir tierisch auf den Zeiger geht, ist, dass selbst jetzt, wo alle Beteiligten tot sind, die Geldgeber hinter dieser perversen Industrie unbehelligt bleiben. Oder glaubst du daran, dass sie auch nur einen Einzigen dieser geilen Säcke identifizieren werden?«

»Keine Ahnung«, gab Julia zurück, und sie wusste es wirklich nicht. Niemand konnte das wissen, aber andererseits verstanden weder das FBI noch Interpol Spaß bei Delikten mit sexueller Gewalt. »Wir werden es mit etwas Glück irgendwann mitbekommen«, ergänzte sie seufzend. »Aber bei mir ist es tatsächlich noch etwas anderes, was mich beschäftigt.«

»Aha, wusste ich's doch!«, triumphierte Hellmer. »Dann mal raus damit.«

»Wenn ich mich zurückerinnere an die ganzen großen Fälle, wie alt waren die Täter da? Erwachsen waren sie, der eine mehr, der andere weniger, aber es waren doch meistens ganz andere Typen, oder kommt mir das nur so vor?«

»Kann schon sein«, pflichtete Hellmer ihr bei. »Mit einer Horde von Studenten jedenfalls hatten wir es so noch nicht zu tun.«

»Ich meine, nehmen wir mal diesen Simmons, wie alt war der noch mal? Siebenundzwanzig, achtundzwanzig? Das war damals der Älteste von allen, und selbst wenn der entlassen wird, ist er trotzdem noch ein paar Jährchen jünger, als ich es jetzt bin.«

»Und das macht dir so zu schaffen?«

»Ach, ich weiß es selbst nicht genau«, seufzte Julia. »Entweder ist es, weil diese Menschen so verdammt jung waren, so unbedarft, und dann wiederum so unkontrolliert brutal. Das will mir einfach nicht in den Schädel, verstehst du?«

»Glaub schon«, pflichtete Hellmer bei. »Wir waren alle mal in dem Alter, meinst du, wir haben auf den Putz gehauen und über die Stränge geschlagen …«

»Aber nicht so«, hakte Julia ein, »nicht auf diese Weise.« Ein flüchtiges Lächeln huschte über ihr Gesicht, sie erinnerte sich an einen Discobesuch in ihrer Jugend; es war eine absolute Katastrophe gewesen. »Habe ich dir mal die Story erzählt, wie ich meinen ersten Vollrausch hatte und meinem Paps im wahrsten Sinne des Wortes vor die Füße gekotzt habe?« Sie kicherte leise, Hellmer schmunzelte, dann fügte sie melancholisch hinzu: »Der Ärmste, er hatte an dem Abend ohnehin höllische Ängste durchleben müssen, ich war nämlich ganze zwei Stunden über der vereinbarten Zeit. Und du weißt ja, wegen Handys und so … Ich meine, es waren die Siebziger.«

»Na, aber hallo«, bekräftigte Hellmer. »Wer vergisst schon die Siebziger?« Dann, etwas ruhiger, sprach er weiter: »Ich glaube, wir haben alle solche Erinnerungen, unser aller Eltern haben wohl mehr als nur eine Nacht wach gelegen. Der Knackpunkt aber ist, dass wir unsere Grenzen kannten. Frag mal rum im Präsidium unter unseresgleichen, wer leugnet, damals mal probehalber an einer Tüte gezogen zu haben, der lügt doch. Aber solche Exzesse, ich weiß nicht, das hab ich nicht erlebt.«

»Dieses völlige Ausknipsen der Hemmschwelle«, nickte Julia. »Es ist zwar möglich, dass dieser Bertram da nachgeholfen hat. Du erinnerst dich doch bestimmt an Andreas Notiz bezüglich der hohen Reinheit der Drogen. Unverschnittenes Koks und das Anreichern von Whiskey und Wodka mit reinem Alkohol, das würde durchaus zu einem so skrupellosen Menschen passen und könnte auch die hohen Restpegel in den Blutproben erklären. Aber getrunken und in die Nase gezogen hat sich's jeder freiwillig. Und dann? Ein, zwei Stunden absoluter Blutrausch, ein Mädchen tot, die Erinnerung weg, keinerlei Schuldbewusstsein und als Konsequenz zwölf, fünfzehn Jahre Knast. Die besten Jahre dahin, und nach allem trotzdem noch jünger als ich.«

Plötzlich spürte Julia, wie Frank Hellmer den Arm um sie legte. Müde ließ sie den Kopf an seine Schulter sinken, gerade in dem Moment, als er sie mit sanfter, aber auch ein wenig neckischer Stimme fragte: »Willst du mir damit etwas Bestimmtes sagen?«

Julia drehte den Kopf leicht, so dass sie ihm in die Augen blicken konnte. Sie meinte, den Schalk in seinem Blick zu erkennen, und runzelte fragend die Stirn. »Wieso?«

»Na, wegen dieser zwölf, fünfzehn Jahre, die dich offenbar so beschäftigen. Ich bin geneigt, es als Kompliment zu sehen, wenn du diesen Zeitraum als ›die besten Jahre‹ bezeichnest«, lächelte Hellmer, »denn immerhin entspricht das genau der Zeit, in der wir beide uns hier als Partner gemeinsam durchschlagen.«

»Ach du«, raunte Julia und stieß ihn liebevoll in die Seite.

Sie schwiegen, beobachteten die Abendsonne, die langsam rot wurde, dann sagte sie leise: »Wenn das unsere besten Jahre gewesen sein sollen, ich meine, schau dir doch mal an, was wir alles durchmachen mussten, oder? Da gab es nicht wenige Momente, und ich meine jetzt überhaupt nichts Bestimmtes, wenn ich das sage, wo ich dagesessen und mich gefragt habe, ob ich das Schlimmste mal endlich hinter mir habe. Aber andererseits«, seufzte sie und schmiegte sich ein wenig enger an ihren Partner, »könnte ich mir niemand Besseren vorstellen als dich alten Haudegen, mit dem ich das alles hätte stemmen können.«

»Siehst du, dann lag ich doch gar nicht so verkehrt, oder?«, gab Hellmer zurück. »Es war die beste aller Zeiten, es war die schlechteste aller Zeiten.«

»Ja, so kann man es wohl sagen«, nickte Julia.

Dann, ganz abrupt, schälte sie sich aus Hellmers Arm, richtete sich auf und streckte ihm auffordernd die Hand entgegen.

»Na los, Partner, genug geträumt! Dann lass uns mal die nächsten zwölf, fünfzehn Jahre angehen.«

EPILOG

Die Beerdigung von Alexander Bertram fand im Geheimen statt, er ruht in einem unauffälligen Urnengrab auf dem Friedhof seines Heimatorts im Taunus. Das Ehepaar Bertram zog nach Norddeutschland, offiziell des Klimas wegen, weil das Asthmaleiden von Frau Bertram sich hier nicht mehr erfolgreich behandeln ließe.

Frau Stiegler hatte keine Möglichkeit, den Blicken und dem Fingerdeuten und Tuscheln ihrer Nachbarschaft zu entfliehen. Nach der Beerdigung ihres Sohnes erlitt sie einen Nervenzusammenbruch und musste monatelang psychiatrisch behandelt werden. Die Beteiligung Carlos als Mittelsmann beim Vertrieb illegaler Porno- und Snuff-Videos kann sie bis heute nicht glauben.

Am 28. September 2010 durchsuchte das FBI ein Einfamilienhaus in Pocatello, Idaho. Man beschlagnahmte einen Computer und ein Notebook, die Festplatten waren voll mit Videoclips, die sexuelle Gewalt zeigten. Darunter befand sich nach Angaben der Ermittler auch eines der Snuff-Videos von Bertram und Stiegler. Man verhaftete einen siebenundvierzigjährigen, sympathisch und vollkommen harmlos wirkenden Mann, ein mittelständischer Unternehmer und vierfacher Familienvater. Auf Anraten seines Anwalts verweigerte er jede Aussage. Das Todesvideo von Jennifer Mason wurde nie auf einem Computer gefunden. Die Existenz von Snuff-Filmen wird in den meisten Medien und Internetforen bis heute als modernes Märchen behandelt.

Julia Durant besuchte ihren Vater in München und verbrachte ganze zwei Wochen mit ihrem alten Herrn, um den sie sich sehr sorgte. Die ständigen Vertretungen machten ihm offenbar mehr zu schaffen, als er selbst es zugeben würde. Doch er hatte fünf Kilo abgenommen, und seine Augen wirkten müde und ohne Glanz. Julia bedauerte beinahe, dass sie ihrem Vater einige Tage vor ihrer Ankunft eine große Bitte aufgebürdet hatte, doch sie kannte ihn auch gut genug, um zu wissen, dass er sich nicht mehr davon abbringen lassen würde. Also reisten die beiden nach Italien, ganz hinunter in die Spitze des Stiefels. In einem kleinen Dorf in der kalabrischen Provinz Crotone suchten sie mit einem befreundeten einheimischen Pastor die Familie von Adriana Riva auf.

Da die Polizei ihren Tod als Selbstmord zu den Akten gelegt hatte und sich auch nach einer Exhumierung keinerlei Hinweise auf ein Gewaltverbrechen finden ließen, sollte der Leichnam wieder auf einem Hügel außerhalb des Ortes in einem Armengrab verscharrt werden. Für Selbstmörder, so der Standpunkt des örtlichen Priesters, gebe es auf dem Dorffriedhof keinen Platz. Erst nach dem dritten Treffen, in dem die Kommissarin Adriana Rivas Rolle im Fall Mason mit etwas veränderter Gewichtung dargestellt hatte, erklärte der Geistliche sich bereit, eine ordentliche Bestattung und Aussegnung vorzunehmen. Wenn auch nur die geringste Möglichkeit bestand, dass die junge Frau sich am Ende doch nicht selbst gerichtet hatte ... ein Schäfchen auf verlorenen Pfaden ... obgleich die hiesigen Behörden ganz anderer Meinung waren ...

Nun, damit konnte Julia leben, ob nun als Kriminalbeamtin, als Christin oder einfach nur als Mensch.

Berger kehrte erst Mitte September ins Präsidium zurück, eine kombinierte Wiedereingliederung mit engmaschiger Reha. Fürs Erste schien eine OP kein Thema mehr zu sein, und wenn man seinen Äußerungen Glauben schenken durfte, dann würde er seine Dienstzeit bis zur letzten Stunde ausreizen. Er war nun mal ebenso verheiratet mit seinem Job wie Julia Durant, Frank Hellmer und die anderen.

Bei Doris Seidel brauchte es hingegen ein paar Wochen länger, als sie sich erhofft hatte, sie kam nur eine Woche vor Berger zurück, nachdem sie sich den ganzen August mit Krankengymnastik herumgeschlagen hatte, um den rechten Oberarm wieder richtig bewegen zu können. Julia staunte nicht schlecht, wie sehr ihr Bauch in dieser Zeit gewachsen war, ganz zu schweigen von ihrem strahlenden Gesicht und den runden Wangen, die sie bekommen hatte.

Am 22. Dezember, zwei Tage vor Heiligabend und einen Tag vor dem errechneten Geburtstermin, legte die Hebamme im Klinikum Frankfurt Höchst dem stolzen Vater Peter Kullmer seine neugeborene Tochter Elisa in den Arm.

IN EIGENER SACHE

Nun.

Wie beginnt man das persönliche Nachwort eines Buches, von dem man nie geahnt hätte, dass man selbst daran mitwirken werden würde?

Vielleicht am besten damit, einen großen Irrtum aus dem Weg zu räumen. Einen persönlichen Irrtum, einen Gedanken, den ich ganz schnell verwarf, als ich mich der *Todesmelodie* annahm: »Was man gerne liest, das schreibt sich wohl auch ganz leicht.« Vor allem, wenn man doch vom Zufall dazu auserkoren wurde. Das müsste sich dann irgendwie alles wie von selbst verwirklichen lassen.

Weit gefehlt!

Doch zum Glück sind dort draußen eine Menge von Expertinnen und Experten, die mir, einem stillen Liebhaber von Julia Durant, Wegweiser waren.

In zahlreichen Foren und Gruppen – und damit meine ich nicht nur die Tausende von Gästebucheinträgen auf Andreas Franz' Homepage – diskutieren Fans über Julia Durant, Frank Hellmer, die Hintergründe der Fälle, die realen Bezüge und vieles andere mehr. Lob und Tadel, ich habe das meiste davon gelesen und mir einiges davon notiert, um es in meiner

Fortschreibung zu beherzigen. Daher gilt mein erster Dank allen Fans, die einen Schriftsteller weit über sein Wirken hinaus lebendig halten.

Darüber hinaus, und auch an diesem Punkt ist mir sehr viel gelegen, spreche ich einer ganzen Reihe von Freundinnen und Freunden, Bekannten, Kolleginnen und Kollegen, meiner Familie und eben allen, die mich umgeben und in irgendeiner Form ertragen müssen, meinen herzlichen Dank aus. Mich auszuhalten war in den vergangenen Monaten gewiss nicht einfach, mich zu erreichen, etwas von mir zu bekommen oder gar mich für etwas zu begeistern, was über das Schreiben hinausging, nahezu unmöglich. Danke für all die aufbauenden Worte, das Mitfiebern, die Geduld und das Verständnis.

Mein größter Dank aber gilt Inge Franz. Als sei es gestern gewesen, erinnere ich mich an unser erstes Treffen in Hattersheim, es folgten zahlreiche E-Mails und Telefonate, über die sich eine sehr vertraute Ebene entwickelt hat. Wie schon bei den Werken ihres Mannes erklärte Frau Franz sich auch bei mir bereit, das erste Lektorat zu übernehmen – kritisch, konstruktiv und inhaltlich versiert. Wann immer ich eine Frage hatte, war sie meine erste Ansprechpartnerin, und für ihre wohlwollende Geduld und Begleitung empfinde ich tiefe Dankbarkeit und höchsten Respekt.

Der beste Spannungsautor Deutschlands

ANDREAS FRANZ

Die Frankfurt-Krimis mit Julia Durant

Knaur Taschenbuch Verlag